Imprint

Four Letters
- Ohne Ausweg -

- Gekürzte Fassung -

Roman by
Wes Moriarty
Moriarty-Self-Publishing

Herstellung und Verlag:
BoD – Books on Demand, Norderstedt

ISBN 9783-74601-8263

Moriarty-Self-Publishing

Weitere gesundheitliche und rechtliche Hinweise:

Die Inhalte dieses literarischen Werkes dienen weder der Glorifizierung, Befürwortung noch Motivation zur Verübung von Gewalttaten gegenüber Lebewesen und/oder Objekten bzw. Institutionen. Sowohl die Darstellung der Handlung, Standorte als auch die darin agierenden Personen sind rein fiktiv. Etwaige Bezüge oder Parallelen zu noch lebenden Personen wären somit rein zufällig. Sofern Sie unter einer posttraumatischen Belastungsstörung oder vergleichbaren Erkrankung leiden sollten, empfehlen wir zugunsten keiner Gefährdung Ihrer psychischen Gesundheit vom Lesen oder Hören dieses Werkes abzusehen. Sollten Sie während der Informationsaufnahme eine negative Verhaltensveränderung oder Beeinträchtigung Ihres Gesundheitszustandes erkennen, deren Ursprung Sie unmittelbar aus den Inhalten dieses Werkes ableiten, empfehlen wir ebenfalls von einer Fortführung des Konsums abzusehen und sich sofort um ärztliche Hilfe in Ihrer Region zu bemühen und diese in Anspruch zu nehmen. Leiten Sie bitte für sich oder andere keine Handlungsempfehlungen aus den fiktiven Inhalten dieses Werkes ab.

<u>Inhalte und Ausprägung:</u>

(Vergleich „gekürzte Fassung" und „Uncut Version")

Gewaltdarstellung

Schimpfwörter / Beleidigungen

Diskriminierung / Diffamierung

Sexuelle Inhalte / Anstößigkeiten

Verstörende / Angstfördernde Inhalte

Die soeben genannten Hinweise bieten keine Rechtsgrundlage für etwaige Ansprüche wie Schadensersatz, Rücknahmen eines oder mehrerer erworbener Werke oder Kaufpreisrückerstattungen jedweder Art und Umfang. Weiterhin sind die Inhalte dieses Werkes urheberrechtlich geschützt und erlauben ohne schriftliche Genehmigung des Urhebers keine öffentliche Lesung/Vorführung, Übersetzung, Speicherung, Vervielfältigung und/oder öffentliche Zugänglichmachung jedweder Art und Form. Urheber und Herausgeber übernehmen keine Haftung für Schäden an Personen, Sachen oder Vermögen, die aufgrund von Informationen, welche durch dieses Werk bereitgestellt werden, direkt oder indirekt entstehen.

<u>Werkspezifische Anmerkungen und Appell:</u>

Schoolshootings oder Amokläufe jedweder Art stellen verächtliche Taten gegenüber Einzelpersonen oder Personengruppen, Werte und dem Leben als solches dar, da sie darauf ausgerichtet sind, sich und ihrer Umwelt irreparable Schäden zuzufügen. Trotz ihrer „Seltenheit" sollten die Bestrebungen jedes Einzelnen dahingehend ausgerichtet sein, sich mit dem Thema objektiv und kritisch auseinanderzusetzen, Präventivmaßnahmen zu ergreifen und bei hinreichendem Verdacht Vorfälle in seinem Umfeld den regionalen Behörden zu melden.

Sie könnten damit Leben retten.

Widmung

Ich widme dieses Buch zwei ganz besonderen Menschen.

Menschen, die aufopferungsvoll und mit voller Hingabe das Leben ihrer Mitmenschen bereicherten,

sie stützten und umsorgten.

Dieses Buch ist euch gewidmet,

meinen Großeltern

Ilse und Hermann

- Danke für viele liebevolle gemeinsame Jahre -
Ihr fehlt uns allen

---

*Ferner ist dieses Buch jenen Personen gewidmet, die an mich und meine
Arbeit geglaubt und in meinen Bestrebungen unterstützt haben*

Ein besonderer Dank gilt
meiner/meinen

Frau, Kindern
& Familie

Korrekturlesern
W. Kitke – Y. Müller – M. Klöckner – N. Heiden – M. Göller
C. Hercher

Andre Dallwig
- für seine herausragende Musik -

Und im Speziellen noch einmal

*Jens Bosch, Naser Fetai, Hans-Jürgen Schilling, Yvonne, Sabrina und
Melanie Müller, Eugen Pipper, Rüdiger Hutter, Maria und Alexa Dünchem*
für die Kurzfilmrealisierung im Jahr 2008

*Und natürlich möchte ich erneut den interessierten Lesern danken. Sie
machen dies alles erst möglich.*

Vielen Dank und gute Unterhaltung
wünscht

Inhaltsverzeichnis

FOUR LETTERS

Zum Buch

Es ist der erste Tag nach den Sommerferien. Für einige ist es das letzte Jahr an dieser Schule. Für manche werden es die letzten Stunden in ihrem Leben sein.

Mit dem Ertönen des ersten Pausengongs wird es beginnen. Ich werde entschlossen grausame Rache an jenen verüben, die mir mein Leben zerstört und mich meiner Zukunft beraubt haben. Ich werde mich an ihnen rächen... ja, das werde ich. Herr Paul, Tim, Kevin, Neve... nur wenige von vielen Namen auf meiner langen, schwarzen Liste. Ich werde sie alle dazu zwingen zu gestehen... sowohl vor mir als auch vor ihnen.

Durchladen und Schießen. Durchladen und Schießen. Meine Gedanken werden mich tragen und mich am Leben erhalten. Es wird ein Blutbad werden. Sie werden schreien, versuchen zu fliehen. Aber es wird kein Entkommen geben. Und am Ende werde ich es sein, der über ihre kalten Kadaver schreiten und mit erhobener Stimme über sie triumphieren wird. Ich werde die Stimme der Gerechtigkeit sein. Ich werde ihren Schuldspruch anerkennen und das Urteil fällen. Und ich werde sie zwingen zuzusehen. Sie alle. Niemand wird mir entkommen. Niemand. Ich werde nicht rasten. Ich werde nicht aufgeben...

Denn sie müssen endlich gestoppt werden. Sie alle.

Nach dem Debütroman „Natural Instincts" gab es für Autor Wes Moriarty nur ein wirklich wichtiges Projekt, dessen Geschichte jahrelang als bislang unvollständig galt: *Four Letters*.

Der Roman basiert auf dem gleichnamigen Kurzfilm aus dem Jahre 2008, welcher erstmals mittels der Amateurspielfilmgruppe NIGHTMAREFILMS realisiert wurde. Aus dem anschließend resultierenden Drehbuch für einen abendfüllenden Spielfilm entstand ein Roman, welcher die dramaturgischen und charakteristischen Kernelemente der Vorlage nochmals intensiv aufarbeitet und literarisch umsetzt. Moriarty setzt dabei den Fokus gezielt auf die öffentliche Wahrnehmung und das eigentliche Täterprofil, welche als sich aufbauender Prozess beschrieben und durch die kontinuierlichen Perspektivwechsel verdeutlicht sowie verstärkt wird.

Mit Four Letters wird der Leser auf eine Reise geschickt, welche tiefe Einblicke in die verstörende Psychologie des menschlichen Wesens gewährt. Eine Reise, die niemand so schnell wieder vergessen wird. Die eigentliche Frage hierbei lautet eigentlich nur:

»Wollen wir diese Reise wirklich antreten?«

Leserkommentare

»Normalerweise lese ich Bücher um in andere Welten einzutauchen. Aber hier ist das anders. Man bleibt in seiner gewohnten Umgebung, nur dass um einen herum ein Inferno ausbricht und niemand sicher zu sein scheint. Schockierend hart und gleichzeitig verflucht fesselnd.«

Marc K., Leser

»Beängstigende und wachrüttelnde Einblicke in die Abgründe eines Amokläufers. Ein mehr als eindeutiger Appell an unsere Gesellschaft, mit dem energischen Aufruf zur Veränderung. Klasse!«

Christine H., Leserin

»Durch die einmalige Erzählweise, oft aus Sicht der einzelnen Figuren, erfährt der Leser von der harten Vergangenheit des Amokläufers und seiner daraufhin noch härteren Vorgehensweise in der Schule. Es geht tief unter die Haut.«

Waldemar K., Leser

»Da gefriert einem das Blut in den Adern. Nachdem man die Charaktere zu Beginn kennengelernt hat, kommt es zu einem emotionalen Auf und Ab... Ein Höllentrip bis zum bitteren Ende.«

Nicola H., Leserin

Zum Autor

Wes Moriarty, 1984 in Remagen, Deutschland, geboren, schloss 2015 seine akademische Laufbahn als M.Sc. an der University of Applied Science in Koblenz ab und veröffentlicht seit 2006 verschiedene Kurzfilm- und Literaturprojekte. Mit seinem Debüt-Roman „Natural Instincts" wagte der Autor 2014 erstmals Schritte in den internationalen Buchhandel.

»Four Letters ist mehr als nur ein Buch. Es ist vielmehr eine marode Brücke, die den Leser auf eine für ihn unbekannte, dunkle Seite führen soll. Ihn fern abseits mit einer Realität konfrontiert, über die oft nur flüsternd bis überhaupt nicht gesprochen wird. Während meiner Recherchen habe ich mich intensiv mit dieser Seite beschäftigen müssen. Meine Aufgabe war es dann, das leise Flüstern in einen Aufschrei zu verwandeln und zu hoffen, dass die Richtigen ihn richtig vernehmen werden. Das Dunkle in etwas Helles zu verwandeln.«

Wes Moriarty, Autor

Planungsnotizen Schulgebäude

- EG -

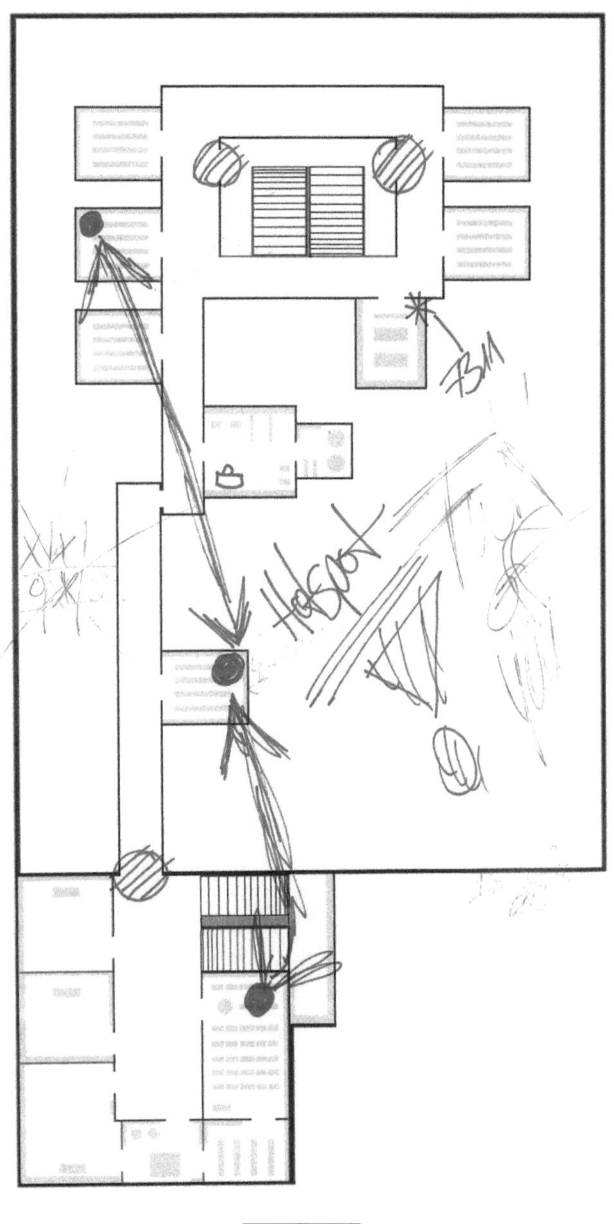

- KG -

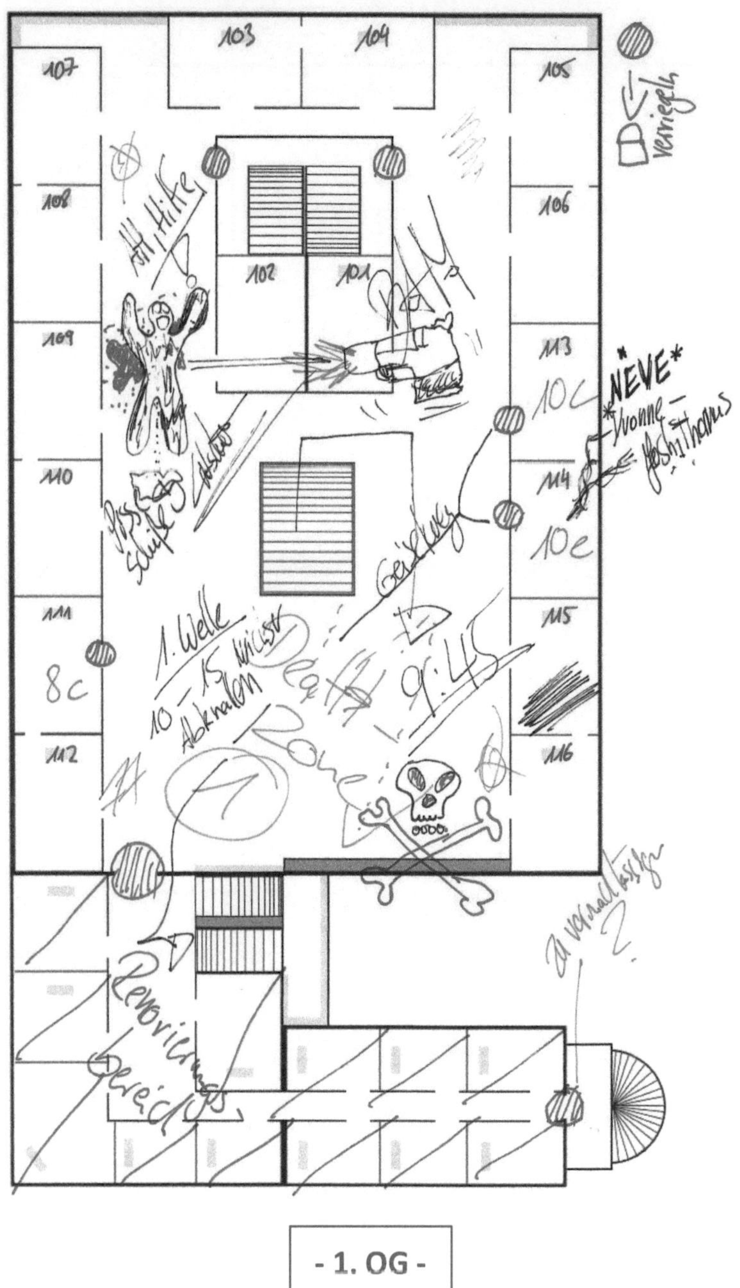

- 1. OG -

Planungsnotizen Schulgebäude

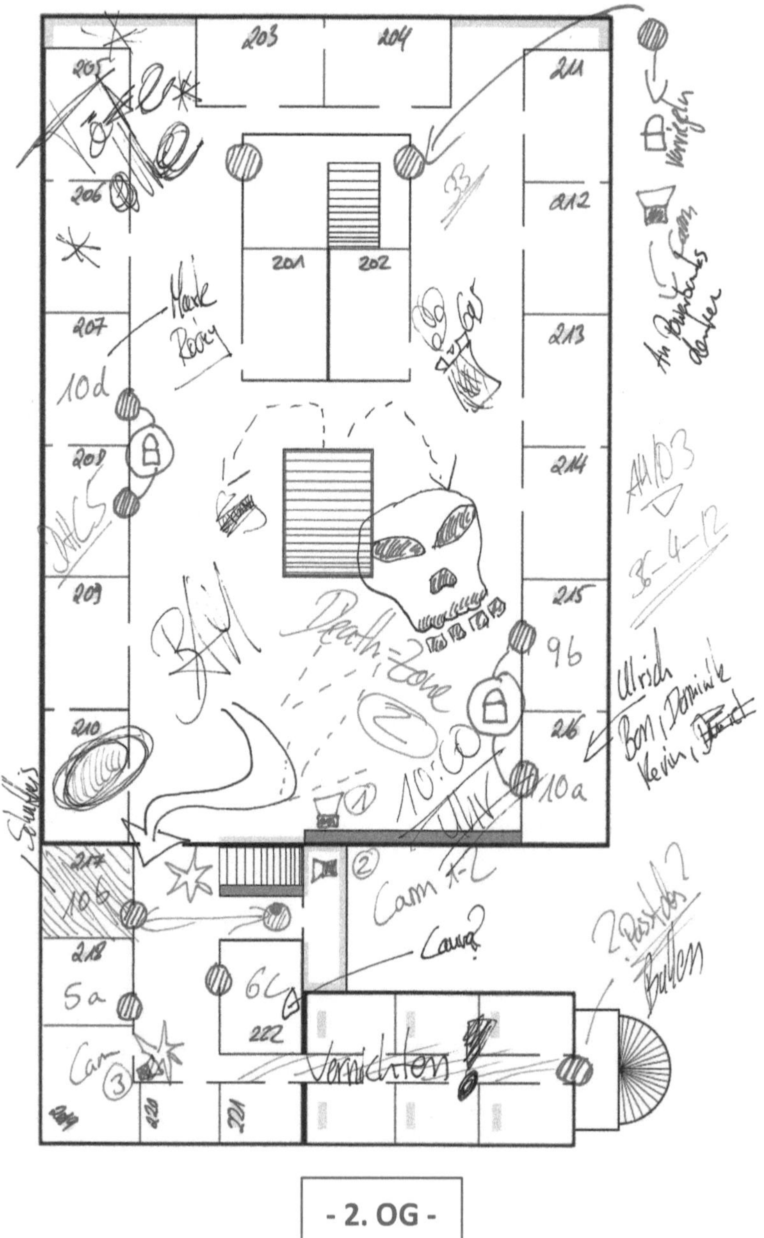

Prolog

Es ist die Kälte, die mich anfangs irritiert. Sie wirkt befremdlich, so unnatürlich. Dieser einzigartige Geschmack, der sich auf meinen Lippen auszubreiten scheint. Ein Gemisch aus Metall und verschiedener Rückstände chemischer Zusammensetzungen. Mein Körper sendet die richtigen Signale, was mich einerseits beruhigt, andererseits dazu veranlasst nochmal die grauen Zellen zu bemühen. Ich öffne die Augen und sehe wie meine Hände ganz ruhig und flach auf meinen Oberschenkeln Platz genommen haben. Mein Blick wandert hinab, vorbei an den dreckigen, abgeknabberten Fingerkuppen und der dunklen mit Öl befleckten Khaki-Hose, die ich bereits seit Tagen nicht gewechselt habe. Ich rieche es. Dieser würzige Dunst, der sich angenehm an der Nasenscheidewand entlangschleicht und dabei meinen Schleimhäuten schmeichelt. Ich mag diesen Geruch. Mit geschlossenen Augen vervielfacht sich die Wahrnehmungsgabe der verbliebenen Sinne. Also denke ich mir, genieße es, so lange du das noch kannst. Es würde eh ganz schnell gehen. Vielleicht bekomme ich nicht mal etwas mit. Ich rolle meine Zunge zu einem zylinderförmigen Gebilde und lasse sie in das kleine enge Loch direkt vor mir hineingleiten. Nur um zu sehen was passiert, wie mein Körper reagiert. Hier ist der Geschmack natürlich noch intensiver. Tief im Inneren verborgen sitzt der Schmutz, der von außen nicht sichtbar und nur schwer zu entfernen ist. Bitter oder säuerlich. Ja, so könnte man den Geschmack vielleicht treffend beschreiben. Ich schließe meine Augen erneut und hebe meine Ellenbögen. Die linke Hand greift nach dem kalten Lauf während die Rechte sich in Richtung des Abzuges jenes Gewehrs bewegt, welches ich mir soeben zum wiederholten Male in den Mund gesteckt hatte.

Direkt vor mir ist der Spiegel, in den ich nicht hinzublicken wage. Ich hasse die Reflektion darin. Alles was sie repräsentiert und of fenzulegen vermag. Eigentlich will ich nur sichergehen, dass tatsächlich ich es bin, der hier sitzt und kein anderer. Meine Probleme sind nicht ihre Probleme. Doch ihre wurden irgendwann einmal zu meinen. Sie zwingen mich zu all dem hier und ich hasse sie dafür. Deshalb bin ich mir oft nicht wirklich so sicher. Sicher darüber, ob hier nicht doch der Falsche sitzt. Darauf werde ich wohl nie eine Antwort finden, weil die Frage an sich nur weitere Fragen aufwirft. Mein Daumen streichelt das kleine herausstehende Metallstück mit dem erhöhten Druckpunkt. Er müsste noch nachjustiert werden, damit es leichter geht. Es kostet einen sonst noch mehr Überwindung. Mehr als es das ohnehin schon tut.

Boah. Die Gedanken kreisen wieder um so viele Dinge, dass mir so ist, als würde mir der Atem abgeschnürt werden. Ein vermeintlicher aus dem Nichts entstehender Kloß, der sich im Hals immer mehr breitmacht und irgendetwas zu unterdrücken versucht. Nicht viele kennen ein derartiges Gefühl, zumindest nicht mit so einer Intensität wie ich es gerade wieder ertragen muss. Jeden Tag beschleichen mich diese Gefühle. Und die Tage mit ihnen werden länger und länger. Was du eigentlich tun oder ausdrücken möchtest spielt sich immer nur in deinen Gedanken ab. Es schmerzt anders zu sein. Banale Dinge des Alltags, die du einfach nicht wie andere erleben kannst und du sie dir aufgrund deines Zustandes deswegen nur vorstellen musst. Es ist nicht leicht, oftmals sogar recht anstrengend so zu tun als ob. Einer von ihnen zu sein.

Mir fällt es zum Beispiel immer schwer mich für andere zu freuen, wenn einer beispielsweise eine „Eins" in einer sehr schweren Klassenarbeit geschrieben oder jemand gerade seinen Führerschein bestanden hat. Ich lächle zwar, aber das ist nur gespielt. Mich interessiert das ehrlich gesagt einen Scheißdreck. Was hab ich davon? Und vor allem, was hat der Betroffene davon, wenn ihm jeder auf die Schulter klopft und sagt, „Gut gemacht". Macht er deswegen jetzt vielleicht eine zweite Führerscheinprüfung und *dann noch eine und dann noch eine? Die einzige Bestätigung, die ihm in Zukunft von Nutzen sein wird, wird die sein, wenn er nicht in die Verkehrsstatistik für Unfalltote rutscht. Mal ehrlich, was soll der Scheiß? Was seid ihr alle so verfickt, verweichlichte Loser? Alle auf der Suche nach Bestätigung und Lob. Ihr kotzt mich allesamt nur noch an.*

Ah, meine Augen stehen wieder offen und wieder starrt mich dieser Blick mit den herabhängenden, schattigen Lidern an. Wie ich so dasitze, mit dem Lauf zwischen den Zähnen. Erbärmliches Stück Scheiße. Ich hasse alles an ihm. Seine Präsenz. Das Leben. Die dunklen, fettigen Haare, der kalte Blick und diese verpickelte, vernarbte Fresse, die sich auf diesem klapprigen Drahtgestell emporhebt. Widerlich und abstoßend. Ich möchte es ihm nehmen, es immer wieder so gerne beenden, aber ich wage es nicht. Feigling.

Die Gedanken überschlagen sich, zerren an meinem Verstand. Die Narben an meinem Rücken tun ihr nötiges, um mich hier zu halten. Wach. Ich muss wach bleiben. Ich fühle mich so erschlagen. Doch was soll man tun, wenn man nur diesen einen Gefühlszustand kennt. Mit dem du alles und jeden verbindest. Wenn du plötzlich alles und jeden hasst, weil du für mehr einfach nicht taugst. Wäre sowas nicht furchtbar? Für jeden anderen vielleicht. Für mich ist es zu einer Selbstverständlichkeit geworden. In manchen Nächten reicht ein Blick in den Himmel, um sich der Tatsache bewusst zu werden, was für unbedeutende kleine Punkte wir in diesem Universum darstellen. Das unsere vorübergehende Existenz für jeden anderen da draußen weder die richtige Antwort liefert, geschweige denn, jemals von Relevanz sein wird. Wir, eine sich selbstschaffende und weiterentwickelnde Imagination unseres verzerrten Fantasiegebildes. Willkommen in meiner Welt.

Ich starre das ekelerregende Etwas direkt vor mir an, suche nach weiteren Fehlern. Ich möchte in Tränen ausbrechen, doch ich kann es nicht. Tränen. Ich kann nur an ihre physische Form und ihre zugesprochene Bedeutung denken, sie aber nicht manifestieren, erleben, noch auf meiner Haut fühlen. Trotz der gedanklichen Leere in meinem Kopf spüre ich ständig diesen Druck. Gott, dieser Druck ist die Hölle. Er ist gewaltig, übt eine Anziehungskraft aus, der man sich nicht entziehen kann. Es ist schwer das zu beschreiben. Egal ob beim Aufwachen oder zu Bett gehen. Er ist allgegenwärtig, omnipräsent. Für Sekundenbruchteile blitzen Gesichter auf, wirr zusammengewürfelt und ohne erkennbaren Zusammenhang. Vergangenheit und Gegenwart werden für einen kurzen Moment eins und driften im nächsten Moment dann wieder vollkommen auseinander. Ich versuche oft an nichts zu denken, will mich von diesem Druck lösen und einfach nur schlafen. Die ständige Müdigkeit erschwert es mir, mich zu konzentrieren, weil ich irgendwie an vielen Orten gleichzeitig zu sein scheine, obwohl ich hier bin. Ich bin mir meines Bewusstseins nicht bewusst, so verrückt es sich anhört. Ich fühle bzw. weiß einfach nicht, ob ich wirklich da bin. Doch wer ist das schon? Die Frage kann einen in den Wahnsinn treiben, je weiter man ausholt oder über ihren Sinn nachdenkt. Wie oft habe ich versucht im Hier und Jetzt zu bleiben, mich dazu zu zwingen, des gegenwärtigen Momentes bewusst zu werden. Doch immer wieder ist da dieses energische Zerren aus dem Inneren heraus. Es will mich wieder hinab in die Dunkelheit reißen. Und dort erst einmal angekommen gibt es keinen Weg mehr zurück. Man geht in sich selbst verloren. Wer mich kennt, glaubt zu wissen was in mir vorgeht. Sie alle liegen natürlich falsch. Sie wissen nichts, gar nichts. Sie glauben nur zu wissen, allerdings ohne jedweden wirklichen Glauben an ihr Wissen. Paradox. Verwirrend. Ohne Bedeutung.

Ein Beispiel. Sie schreiben einen Aufsatz über Ihr Leben, mit dem Ziel, einen Text mit null Fehlern zu verfassen. Auch nur ein Fehler würde bedeuten, dass Sie auf ganzer Linie versagt haben. Der Umfang des Textes, die Zeichenzahl, wird nicht eingeschränkt und liegt somit in Ihrem Ermessenspielraum. Mit 99prozentiger Wahrscheinlichkeit würden Sie keinen Text verfassen, der über eine Seite hinausgeht. Denn mit jedem zusätzlichen Wort oder Satzbaustein erhöht sich selbstverständlich überproportional die Wahrscheinlichkeit und somit das Risiko einen Fehler zu begehen. So wie im wahren Leben. Jeder weitere Satz führt zu mehr Verunsicherung, jedes Zeichen mag demnach wohl überlegt sein. Aber was wenn uns der Fehler bereits in der Überschrift passiert ist? Wir plötzlich aufgrund des bestimmenden Themas den eigentlichen Kontext aus den Augen verlieren? Er ist Ihnen in Ihrem Optimismus vielleicht gar nicht aufgefallen, weil Sie aufgrund Ihres Wissens davon ausgehen, dass Ihre Lösung korrekt ist. Bei vielen wachsen die Zweifel gemeinsam mit der Bedeutung ihres Ergebnisses. Kann ich davon ausgehen, dass ich alles richtig gemacht habe? In welches Gewicht fallen Folgefehler, wenn ich es doch einfach nicht besser wusste? Was sagen Fehler über uns aus? Nichts. Gar nichts. Denn vielleicht ist derjenige, der am Ende den Fehler aufdecken sollte genauso dumm wie derjenige, der den Text verfasst hat. Vielleicht sogar noch dümmer, was in unserer Welt häufig eine anfänglich fälschlich wahrgenommene Niederlage in einen Sieg verwandelt. Nur wer im entscheidenden Moment wirklich die Antwort und Wahrheit kennt vermag darüber zu urteilen. Ich kenne sie. Meine Fehler und Wahrheiten. Doch einen Sieg konnte ich bisher nicht davontragen. Mein Aufsatz besteht nur aus Fehlern, angefangen mit dem ersten Buchstaben, der zunächst nur die Präsenz meiner Existenz belegen soll. Ich will sagen, hey, ich bin da, ich existiere. Doch in dieser Welt zählt nur das Ergebnis. Und meins ist mangelhaft. Was in Ihnen nun einen kurzen Moment der vorübergehenden Enttäuschung auslösen könnte, lässt für mich eine ganze Welt in Flammen aufgehen und in sich zusammenbrechen. Denn wieder habe ich versagt. Es beginnt mit einem spürbar anhaltenden Temperaturanstieg, gefolgt von einem nervösen Zittern der Gliedmaßen und anschließendem Zusammenziehen der Innereien. Die darauf einsetzende Panik und Achterbahnfahrt der Emotionen nährt den Druck bis ins Unermessliche. Es ist eine Phobie, die sich gegen alles und jeden richtet und man steht ganz kurz davor zu kollabieren. Man hat das Gefühl zu explodieren, gekoppelt an das Verlangen dabei alles und jeden mit sich zu reißen. Ja. So ergeht es mir jeden Tag.

Der Bastard im Spiegel starrt mich weiter an. Hörst du mich? Du Stück Scheiße. Drück endlich ab! Tu einmal im Leben etwas von Bedeutung! Erlöse dich von deinem Schmerz und zeig mir, was wirklich in dir steckt! Das Zittern beginnt von Neuem. Der Daumen rutscht hin und her. Ich stöhne, keuche, presse die Augen zusammen und stoße einen langanhaltenden stummen Schrei aus. Gleich, ja, gleich ist es geschafft. Keine weiteren Überwindungsängste mehr. Ich will es sehen. Ich muss. Ich öffne die Augen und presse dabei ruckartig das Handgelenk in Richtung des Laminatbodens. JA. KLICK.

Der Druckpunkt ist überwunden, der Abzug bis zum Anschlag zurückgeworfen. Ich höre den Schuss im Inneren meines Kopfes, spüre die Wucht, die meine Backen platzen und meinen Hinterkopf zerbersten lässt. Hirnmasse, die links und rechts zusammen mit einem gewaltigen Blutschweif durchs Zimmer getragen wird und sich auf dem Bett sowie den umliegenden Wänden und Schränken niederschlägt. Das einst farblose Zimmer ist nun vollständig in Blut getränkt. Der rote Lebenssaft legt ein letztes Zeugnis meiner irdischen Anwesenheit ab. Meine flüchtige Präsenz. Der Griff am Gewehr ist gelockert... so, dass der Körper nun ungebremst sanft nach hinten gleiten und sich auf der Matratze niederlegen kann. Ich falle und fühle mich frei. Befreit von all dem Schmerz und dem Druck. Befreit von den fremden Erwartungen, die an mich gestellt wurden. Ich gleite vorbei an den spottenden Gesichtern und skeptischen Blicken. Ich genieße jene letzte Sekunde, verschwende kei-

nen weiteren Gedanken an sie. Ich bade in dem warmen Meer aus Blut, plansche darin und verfalle der befremdlichen Euphorie, die mich innerlich erfüllt. Ich bin glücklich. Zum ersten Mal in meinem Leben. Ja, das bin ich. Ich und kein anderer. Das Ergebnis.

Das Zittern der leblosen Hülle wird bald vorüber sein. Die Temperatur wird fallen und die Panik für immer erloschen sein. Irgendwann. Doch nicht heute. Ich öffne die Augen und sehe wieder in den Spiegel direkt vor mir. Wir beide sind immer noch da. Nichts hat sich geändert. Bis auf das unspektakuläre Klicken war nichts von dem was ich gerade erlebt hatte tatsächlich geschehen. Es war nichts als eine weitere feige Flucht in die Tiefen meiner Gedanken, während das Päckchen mit der Munition erst am Dienstag durch Menschen wie sie geliefert werden würde. In meinen Händen befand sich also nur ein weiteres lebloses Objekt, dass an sich nichts bewirken würde. Ohne die passende Munition bliebe das Instrument somit genauso nutzlos wie derjenige, der es führen sollte. Gut, dass die Munition, die mich laden sollte, bereits durch euch geliefert wurde.

Kapitel I – Tagesgeschäft

Abschnitt 1.1 – Bewegung

Die Geschichte mahnt uns, die Geschichte lehrt uns. Und immer in dieser Reihenfolge. Erfolge sind vergänglich, Misserfolge hingegen bleiben haften. Sie erinnern uns an das eigene Scheitern. Jetzt und in der Zukunft.

Ich saß noch in meinem Wagen, als die Nachrichten das Volk über die Terroranschläge in Berlin, München und Hamburg in Kenntnis setzten. In Deutschland herrschte somit ab diesem Zeitpunkt so etwas wie Ausnahmezustand. Es waren jeweils nur kleine Sprengsätze in Bistros, Kinosälen und vor dem Bundestag deponiert und anschließend aus sicherer Entfernung gezündet worden. Rauf und runter. Sie würden wieder Wochen damit verbringen, sämtliche Hintergründe und Hintermänner auflisten zu wollen. Wir gieren ja bekanntlich nach Informationen, saugen sie auf, wie ein ausgehungerter Schwamm. Wir hegen insgeheim die Befürchtung, wir könnten etwas verpassen, als gäbe es in diesem Moment nichts Wichtigeres als einfach alles zu wissen.

Die objektive Berichterstattung hatte sich seit 9-11 drastisch verändert und unlängst verabschiedet. Mit Einläuten dieses Tages erfanden die seriösen Nachrichtenagenturen den allumfassenden Begriff „Entertainment" für sich vollkommen neu. Wiederholungsschleifen von blutüberströmten, kreischenden Menschen, die der Staubwolke des Todes zu entkommen versuchen. Eine Geschichte in der Geschichte. Schachteljournalismus. Je blutiger die Bilder und je jünger die Opfer desto höher die Einschaltquoten und unser Verlangen nach Antworten. Wir verachten zwar diese Taten, gieren jedoch insgeheim nach ihnen. Wir schalten den Fernseher an und hoffen auf etwas „Besonderes". Die Nachrichten darüber, welcher Star sich irgendwelches Botox in die Eichel gespritzt hat, um den natürlichen Sackfalten zu entfliehen, sind doch allesamt ausgelutscht und längst nicht mehr medienwirksam. Sind wir doch mal ehrlich, uns erfreut es doch viel mehr, wenn sich ein ohnehin unbeliebter C-Promi vom Dach eines B-Promis wirft und gleichzeitig irgendeinen A-Promi in seinem Abschiedsbrief für sein verpfuschtes Leben verantwortlich macht. Es zaubert uns ein zynisches Lächeln aufs Gesicht. Zumindest wenn wir alleine sind. Erreicht es uns im Beisein eines Mitmenschen dann schütteln wir erst einmal äußerlich vorwurfsvoll und bei ernster Mine mit dem Kopf, kugeln uns aber innerlich vor Lachen die Gelenke aus. Schütteln Sie jetzt bitte mit dem Kopf, wenn ich mit meiner Vermutung so daneben liegen sollte. Wir sind süchtige Flüchtlinge der realen Welt, immer wieder auf der Suche nach der nächsten skurrilen Gegebenheit, die uns kurzweilig Erheiterung verspricht. Das Internet scheint dabei für die Bedürfnisbefriedigung wie geschaffen und ein Segen zu sein. Terroristen und ihre Bomben. Manchmal habe ich das Gefühl, die sind allesamt Feiglinge. Nicht fähig von Angesicht zu Angesicht ein Problem zu lösen. Islamischer Staat, Al Kaida oder unter welchem Deckmantel auch immer erneut versucht wird, mit Religion alles erklären zu wollen oder sich zu entschuldigen. Wir haben Begriffe wie „Psychopath", „Religiöse Fanatiker" oder „Politiker" erfunden, um uns selbst in Sicherheit zu wiegen, wir wüssten eine Antwort auf das Unerklärliche. Eine Schublade, die wir öffnen und gewisse Taten hineinpressen, damit wir nicht im Dunkeln tappen brauchen. Aber es sind nur Worte, hinter denen sich alle individuellen Mysterien zu verstecken versuchen.

Ich versuche gar nicht erst wie die zu sein. Ich akzeptiere mein Umfeld so wie es ist, denn ich habe es verstanden. Wir haben zweifellos versucht, das Chaos zu ordnen. Allerdings haben wir uns damit mehr und mehr den Willen anderer aufzwingen lassen. Ich kann nicht leugnen, dass es in gewissen Situationen Sinn macht, die Individualität und deren Ansichten einzuschränken oder auszugrenzen. Stellen Sie sich mal vor wie viele Verrückte, Serienkiller und Vergewaltiger durch die Straßen ziehen würden, wenn wir ihnen ohne Gesetze erlauben, zu sein wer sie sind. Ein erschreckender Gedanke, wie viele von denen ihre Maske fallen lassen würden, hätten diese innewohnenden Verhaltens- und Gedankenmuster uneingeschränkten Handlungsspielraum aufgrund eines anarchistischen Umfelds.

Ich ertappe mich oft selbst dabei, wie ich häufig meinen Bedürfnissen unterliege. Ich zeichne mir dabei meine eigene Realität. Es ist schließlich meine Realität. Sie gehört niemanden, selbst nicht mir alleine und trotzdem versuche ich sie vor äußeren Einflüssen zu schützen. Die Welt befindet sich in ständiger Bewegung, genauso wie ich. Allerdings hält sie, im Gegensatz zu mir nicht einmal für den Bruchteil einer Sekunde inne und schaut zurück. Sie hinterfragt nicht was wir getan haben, sie verdammt nicht diejenigen, die es getan haben. Sie dreht sich einfach immer weiter und auch ich versuche es ihr gleich zu tun.

Doch jede weitere Bewegung führt bei mir unweigerlich zur Ermüdung. Ich bin echt müde, habe das Radio längst wieder abgeschaltet. Seit Stunden ist mir kein Mensch mehr auf dem Kirchberg begegnet. Es ist spät, die Sterne funkeln im vollen Glanze, während der von Abgasen verpestete Wind der Nordseite meinen Wagen mit neuer, moderner Lebensenergie füllt. Ich sollte in den Schlaf gewogen werden, doch die Unruhe in mir widerspricht lauthals. Ich nehme einen weiteren tiefen Zug, über etwaige gesundheitliche Schäden mache ich mir, wenn überhaupt, erst später Gedanken. Verrückte Welt. Ich sollte eigentlich früh schlafen gehen, aber ich genieße die anhaltende Einsamkeit zu sehr. Dieser Moment vollkommener Freiheit ist ein Geschenk. Ich fürchte mich nicht vor dem Morgen. Ich fürchte das Vergangene, das Gestern und das

Vorgestern und die Tage davor. Dinge, die mich zu dem gemacht haben, der ich heute bin. Hier und jetzt am Fuße eines Abhangs, die Sterne beobachtend, nach dem Sinn des Lebens suchend. Und wie ich eingangs andeutete, ist es nicht mit nur einem Begriff getan. Es ist nicht nur eine Schublade oder gar ein ganzer Schrank, in den sie mich bequemerweise hineinstopfen können. Es ist viel mehr als ihnen jemals bewusst sein wird. Wenn es schon mir, denjenigen den es letztendlich betrifft, schon nicht eindeutig klar ist, wie können sie sich dann anmaßen, das ganze Ausmaß meines Kosmos verstehen zu wollen? Manche Fragen bleiben eben unbeantwortet, dies sollte man akzeptieren. Nicht für alles muss eine Erklärung gesucht oder ein neuer Begriff gefunden werden. Manches geschieht, weil uns das „Hier und Jetzt" eben zu diesem Zweck bestimmt hat. Unser gegenwärtiger Geisteszustand entwickelte sich aus der Summe sämtlicher zurückliegender Erfahrungen. Und mit jedem weiteren Tag gewinnen wir mehr an Individualität dazu und grenzen uns von den anderen ab. Wir verändern uns unaufhaltsam weiter. Würden Sie von sich behaupten, dass irgendjemand auf diesem Planeten 1:1 Ihr Leben führt oder geführt hat? Also bitte, schieben Sie sich doch diese tolle Schublade sonst wo hin. Ich schließe meine Augen und fühle die Schläge meines Herzens in meiner Brust. Der Takt wiegt mich in Wohlwollen, er übertönt alles, was nicht zu mir gehört. Ich könnte beruhigt einschlafen, doch ich will es nicht. Noch nicht. Denn ab morgen wird sich die Welt sowohl für mich als auch für viele Andere nicht mehr weiterdrehen.

Der Wecker klingelt seit 05:15 Uhr und immer wieder schalte ich ihn ab. Ich muss erst um 07:30 Uhr auf der Arbeit sein, aber Nina wird mich wie jeden Morgen wieder darum bitten, unsere Kleinen zur Schule bzw. in den Kindergarten zu fahren. Nur damit sie ausschlafen und fit für ihren Job um 09:30 Uhr an der Kasse unseres Drogeriemarktes sein kann. Ich bräuchte immer zu lange im Bad. *»Wann stehst du endlich auf und machst dich fertig, Armin?«*, schimpft sie ständig. Manchmal ist sie echt eine nervige Furie und ich habe so langsam echt keinen Bock mehr darauf, immer wieder zu Beginn eines Tages ausgerechnet ihr Gesicht und diese Stimme ertragen zu müssen. Ich scheue mittlerweile sogar das Licht anzumachen, aus Angst was mich erwarten würde. Ich brauch' dringend einen Kaffee.

»Niels, Lukas, Marco. Seid ihr schon wach?«, flüstere ich in das düstere, beengte Schlachtfeld eines Kinderspielzeugparadieses. Eine Stunde. So lange hab ich heute im Bad verbracht. Verdammt nochmal, ich musste duschen, eincremen, mich rasieren, „überall" rasieren. So etwas braucht halt Zeit. Zeit, die ich durch das neue morgendliche Ritual kaum noch habe. 05:30 Uhr spätestens aufstehen. 06:30 Uhr versuchen noch vor der offiziellen Rentnerzählung frische Brötchen beim Bäcker an der Ecke zu erhaschen. 06:35 Uhr, mich ermutigen, der Stimme der Vernunft, also mir, Folge zu leisten und keinem der Alten den Krückstock wegschlagen zu wollen. Der Stress beginnt mit jedem Erwachen aufs Neue. Zweifelfreies Zeugnis darüber legen meine Krähenfüße ab, die ich mit noch so viel NIVEA-Creme einfach nicht in die Knie gezwungen bekomme. Als Single kannte ich diese Probleme nicht, aber das

war vor gut 21 Jahren. Das Wort „Familie" hatte damals noch eine ganz andere Bedeutung für mich und hatte tatsächlich kaum was mit familiären Aktivitäten und insbesondere nichts mit Mitgliedern meiner Blutlinie zu tun. Früher waren meine Freunde meine Familie. Wir taten untereinander mehr füreinander als dies heute der Fall ist. Im Alter schläft vieles ein, aber trotzdem bleibe ich mir treu und rasiere mir meinen Intimbereich noch wie vor 21 Jahren. Man weiß ja nie wen oder was der Tag so bringt. Nina war damals wunderschön. Sie hatte eine athletische Figur, das Proben für das erste gemeinsame Kind konnte man gut und gerne als ausdauersportliche und abendfüllende Aktivität bezeichnen. Heute wiegt sie gut 25 Kilo mehr, was nicht nur an der gespachtelten Schminkmasse in ihrem Gesicht liegt, damit sie auf der Arbeit jugendlicher wirken kann. Nein. Während ich auf meine Ernährung achte, haut sich diese aufgedunsene Fast-Food-Dschihadistin reihenweise Zuckerbomben unbekannten Ausmaßes rein. Wir mussten doch tatsächlich das Lattenrost unterhalb des Bettes mit Holzklötzen verstärken, damit wir nach immer seltener werdenden, sportlichen „Aktivitäten" beruhigt zusammenbrechen konnten. Ich liebe mein Leben, auch meine Plagen aus unlängst erfreulicheren Zeiten. Aber ich vermisse gewisse Vorzüge der Vergangenheit. Ich erhebe meine Stimme damit der Tag endlich ins Rollen gerät: *»Wenn Ihr jetzt nicht aufsteht, dann verlasse ich Eure Mutter und ziehe mit einer 20-Jährigen nach Sri-Lanka. Dann könnt Ihr gucken wie Ihr in die Schule kommt!«* Mit dem „Erheben" der Stimme hatte ich eben vielleicht etwas untertrieben.

Ich rieche den Kaffee, den sie nach altmodischer Manier in der Kaffeemaschine ihrer Mutter zubereitet. Das alte Ding ist dabei so laut, dass es einem nur sehr schwer fällt im Bett schlafend liegen zu bleiben. Ich sage ihr nicht, dass Thomas mich bereits vor 20 Minuten per WhatsApp-Nachricht mit einem Kuss-Smiley geweckt hatte. Sie verbietet mir einen festen Freund, obwohl sie weiß, dass ich keinen Sex habe. Sie meint, ich sei mit 17 noch zu jung dafür. Angesichts dessen, was mir passiert ist, irgendwie verständlich. Jungs in meinem Alter seien wie Tiere, dauergeil, unreif und schwanzgesteuert, wie sie es immer wieder gerne ausdrückt. Wenn sie wüsste, was andere in meiner Klasse bereits mit 15 oder 16 gemacht haben, sie würde lauthals aufkreischen und einen Exorzisten für sich und gleich für mich mit bestellen. Früher war ja bekanntlich alles anders. Die Mädchen waren geziemt, sie waren der Inbegriff von Anstand und Moral. Jungs waren kleine Prinzen. Höflich wie Papa. *»Pustekuchen«*, würde Papa jetzt wieder sagen. Papa war in solchen Sachen immer sehr ehrlich. Er versuchte gar nicht erst Dummheiten schön zu reden. Ich war, und würde es immer sein, sein kleines Mädchen. Ich vermisse ihn wahnsinnig und ich weiß, sie tut es auch. Ich höre sie oft im Bett weinen. Seinen Namen rufen. Nachts verschwindet sie oft heimlich im Bad, hofft, dass ich es nicht mitbekomme, wie sie sich das Handtuch auf das Gesicht presst und ihre Trauer zu unterdrücken versucht.

Es ist nun wenige Monate her. Henrik, ein ehemaliger Mitschüler aus der Parallelklasse, hat ihn an einem Samstagabend nahe eines Zebrastreifens mit seinem Golf angefahren. Er wollte einen auf „cool" machen, hieß es im Polizeibericht. Der Mistkerl ließ bereits an der Ampel die Reifen durchdrehen, schoss wohl aus einer 30er-

Zone kommend mit über 50 km/h durch die Kurve. Da die 30er-Zone jedoch, zumindest juristisch gesehen, an dieser Stelle bis zu diesem Tag als abgeschlossen galt, konnte eine Tempoüberschreitung am Zebrastreifen nicht als vorsätzlich fahrlässig geahndet werden. Heute schon. Juristisch. Dazu kam noch, dass mein Vater nicht ordnungsgemäß und somit selbst fahrlässig den nahegelegenen Zebrastreifen für die Überquerung nicht genutzt hatte. Ich hielt das alles nur für einen dummen Witz. Viel schlimmer war es aber zu erfahren, dass Henrik sich wohl anfangs, kurz nach dem Aufprall, erst ausgiebig über die Schäden an dem tollen Geschenk seines reichen Vaters, dem neuen Golf mit 130 PS, ausgelassen haben soll statt sich um den verletzten Mann zu seiner Rechten zu kümmern. Den hatte er geschlagene drei Minuten einfach ignoriert. Es waren Josh und Tanja, die schließlich den Notruf alarmierten und Henrik davon abhielten einfach abzuhauen. So erzählt man es sich jedenfalls auf dem Schulhof. Doch für ihn, meinen Vater, kam damit jede Hilfe zu spät. Das Geschenk seines Vaters hat mir meines genommen. Es ist beängstigend wie gut ich mit diesem Verlust klarkomme. Nicht falsch verstehen, auch ich weine beinahe täglich. Aber ich glaube, dass ich von uns Beiden die Einzige bin, die sich mit der Tatsache mittlerweile einfach abgefunden hat. Vielleicht habe ich diese Charaktereigenschaft des Ausblendens einfach durch die zurückliegende Vergewaltigung übernommen und dann auch hier angewandt. Ich weiß es nicht. Muss ich auch nicht mehr. Zwei Jahre sind meine Eltern mit mir durch die Hölle gegangen, bis es endlich „Klick" gemacht hat. Doch das Klicken hat danach aufgehört. Der Schalter sitzt fest. Mein Vater ist tot und er kommt nicht wieder. Er würde jetzt sagen, *»Das Leben geht weiter.«* Punkt.

»Na, Kleines... Und? Hast du gut geschlafen?« Frische Pfannkuchen. Die hat sie schon lange nicht mehr gemacht. *»Ja. Kochst du für mich bitte noch ein paar Eier? Aber bitte hart.«* Sie wusste,

dass ich am Samstag vergessen hatte welche in den Einkaufswagen zu legen. *»Wir haben keine Eier mehr. Die Letzten hab ich gerade für die Pfannkuchen aufgebraucht. Du Weichei, wie du wieder aussiehst.«* Ich räuspere mich und kaschiere damit meine Reaktion bezüglich des misslungensten Wortspiels ever. Ich ignoriere sie, hatte sie mich doch vergangenen Samstag wieder nicht in die Disco gehen gelassen. Sie schob es auf die Eier, aber um ehrlich zu sein ist ihr jeder banale Grund recht mich zu Hause zu halten. Sie erlaubt mir seit seinem Tod keine Form der Ablenkung, Spass oder einfach mit meinen Freunden abzuhängen. *»Also, wie hast du geschlafen?«* Ich schweige und gieße mir zunächst ein wenig schwarzen Wachmacher in die Tasse.

»Ich bin ausgeschlafen und fit für den großen Tag. So sorget euch nicht, oh, du meine fürsorgliche Mutter.«

»Siehst aber irgendwie nicht danach aus. Vielleicht machst du heute Abend zur Abwechslung mal nicht so lange. Reich mir mal die Milch, Yvonne.«

Es trennen mich tatsächlich nur noch wenige Tage bis zu meiner heiß ersehnten Volljährigkeit. Der Tag, an dem ich endlich meine eigene Herrin über mein Leben sein würde. *»Pustekuchen«*, würde mein Vater in dieser Situation wieder einmal sagen.

»Übrigens fahr' ich euch heute zur Schule. Denise' Mutter hat wohl Magen-Darm, darum hol ich euch heute Mittag auch wieder ab. Ich hab meine Schicht getauscht, somit haben wir nach Schulschluss den ganzen Tag für uns. Ich dachte, wir gehen dann einkaufen. Klamotten oder wie du magst.«

Ich hatte meinen Nachmittag bereits mit Thomas verplant. Verdammt, kann ich also wieder alles über den Haufen werfen. *»Ach komm schon, Mutter. Du weißt doch genau, dass ich heute mit Verena ein wenig in die Stadt wollte. Das hab ich dir gestern schon* *gesagt. Sie ist gerade aus der Türkei zurück und hat bestimmt einiges zu berichten, was ich wiedermal alles verpasst habe.«* Sie lächelt, hatte sie meine Anspielung in ihrer Weisheit wiedermal korrekt übersetzt. *»Junge Dame, für Solo-Trips im Bikini, in einem weit entfernten Land bist du mir noch ein bisschen zu jung. Fang bitte nicht wieder damit an. Wir haben uns doch nach der letzten Diskussion wieder so gut verstanden. Und was heute Nachmittag angeht, das scheint mir wohl deswegen entgangen zu sein, weil du mir davon bis eben nichts erzählt hast. Und zufällig weiß ich, dass Verena montags ihre Klavierstunden hat. Lass dir also bitte etwas Besseres einfallen, um deine fähige Mutter hinters Licht zu führen.«* Verdammt. Die Frau war klüger als sie aussah. Die folgenden Worte konnten nun darüber entscheiden, ob ich meinen achtzehnten Geburtstag überhaupt noch erleben würde. Früher hätte ich ihr ohne großes Zögern von Thomas erzählt. Aber seit dem Unfall lass ich Themen wie Liebe oder den Ausblick auf eine gemeinsame, gesunde Zukunft mit einem Jungen, weit abseits dieses Heimes, lieber unter den Tisch fallen. Sie lächelt mich an, zeigt mir, nein, bettelt darum, dass ich ihr doch mehr Vertrauen entgegenbringen sollte. Ich enttäusche sie nur ungerne. Zu sehr wünsche ich mir, dass sie sich für mich freut. Doch ich kenne die Wahrheit. Es bricht ihr das Herz, wenn ich ihr erzählen würde, was meine Ziele nach der Schule sind. Doch wir verharrten nicht lange in ungewollter, peinlich berührter Stille mit fragenden Blicken. Denn uns fiel schlagartig auf, dass sie den Küchentisch schon wieder für drei Personen gedeckt hatte.

Wir liebten uns seit Stunden eng umschlungen. Wir liebkosten unsere Lippen und andere Körperregionen, bis wir, innig verschmolzen, den Höhepunkt unserer unbändigen Lust erreicht hatten. Plump gesagt, wir vögelten uns den Verstand aus dem Schädel, wie zwei junge Karnickel.

Carmen hat sich seit den gemeinsamen Studenten-Tagen immer gut um mich gekümmert. Das war vor etwa genau, ich glaube... ja, drei Jahren. Es ist Zufall oder vielleicht sogar Schicksal, dass wir beide heute am gleichen Gymnasium unterrichten. Gleich am ersten Tag machten wir ein lang gehegtes Versprechen wahr. Sex im Lehrerzimmer bei Wein und Kerzenschein. Das Erlebnis und auch das Ergebnis waren so gut, dass wir es eine Woche später wiederholen mussten, und die Woche darauf... naja, Sie wissen schon. Sie ist unersättlich. Ihre Stimme versinkt innerhalb der Geräuschkulisse des feuchtfröhlichen Geschmatzt an ihrem Ohrläppchen. Sie konnte sich einfach nie beherrschen, wenn ich erst damit angefangen hatte, ihr am Ohrläppchen herumzuknabbern und sie dabei sanft am Hals zu streicheln. *»Wenn du mich fragst, waren die Ferien viel zu kurz. Da fällt mir ein, ich muss heute übrigens rüber zu Heini, den neuen Vergaser abholen.« »Du hast doch erst die Scheinwerfer und das Sportfahrwerk in diesem Jahr erneuert. Mensch Markus, was soll das? Wir wollten dieses Jahr in die Staaten reisen und du wirfst unser Geld aus dem Fenster, als würde es auf Bäumen wachsen.«* Ich entschuldige mich und setze mich an den Platz zu ihrer Rechten. Insgeheim waren mir ihre Ängste bewusst. Die Erwartungen an die gemeinsame Reise in die USA waren höher als an all die anderen gemeinsamen Abenteuer zuvor. Sie wollte endlich den Ring sehen, den ich bereits vor Mo-

naten gekauft habe. Mir fehlte es bislang nur an der Entschlussfä-
higkeit und dem notwendigen Mut. *»Ich hab das mit der Reise
garantiert nicht vergessen. Das wird schon. Hör zu, ich brauch das
mit der Bastelei einfach, damit ich ausgeglichener für dich bin.«*
Ich lenke ab, damit sie keinen Verdacht hegt. *»Und ich dachte
bisher immer, dafür hast du mich.«* Touché.

Ich streiche ihr durch das Haar, als wäre es das erste Mal. Behutsam und sanft, genau so wie sie es mag. *»Hör zu, Schatz. Ich will
mich so früh am Morgen nicht mit dir streiten. Ich habe einfach
nur Angst, dass uns unsere so strenggeheime Beziehung irgendwann mal im Kollegium zum Verhängnis wird. Die Kiddies tuscheln
schon auf dem Schulhof, rufen dir nach, du seiest eine Hot-Milf,
dass du mich sehr bald an einen von ihnen verlieren würdest. Diese
Konkurrenz macht mich da schon ein bisschen eifersüchtig und ich
muss da dringend gegenhalten. Vor allem, weil ich es sein möchte,
der dich erst zu einer „Milf" per Definition macht. Wir haben oft
drüber geredet, über unsere Träume, über Kinder und bald machen
wir all das wahr, was wir immer vorhatten. Gemeinsam.«* Sie
schließt ihre Augen, verbirgt ihre offensichtliche Enttäuschung,
drückt mir einen Kuss auf die Wange und schreitet graziös mit
dem Handy durch den offenen Torbogen, welcher der Abgrenzung
des Wohnzimmerbereichs von der eingebauten Küchenzeile dient.
Ich hatte sie wieder mit irgendwas verärgert. *» Ich gehe jetzt mal
unter die Dusche.«* Aber ich hatte wieder einmal nur Blicke für
ihren Körper. Verdammt, was hatte sie nochmal gesagt?

»Ich liebe dich«, rufe ich ihr verheißungsvoll hinterher, doch sie
verwehrt mir jedwede Antwort. Sie lässt mich stehen, straft mich
mit Schweigen. Dabei hatte der Morgen so gut angefangen.

Trotz des morgendlichen Taus und dem seichten Nebelschleier schienen die Sonnenstrahlen inmitten der prunkvoll bewirtschafteten Korridore der Gustave Doré Allee behutsam herab. Sie wärmten zwar nicht den Asphalt, doch brachten sie das farbenfrohe Antlitz des umliegenden Naturschauspiels in all seiner Pracht minutiös zur Geltung. Kirch- und Apfelbäume stehen streng aneinandergereiht wie Soldaten, bestückt mit leckeren Früchten, Ihren Waffen der Versuchung. Gepflegte Rosenbüsche, rot an gelb, rosa an weiß, die zur frühen Jahreszeit den Verliebten als Inspiration und dem inneren Wohlwollen dienten. Ein harmonisches Miteinander, friedvoll und mäßigend.

»Hast du jetzt ne' Kippe oder nicht?«, grölt Ben in die Runde von fünf pubertierenden Halbstarken. Nur vier Meter von jener Bushaltestelle entfernt, an der besorgte Mütter und Väter im Sekundentakt ihre geliebten Schützlinge zur weiteren Abfertigung abluden. Sie drücken ihnen einen feuchten Kuss auf die Wangen und richten ein letztes Mal den Ranzen, ehe sie sich zum hundertsten und letzten Mal darüber erkundigt hatten, ob sich das Pausenbrot nun wirklich in der hinteren linken Rucksacktasche befand. *»Ey Alter, jetzt gib mir schon eine. In 7 Minuten kommt der Gefangenentransport und ich schmachte bestimmt keine weitere Viertelstunde in dieser Einöde. Rück raus, du Lappen oder es gibt eins in die Fresse!«* Der Name des forschen Jungen ist Ben Gobin. Er ist kein unbeschriebenes Blatt, seine Drohungen waren in der Gruppe durchaus immer ernst zu nehmen. Eingeschüchtert überreicht ihm Daniel die Schachtel und zündete sich in kollegialer Gesinnung zugleich selbst eine an. Er schaut in die Runde und sieht wie Kevin

hastig auf seinem neuen Samsung herumtippt und vollkommen abwesend vom Geschehen eine Frage in die Runde wirft.

»Ich glaub Ben ist heute in guter Stimmung. Mal echt gespannt wie die Reif an die Decke geht, wenn die den Deal mit ihm platzen sieht. Mann, hat der die verarscht.«

»Von welchem Scheiß-Deal redest du jetzt wieder?«

Es wunderte keinen der Jungs, dass Ben wieder einmal alles vergessen hatte, was noch vor neun Wochen in der Klasse 9d für Furore gesorgt hatte. Frau Reif machte Ben, vor all seinen Klassenkameraden, ein ungewöhnliches und zugleich moralisch verwerfliches Angebot. Sie gab ihm für das Jahreszeugnis statt der berechtigten „fünf" eine „Vier-minus". Daran geknüpft, an diese noble Tat, war nur eine einzige Bedingung: Ben würde im ersten Halbjahr des aktuellen Schuljahrs weniger als 15 Fehltage aufweisen, keine Immatrikulation an einer staatlichen Hochschule in Betracht ziehen und durch Fleißarbeit und Benehmen seine Noten für das letzte Halbjahreszeugnis in den Hauptfächern mindestens auf ein Viererniveau anheben. Andernfalls würde seine Gönnerin ihm den zukunftsweisenden Abschluss vollends verwehren.

Ben sah in ihrem Handeln statt einer Chance selbstverständlich eine öffentliche Demütigung. Es war ihm auch salopp gesagt „scheißegal" ob er seinen Abschluss an diesem oder einem anderem Gymnasium jemals machen würde oder nicht. Ben blieb ein Tagträumer, der mit seiner ruppigen Art alles und jeden zu vergiften und zu unterwerfen versuchte. Qualitäten, die einen erfolgreichen Manager des Wirtschaftssektors aus ihm machen könnten. Wenn seine Noten oder zumindest seine Taten bzw. ein Geschick für Zahlen für ihn sprechen würden. Doch Ben stammt aus einfachen Verhältnissen. Sein Vater schlug ihn und seine Mutter noch bis er 12 war, das wusste jeder. Was hingegen nicht jeder wusste war, dass Ben ihn mit 13 absichtlich eine Treppe hinunterwarf und so das Treiben von da an für alle Beteiligten unterband. Von da an war er der Chef im Haus und niemand würde ihn seitdem je wieder herumschupsen können. Er würde am Ende für seine Zukunft selbst verantwortlich sein und nichts anderes erwartete er auch von seinem Umfeld. Niemand durfte ihm jemals Vorschriften darüber machen, was er zu tun und lassen habe. Auch nicht Frau Reif.

»Das geht mir am Arsch vorbei. Is ganz einfach. Wenn die Tante mir dumm kommt, gibt's was auf die Fresse. Das war so und das wird immer so bleiben. Ich hab keinen Schiss vor der.«

Einfach, aber gefährlich. Kevin heulte laut auf und klatschte beifallend, nachdem er ihm gegenüber seine Loyalität nochmals mit einem flinken Hand-Shake bekundete. *»Ben, wenn du nicht damit aufhörst, dann hau ich dir eins in die Fresse!«* Ben stellte sämtliche Muskelregungen ein. Hier hatte jemand indirekt Anspruch auf den Thron erhoben, jemand den Ratschluss des Führers in Frage gestellt. *»Was hast du gerade gesagt?«* Daniel wiederholte seine Worte mit festerer Stimme, wenngleich auch mit weniger Überzeugung als zuvor. Sämtliche Blicke richteten sich gegen Ben, erwartungsvoll, was nun folgen würde. Er sah sich um, spürte sowohl den Zuspruch zu Daniels Drohung als auch die Angst, die er selbst verbreitete. Im Anschluss schob er eine umliegende Figur nach der anderen zur Seite, bereitete Daniel somit genügend Platz, sodass dieser auf ihn zustürmen könne. Daniel entledigte sich sofort seines Rucksacks und machte sich bereit sich seiner ihm verhassten Nemesis zu stellen. Doch noch ehe er seiner Androhung tatsächlich Taten folgen lassen konnte, wurde er von hinten gepackt. Kevin, der kleine ADHS-Junkie aus dem Sozialbau der Finkenstraße 84b, hatte ihn bereits im Würgegriff. Ein Soldat, nicht fähig selbstständig zu denken noch jemals eigenständig für sein Überleben sorgen zu können. *»Hier, Ben... Zeig dem verwöhnten Stück Scheisse wie die Rang-Ordnung aussieht!«* Daniel war in der Falle, vollkommen dem Wahnsinn zweier Maschinenmenschen ausgeliefert. Nicht einmal er würde sich ausmalen, was Ben ihm nun antun würde.

Noch ehe er sich sämtliche Szenarien ausgemalt hatte, spürte er bereits die geballte Faust seines Gegenübers im Gesicht. *»Spürst du das? Wie es brennt, wie sich der Druck durch deine Augenhöhle zieht? Kleiner Wichser...«* Daniel spürte den Druck und wusste zugleich, dass es nicht dabei bleiben würde. Am liebsten wäre er zu Boden gesunken, doch Kevin hielt ihn aufrecht. Ben holte ein weiteres Mal aus, doch er vollendete seine Tat nicht. Er sah ihn einfach nur an. *»LOS, gib ihm noch eine... Komm schon, Ben...«* Dem Zögern folgte ein flüchtiger Blick hinter seinen Gegner, mitten in die glänzenden Augen von Kevin, die regelrecht nach mehr schrien. *»Bitte, Ben... wir sind Freunde... wir...«*, keuchte Daniel demütig, ehe Kevin ihn mit einem Klappser auf den Hinterkopf unterbrach und Ben bekräftigend entgegennickte. Ein Aufruf, dem er sonst am liebsten mit vollem Genuss beipflichten würde. Vorsichtig presste er sein Gesicht ganz nah an das von Daniel, sodass dieser den vollen, übelriechenden Zwiebelgestank von vor zwei Tagen erdulden musste. *»Wichser... hast es dir verspielt. Du bist selbst schuld an deiner Lage und an allem was nun folgen wird.«*

Ben holte erneut aus, weiter als zuvor. Daniel schloss derweilen seine Augen und erwartete die unbändige Wut, die ihn jeden Moment treffen würde. Innerlich verrannen die Sekunden, die den Schmerz erwarteten, der jedoch nicht einzutreten schien. Als Daniel seine Lider öffnete, vernahm er direkt wie Ben's Hand schwungvoll die Wange eines unbeteiligten Dritten berührte. Die Wange eines stillen Jungen aus ihrem Jahrgang, die nun Ben's vollständige Aufmerksamkeit bekam. *»Na was ist denn das? Haben wir hier einen kleinen Helden-Wichser, oder was?«* Doch der Junge, Tilmann, war alles andere als ein Held. Er galt für Außenstehende als die manifestierte Reinform eines Opfers. Brille auf der Nase, geföhnter Seitenscheitel, leichtes Übergewicht, welches er mittels karierter Hemden zu kaschieren versuchte. Ein verwöhntes, introvertiertes Einzelkind, das bei einer zwei-minus das Gespräch mit dem Lehrer suchte und einfach nur in einer Welt von Beutejägern zu überleben versuchte. Tilmann war kein Held, doch jetzt, in diesem Moment, war er der Mittelpunkt dieser, jener, seiner Welt.

Kevin ließ sofort ab von Daniel, als Ben sich umdrehte und Tilmann zu Boden warf. Tilmann hat nichts getan. Er stand einfach nur so da. Wurde von Ben aus einer Laune heraus ausgesucht. Das alles geschah einfach nur, weil er da war. Tilmann wusste nicht, wie Ihm geschieht, konnte nicht begreifen, wieso nun gerade er das Ventil sein würde. *»Was hast du gerade zu mir gesagt?«*, warf ihm Ben entgegen. Selbstverständlich hatte Tilmann den ganzen Morgen über kein einziges Wort über seine Lippen gebracht. Er schüttelte nur panisch mit dem Kopf, versuchte im erzwungenen Selbstschutzmodus möglichen Schaden von sich abzuwenden. *»Was? Hast du was über meine Mutter gesagt? Lügst du dreckiger Wichser mir jetzt auch noch ins Gesicht? Willst du mich anmachen?«* Binnen weniger Millisekunden hatte Tilmann Ben's flache Hand im Gesicht. Daniel musste mit ansehen, wie Kevin, getrieben wie ein wildes Tier, auf den zitternden Körper direkt vor ihm losging, Tilmann zu Bodendrückt, ihm wieder aufhalf und sogleich wieder zu Boden riss. Sein Körper musste einen Schlag nach dem anderen einstecken, während Ben unterdessen das Tollen seines Hundes beaufsichtigen sollte. Doch freiwillig würde Ben seinem Handlanger das Finale nicht überlassen. Der letzte Eindruck musste durch Ben geprägt werden. Er musste das letzte Gesicht sein, das alle mit der Tat in Verbindung bringen würden. Er riss Kevin also von ihm runter und stellte sich demonstrativ über den erlegten Körper. *»Sieh dich doch nur an. Heulsuse. Liegst da und verschandelst die Gegend allein mit deiner bloßen Anwesenheit. So* *ein armseliges, trauriges Etwas. Nach wem du wohl kommst? Deiner Mutter... oder deinem Vater vielleicht? Ich würde mich an ihrer Stelle für sowas wie dich schämen. Los, leck die Tränen von meinem Boden auf! Ich werde es nicht erlauben, dass irgendwas von dir oder deiner Sippschaft auf diesem Planeten zurückbleibt. Los, leck sie auf!«* Nachtreten, das konnte er. Er nahm seinen Opfern jedwede Würde, jedweden inneren Rückzugsort. Er hinterließ ausschließlich verbrannte Erde. Dabei stand er erst am Beginn seiner Karriere.

Kapitel II – Blutiger Morgen

Ich griff nach dem Stuhl in der Ecke, wo auch mein Schreibtisch aufzufinden war und positionierte ihn direkt vor meinem weißen Kleiderschrank. Die schwarze Tasche, die mir Oma zum Antritt bei den Bundesjugendspielen im letzten Jahr geschenkt hatte, sollte heute erstmals Verwendung finden. Sie wog mehrere Kilos, schwerer als in meinen Erinnerungen. Ich hatte sie schon nach wenigen Tagen dort oben als Staubfänger aus meinen Gedanken und meinem Sichtfeld gestrichen. Jedem Gegenstand in diesem Raum war ein Nutzen für den täglichen Gebrauch zugeschrieben. Für diese Tasche sah ich bis heute keinen

Meine Finger lösten die in sich verknüpften Reißverschlussnähte und enträtselten den Grund für das hohe Gewichtsaufkommen. Bücher, auch noch ein ganzer Haufen davon. Dreck, den ich nie gelesen habe oder je lesen werde. Formeln, physikalische Gesetze, Normen, Bio- und Geographie, ach, was eine Ansammlung nutzloser, lebensweisender Scheiße. Ich tausche Wissen gegen innere Leere. Ich leere den Körper und ersetze Worte durch Taten. Meine Hand gleitet erwartungsvoll zitternd unter das Bett und greift nach dem metallischen Ungetüm. Dem Sprachrohr des Sinneswandels, die finale Antwort auf alle offenen Fragen. Die Tasche bietet nicht genügend Raum, um es direkt an der Seite und somit platzsparend zu positionieren, verdammt. Ich lege es quer und erfreue mich an dem Klang der sich aneinander-reibenden Metallgegenstände. Ich lasse Patrone für Patrone durch meine Finger hinab in die Tasche gleiten, während ich mir bei jedem einzelnen Aufschlag vorstelle, wie sich ihr Inhalt in die zahlreichen Körper mir weitestgehend fremder flüchtiger Personen presst. Grellendes Licht, ein gewaltiger Knall. Rauch, der sich vor mir ausbreitet und mir vorüberge-

hend die Sicht zu nehmen scheint. Doch ich bin fokussiert. Ich warte bis er verflogen ist, um mich des Bildnis der Verwüstung zu vergewissern. Blutschwaden, Schreie und gepeinigte Körper, direkt vor, neben und hinter mir. Ich lächle in meiner Fantasie, denn es erfüllt mich. Es gibt meinem Dasein endlich einen Sinn, so, wie ich es vorher nicht sehen wollte. Ich lechze und unterliege dem Verlangen nach mehr. Also lade ich nach und registriere jede Bewegung in meinem Sichtfeld. Ich bin ein Jäger, blind dem Modus der inneren Ruhe verfallen. Ich suche, um zu finden. Ich schieße, um zu töten.

Das heiße Wasser der Dusche entspannt meine Hülle und bringt mich zurück. Neben mir steht Neve. Eine Perle. Eine Göttin aus der Parallelklasse. Sie ist 18, wunderschön und perfekt modelliert. Sie küsst meine Schulter und flüstert mir ins Ohr, was sie jetzt gerne mit ihren Lippen tun möchte, während sie verführerisch an mir hinabblickt. Sie leckt mit ihrer Zunge über mein Schlüsselbein und keucht. Ich atme schneller, kann es kaum erwarten zu explodieren. Sie kreischt mich an, »Du willst mich? Stich mich! Tu es!«. Ich will ihrem Ruf folgen, beobachte sie, wie sie ihre C-Körbchen mit dem Unterarm streichelt. Ich gebe mich dem Gefühl und ihrer Fantasie hin, kann nur noch daran denken loszulassen. »Tu es endlich!«. Mein Kanal füllt sich, der Druck steigt. Sie keucht intensiver. Meine Hand bewegt sich schneller und schneller. Ich komme, stoße alles ab. Ich befreie mich von dem Verlangen. Für einen kurzen Moment wird alles um mich herum schwarz. Dann blicke ich hinab und sehe, wie sich mein weißer Samen mit dem warmen, klaren Wasser vermischt und den Abfluss hinabgleitet. Schlagartig wird mir wieder bewusst, sie ist nicht echt. Neve. Obwohl Neve existiert, würde immer ich es sein, der ihre Hand und ihre Lippen in meiner Fantasie weiter führen würde. In der realen Welt existierte ich für sie nicht. Sie kennt mich nicht, obwohl wir uns so nah sind.

Ich erhöhe die Temperatur des ausströmenden Wassers. Ich schließe die Augen und fühle, wie das Wasser von meinem Kopf hinunter über das harte Narbengewebe oberhalb meiner Wirbelsäule hinuntergleitet. Es wärmt mich, spült den Schmutz der Vergangenheit von mir ab. Ich liebe es, den Perlen in dem seichten Licht der Decken-Beleuchtung beim Tänzeln auf meiner Haut zuzusehen. In ihnen spiegelten sich oft jene Gesichter derer wieder, die mich zu dem gemacht haben, der ich heute bin.

Bis Tagesanbruch sind es vielleicht noch wenige Minuten. Bei Tageslicht wirkten die Umrisse und Farbenspiele des Hauses viel lebendiger. Ich sah hinaus, erkannte jedoch nur das pechschwarze Nichts. Metaphorisch gesprochen erkannte ich mich also selbst. Früher hat wenigstens noch ein Hahn mit seinem Krähen zur Orientierung beigetragen, doch der ist mittlerweile irgendwie verstummt. Für die umliegenden Nachbarn war unsere Wohngegend schließlich kein Bauernhof. Im Flur herrscht Stille. Mein früher Aufbruch bleibt wie immer unbemerkt. Nackt bahne ich mir meinen Weg durch unsere luxuriösen Hallen und hinterlasse auf den kalten Fließen nasse, flüchtige Spuren meines noch flüchtigeren Daseins. Ich öffne den Kühlschrank und trinke ein Glas Milch. Beinahe verschlucke ich mich, lasse in meiner Hast einiges auf den Boden laufen. Dabei schau ich zu meiner Rechten. Der Fernseher im Wohnzimmer läuft immer noch. Ich trete vorsichtig ein und blicke zum Sofa, auf dem wieder einmal meine Mutter halbnackt und erbärmlich zusammengekauert ihrem Medikamentenschlaf erliegt. Selbst wenn ich nun das Glas aus meiner Hand gleiten und am Boden zerschellen lassen würde, sie würde keine Notiz davon nehmen. Meine Augen tasten ihren Hals ab und kontrollieren ihre Atmung. Sie lebt, wenn man das überhaupt so nennen kann. Meine Hand greift hinter ihrem Rücken nach der Fernbedienung und beendet das laufende Programm. Man könnte sie bemitleiden, wenn sie nicht jeder insgeheim so abgrundtief hassen würde. Sie hatte in zu vielen Situationen zu früh das Handtuch geworfen und damit unseren Vater von sich gestoßen. Sagen wir es mal so, es machte vieles komplizierter und nicht gerade einfach. Wie oft wünschte ich mir, sie wäre es gewesen, die gegangen wäre. »Denise, geh wieder ins Bett!«, hörte ich sie flüstern, während sie sich die Decke über das Gesicht stülpte.

Ich zog mich an und presste meine Augen zusammen. Denise. Sie würde es nicht verstehen. Wie auch? Sie ist zu jung, ein kleines Mädchen, das noch am Anfang steht. Der Griff ist kalt, war über Nacht ausgekühlt. Das Zimmer ist tief schwarz, die Rollläden vollständig heruntergelassen. Vorsichtig taste ich mich voran und bewege mich auf das kleine Bett direkt vor mir zu. Ich sehe sie an und mich überkommt ein Gefühl der Scham. Denise, meine Kleine. Mein „Ein und Alles". Beinahe stoßen meine Klumpfüße ihren neuen Schulranzen mit den rosa Ponys um. Ich will sie eigentlich nicht wecken, doch ich muss. Trotzdem zwingt mich etwas in mir, ihr zum Abschied nichts weiter als den Rücken zuzuwenden, alles nochmals zu überdenken, von meinem Vorhaben erneut abzulassen. Ich werde schwach, obwohl ich stark bleiben müsste. Denise. Wie oft hat alleine deine Gegenwart mich vor Dummheiten bewahren können.

»Wo gehst du hin?«, hörte ich eine zarte Stimme in der Stille aufkommen. Ich drehe mich um und antworte dem verschlafenen Blick des kleinen Mädchens mit einem sanften jedoch leicht verkrampften Lächeln. »Hey... Hey du, ... schlaf ruhig weiter«. »Du bist zu laut, Ada«, erwiderte sie mir frech und zugleich vorwurfsvoll. »Tut mir leid, ich... ich wollte dich nicht wecken«. Sie reibt sich den Schlaf aus den Augen und fixiert mich mit ihren kleinen glasigen Augen. Blau wie der Südpazifik, wunderschön. Sie waren ein Geschenk unseres Vaters, den ich in ihnen immerzu entdecken sollte. »Was machst du denn?«, hakt sie verschlafen nach. »Ich mach mich für die Schule fertig, schlaf jetzt weiter. Für dich ist es

*noch nicht soweit.« Doch damit würde sie sich nicht zufrieden ge-
ben. Nicht Denise. Einmal wach, war sie ein Elefant im Porzellanla-
den. »Kommst du heute zu meiner Aufführung?«. Ach ja, und immer sehr direkt. Ihre Tanzaufführung ist für 18:00 Uhr geplant. Ich
rechne fest damit, dass ich es nicht zu dieser oder sonst einer Aufführung jemals schaffen werde. »Schlaf jetzt weiter!« »Kommst
du, Ada?« Sie bohrt im Halbschlaf nach und verlangt eine Antwort.
Eine Antwort, die ich ihr angesichts des Bevorstehenden nicht geben möchte. »Wir werden sehen, Kleine. Wenn du jetzt weiter-
schläfst und deine Sache gut machst, überleg ich es mir vielleicht.«
Sie atmet kurz auf, lächelt ein letztes Mal für diesen Morgen. Doch
dann wirft sie mir einen letzten skeptischen Blick zu. Sie ist meine
Schwester, spürt, dass etwas nicht stimmt. Sie kann es nur nicht
richtig einordnen oder in Worte fassen. Sie ist zu jung. Ich beruhige
sie, »Pass auf dich auf, hörst du? Und vergiss bitte nicht, was wir
besprochen und geübt haben.« Ich warte, bis sie sich wieder vollständig eingemummelt hat ehe ich die Tür lautlos hinter mir ver-
schließe und mich bereit mache.*

*Vor dem Spiegel mustere ich ein letztes Mal mein Outfit. Schwarze
Stiefel, der Marke „shark", für mehr Bodenhaftung und Rutschbe-
ständigkeit. Das Profil erlaubt das sichere Vorkommen auf jegli-
cher Untergrundbeschaffenheit. Schwarze „Bandit" Hose, reich an
Taschen und metallischen Ring-Vorrichtungen zur Befestigung
kleinerer Gegenstände. Steigerung der operativen Flexibilität, und
Beweglichkeit. Schwarzes, eng anliegendes Neopren-Kurzarm-
Shirt, dient der Sicherstellung anhaltender Leistungsfähigkeit in
körperlichen Extremsituationen. Körperschweiß wird sofort abge-
leitet und sichert zugleich das Anhalten voller körperlicher Funkti-
onalitäten. Darüber zunächst ein dunkler Kapuzen-Pullover. Marke
und Größe nebensächlich. Primärnutzen: Verschleierung der Identität bis zum Eintreffen im Zielgebiet und Reduzierung möglicher
Kälteerscheinungen. Chronograph der Marke „Field", Modell „Arc-*

ticama". Präzisierte Zeiterfassung zur Einhaltung der Meilensteinerreichung und Zeitmessung des Gesamtfortschritts. Schwarze Kappe mit Schriftzug: „HATE". Taktisch irrelevant. Persönliches Statement darüber, das mich die Welt am Arsch lecken kann.

Ich öffne Omas Tasche und prüfe den Ladezustand meiner Persuade 12-Gauge-Shot 7311 mit acht Schuss. Sekundärer Munitionsbestand am Schultergurt: 47 Patronen, drei Weitere lose in Seitentasche und Innenraum. Daneben liegend, eine Interdynamic KG-9, mit 20 Schuss im Magazin. Magazinbestand: Acht. Darüber hinaus vier DM15, HC Nebelkörper, drei Kampfmesser unterschiedlicher Größe und Hersteller, eine Sturmhaube, zwei MP5-Carbon, eine Glock 17, 9-Millimeter, vier 0,75 Meter Edelstahlketten, drei IP-Minikameras, vier 10.400 mA Powerbanks und neben einer 0,5 Liter Flasche mit Leitungswasser ein Toastbrot mit Erdnussbutter. Anzahl der Patronen: Unbekannt bis scheiß-viel. Gesamtgewicht der Tasche: 22,04 KG. Kalkulierte Wegstrecke: 3,3 km mit einer geschätzten Laufzeit von 47 Minuten.

Ich schließe die Tasche wieder und setze mir die Mütze auf, dessen Schriftzug ich mit dem Kapuzenpulli verberge. Im Spiegelbild erkenne ich hinter mir die ersten Lichtstrahlen, welche sich ihren Weg durch die massive gläserne Eingangstür bahnen und sämtliche Bewohner dieser Straße willkommen heißen. »Guten Morgen«, flüstere ich dem hellen Lichtkegel am Boden zu, beuge mich hinunter und umschließe festentschlossen die rauen Griffe der neuwertigen Tasche. Sie ist schwer, aber das stört mich nicht. Dieser Tag wird für alle unvergesslich bleiben. Ich schreite voran, öffne meinen Käfig, befreie mich selbst. Ich blicke nicht einmal mehr zurück. Das Schloss rastet ein. Die Stille ist von jetzt auf gleich vorüber. Und von nun an war die Außenwelt mit mir eingesperrt.

Es ist ein riesiges Areal. Gebäude an Gebäude gequetscht. Es umfasste zwei Gymnasien, eine Realschule, eine Hauptschule und zwei Grundschulen. Zu Fuß brauchte es maximal sechs Minuten, um von Punkt A nach B zu kommen. Ein geballtes Aufkommen von Wissen an einem Punkt massiv konzentriert. Und sie kommen von überall. Fahrzeuge mit unterschiedlichen Kennzeichen biegen in den zentral gelegenen Wendehammer ein und verlassen ihn bereits Minuten später wieder über die gleiche Route. Fahrzeug an Fahrzeug gereiht entlassen sie ihre Kinder in die Obhut fremder Menschen, auf das diese die Zukunft ihrer Kinder formen würden. Ein allumfassende und gemeinschaftliche Vision, zukunftsweisend und dennoch bleibt ihr Ausgang und Verbleib in der Geschichte ungewiss.

Es ist der Sturm vor der Ruhe. Überall Gekreische, Gelächter und Stimmen, die andere Stimmen ständig mit ihrer Lautstärke zu übertrumpfen versuchen. Menschen rempeln, pöbeln und bewegen sich wie Lemminge durch die Massen aneinandergepresster stereotypischer Körper- bzw. Gruppenansammlungen. Im Lehrerzimmer zeichnet sich unterdessen eine ähnliche Unruhe ab. Musternde Blicke nach so langer Zeit waren zu einem morgendlichen Standard geworden. Die Unterschiede der Belange im Erwachsenenalter und der im Kindes- bzw. Teenageralter sind gar nicht so verschieden. Noch immer ziehen die Menschen Vergleiche zwischen Wohlstand, Kleidung und Charaktereigenschaften. Wer leistete sich den teuersten Urlaub, den neuesten Wagen oder trug die elegantesten Schuhe zur Arbeit. Sie alle waren Teil einer Konsumgesellschaft geworden, welche ihren Status über den Wert ihrer Objekte definierten. *»Morgen allerseits.«* Carmen grüßte wie immer freundlich und ohne Hintergedanken. Wenn sie einen guten Morgen wünschte, war davon niemand ausgeschlossen. Auch gehörte sie zu einer der Wenigen, die sich aus dem Intrigen-Spiel heraushielt. Schulterzuckend zieht ein Kollege munter an ihr vorbei, wobei Carmen binnen weniger Sekunden Petra Weber's Arm bemerkt, der an der Türschwelle wild in der Luft umherwedelte und Carmen zu sich winkte. *»Carmen, gut dass du da bist. Es ist das reinste Chaos. Frank und der Neue, Herr Kann, sind beide noch nicht aus dem Urlaub zurück. Die Anschläge in Ankara, das Ausreiseverbot, du weißt schon. Hoffen wir nur, dass sie es überhaupt irgendwann wieder zurückschaffen. Sei es wie es sei, ich habe vier Klassen mit Leerläufen. Laut Plan muss ich die irgendwie bedienen und da du und Jens aufgrund der räumlichen Nähe die Kompatibelsten seid, muss ich euch leider heute bitten abwechselnd ein wenig die Aufsichtsfunktion wahrzunehmen.«* Carmen bittet um einen kurzen Moment. *»Moment. Frank und Herr Kann? Die beiden sind zur gleichen Zeit...«* Petra's eisernes Schweigen symbolisiert Carmen, dass ihre Ausführung keiner weiteren Erklärung bedurfte. *»Frank und Herr Kann?«*, hakt sie ungläubig nach. *»Zwei nackte, halbwegs durchtrainierte Männer mittleren Alters, nachts am Strand von Ereğli... Eng umschlungen, erregt beim gegenseitigen Nachsitzen... uah... ich glaub, ich muss mich gleich...«* Carmen lachte laut auf und willigte sogleich in den provisorisch zusammengeschusterten Plan ein. Hauptsache Petra würde von weiteren Fantasieeinlagen absehen. *»Jetzt schuldest du mir was... Sieh zu, dass sich das Referat-Desaster vom letzten Jahr nicht wiederholt. Ich will im Winter nicht wieder mit Paul aneinandergeraten wegen irgendwelcher Fristen.«*

»Versprochen!«

»Wo wir gerade bei „Versprochen" sind. Wo ist dein Lover? Schläft er noch?« Petra war eine der Wenigen, der sich Carmen anvertraut hatte. Sie machte sich selbstverständlich einen Spaß daraus,

hier und da einen kleinen Spruch fallen zu lassen. *»Der kommt erst gegen zehn. Und wenn du es unbedingt wissen willst, wir sind heute zusammen aufgewacht.«*

 »Und was habt ihr gemacht, so kurz nach dem Aufwachen? Gemeinsamer Kehl-en-Frühsport? Ach, manchmal frage ich mich, was wohl passiert wäre, wenn ich statt dir mit zur Klassenfahrt gefahren wäre... statt zu dieser miesen Blind-Date-Lusche.« Carmen treibt es die Schamesröte ins Gesicht, kann sich aber ein Lachen nicht wirklich vor ihr verkneifen. *»Nichts, du kleine nimmersatte, verstaubte Dose. Hattest du mir nicht damals gesagt, du könntest nicht mit, weil du einen Pilz unter deiner linken Schamlippe sitzen hattest? Egal. Markus und ich sind seit der Uni ein Paar, zwar mit gewissen Pausen hier und da, aber dich hätte er nicht rangelassen, glaub mir, du wandelndes Virenlabor. Du bist ihm zu versaut. Verdammt, zehn nach. Ich mach mich mal langsam fertig. Ich geh noch schnell eine Rauchen und mir vorher vielleicht noch ein wenig Mut antrinken. Wo ist dein Vorrat? Noch immer im Kopierraum, unterstes Regal?«* Petra schließt gewissenhaft den Ordner und nimmt Carmen an der Schulter. *»Ich zeig es dir, Schwester.«*

»Ok, Ok. Und wie viele Schnittpunkte hat diese Parabel dann mit der x-Achse? Kommt schon, das haben wir doch vor den Sommerferien einschlägig geübt.« Carmen stand bereits voll und ganz in ihrem Programm. Ein paar Kinder melden sich, doch Carmen hat nur Blicke für den leeren Platz in der Mitte des Klassenzimmers, von dem sie wusste, dass er besetzt sein müsste. *»Ja, Hannah?«* *»Zwei!«*, ruft ihr das kleine Mädchen zu. *»Das ist korrekt, Hannah. Also, wenn eine Parabel durch den Ursprung 0/4, also auf der y-Achse verläuft und nach unten geöffnet ist, verläuft sie genau durch diese zwei Punkte. Geht sie durch 0/0, dann gibt es natürlich nur einen Schnittpunkt mit der x-Achse und ist gleichzeitig auch als Ursprung zu bezeichnen. Dann haben wir eine Achsensymmetrie, aber dazu kommen wir später nochmal zurück. Heute möchte ich, dass ihr die Parabel zunächst anhand von Koordinaten zeichnen könnt.«* Ihr Blick wandert erneut zu dem verlassenen Stuhl. *»Und ihr wisst wirklich nicht, wo Robert ist? Ich meine ihn heute Morgen gesehen zu haben.«* Doch egal wo sie hinsah, nur fragende Gesichter und zuckende Schultern. Selbst Laura, die ihn vor Unterrichtsbeginn sogar gesprochen hatte, schweigt weiterhin. Carmen begibt sich zum Lehrerpult und öffnet das Klassenbuch. Sie dokumentiert sein Fernbleiben von der Schule und kennzeichnet die Notiz mit einem „F" für fehlend. Es sorgte für großes Gelächter, wenn jemand tagelang unentschuldigt dem Unterricht fern blieb und dies im Klassenbuch mit „FU" kenntlich gemacht wurde. *»Vielleicht ging es ihm heute Morgen auch einfach nicht gut und ist wieder nach Hause gegangen. Ich werde jetzt mal kurz in den Kopierraum gehen und einmal nachhören. Ihr schlagt nun bitte die Skripte auf, Seite 98. Dort, in dem roten Kasten werdet ihr einige Übungsaufgaben finden. Ladegeräte für eure Tablets sind rechts*

im Schrank. Manuel, noch als Klassensprecher eingetragen, wird bis zu den Neuwahlen den Schlüssel bei sich verwahren. Danach möchte ich...«

Das Öffnen der Klassenzimmertür unterbricht Carmen bei ihrem Vortrag. *»Robert...«* Carmen wirkt überrascht, jedoch zugleich etwas enttäuscht, da nun mit Robert's Ankunft der Umtrunk im Kopierraum wohl vorerst flachfallen würde. *»...na sieh mal einer an. Da bist du ja. Wo warst du die ganze Zeit?«* Doch Robert nimmt keine Notiz bezüglich ihrer Besorgnis und bewegt sich stur in Richtung seines Platzes. *»Junger Mann, einen Moment bitte mal.«* Robert hält. Er steht direkt neben Laura, würdigt sie jedoch keines Blickes. Denn sie tut es ihm gleich. *»Robert, komm mit mir mal bitte vor die Tür.«* Robert zögert, versteckt sein Antlitz unterhalb seiner Kapuze. Er wirkt beschämt und in sich zurückgezogen. Widerwillig geht er einen Schritt zurück, überspringt gewollt das Gesicht seiner Liebsten. Es braucht nur wenige Schritte mehr, bis Carmen den Grund für eine Abkehr erkennen sollte. *»Mein Gott, Robert. Was ist das? Woher hast du das blaue Auge? Hast du dich geprügelt?«* *»Weiß nicht«*, antwortet er zögerlich flüsternd.

Doch Carmen fordert eine Erklärung. *»Raus mit der Sprache. Was ist passiert? War es jemand in diesem Raum?«* Der Junge schweigt weiter, blickt verklemmt zu Laura hinüber. Er fühlt sich durch seine Klassenlehrerin vor allen Augen bloßgestellt, beinahe erniedrigt. Insbesondere vor ihr, Laura. *»Lass mich das bitte mal sehen, Robert. Puh, das ist schon sehr dick. Tut das weh, wenn ich da draufdrücke? Robert, ich muss dich das fragen. Bitte... Wer war es?«* *»Einen Scheißdreck müssen Sie. Geh und lass dir dein Loch stopfen, kümmere Dich um Deinen Kram, ich hab doch gesagt, ich weiß es nicht.«* Geschockt lässt Carmen von ihrem Schützling ab. Sein Ton missfällt ihr, was sie sich aber nicht anmerken lässt. Rebellisches Verhalten ist in dem Alter ganz normal, so viel hatte sie in der Uni gelernt. Es ist oftmals ein schmaler Grad zwischen aufopferndem Verständnis und dem persönlichen Drang danach, bei jemandem wie Robert, nach so einer Ansage, allein schon aus Reflex, die Hand sprechen zu lassen. Allerdings ist es mittlerweile nicht nur den Lehrern sondern auch den Schülern bewusst geworden, welche Konsequenzen eine solche Tat unweigerlich mit sich führte. Das Resultat ist ein ständig anhaltendes Spannungsverhältnis zwischen beiden Parteien, indem die Schüler sich klar im Vorteil wiegen konnten und gerade deshalb Situationen wie diese nicht selten einseitig und absichtlich provozierten und danach geradezu auskosteten. Trotz der verletzenden Worte musste Carmen sich besinnen und für Aufklärung sorgen. *»OK, wenn du es mir nicht sagen willst, dann vielleicht Herrn Paul. Ich denke zuerst geht es in das Krankenzimmer und anschließend nach der Pause zum Gespräch ins Rektor-Zimmer. Und du gehst dort hin, verstanden?«* Sie nimmt ihm seinen Rucksack und das Portemonnaie mit der Monatskarte ab. Sie wusste, dass Robert Pendler war. Sie stellte damit sicher, dass er nicht einfach so das Schulgelände verlassen und direkt runter zur Schwester gehen würde. Der kleine Junge, der tagtäglich diesen schweren Rucksack über mehrere Kilometer zu schleppen hatte, konnte ihr irgendwie schon leidtun. Am liebsten hätte sie ihn selbst hinunterbegleitet, doch behielt Carmen weiterhin die Verantwortung für ganze drei Klassen. Und das für die nächsten zwei bis vier Stunden. Eine kurzfristige Abwesenheit ihrerseits hätte womöglich zu Zuständen wie im antiken Griechenland zu Zeiten von Alexander dem Großen führen können. Heidnische Opferrituale und gleichgeschlechtliche Orgien nicht ausgeschlossen. Auf jede erdenkliche Weise wäre dies aus ihrer Sicht ein Fehler gewesen. *»Geht bitte einer von euch mit?«* Noch ehe sich die voraussichtliche Antwort wirklich in die Länge ziehen sollte, deutete sie mit dem Finger auf den erstbesten Jungen in ihrer Reichweite. *»Manuel, du hast dich soeben freiwillig gemeldet!«* Selbstverständlich blieb diese Entscheidung angesichts des Beliebtheitsgrades von Robert nicht ohne Gegenwehr.

55

Manuel packt Robert forsch am Arm. Wie einen Gefangenen, den man für den Abtransport abfertigte. Doch auch ohne die Ketten fühlte sich Robert wie einer von ihnen. Im Flur begeben sich die Jungen zunächst stillschweigend aus dem zweiten Zwischengeschoss hinab in Richtung Aula, während Robert Manuel mit seinen Blicken fixiert. *Was ist Robert? Schaffst du die letzten Stufen etwa nicht? Soll ich dich an die Hand nehmen?«*, fragte Manuel genervt. Robert stand auf der letzten Stufe zum Erdgeschoss und blickte zu Boden. Er war nur für einen kurzen Moment weggetreten und verspürte sofort den leichten Druck auf seinem Unterarm. *»Lass mich los, oder du wirst es bereuen!«*, drohte ihm Robert sofort und vollendete die Bewegung seines Fußes in Richtung des vor ihnen liegenden Aula-Bereichs, der sie nun zum Sekretariat führen sollte.

Unterdessen lehnte Carmen vorsichtig ihren Kopf in das benachbarte Klassenzimmer der 7b. *»Jens, wie schaut es bei dir mit einem Seitenwechsel aus? Ich muss noch einmal kurz rüber zu den 10ern, die zerlegen mir sonst Pult und Tafel. Hast du das Klassenbuch bei dir?«* Jens, eher bekannt als Herr Busch, genoss seit zwei Jahren als Vertrauenslehrer sowohl unter Kollegen als auch Schülern einen angesehenen Ruf. Ein Mann, der nie die Fassung verlor und stets professionell im Nadelstreifenanzug sein Wissen an die Generation Y mit Witz und Elan heranführte. Heute allerdings nicht. Heute wählte er angesichts des gemeldeten Sonnenscheins legere, farbenfrohe Kleidung. Er überblickte nur kurz die in den Bücher vertieften Freigeister, welche stillschweigend in den Seiten umherblätterten ehe er ihr eines der vier Bücher auf seinem Pult übergab. *»Klar Carmen. Meine versuchen sich ohnehin gerade an der russisch-ostasiatischen Politik im Kontext der Transsibirischen Eisenbahn. Und da ich erstaunt feststellen muss, dass ich der Einzige bin, der seit 30 Minuten einen langweiligen Monolog darüber halten muss, glaub ich, dass die ein wenig Ruhe von meiner*

Schwafelei durchaus vertragen können.« Er stellt die Aufgabe für die nächsten 45 Minuten an der Tafel skizzenhaft dar und überträgt das Kommando an den Klassensprecher, so wie er es in ähnlichen Situationen schon häufig getan hatte. Er brachte seinen Schülern eine Menge Vertrauen entgegen. Ein Vertrauen, dass sie gegenseitig nie zu missbrauchen gedachten. Er gewährte ihnen viele Freiräume und das einzige, was er dafür verlangte, war, dass sie ihn respektierten.

»Willst du mir sagen, wie das passiert ist, Robert?« Petra, die fürsorgliche Vorzimmerdame des Rektorats, setzte vorsichtig im Nebenraum des Sekretariats, welches provisorisch nun gleichzeitig als Krankenzimmer der Schule fungierte, an. Sie presste das Kühlkissen auf das angeschwollene Auge von Robert und legte dabei ihre verständnisvollste Gesichtsmimik auf. Wie immer ergriff Manuel, der draußen Position bezog, die Initiative und übernahm das Reden für Robert. *»Das hat Frau Reif auch schon versucht. Er will nicht drüber reden.«* *»Ach, ist das so, Robert? Naja, also du bist ja noch ein bisschen hier, dann mach ich dir gleich noch einen Beutel. Den kannst du dann mit in die Klasse nehmen. Wenn du willst, Manuel, dann kannst du schon einmal vorgehen. Es dauert noch einen kurzen Moment, aber er kommt gleich nach, versprochen.«* Ein Vorschlag, dem Manuel sichtlich erleichtert und dankbar nachkommen sollte. Nur wenige Sekunden nachdem er den Raum verlassen und er die Tür hinter sich richtig zuggezogen hatte, öffnete sich eine weitere direkt neben dieser. Es ist Herr Paul, der leicht angespannt in dem kleinen Nebenraum, unmittelbar an dem Büro des Rektors angrenzend, hineinlinst und mit einem besorgniserregenden Blick aufwartet. *»Frau Weber, ich müsste Ihnen kurz noch einen Jungen hier hereinschicken. Außerdem brauche ich Sie anschließend kurz für eine Durchsage. Er hat es schon wieder getan.«*

Die Anlage ist laut. Lauter als an jeder anderen Schule. Es liegt an den Einstellungen, die der Hausmeister vergangene Woche vorgenommen hatte, als dieser im Rahmen einer privaten Festlichkeit Rock-Musik über eben jenes Lautsprechersystem verbreitete. *»Folgende Schüler werden gebeten, sich sofort im Rektor-Zimmer einzufinden: Kevin Hahn und Ben Gobin.«* Es lag ein wenig Ehrfurcht in der Stimme von Frau Weber. Es war schließlich nicht das erste Mal, dass sie diese Namen in das Mikro sprechen musste und die beiden Jungs bei sich als vorübergehende Gäste begrüßen durfte. Doch die Anspannung war nichts im Vergleich zu dem brodelnden Vulkan, der in Herr Paul zu explodieren drohte.

Es dauerte nur 13 Minuten und schon standen die beiden Kandidaten mit ihrem selbstgefälligen Grinsen auf der Matte des Rektors. Herr Paul deutete freundlichst an, dass sich die beiden Herren doch bitte setzen wollen. Er reicht jedem ein leeres Glas und abschließend eine Flasche kaltes Mineralwasser aus der ländlichen Gegend Gerolstein. Da saßen sie nun. Zwei Schutzbefohlene im Hauptquartier der Legislative, Judikative und Exekutive. Vereint in einer Person. In der Höhle des Löwen, sozusagen.

»Ihr zwei seid wirklich das Letzte.« Er erhob sofort seine Stimme, wollte von Beginn an den Ton bestimmen und keine Schwäche zeigen. Eine Stärke, die Herrn Paul diese Position damals erst ermöglicht hatte und die gerade bei Ben Anklang finden würde. Eine Stärke, die er mittels der winzigen Besonderheit seiner Räumlichkeiten oftmals zu unterstreichen versuchte. Denn das Büro war aufgrund eines Planungsfehlers ohne Fenster eingerichtet worden, wodurch es den Charakter einer alten, einsamen Einzelzelle annahm, in dem stets eine klaustrophobische Grundstimmung herrschte. *»Hey, mal ganz langsam, was soll das, Herr Paul? Wie reden Sie überhaupt mit mir und Kevin?«* *»Ja genau, Paulchen, was machen Ben und ich hier?«*

Nur zu gerne spielte Ben die Opferrolle, wenn er sich einmal nicht als Herr der Lage oder in einer aussichtslosen Position gegen die Wand gestellt sah. *»Sei bloß still, Ben. Schenk dir den Mist! Und lass dir nicht im Traum einfallen, mir jetzt irgendeinen Mist zu erzählen. Was war da heute los? Ihr wisst ganz genau was ich meine.«* Ben lehnte sich langsam zurück, lächelte, während Kevin ein Knacks-Konzert mit seinen Fingern vollzog. *»Herr Paul, also bitte, jetzt mal ehrlich. Das ist eine schlampige Vorgehensweise für ein Verhör. Wenn Sie erst danach fragen müssen, sagt uns das doch direkt, dass Sie rein gar nichts gegen uns in der Hand haben. Warum also sollten wir Ihnen von Dingen erzählen die sich so nie abgespielt haben?«* Der Rektor wendet seinen Blick von ihm ab und richtet ihn gegen das, aus seiner Sicht, schwächere Glied des Gespanns. Kevin. *»Kevin. Die Bushaltestelle, etwa um halb acht. Und wage es nicht, mich anzulügen. Ein vierter Schulverweis bedeutet das Ende der Fahnenstange, mein Freund. Das Sprungbrett in eine schlimme Zukunft für jeden von Euch. Es ist nicht so, dass mir das Freude bereiten würde, aber hey, bei euch beiden ist es mir mittlerweile einfach nur noch scheißegal was aus euch wird. Egal, kapiert? ICH werde weiter in diesem Büro mein Wasser genießen können, lange nachdem Ihr weg seid und in der Gosse nach meinem Flaschenpfand betteln werdet, den ich euch aber nicht hinwerfen werde. Kevin. Wenn du nicht willst, dass das so kurz vor Deinem Ziel passiert, schlage ich vor, schluck Deinen Stolz runter und raus mit der Sprache.«* Ben missfiel die Einschüchterungstaktik seitens Herrn Paul, die ihn direkt zu Beginn aus der Unterhaltung ausschloss und versuchte sofort verbal einzuschreiten. Doch Herr Paul würgt sein Vorhaben ohne weiteres Zögern gekonnt ab. *»Wer redet hier mit Dir, Kleinhirn? Ich rede gerade mit Großhirn. Kevin scheint etwas an seiner Zukunft zu liegen. Von dir will ich gerade nichts hören. Chance vertan, das sagst Du doch immer so gerne, wenn ich das noch richtig in Erinnerung habe. Benny Boy. dir ist wohl noch immer nicht klar, was Du dir heute geleistet hast,* *oder?«* Das Zähneknirschen war bis zum Ende des Schreibtisches zu vernehmen. Ben schlug die Arme zusammen und warf seinem Freund einen provokanten Blick rüber. *»Also Kevin, raus damit!«* Doch Kevin suchte immerzu vergeblich die Bestätigung bei seinem Sitznachbarn. Er wusste was ihm blühen würde, würde er ohne dessen Zustimmung auch nur ein Wort über den heutigen Morgen verlieren. *»Ihnen muss ich gar nichts sagen, Herr Paul! Wenn sie mich unbedingt von der Schule schmeißen wollen, bitte. Belohnen Sie mich doch. Ist doch letzten Endes Urlaub für uns, oder Jung? Ich hab damit keinen Stress und Sie, Herr Paul, scheinen ja auch keinen damit zu haben. Der Junge redet Scheiße. Die alle reden Scheiße. So sieht es aus. Also lassen Sie uns doch einfach weiter unsere Zeit absitzen während Sie gemütlich in Ihren Sessel furzen. Ok, Paulchen?«*

»Ben. Raus! Ich ruf dich nachher wieder rein, falls ich dich überhaupt nochmal brauchen sollte.« Völlig entrüstet schüttelt dieser mit dem Kopf. Er knurrt, dass er ohne Kevin nirgendwo hingehen würde. Erst die Androhung, dass er Ben notfalls mittels der Polizei aus dem Raum ohne Fernstern entfernen lassen würde, sollte Ben gefügig machen. Als die Tür zu ist beruhigt sich Herr Paul. Er wirkt zahmer und weitaus weniger gereizt. *»Eins hab ich in den letzten Jahren an dieser Schule gelernt, Kevin, und das wird vermutlich mehr sein als Ben jemals in seinem ganzen Leben akzeptieren wird. Traue keinem Menschen unter 21... denn es fehlt ihnen an Reife und vor allem an Erfahrung eine richtig gut ausgedehnte Lüge innerhalb des Funkens einer Wahrheit zu verschleiern. Ich bin ehrlich zu dir, Ben ist am Arsch. Rauchen auf dem Schulgelände, Prügeleien während der Schulzeit auf dem Gelände der Hauptschule, bei dem ein Junge mit gebrochener Nase ins Krankenhaus eingeliefert werden musste. Und für die Sache mit dem Vorratsraum, von Heini... dafür werde ich ihn auch noch drankriegen. Das verspreche ich euch. Warum lässt du dich immer da mit reinziehen? Er ist ein*

sinkendes Schiff, das muss dir doch klar sein. Ich versteh das nicht! Aber sei es drum, geschehen ist geschehen. Ich erwarte nicht, dass mein Appell an dein Gewissen Früchte tragen wird, dafür kennen wir uns alle nur zu gut. Trotzdem, lass mich dir sagen, hier und jetzt biete ich dir zum letzten Mal meine Hilfe an. Nimm meine Hand und lass dir helfen. Andernfalls muss ich nichts weiter tun, als hier sitzen zu bleiben, in meinen Sessel zu furzen und Selbstgespräche zu führen. Ja, ganz recht, ich lasse dann einfach nur noch die Zeit verstreichen. Du und ich, in diesem Raum. Minute für Minute. Und am Ende kannst du nur noch hoffen, das Ben nicht die falschen Schlüsse daraus ziehen wird.« Er legt nach, will sicherstellen, dass es für Kevin kein Zurück mehr gibt. Kevin wankt, es fehlte nur noch der bildlich gesprochene Todesstoß und er würde umfallen.

»Du kleiner Wichser.« Versteinert blickte Robert in Ben's Gesicht, dessen Augen ihm bei der ersten Begegnung pure Verachtung zukommen ließen. Petra dachte sich nichts dabei als sie die Tür zum Empfang offenstehen ließ und Ben somit freie Sicht in das provisorische Krankenzimmer gewährte. *»Wegen dir Arschloch also. Wegen dir sitzen mein Kumpel und ich im Büro des Alten und müssen uns rechtfertigen? Du hast uns also verpfiffen!«* Ben hatte nicht die geringste Ahnung darüber, dass es nicht Robert war, der sie verraten hatte. Eine Tatsache, die Ben wegen des immens wiegenden Zufalls niemals glauben würde. Robert saß einfach nur da und konnte nichts weiter tun als versteinert und verängstigt in Leere zu blicken und den sich anbahnenden Drang nach Urinausschüttung zurückzuhalten. Petra war noch nicht aus dem Kopierraum zurück, sodass beiden alle Möglichkeiten nunmehr offenstanden. Unbeobachtet und ohne räumliche Grenze zwischen diesen beiden Körpern. Vorsichtig bewegt sich Ben auf ihn zu. *»Hast du mir was zu sagen, Wichser? Ich schwör dir, wenn der Tag*

vorüber ist, werde ich dir die Scheiße aus dem Leib geprügelt haben. Ich hab dir großzügig eine Chance gegeben und du hast sie mit dieser Aktion einfach weggeworfen. Scheißegal, was der Alte da drin von sich gibt. Du hast das Leben hinter dir, mein Freund. Das schwör ich dir.« »Herr Gobin, was muss ich da aus ihrem Mund hören?« Ein Aufatmen macht sich in dem kleinen Nebenraum bemerkbar. Frau Weber war endlich zurückgekehrt, selbstverständlich ohne Kopien sondern mit einer leichten Fahne, die man über den ganzen Flur sporadisch vernehmen konnte. *»Sie setzen sich sofort hin, Herr Gobin. Sie bedrohen hier niemanden! Robert, hab keine Angst. Er wird dir nichts tun. Ich bin ja da.«* Sofort, als Ben seinen Blick von dem kleinen Jungen abgewendet hatte und mit dem Eintritt von Frau Wagner etwas Platz zwischen ihm und dem Tresen entstanden war, sprang Robert auf. Er schnappte sich den Kühl-Akku und rannte blitzschnell aus dem Raum. Niemand versuchte ihn aufzuhalten, auch wenn Ben leicht nach ihm zu schnappen versuchte. Jedem im Raum war klar, dass er einen guten Grund für seinen schnellen Aufbruch hatte und die beste Gelegenheit hierzu gekommen war. Innerhalb dieser Mauern genoss er zwar den Schutz durch die Aufsichtspersonen. Außerhalb dieser Mauern würde er ihnen aber wieder schutzlos ausgeliefert sein. Von nun an würde er auf der Flucht sein. Ein Ziel, welches von vermeintlich Stärkeren ins Auge gefasst werden würde.

Ben stieß die Tür mit einer derartigen Wucht auf, dass sie lautstark gegen die nächstliegende Sitzgarnitur des Vorzimmers krachte. Er war stinksauer und aufgebracht. Weniger auf Robert oder sich selbst. Seine Wut richtete sich gegen die schiere Ungewissheit, die von dem Gespräch zwischen Kevin und Herrn Paul ausging. Nur zögerlich folgte ihm Kevin auf leisen Sohlen, der sich in Verschwiegenheit hüllte, so wie es ihm Herr Paul scheinbar aufgetragen hatte. Irgendetwas hatte er bestimmt gegen ihn aufbringen können. Ein Gedanke, der Ben nicht loslassen würde. *»Herr Gobin, richten Sie Ihre Wutausbrüche gegen sich selbst, statt sie an Schuleigentum auszulassen!«* Ben ballte seine Faust und richtete seinen Mittelfinger gegen Frau Weber, die das Treiben nur wortlos zur Kenntnis nehmen konnte. Ihm war alles egal. Glück für ihn, dass sie in ihrer Besonnenheit nicht weiter darauf eingehen sollte und ihm somit die Gelegenheit verschaffte, sich seines Zorns in dieser Form mehr oder weniger harmlos entledigen zu können. Draußen angekommen ließ er nach dem Schließen der Tür keine weitere Minute verstreichen. *»Jetzt raus mit der Sprache, Kev. Was haben du und der Häuptling da eben bequatscht?«* Mit geneigtem Haupt zieht Kevin einfach an ihm vorbei und ignoriert das Gejammer hinter sich. Währenddessen vernahm man aus ihrer Zielrichtung nur sehr leise das Aneinander-Rascheln massiver Kettengebilde. Leise genug, dass es vorerst keine weitere Aufmerksamkeit auf sich zog. *»Scheiße, ich hab ihm nichts gesagt, Ben. Lass uns das Scheiß Jahr hinter uns bringen. Ich hab mich für dich weit aus dem Fenster gelehnt, soweit es ging. Wir sind Freunde, wir passen aufeinander auf. Aber manchmal hab ich echt das Gefühl, als wäre dir das scheißegal. Ich hab dich nicht verraten, auch wenn du das vielleicht denken magst.«* Und genau das dachte Ben.

Wütend stieß er ihn von sich ab. So wie er es mit seinen Opfern häufiger getan hatte, ehe er bei ihnen zum Schlag ausholte. *»Und das soll ich dir jetzt glauben, Kev? Hältst du mich für so einen Idioten? Ein scheiß Verräter bist du. Dafür, dass du NICHTS gesagt hast, wart ihr beiden ganz schön lange da drinnen.«* *»Verflucht nochmal Ben, das wollte der Paul doch. Genau diese Reaktion von dir. Scheiße mach doch mal die Augen auf und geh mir nicht weiter auf den Sack!«* Sie erreichten die große Treppe. Die im blauen Aula-Bereich. Ein gewaltiges Gerüst, welches das parallele Emporsteigen von schätzungsweise zwölf Personen gleichzeitig ermöglichte. Ein kunstvoll verziertes Bauwerk mitten in einem farbenfroh gefliesten Gebilde, welches sich auf Höhe des Kioskareals befand und als Schnittgrenze zum provisorisch eingerichteten Musiksaal im Erdgeschoss fungierte.

Ben blickt um sich. Es ist augenscheinlich niemand da. Eine günstige Gelegenheit Kevin eine zu verpassen, sein Schweigen zu brechen. Er könnte ihn auf die Ansammlung aneinandergeschobene Tische schleudern, die Stühle beiseite werfen und dessen Kopf auf eine der Tischplatten drücken. Mit genügend Druck würde er ihn binnen Sekunden zum Reden zwingen. Auch könnte er die umliegenden Pappaufsteller verwenden, welche die freundlichen Gesichter einiger Schulkameraden zeigten. Er könnte ihn einfach damit schlagen. Schließlich waren die Stützpfeiler hinter dem Karton schwer und massig. Beim anschließenden Story-telling hätte er somit die Gelegenheit, sich ihrer Identitäten zu bedienen und es letzten Endes ihnen in die Schuhe zu schieben. Ben's Kreativität waren diesbezüglich keine geistigen Grenzen gesetzt. Doch wundersamer Weise hält er sich zurück. Kevin hatte Recht, sie waren Freunde. Freunde tun so etwas nicht untereinander, auch wenn ihn sein inneres Verlangen dazu zu verführen versuchte. *»Wenn ich rausbekomme, dass du irgendwas gesagt hast, dann gnade dir Gott.«*

Vorbei an der Treppe erreichten sie das Auditorium des Gebäudes. Kevin schwieg noch immer, während Ben ihn weiter verbal zu bearbeiten wusste. Es blieb für beide ein mühseliges Unterfangen, dessen Ende sich Kevin immer mehr herbeisehnte. Er sah hinüber zur Bühne, auf welcher er irgendwann sein Abschlusszeugnis entgegennehmen würde. Der Punkt, an dem womöglich seine Freundschaft mit Ben sein jähes Ende findet würde. Nicht einmal ein Jahr trennte sie beide davon. Doch würde ihre Freundschaft überhaupt noch so lange halten? Kevin war über die Jahre von Ben abhängig geworden. Eine Rolle, die sich gut anfühlte, ihn oft vor schwierigen und unangenehmen Entscheidungen bewahrt hatte. Sie hatten immer alles gemeinsam gemacht. Bis heute. Der Tag, an dem Kevin eigenmächtig eine Entscheidung für sich gefällt hatte. Der Tag, an dem Ben nicht die Oberhand gewinnen durfte. Kevin blieb plötzlich stehen. Das Geräusch war lauter geworden. *»Warum hältst du an, Kev? Sind wir uns endlich einig geworden, oder was?«* Doch Kevin beachtete das Gesäusel hinter sich nicht weiter. Seine Aufmerksamkeit war ganz auf das Geschehen vor ihnen fokussiert.

Ein Junge machte sich dort gerade am Haupteingang akkurat ans Schaffen. Die Kette, die anfangs nur leicht zu vernehmen war rasselte nun lautstark durch den gesamten Hohlraum des gigantischen Raums des Eingangsbereichs. Kevin blieb wie angewurzelt stehen, bemerkte die große schwarze Tasche direkt neben dem Jungen. Auch Ben starrt zunächst verwundert hinüber zu der Gestalt, die sich nicht weiter durch die beiden Ausreißer beirren und auch nicht von seinem Vorhaben abbringen ließ. *»Hey? Hey, was treibst du da, Boy?«* Doch auf Ben's Nachfrage sollte keine Reaktion folgen. Ihm blieb nichts weiter übrig, als weiter zu beobachten, wie der Junge im schwarzen Kapuzenpulli das Kettengeflecht mit einem massiven Schloss unlösbar miteinander verankerte. Das Einrasten des Metallbolzens bewirkte ein eisiges Versteinern aller

Anwesenden. Blitzartig sah Ben hinter sich, zu den beiden anderen Eingangstüren, die zu den beiden Schulhöfen auf der rückwertigen Seite des Gebäudes führten. Dort hatte die ominöse Gestalt seine Arbeit bereits ungestört verrichten können und den Zugang mittels weiterer Ketten verriegelt. *»Junge. Was zur Hölle hast Du vor?«*

Ben realisiert sofort, was sich hier gerade abspielt und ihnen jeden Moment bevorstehen würde. Die schwarze Gestalt dreht sich noch immer nicht um. Sie verstaut seelenruhig den Schlüssel in der rechten Tasche des Kapuzenpullis, bewegt sich dabei langsam in Richtung der Tasche. Als sie ankam griff sie nicht hinein, sondern neben sie. Panisch sieht Ben zu Kevin, reißt ihn am Arm zu sich hin. *»Wir müssen hier verschwinden, Kev. Komm!«* Er blickt um sich, sucht panisch nach einem Ausweg. Sie stehen mitten im Raum, verlassen, wie in einer einsamen Wüstenlandschaft. Nur ein paar Tische, Stühle, ein weiterer Pappaufsteller mit dem Grinsen einer zufriedenen Hindu-Kuh, welche zu den Bundesjugendspielen im vergangenen Jahr einlud. Nichts, was ihnen wirklich Schutz bieten sollte. Die Hand des Fremden griff nach einem länglichen dunklen Gegenstand. *»Kevin, nun komm. Wir müssen hier raus!«* Doch die Gestalt hatte sich längst den beiden zugewandt. In dessen rechter Hand ein mittelläufiges, schussbereites Schrotgewehr. Sie legt nicht an, bewegt sich zunächst nur stillschweigend auf die beiden zu. Sie schlendert vor sich hin, lässt das Gewehr dabei spielerisch hin und her baumeln. Der emotionslose Gesichtsausdruck wird durch die schwarze Kappe mit der Aufschrift „HATE" beinahe vollständig verdeckt. *»Scheiße, nicht das. Nicht hier und nicht so.«* Doch Ben's Gestammel sollte keinerlei beirrenden Einfluss auf die Situation oder auf die Gestalt, die sie hervorgerufen hatte, nehmen können. Sie nähert sich ihnen weiter und behält konsequent ihre lappige Geschwindigkeit bei. Kevin bleibt währenddessen regungslos stehen. Auch er erkennt langsam den Ernst der Lage. Mehr und mehr offenbart sich ihm die Identität der Gestalt, bis sie schließlich, nur drei Meter von ihnen entfernt, zum Stillstand kommt. Kevin schaut seinem gegenüber tief in die sich aufrichtenden Augen und erkennt nichts als verbitterte, innere Leere. Der Brustkorb des entlarvten Fremden bewegt sich rhythmisch auf und ab. Er wirkt ruhig und gefasst. *»Adam?«*, flüstert Kevin. Seine Frage klingt weniger überrascht als mehr erschrocken feststellend. Ben bleibt stehen, verharrt in seiner gegenwärtigen Aufbruchsstimmung. Seine Nervosität wird von einem Schweißausbruch und dem wilden Zappeln seiner Arme begleitet, überträgt sich jedoch nicht auf die übrigen Anwesenden. Alles bleibt komplett ruhig. Die Anspannung ist kaum auszuhalten und es sind Millionen von Gedanken, die Ben gerade durch den Kopf schießen. Ruckartig reißt der bewaffnete Junge das Gewehr hoch und zielt auf die beiden. Ben reißt die Augen auf und erwartet das Unvermeidliche. *»Nein, nein, nein, nein, nein, nein, nein.«,* kreischt er. Doch es hilft nicht. Vorsichtig betätigt der Finger der nunmehr entmystifizierten Gestalt den Abzug. Ben stößt sich von Kevin ab, wirft sich damit zur Seite und seinen Freund somit vollständig nach vorne, mitten in die Schussrichtung. Ein gewaltiger Knall durchströmt ohrenbetäubend den Saal. Die gigantische und unnatürliche Energieansammlung wird durch den Lauf der manifestierten und selbstdefinierten metallischen Gerichtbarkeit mit einer monströsen Stichflamme entladen. Der Inhalt jener Patrone verteilt sich ungleichmäßig auf dem Weg, hin zu seinem Ziel.

Mindestens zwei Meter weit. Soweit wird Kevin's nunmehr leblose Hülle nach hinten geschleudert. Binnen Sekunden verteilt sich literweise Blut meterweit auf den kleinlich angereihten Fließen-Mustern des hellen Fußbodens. Meterweit. Sein Körper wird erst durch die umliegenden Stühle und Tischbänke aufgefangen, ehe seine Geschwindigkeit vollständig gebremst werden kann. Ben schreit auf, er blickt hinüber zu der aufgesprengten Person mit den weit aufgerissenen Augen, aus welcher noch immer der rote Lebenssaft in Strömen floss. Doch er fasst sich schnell und richtet seinen Blick hinüber zu dem stillschweigenden Schlächter. Instinktiv richtet er sich ruckartig auf, während sein Peiniger das Gewehr ein weiteres Mal durchlädt und sich ihm zuwendet.

»Du kranker Bastard!« Ben blickt sich um, beide Ausgänge sind verschlossen. Die Treppe. Ein Funken Hoffnung erleuchtet Ben's Sinne. Alles würde sich binnen Sekunden entscheiden, also rennt er los. Er blickt nicht zurück. Entweder er würde es schaffen oder nicht. Das Geräusch des Gewehrs bleibt in diesem Moment stumm für ihn. Er setzt einen Fuß vor den anderen. Beinahe in Slow-Motion blickt er die Treppe hinauf, fixiert das begehrte Ziel. Das obere Stockwerk. Ihm ist so, als rufe ihn jemand zu sich. Aber es ist mehr ein Gefühl als der Ausstoß einer verbalen Interaktion. Doch auch diese innere Stimme verstummt plötzlich vollends. Ebenso, wie der nachfolgende Knall, ähnlich des Vorangegangenen. Das Ziel. Die Treppe. Alles vernebelt sich, wird unscharf für Ben's Sehvermögen. Egal wie sehr er sich anstrengt, der Blick geht unweigerlich hinunter. Er geht zu Boden, erfasst den gewaltigen Blutnebel, der sich vor ihm ausbreitete und durch den er weiter auf die Stufen hindurchblickt, ehe er hart mit dem Kopf auf dem Boden aufschlägt. Die Gestalt nahm sich nur wenige Sekunden Zeit zum zielen, ehe sie gefeuert hatte. Wie bei Kevin sind auch Ben's Augen weit geöffnet. Sein Kopf liegt nur wenige Zentimeter von dem ersten Stufenansatz der großen Treppe entfernt auf dem kalten, nassen Boden. Seine Hand noch immer nach eben dieser ersten Hürde ausgestreckt. Sie zuckt nervös, während seine Lungen hektisch nach Sauerstoff ringen. Ein Atmen, dessen damit verbundenen Anstrengungen langsam nachgaben. Er kann sein Haupt weder neigen noch empor heben. Er liegt einfach nur so gelähmt da, spürt, wie das Leben langsam aus seinem Körper

weicht und das Blut aus seinem Torso am eigenen Gesicht vorbei-
zieht.

Vorsichtig bewegt sich die Gestalt mit dem Namen „Adam" hinüber zu Ben. Er lehnt sich über ihn und streicht ihm die blutverschmierten Haare aus dem Gesicht. Die Gestalt weiß, dass ihr
Schuss sein Opfer nicht direkt getötet hat. Es würde vielleicht
noch ein wenig dauern. Erneut wird das Gewehr schwungvoll
durchgeladen. Ben bleibt nichts weiter übrig, als sich dem vorher-
sagbaren Schicksal hinzugeben. *»Adam... Adam...«,* wiederholt er
immerzu flüsternd, wild nach Luft schnappend, während sich
Blutbläschen über seinen Lippen aufbäumen. Adam presst ihm
den erwärmten Lauf seines Gewehrs mit der Mündung auf dessen
freiliegende rechte Gesichtshälfte. Nur ein weiterer Schuss und es
wäre vorüber. Er könnte es beenden oder die Macht über sein
Leben weiterhin auskosten. Doch Adam besinnt sich und blickt zur
Treppe hinauf. Keine Schreie. Kein Alarm. Keine Panik oder um-
herrennende Menschen. Er besinnt sich auf seinen gegenwärtigen
Vorteil, den er mit einem weiteren Schuss womöglich verspielen
würde. Die beiden Jungen waren ohnehin nicht Teil seines ersten
Schrittes gewesen. Er musste mit ihnen improvisieren, was das
Risiko für ihn und seinen Plan gerade immens erhöht hatte. Und
genau deshalb erhöhte er den Druck des Metalls auf Ben's Haut.
Die Verführung ist spürbar da, das Ärgernis über diese vielsagende
Abweichung lässt jedoch seine Adern anschwellen. Dann lässt er
ab. *»Du hast es eh bald hinter dir, Ben aus 10a. Also genieß die
Show, so lange du noch kannst.«* Adam's Worte breiten sich wie
Gift in Ben's Körper aus. Sie verlangen ihm eine immense Selbst-
beherrschung ab, die letzten Endes in einer verirrten Träne mün-
det und mit anderen Körperflüssigkeiten direkt aus dem Körper
scheidet. Ein Zeichen einer ihm fremden emotionalen Beteiligung,
ein Ausdruck emotionaler Schwäche, welche er bisher nie zu offenbaren gewagt hatte. Leise horcht er den sich entfernenden

Schritten seines Angreifers, die sich wieder in Richtung Haupteingang begaben, um die zurückgelassene Tasche aufzunehmen. Sein
eigener pfeifender Atem bleibt ihm glücklicherweise verborgen. Er
verstummt mit jedem weiteren Schritt, den Adam erneut auf ihn
zu macht. Für einen kurzen Moment erhöht sich Ben's Herzschlag,
als Adam sich auf gleicher Höhe befindet. Doch Adam geht
schnurstracks an ihm vorbei, so wie das Leben, dass alle Beteiligten einst führten. Ben ist bereit. Langsam lässt er los. Er spürt
keinen Schmerz. Hoffen stellt in dieser Situation keine Notwendigkeit mehr dar. Kein Tunnel mit weißem Licht, nur der Anblick
auf den verschlossenen Hintereingang mit den einfallenden Lichtstrahlen eines warmen Sommermorgens bleibt ihm. Kein Engels-
gesang, keine Harfenklänge. Würde er jetzt nicht loslassen, ihn
würden nur noch die Schreie hunderter Kinder erwarten, die panisch an ihm vorbeiziehen würden. Er würde tatenlos Zeuge von
unsagbarem Leid werden. Der Kämpfer in ihm hält das weiße
Handtuch für den Ringrichter bereit. Er schließt vorsichtig seine
Augen, ist bereit, den Gegenstand in seiner Hand fallen zu lassen.
Die Atmung wird flacher. Die einkehrende Dunkelheit beruhigt
ihn. Er würde alles hinter sich lassen. Er würde sich nun in seinem
Inneren seinen Platz suchen und scheiden. Nichts anderes ist im
Moment von höherer Bedeutung. Dann lässt er los, stößt einen
letzten Atemzug hinaus in die Welt. Er gibt sich dem inneren Frie-
den vollends hin. Vielleicht zum ersten Mal in seinem Leben.

»Ich finde es sehr mutig, dass Sie sich bei mir gemeldet haben. Viele hätten diesen Mut nicht aufgebracht. Sie können stolz auf sich sein.« Herr Paul öffnete die obere Schublade seines Mahagoni-Schreibtischs und entnahm aus ihm ein Stück A4-Papier sowie einen schwarzen Stift, den er fein säuberlich vor dem Schüler positionierte. *»Was sie hier nun niederschreiben werden, wird einem Befreiungsschlag für Sie gleichkommen. Ich möchte, dass Sie in sich gehen und sich erinnern, auch wenn es Ihnen schwerfallen sollte. Sie müssen sich, wie eben bereits gesagt, hierbei wirklich bemühen nichts auszulassen, damit so etwas nie wieder geschehen kann. Sie tun damit das Richtige, Herr Tilmann.«* Mit einem Schulterklopfer verabschiedet sich Herr Paul bei dem jungen Mann aus seinem Büro und schließt behutsam die Tür hinter sich. Er möchte, dass der Junge ohne Störungen ans Werk gehen kann und seine Aussage dokumentiert. Es war Tilmann selbst, der letztendlich den Mut aufbrachte und die jüngsten Machenschaften seitens Ben und seinen Freunden aufgedeckt hatte. Wohl wissend, dass er sich mit dieser Aktion selbst einer großen Gefahr aussetzte, drängte ihn sein Gewissen dazu, dem Treiben seiner Peiniger endlich Einhalt zu gebieten.

Innerhalb des Sekretariats unterrichtete Frau Weber Herrn Paul derweilen über Ben's kleinen Wutausbruch von vorhin und dessen Gestik ihr gegenüber. *»Der arme Junge, Petra. Man stelle sich das mal vor. Er könnte jetzt tot sein, wenn er nicht so viel Glück gehabt hätte. Gobin ist hier eindeutig zu weit gegangen. Wer weiß was er noch alles anstellen wird, wenn ihn niemand endlich aufhält. Die heutige Jugend ist so verquer und ohne jedes Anzeichen von Anstand und Moral. Traurig ist das, traurig.«* Herr Paul wühlte in den Schubladen seiner Sekretärin umher, bis er endlich fand, worauf er es abgesehen hatte. *»Seit wann rauchst du denn die Blauen und nicht mehr die Roten?«* Er öffnete die frische Packung und nahm sich eine einzelne Zigarette aus ihrer Schachtel hinaus. *»Wir hatten eben enormes Glück, dass Herr Gobin Herrn Tilmann nicht im Nebenzimmer entdeckt hat. Ich hoffe, das weißt du, Uwe. Das verschafft dir jetzt zwar ein wenig mehr Luft, aber wir haben nun noch ein ganz anderes Problem. Herr Gobin hat es auf einen kleinen Jungen abgesehen, der wohl heute Morgen auch an dieser Bushaltestelle zugegen war. Robert heißt er. Der Junge mit dem blauen Auge. Herr Gobin glaubt nun, dass er ihn verraten hätte.«* *»Welcher kleine Junge? Welcher Robert? Was redest du da, Petra? Ahhhh... Ist jetzt auch egal. Wir müssen uns jetzt hierauf konzentrieren. Bitte halte nur alles haargenau im Protokoll fest. Ich will hierbei keinen Fehler machen. Ende dieser Woche will ich diesen Ben nicht mehr auf meiner Schule sehen.«* Ein Gedanke, der Beiden sichtlich zusagte.

Beinahe gleichzeitig erreicht ein gewaltiges Raunen ihre Gehörgänge und unterbricht die gemäßigte Unterhaltung abrupt. Frau Weber schaut erschrocken zu Herrn Paul hinauf, der sich gerade dazu aufmachen wollte, die Zigarette in seinem Mund zu entzünden. *»Was war das, Uwe?«* Vorsichtig bewegt sich Herr Paul zur Tür des Sekretariats. Noch strahlt er kein Anzeichen der Beunruhigung aus und bedient sich der einfachsten Antwort, die ihm sein erfahrener Verstand im ersten Moment vorgibt. *»Ich weiß es nicht. Vielleicht ist wieder die Wand von der Bühne umgefallen? Ich hab es Heini schon tausend Mal gesagt, das kann so nicht....«* Doch dann, unmittelbar vor Beendigung seines grammatikalisch bedenklichen Satzbaus, vernimmt er plötzlich die Schreie einer ihm bekannten Person. Nur wenige Meter von ihnen entfernt.

»Oh, das klingt nicht gut.« Seine Hand bewegt sich Richtung Türgriff, bereit dazu, die im Raum stehende Ungewissheit durch zweifelsfreie Gewissheit zu ersetzen. Doch erneut, nach nur wenigen

Sekunden, durchbricht ein weiterer gewaltiger Knall die Mauern des kleinen Büros. *»Petra, setz dich sofort an das Telefon und ruf die Polizei.«* Doch Frau Weber bleibt regungslos, wie angewurzelt, sitzen. *»Wo sind die Schlüssel, Petra? Petra! Wo sind die Schlüssel?«* Erst der zweite Zuruf sollte sie in die Realität zurückbringen und dazu veranlassen hektisch in den Schubladen herumzuwühlen. *»Ich weiß es nicht, ich weiß es nicht.«* Sofort beendet Herr Paul sein Vorhaben die Tür öffnen zu wollen. Er steigt hinter den Tresen und unterstützt Petra bei ihrer Suche nach dem begehrten Objekt. *»Verdammt nochmal, was ist das hier für ein Saustall. Los, geh an das Telefon, wähl Kurzwahl 7311 und gib den Code „Koma" durch. Und noch etwas, das ist ganz wichtig. Du musst betonen, dass es sich nicht um eine Übung handelt. Das hier ist todernst.«* Er reißt sämtliche Schubladen aus den Möbeln, in der Hoffnung einen Glückstreffer landen zu können, während Petra zum Hörer greift und sich krampfhaft versucht daran zu erinnern, welche Nummer sie eigentlich wählen sollte. Binnen weniger Momente glich das anfangs noch gründlich geordnete Büro einem einzigen Schlachtfeld, bestehend aus losgelösten Aktennotizen, Ordnern und Büroklammern, als sich zu allem Überfluss plötzlich noch die Tür zum Rektor-Zimmer öffnet und Tilmann hervortritt. *»Was ist denn passiert? Was ist hier los?«*

Sekunden konnten von nun an über Leben und Tod entscheiden. Für Erklärungen blieb keine Zeit. Obwohl sie wussten, welche Aufgaben ihnen bevorstanden, entriss ihnen die blanke Furcht über das bevorstehende Unbekannte jedwede Konzentrationsmöglichkeit. Doch plötzlich hält Petra inne. Sie bemerkt, wie unmittelbar vor ihr, langsam und vorsichtig, die Türklinke des Büros hinuntergedrückt wird. Sie streift mit ihrer rechten Hand das linke Bein von Herrn Paul, um auf das Geschehen vor ihnen aufmerksam zu machen. *»Oh, mein Gott«.* Angesichts des zu geringen Zeitabstands, konnte es sich bei dem angekündigten Eindringling nur um eine

Person handeln. Fluchtartig unterbricht Herr Paul sein Handeln und bricht in Richtung des Rektor-Zimmers auf. *»Tilmann, sofort rein!«*. Er umschließt den Jungen mit seinen kräftigen Armen und reißt ihn zurück in den Raum, aus dem er gekommen war und schmeißt hinter ihnen die Tür zu.

Unterdessen öffnet sich eine andere Tür. Jene, auf welche die Blicke von Frau Weber weiterhin gerichtet blieben. Als sie vollständig offensteht und Adam sich der Situation in dem Raum vergewissert hatte, schreitet er langsam hinein. Er sah nochmal nach links. Dann sah er wieder nach rechts. Dann sah er nach vorne. Er sah direkt zu Frau Weber, die noch immer den Hörer in der Hand hielt, jedoch noch immer keine Nummer gewählt hatte. *»Hallo? Polizei? Hier wird geschossen, oh Gott... Es sind Schüler im Gebäude und ich bin auch hier... Bitte… machen Sie schnell... er hat eine Waffe und wir sind vollkommen hilflos... wir haben dir doch nichts getan.«* Doch Adam bewegt sich weiter auf sie zu, lässt im Lauf teilnahmslos seine Tasche zu Boden gleiten. Er zieht seine Glock und zielt mit ihr auf das mit Tränen verzierte Gesicht der jungen Bürokraft. Mit ruhiger und kalkulierter Stimmlage richtet er seine Worte an sie, während er ihr den Hörer vorsichtig aus der Hand nimmt und das einfache, für beide hörbare Freizeichen kurz in den Raum gleiten lässt. Dabei presst er ihr den Lauf ganz fest an die Schläfe, um im Anschluss mit ihr zusammen, gemeinsam Hand in Hand, den Hörer aufzulegen. *»Frau Weber, ich möchte, dass Sie jetzt auflegen. Dann möchte ich, dass sie einen Termin für mich mit Herrn Paul in genau diesem Büro vereinbaren. Und dann möchte ich, bevor ich sie töte, dass Sie mir den Generalschlüssel für dieses Gebäude aushändigen. Und wenn es Ihnen nichts ausmacht, sofort... bitte.«*

Zitternd und wimmernd presste Petra ihre Augen zusammen. Währenddessen wanderte der Lauf der Waffe Stück für Stück in Richtung ihres Mundes. Alles unter dem Schutz der prüfenden

Blicke ihres Peinigers. Er lässt das Metall auf ihre Zähne stoßen. Er will sie nicht verletzen, erfreut sich nur an dem Klang der aneinander reibenden Oberflächen. Dann zieht er sie hinaus und legt die Zylinderform wie einen Finger sanft auf ihre Lippen. *»Psssssssst... Frau Weber. Sie haben keine Schmerzen zu befürchten. Sie waren immer sehr nett zu mir, deswegen werde ich jetzt auch nett zu Ihnen sein. Aber wenn du mir jetzt nicht den verfickten Schlüssel geben solltest und hier weiter rumwatzt, dann werde ich mich gezwungen sehen, meine Meinung zu ändern. Also, Frau Weber, bitte sag mir, wo... ist... der... Schlüssel?«*

Noch immer wild zitternd erhob Petra ihren Arm und deutete mit dem Finger auf den Mantel am Kleiderständer hinter ihr. *»Na also, geht doch, Frau Weber. Zuverlässig wie immer.«* Adam ließ kurz von ihr ab und durchwühlte die Stofftaschen des grauen Langmantels. Manchmal war es selbst in der Sommerzeit sehr frisch am frühen Morgen, was sie häufig zur Wahl eines wärmeren Kleidungsstücks bewegte. Petra musste täglich 76 Kilometer hinter sich bringen um zur Arbeit zu gelangen. Er steckt die Waffe zurück in das Holster und wischt sich den Schweiß von der Stirn. *»Heute ist so ein schöner Tag draußen, Frau Weber. Perfekt, möchte man meinen.«* Er dreht sich um und umfasst mit seinen blutigen Händen ihre versteiften Schultern, während er einen flüchtigen Blick auf das Büro des Schulleiters wirft. *»Sie sind so eine herzensgute Frau, Frau Weber. Ich mag Sie. Wirklich, das tue ich. Wäre es anmaßend zu erwähnen, dass ich mir in der Wanne oft einen auf Sie runtergeholt habe? Einfach... weil sie so eine nette Frau sind.«* Seine Finger beginnen damit, ihre Muskeln zu massieren. Er will sie beruhigen, ihr Trost spenden. Alles vergebens. *»Wissen Sie, ich muss Ihnen ein Geständnis machen. Ich denke, Sie und ich wissen, dass ich keinen Termin mehr brauchen werde. Ich bitte Sie diese Lüge zu verzeihen. Ich denke... ja, ich werde jetzt einfach dort hineingehen. Ich bin mir sicher Herr Paul erwartet mich bereits. Ir-*

gendwie irre, nicht? Wie sich Pläne doch so schlagartig ändern können.« Petra erlangte den Höhepunkt ihrer Ängste und war kurz davor ihnen zu erliegen.

Sie spürte es kaum. Es ist erst die Atemnot, die ihr bewusst macht, dass Adam ihr gerade geräuschlos die Stimme raubte. Sie versucht zu sprechen, will ihm in die Augen schauen. Doch Adam presst ihren Hinterkopf ganz fest an seine Brust, während er einen weiteren Schnitt an genau der gleichen Stelle vornimmt. Er neigt dabei ihr Haupt nach hinten, damit die Haut zumindest leicht gespannt ist und das Metall besser greift. Während dem Prozedere selbst sieht er nicht einmal hin. Er lässt los und sieht zu, wie ihre finalen Zuckungen das Blut hinaustragen und auf der Arbeitsfläche und dem Fußboden verteilen. Er atmet während ihrem Röcheln einmal kraftvoll und tief ein. Dann atmet er aus als sie keinen Laut mehr von sich gibt. Er lässt seine Blicke zur Tasche gleiten, die ihn daran erinnert, dass er noch eine Aufgabe zu erledigen hatte. Drüben, im Nebenzimmer. Wo er hinüberblickt zu seinem nächsten Ziel, während er den Schlüsselbund in seiner rechten Tasche neben dem anderen Schlüssel verstaut.

»Herr Paul, bitte ins Sekretariat, Herr Paul, bitte.«

»Herr Paul, wie oft haben Sie sich darüber beschwert, dass Sie so selten an die Sonne kommen. Das kann doch echt nicht gesund sein, immer unter künstlichem Licht zu arbeiten. Nun, jetzt biete ich Ihnen hierzu die Gelegenheit. Kommen Sie raus. Frau Weber ist auch hier, naja... so halb. Ich glaub, sie hat sich verschluckt. Sie braucht dringend Hilfe von einem starken Mann wie Ihnen. Ihr Leben steht wirklich auf Messers Schneide, könnte man sagen. Ha-Ha-Ha. Das alles hat sie so stark mitgenommen. Aber das muss ja nicht heißen, dass das auch für Sie gilt. Ich war ein böser Junge, Herr Paul. Tadeln Sie mich... für meine Taten, Herr Paul! Kommen Sie schon, tadeln sie mich!« Doch Herr Paul würde nichts derglei-

chen tun. Fest an die Tür gepresst versuchte dieser nur das ihm und Tilmann bevorstehende Unheil abzuwenden.

Zwischen ihm und Adam befand sich ab sofort eine sechs Zentimeter tiefe Brandschutztür, mittig verstärkt durch eine 0,8 Zentimeter dicke Stahlplatte. Egal wie viele Kugeln Adam an diese verschwenden würde, solange er und Tilman sich gegen diese Tür lehnten, würde er sie nicht überwinden können. *»Ach, Herr Paul, jetzt kommen Sie schon. Ich komm noch zu spät zum Unterricht. Sie predigen uns doch immer, wie wichtig Pünktlichkeit ist. Was sind Sie da jetzt für ein scheiß Vorbild.«* Noch immer erreicht Adam keine Antwort aus dem kleinen Rektor-Zimmer. Aus dem anfänglichen Lächeln und dem humoristischen Unterton wird eine von Aggressionen beherrschte Fratze. Wutentbrannt schlägt Adam mit der Unterseite seiner Glock gegen die massive Tür. *»Du mieser feiger Wichser! Du wirst nunmehr mein Zeuge sein. Ob du willst oder nicht. Auch wenn Du Dich feige in Ihrem Büro verbarrikadierst, an Deinen Händen wird ebenso viel Blut kleben wie an meinen. Du bist an all dem genauso schuld wie all die Anderen. Und glaub ja nicht, dass Du verschont bleiben wirst. Oh nein... Dich werde ich mir bis ganz zum Schluss aufheben, Paulchen. Hörst du mich? Ich werde dein verfickter Geist der zukünftigen Weihnacht sein. Kannst du mich hören, Paulchen?«* Mit einem Male verstummte das Gepolter und Geschrei außerhalb des kleinen Zimmers vollständig. Verzweifelt sieht Herr Paul hinüber zu Tilmann, dessen Vornamen er noch immer nicht kannte. In ihm kamen Zweifel auf, ob er ihn überhaupt noch erfahren würde. Vorsichtig lehnte er seinen Kopf zur Seite und presste seine Ohrmuschel an das kalte Holz des Türrahmens. Ihm war als würde er das Rascheln eines Schlüsselbundes vernehmen. Und in der Tat, Adam hatte erneut den Bund von Frau Weber hervorgebracht. Hastig lässt er einen der Schlüssel in das Schloss gleiten, ehe er ihn zweimal wenden ließ. Eingesperrt, dies war ihr beider Gedanke dazu. Adam räuspert sich, spuckt den überflüssigen Speichel auf den Boden ehe er sich wieder seiner Tasche zuwendet. *»Nur nicht weglaufen, Paulchen. Das wird noch ein laaaaanger Tag für uns Beide.«*

Ein letztes Mal verschafft Adam sich einen Überblick. Drei hatte er bislang, nicht genug aus seiner Sicht. Er öffnet die Tasche und streicht mit einem Stift einmal quer über das sich darin befindende Papier. In Selbstgesprächen vertieft legt er sich das schwarze Accessoire wieder um und begibt sich zum Ausgang des Büros. *»Wir liegen gut in der Zeit, Paulchen... Phase 2...«* Er lässt die Tür offenstehen, ist sich sicher, dass sich für diese Räumlichkeiten für eine geraume Zeit niemanden außer ihm selbst interessieren wird. Dann verschwindet er wort- und klanglos ehe sowohl seine Schritte an Geschwindigkeit als auch ihre Abstände zum Büro zunehmen sollten. Im Inneren wagt sich Tilmann erstmals hinter dem Schreibtisch hervor. *»Verflucht, was war denn das gerade? Danke, Herr Paul... Sie haben uns womöglich gerade das Leben gerettet.«* Er richtet sich auf und begibt sich zur Tür, wo sein Retter sich gerade ebenfalls erhebt. *»Ich konnte sie nicht retten. Ich... ich habe sie einfach zurückgelassen.« »Ist er weg, Herr Paul? Sind wir jetzt sicher vor ihm?«* Zwei Fragen, die für den erwachsenen Mann im Anzug aktuell nur zu verneinen waren. Sie würden niemals sicher sein, dies war die bittere Wahrheit, die er sich eingestehen musste. *»Kennst du diesen Jungen, Tilmann? Hast du seine Stimme erkannt?«* Erneut zwei Fragen, diesmal seitens des Älteren in den Raum gestellt, die der junge Mann ebenfalls nur zu verneinen wusste. *»Ich... es ging alles so schnell... Herr Paul... ich weiß nicht, wer zu sowas im Stande wäre. Vielleicht war es ja Ben...«* Doch sofort schritt der Rektor korrigierend ein. *»Nein, nein, nein... Diese Stimme ist eine vollkommen andere. Wir müssen die Polizei rufen und wir müssen die Anderen warnen, sonst wird es hier ein Blutbad geben. Doch dafür muss ich hier raus. Noch ist die Tür verschlossen, aber...«* Ein Umstand, der an Tilmann vollkommen vorbeiging. Er rüttelt sofort am Türgriff, möchte dessen Vermutung bestätigt wissen. *»Wir sind eingesperrt? Herr Paul, ich muss hier raus... ich muss nach Hause... ich...«* Ehe Tilmann einem Nervenzusammenbruch erliegen wurde, beruhigte ihn der Rektor rasch. *»Hör zu... Tilmann... in meinem Jackett befindet sich noch ein Schlüssel. Mein eigener für dieses Büro. Wir werden es also hier raus schaffen, hörst du. Aber wir dürfen jetzt nicht nur an uns denken. Wir können noch mehr Leben retten, als unseres, aber nicht indem wir dieses Büro verlassen. Zunächst einmal werde ich hinausgehen und die Polizei verständigen. Danach werde ich den Pausengong abschalten und eine kurze Durchsage machen müssen, verstanden? Das wird ihn vielleicht wieder hierherlocken. Das bedeutet wir müssen wieder zurück. Hierher. Und wir müssen vorbereitet sein. Diese Tür hier, ist beinahe unzerstörbar...«* Musternd blickt Herr Paul zunächst umher und hält Ausschau nach möglichst schweren Gegenständen. *»...ich kann das schaffen, aber dafür brauche ich deine Hilfe, Tilmann. Während ich draußen bin, musst du an der Tür bereitstehen. Denn sobald ich die Durchsage gemacht habe müssen wir uns hier drin verbarrikadieren. Wir schieben den Schreibtisch, den Aktenschrank und den Kleiderschrank genau vor diese Tür. Dann kann er da draußen machen was er will. Wir werden sicher sein, das verspreche ich dir. Wir brauchen jetzt einen kühlen Kopf und den eisernen Willen das Leben unserer Mitmenschen als auch das eigene retten zu wollen, verstehst du mich?«* Tilmann blieb nichts weiter übrig als einwilligend zu nicken. Auch wenn er nur die Hälfte von dem verstand, was ihm Herr Paul gerade zu erklären versuchte. Ein „Nein" hätte nur zur Konsequenz gehabt, dass er weiter auf ihn einreden und Überzeugungsarbeit leisten würde. Also nickte er weiter, solange, bis Herr Paul den Schlüssel hervorgebracht hatte, der sie aus dem Zimmer befreien würde.

Er sah auf die Uhr, es waren vier Minuten verstrichen, doch noch immer waren keine weiteren Schüsse zu hören. Ein Pessimist hätte darin womöglich die weitere Anwesenheit ihres Angreifers gedeutet. Ein perfider Plan, der eben genau dieses Vorgehen einkalkulierte und nur dazu diente, sie beide vor den Lauf eines Gewehres zu locken. Doch Herr Paul stand auf der Sonnenseite des Lebens und hegte als überzeugter Optimist die Hoffnung, dass es sein Plan sein wird, der gelingen würde. Sechs Minuten waren verstrichen und einmal mehr hasste sich Herr Paul dafür, dass Handy ungeladen auf dem Küchentisch zurückgelassen zu haben. Sechs Minuten? Das automatisierte Signal zur großen Pause stand kurz bevor. Jede weitere Sekunde würde mehr Menschenleben in Gefahr bringen. Bewaffnet mit einem Brieföffner positioniert sich der sichtlich erschöpfte Mann an der Tür. *»Wir müssen die Anderen unbedingt vor dem ersten Gong warnen. Sind wir bereit, Tilmann?«* Niemand hätte diese Frage wirklich wahrheitsgemäß beantworten können. Vorsichtig dreht er den Schlüssel um. Das Klicken bewirkt ein bedrückendes Hämmern in den Köpfen der Beiden. Noch eine Umdrehung und es wäre geschafft. Erneut wendet er den Schlüssel um 360 Grad. Nun wäre ein gewaltsames Eindringen theoretisch möglich gewesen. Doch ein gewiefter Jäger wartet bis seine Beute zu ihm kommt, dass hatte Herr Paul oft bei Wiederholungen im Fernsehen gesehen. *»Scheiß Discovery Channel«*, dachte er sich und öffnete vorsichtig die Tür. Er blickt durch den kleinen Türspalt, den er absichtlich offenstehen ließ. Dann schreitet er voran, signalisiert Tilmann kurz davor, dass er sich bereithalten solle. Mit langsamen Bewegungen tastet er sich in die Räumlichkeiten des Sekretariats. Er betrachtet das Chaos, dass unter anderem er selbst hinterlassen hatte. Doch nach nur wenigen Schritten sieht er Petra. Wie sie in ihrer Blutlache regungslos daliegt und nicht zu atmen scheint. Beim Anblick dieser Gräueltat zwingt ihn sein Körper dazu sich sofort übergeben zu müssen. Eine Art Schutzreaktion des Körpers, der ihn davor warnt, sich von jedweder Annäherung einer scheinbar bestehenden Gefahr fernzuhalten. Er hält inne, möchte kein Geräusch von sich geben, lauscht der noch immer herrschenden Stille, in der Hoffnung so jedes Anzeichen eines möglichen Angriffs vorausahnen zu können. Doch noch immer vernimmt er nichts. Alles scheint sicher.

Sprunghaft stößt er hinter den Tresen und beugt sich über den leblosen Körper von Frau Weber. Er greift zum Hörer und atmet erleichtert auf. Freizeichen. Hastig beginnt er damit die Nummer aller Nummern zu wählen. *»Hallo? Ist da die Polizei? Uwe Paul ist mein Name. Ich bin Rektor der...«* Herr Paul hält inne. Er scheint etwas gehört zu haben. *»...hören Sie. Es gilt der Alarmcode: Koma. Dies ist definitiv keine Übung. Ich handle hiermit auch definitiv im vollen Sinne der KIBBS und ersuche um Hilfestellung. Sie müssen sofort Ihre Leute hierherschicken und das Gebäude stürmen. Der Junge ist schwer bewaffnet. Ich kann bisher bestätigen, dass mindestens ein Gewehr zum Einsatz gekommen ist. Meine Sekretärin liegt tot neben mir... oh, mein Gott... Nein. Weitere Opfer sind mir bisher nicht bekannt. Es fielen allerdings ein bis zwei Schüsse, also ist mindestens ein weiteres Opfer involviert... ich weiß nicht wer... ich... oh, Gott... Ben und Kevin...«* Schlagartig ergibt sich für ihn eine Ahnung, um wen es sich bei den Opfern womöglich handeln könnte. Doch sein Gesprächspartner beharrt auf weitere Informationen. *»...keine Ahnung. Vielleicht 17 oder 18. Ich kann ihnen nicht mehr über die Person sagen. Kleidung? Ich weiß es nicht, ich habe ihn nicht gesehen. Zurzeit befindet er sich irgendwo im Gebäude... ich...«* Mit einem Male verstummt der Rektor und blickt über Tresen hinüber zu der Person, die gerade blitzartig den Raum verließ. Tilmann. Er hatte gerade so lange gewartet, wie es ihm seine Willensstärke erlaubt hatte zu warten. Nun war Herr Paul ganz alleine. Sein Plan würde so nicht mehr aufgehen können. Panisch wirft Herr Paul das Telefon zur Seite und greift zu dem Mikrofon direkt vor ihm. Er presst seinen Finger ganz fest auf den nachgebenden Knopf am Fuße des Objektes. Mit zittriger Stimme verlas er den Text, den er seit seiner Amtseinführung nur zweimal und das nur scherzhaft zur Probe einstudiert und laut aufgesagt hatte.

»An alle Personen im Schulgebäude! Hier spricht die Schulleitung! Wir haben eine ernste Lage im Schulgebäude! Bleiben Sie in den Klassenräumen und schließen Sie die Türen ab! Die Lage wird geklärt. Verhalten Sie sich ruhig und warten Sie auf neue Anweisungen! Sollten Sie in direktem Kontakt mit Frau Koma stehen, so bitte ich Sie, Ruhe zu bewahren und sich ihren Anweisungen zu fügen. Möge Gott mit Ihnen allen sein.«

Anschließend wirft er das Mikro zur Seite, ignoriert vollständig das noch bestehende Telefonat zu seiner Linken. Sie würden nun ohnehin kommen, die Nummer war übermittelt und angezeigt worden. Zudem hätte er keine weiteren nützlichen Informationen mehr zu bieten gehabt. Auch er begab sich nun auf die Flucht, rennt in sein Büro und beginnt wild damit Möbelstücke vor der Tür zu positionieren. Für den Moment scheint er sicher. Alles Weitere würden Andere nun für ihn erledigen. Vielleicht würden sie es sogar noch rechtzeitig schaffen. Ihm würden sie nichts vorwerfen können. Er hatte seine Pflicht getan. Doch dann ertönt der Gong.

Im Aula-Bereich kommt unterdessen Flüchtling Tilmann vollends zum Stillstand. Er sieht hinunter zum Treppenansatz, an dem Ben in einem Meer von Blut badete. Etwas weiter rechts lag Kevin. Er guckt vorsichtig die Treppe hinauf, die noch immer leer stand. Niemand ist zu sehen, die Gelegenheit somit günstig. Er rennt hinüber zum Haupteingang, rüttelt an dessen Türen, doch wollen die massiven Ketten ihm einfach nicht die Freiheit gewähren, die er sich so sehnlichst wünscht. Glas. Die Türen bestanden für ihn aus einfachem Glas. Er müsste sie nur mit einem schweren Gegenstand zum Einstürzen bringen. Stühle. Dort wo Kevin liegt befindet sich eine Vielzahl von Sitzgelegenheiten. Mit ein wenig Schwung würde es mit ihnen schon klappen.

Tilmann rennt hinüber und schnappt sich einen von ihnen. Zurück an der Tür nimmt er erstmal Schwung. Er hofft, dass es direkt beim ersten Mal funktionieren wird. Für einen weiteren Anlauf bleibt nicht genügend Zeit. Der Amokläufer würde bereits beim ersten Aufeinandertreffen des Objektes alarmiert sein. Er zählt bis drei, ist sich seiner Sache sicher. Dann lässt er los. Der Aufprall hallt durch das ganze Gebäude, kommt einem Gewehrschuss gleich. Doch das Glas zeigt bis auf einen kleinen Riss keinen Niedergang als Scherbenhaufen. Panisch hebt der den Stuhl ein weiteres Mal auf. Er musste es einfach schaffen. Er holt aus und wirft sich zur Verstärkung selbst mit aller Kraft gegen das transparente Gemäuer. Anders als in Filmen blieb das Gemäuer jedoch standhaft. Es hält, während Tilmann verzweifelt und gebrochen zu Boden geht. *»Verdammte Scheiße... ich will hier nicht sterben... hörst du, du Mistkerl... ich will hier nicht sterben...«.* Er kreischt so laut, dass der Junge im Kapuzenpulli die Botschaft unmöglich überhören konnte. Tilmann war alles egal. Wenn alle Eingänge derart gesichert waren, würde es kein Entkommen geben. Er schlägt die Arme vors Gesicht und bricht weinend zusammen. Doch anders als erwartet, vernahm er keine sich ihm nähernden Schritte. Niemand antwortete ihm auf die Zurufe. War er noch hier? Hier in diesem Gebäude? Waren diese Jungs und Frau Weber womöglich die eigentlichen Ziele seines Plans gewesen? War es womöglich schon alles vorbei?

Noch ehe er sich weiter in Phantastereien und falscher Sicherheit wiegen konnte, vernimmt er ein Stöhnen direkt hinter sich. Es kommt vom Fuße der Treppe. Doch niemand ist da. Vorsichtig erhebt sich Tilmann und rennt zu dem Ort, an dem er das Geräusch vernommen hatte. Wohl überlegt und noch immer mit Vorsicht die Treppe hinaufblickend. Dann wendet er seinen Blick ab und starrt ein weiteres Mal hinunter. *»Ben? Ben, du lebst...«* Das verhaltene Schulterzucken bestätigt seine Annahme. Ben hatte tatsächlich überlebt, wenn auch schwer verwundet. Hastig blickt Tilmann um sich. Wie würde er ihm jetzt helfen können? Wie schlimm waren seine Verletzungen und würde er ihn überhaupt bewegen können? Eins war sicher, ihn dort liegen zu lassen hätte seinen sicheren Tod bedeutet. In seiner Verzweiflung hält er Ausschau nach etwas, dass er als Trage hätte verwenden können. Doch dann macht er eine weitere kuriose Entdeckung. Etwas, mit dem er nicht gerechnet hatte. Direkt hinter dem Gemäuer, welches der Treppe als statische Stütze diente. Hinter einem der Pappaufsteller entdeckt er einen kleinen Jungen, der sich dort seit mehreren Minuten versteckt gehalten haben musste. Er winkt ihn zu sich, in der Hoffnung eine helfende Hand in dieser Hölle erreichen zu können. *»Robert... so heißt du doch? Robert, komm her, du musst mir helfen!«*

Kapitel III – Hintergründe

Der Deutschunterricht langweilt mich. Seit Wochen überlege ich wieder alles hinzuwerfen. Es sind mit heute tatsächlich schon 22 Jahre. 22 Jahre. Immer und immer wieder dasselbe. Dabei wechseln nur die Gesichter, die Probleme bleiben aber die Gleichen. Vielleicht gehe ich zurück zur Bundeswehr oder vielleicht mach ich doch was ganz anderes? Ich will mich doch nur neu erfinden, einfach mal neue Wege beschreiten. Das Ganze geht einfach schon zu lange. Zu lange. Hier nimmt mich doch nun wirklich keiner ernst.

»Daniel! Wie oft noch? Kopf ins Buch oder raus! Quatschen könnt ihr in der Pause.« Mir fallen auch längst keine neuen Sprüche mehr ein. Früher konnte ich noch selbst darüber lachen, über meine eigenen Witze. Das Publikum hier ist träge und einfach nur langweilig. Jedes Mal, wenn ich zu meiner Tasche hinuntersehe, blicke ich auf den verschlossenen Umschlag. Jedes Jahr aufs Neue. Immer zum Ersten jedes neuen Schultages im neuen Schuljahr. Ich muss ihn nur öffnen und ein Datum einsetzen. Dann wäre ich binnen weniger Tage vielleicht auch Wochen endlich frei. Frei von diesen... diesen Holzköpfen mit dem selbstgefälligen Grinsen und dem ungezügelten Vermehrungstrieb. Insgeheim beneide ich sie für ihre Jugend. Ihnen steht noch alles offen, aber die meisten von ihnen schmeißen das einfach so weg. Hinterher werden sie klüger sein, zumindest manche von ihnen, die das Glück haben die Kurve zu kriegen. Die meisten wollen aber gar nicht. Keiner meiner Kollegen hat für das, was wir hier leisten, jemals ein Dankeschön gehört. Ich gebe zu, die Ausprägung der Verbitterung in mir war nicht immer so. Mein anfänglicher Lebensfrohsinn wich zunehmend einer von Unzufriedenheit geplagten und zugleich mürrischen Art. Nicht zuletzt, weil mich die offizielle Scheidung von

meiner Frau seit mehr als vier Monaten monatlich ein Vermögen kostet. Innoffiziell war es mit dem Ja-Wort bereits zu Ende gegangen. Aber ich war genauso dumm wie diejenigen, die ich jetzt unterrichten und auf das Leben vorbereiten soll. Das Leben ist scheiße, so sieht es aus. Dafür braucht man nicht jahrelang in einem Raum zu hocken und Quatsch aus der Vergangenheit durchzukauen. Die meisten von denen beherrschen nicht einmal die Grundlagen der Divisionsrechnung, sollen aber Extremwerte berechnen und binomische Formeln anwenden können. Carmen hat mit allem Recht. Was interessiert es den Affen, wie sich das Volumen einer Banane errechnet, wenn er im ersten Schritt gar nicht weiß, wie er an die Banane drankommt? Nicht mal ich könnte das Volumen einer Banane auf Anhieb berechnen. Wozu auch? Wir sind doch längst Akademiker, so sieht es doch aus. Aber wie eine Frau an die Bananen eines Mannes kommt, dass unterliegt natürlich den beschissenen Naturgesetzen.

Mir bleibt echt nichts erspart. Einen Gebrauchten, dafür hatte es zuletzt an diesem Wochenende noch gereicht. Ich mag keinen VW, aber sie sind erschwinglich. Den Neuwagen bekommt natürlich sie. Gütertrennung. Ich war damals so dumm. Meine Laune ist gegenwärtig echt beschissen, wer könnte es mir auch verübeln. Und natürlich projiziere ich sie oft gegen jene, die mich ebenso oft zur Weißglut gebracht haben wie sie. Naja, vielleicht nicht direkt diese Generation, aber letzten Endes sind sie alle gleich. Jahr für Jahr erlebe ich das. Und es geht immer weiter bergab. Mir braucht also keiner was zu erzählen.

Wenn ich mich nochmal so umsehe, dann frage ich mich wirklich, was aus dem einen oder anderen Engagierten werden wird. Ismael ist ein begabter Zeichner, da läge ein Studium zum Architekten nahe. Mina scheint eine Begabung für biologische Zusammenhänge entwickelt zu haben, also irgendwas Medizinisches oder in der Chemie. Daniel hat trotz seiner oftmals so großen Klappe ein gutes Gespür für Rhetorik. Also auch nicht ganz hoffnungslos. Ich vertrete ja die Auffassung, dass ihm Ben und Kevin kein wenig gut tun. Sollen die ruhig vom Paul jetzt die Leviten gelesen bekommen. Bringen wird es keinem der Parteien was. Eine Verschwendung von Sauerstoff. Ich blicke nach links, jemand ist an der Tür. Vielleicht sind es die Beiden. Immer wenn man vom Teufel spricht. Doch genauso schnell wie die Tür geöffnet wurde, war sie auch wieder verschlossen worden. Ich setze keine Bemühung darin, wegen zwei Minuten einen Aufriss zu machen. Sollen die Beiden sich doch als einer der Ersten ihre Frikadellen-Brötchen kaufen dürfen. Mir ist es Wurst. Manchmal sind es eben die kleinen Freuden im Leben, die das Leben lebenswert machen.

Die ersten packen die Bücher weg. Eine Gelegenheit, meine Autoritätskraft zu stärken. *»Also, wenn ich nichts an den Ohren habe, würde ich behaupten, dass wir just keine Pause haben. Ihr könnt einräumen, wenn ihr den Gong hört.«* Mir egal, ob für sie damit die Pause kürzer ausfallen würde. Sie erwarten ihn, wollen draußen über ihre Lieblingsserien und ersten Pläne fürs Wochenende quatschen. Ich öffne das Klassenbuch und trage die Stunden ein. Es wird derselbe Text sein wie immer. Gott, wie monoton und...

»An alle Personen im Schulgebäude! Hier spricht die Schulleitung! Wir haben eine ernste Lage im Schulgebäude! Bleiben Sie in den Klassenräumen und schließen Sie die Türen ab! Die Lage wird geklärt. Verhalten Sie sich ruhig und warten Sie auf neue Anweisungen! Sollten Sie in direktem Kontakt mit Frau Koma stehen, so bitte ich Sie, Ruhe zu bewahren und sich ihren Anweisungen zu fügen. Möge Gott mit Ihnen allen sein.«

Ach du Scheiße. Das ist doch jetzt nicht sein ernst. Ich stehe auf und beruhige die Gemüter. Sie sind ebenso verwirrt wie ich. Eine Übung war nicht angekündigt. Nicht, dass es für diesen Fall überhaupt eine offizielle Übung gegeben hätte. Ich rufe in die Klasse, sie sollen endlich ruhig sein. Bisher waren keine Schüsse zu hören. Noch war keine Gefahr erkennbar. Unbeeindruckt von der Durchsage bewege ich mich auf die Tür zu. Ich nehme die Klinke in die Hand und will sie öffnen. Verschlossen. OK, nun gab es wirklich einen Grund zur Beunruhigung. Ich drehe mich um und starre in die erwartungsvollen Gesichter. Ich sage ihnen besser nichts davon. Es würde ohnehin nicht helfen. *»Es handelt sich bestimmt nur um eine Übung. Wir haben letztes Jahr im Kollegium darüber diskutiert, ob wir einen Notfallplan in unserer Schule einführen sollen. Das kommt für uns alle jetzt sehr überraschend.«* Ich greife in meine Hosentasche und nehme den passenden Schlüssel der Pausenaufsicht hervor. Endlich macht sich die Stubenhockerei bezahlt. Nachdem ich ihn in das Schloss gesteckt habe rüttle ich ein wenig am Schloss, so dass sie glauben, ich hätte sie verschlossen. *»Seht ihr, ich tue genau das, was Herr Paul gesagt hat. Es gibt keinen Grund zur Besorgnis. Wir...«* Der Gong übertönt meine Ansprache an die untergebenen Schutzbefohlenen. Sie lauschen auf, während ich einfach nur so dastehe und abwarte, was nun geschehen wird. Es bleibt still, die sonst so lautstarke Geräuschkulisse will einfach nicht aufkommen. Meine Kollegen sind scheinbar ebenso ratlos wie ich. Handelte es sich am Ende doch nur um eine Übung? Die Sekunden vergehen, ohne dass etwas geschieht. Ich bin geneigt meine Klasse zur großen Pause zu entlassen. Dann fällt er. Der erste Schuss, von dem ich hoffte, er würde nicht fallen. Geschrei, eine steigende Anzahl von Schritten, wieder ein Schuss. Dumpfe Aufprälle. Mein Gott, es ist also wahr. Meine Schüler rücken zusammen. Sie hören die verzweifelten in sich greifenden Hilferufe aus dem ersten Stock und den offenstehenden Fenstern. Sie gruppieren sich in der hintersten Ecke des Raumes, umarmen sich, spenden sich untereinander Trost. Ich stehe weiterhin einfach nur so da, bin ihnen anderweitig keine Hilfe. Die Tür war verschlossen. Darüber machte ich mir gerade Gedanken. Das geschah nicht ohne Grund.

Wie bei einem Gewitter zählte ich die Abstände der Schüsse. Anhand des Lautstärkepegels versuchte ich auszumachen, wie weit der Angreifer von diesem Raum entfernt sein musste. Alles zieht sich ins unendliche. Die Schüsse hören nicht auf, begannen zunächst unterhalb unseres Stockwerks. Sie jetzt gehen zu lassen würde bedeuten, die Lämmer zur Schlachtbank zu führen. Anfangs hoffte ich, der Abstand von dem Geschehen da draußen und dem hier drinnen würde zunehmen. Falsch gedacht. Die Schüsse werden lauter, draußen höre ich wildes Gerenne. Sie schreien, *»Er kommt auf uns zu. Er ist auf dem Weg hierher. Hilfe. Er kommt jetzt rauf. Sucht euch Deckung. Schließt die Türen. Er bringt uns alle um.«* Sie handeln unkoordiniert, erliegen ihren Ängsten. Sie machen Fehler, was er wohl erwartet hatte. Die Tatsache, dass er sich von unten nach oben vorarbeitet beweist, dass er vorsätzlich und kalkuliert handelt. Dass diese Tat von langer Hand geplant sein musste. Er wusste, dass ein Großteil instinktiv die große Treppe nehmen würde. Die beiden engen Nebentreppen boten einfach zu wenig Platz für eine großangelegte Flucht in diesem Ausmaß.

Früher oder später müsste ich diese Tür öffnen. Ich machte mir keine Illusion darüber, dass wir nicht Teil seines Plans waren. Er hatte uns eingesperrt, dessen war ich mich sicher. Es brauchte nur das perfekte Timing. *»Herr Ulrich, was tun wir jetzt?«* Rauch. Mein Gott. Unter der Tür stieg Rauch auf. War zu allem Überfluss jetzt tatsächlich noch ein Feuer ausgebrochen? Mein Gott. Mir blieb einfach keine Zeit mehr. Ich lasse mir nichts anmerken, schließe vorsichtshalber die Tür schon einmal auf, weise die Schüler an, sich in einer Reihe aufzustellen. Wohl wissend, dass nicht jeder von ihnen es schaffen wird. Einige würden das Feuer auf sich lenken, während den anderen vielleicht die Flucht gelingen könnte. Innerhalb dieser Mauern würden sie ansonsten alle sterben. So viel war sicher. *»Hört mir jetzt gut zu. Wenn ich die Tür öffne, dann rennt ihr los. Ab nach links, zur Nebentreppe des Anbaubereichs, ihr rennt alles und jeden über den Haufen, was sich euch in den Weg stellt. Ihr bleibt nicht stehen, nicht für eine Sekunde. Wenn ihr unten angekommen seid, sucht euch ein Fenster oder eine Tür. Ich gebe Daniel den Schlüssel, er wird sie für euch aufschließen. Und dann macht ihr, dass ihr aus dem Gebäude kommt. Lauft so schnell ihr könnt und ruft Hilfe.«* Mein Plan war alles andere als perfekt. Ich gehe hinüber zu Daniel, den ich mittig der Schlange positioniert sah. Statistisch gesehen trug er das geringste Risiko erschossen zu werden. Weniger rosig sah es für die Ersten und Letzten der Reihe aus, was ich natürlich nicht ausspreche. Sie werden das Feuer auf sich lenken müssen, damit Daniel die Übrigen in die Freiheit führen konnte. Madeleine ist die zweite in der Reihe. Ich wünsche ihr viel Glück, so wie allen anderen. *»Ich zähle jetzt bis drei... dann lauft ihr los.«*

»Eins!« Ich nicke ihnen zuversichtlich zu und umschlinge den bereits angewärmten Türgriff. *»Zwei!«* Ich drücke ihn herunter, bereit die Tür aufzuwerfen. *»Drei!«* Die Tür steht offen. Ich blicke hinaus, alles ist frei. Keine Menschenseele. Die Erfolgsaussichten sind gut. Mina und Madeleine rennen los, dicht gefolgt von Ismael und Jürgen. Es sind nur wenige Meter bis zum Flur des Nebengebäudes. Vielleicht könnte ich mit meiner Vorgehensweise sogar als Held hervorgehen. Fernsehberichte, Talkshows, mein Foto in einer Boulevard-Zeitung. Sehr viele neue Perspektiven, die sich mir binnen der letzten Minuten plötzlich eröffneten.

Zunichte gemacht, binnen Sekunden. Denn erneut fallen Schüsse. Nur diesmal ist die Richtung eindeutig. Sie kommen seitlich, aus dem Hinterhalt und reißen Mina und Madeleine gleichzeitig um. Während Ismael weiterrennt bleibt Jürgen einfach stehen. Er streckt die Hand nach mir aus, fleht um Hilfe. Ich kann nur noch mit ansehen, wie ihm das Schrot aus einem Gewehr das halbe

Gesicht wegreißt und meines mit dessen Blut überschüttet. Ich schreie auf, nicht nur, weil das Blut seltsamerweise in meinen Augen brennt. Ich sehe nicht, ob Ismael es geschafft hat. Nur, dass der Rest der Klasse zurückweicht und Rauch in das Zimmer eindringt. Niemand würde diesen Raum nun mehr verlassen. Ich gehe zu Boden, nicht aus Scham über den misslungen Versuch ihre Leben zu retten. Nein. Kurz nach Jürgen's Ableben blicke ich in das Gesicht des Jungen, der für all das hier verantwortlich war. Er schreitet durch den Dunst der Nebelschwade, den unter anderem das verschossene Schrot überall verteilt hatte. Mich überkommt ein Gefühl des Entsetzens, als ob mir jemand ein glühend heißes Brandeisen durch die Brust gerammt hätte. Es reißt eine alte Wunde auf, ein Missverständnis, für das ich mit verantwortlich war. Dieser verwirrte Junge. *»Adam.«*

»Guten Morgen, Herr Ulrich.«

Mein Plan geht auf. Ich liege im Zeitplan, mein sparsamer Umgang mit der Munition kommt mir dabei sehr zu Gute. Zwei Patronen verbraucht, drei Personen eliminiert. Eine gute Quote angesichts der prekären Lage. Nun lag alles Weitere an Herrn Paul und ob ich ihn und die Situation korrekt eingeschätzt und alles richtig vorausgeplant habe. Ich sehe auf die Uhr. Sechs Räume habe ich verriegeln können, der Rest liegt nicht in meiner Hand. Der Stundeplan trägt wesentlich zur anvisierten Zielerreichung bei. Die würden nirgendwo hingehen… ehe ich hier fertig bin.

Dann endlich. Herr Paul macht seine Durchsage und wird damit für die nötige Verwirrung und Panik sorgen, die mir meine Arbeit erleichtern und erheblich zur Effizienz beitragen wird. So kurz vor der Pause, alle sind in Aufbruchsstimmung. Jetzt noch der berühmte Gong und alles ist perfekt. Mal sehen, wie gut sie alle auf meine Anwesenheit vorbereitet wurden. Frau Koma? Wer zur Hölle soll das überhaupt sein? Egal. Ich warte, hebe schonmal den Lauf meines Gewehrs. Im Anschlag würde ich sofort loslegen können. Ich blicke nach rechts. Ich blicke nach links. Noch passiert nichts. Vorbildlich, jedoch nicht lange anhaltend. Ihr Überlebensinstinkt wird sie jeden Moment hinaustreiben. Wo sie das blühende Leben und Sicherheit suchen werden, werden sie nun nur den Tod vorfinden. Natürlich nicht alle von ihnen. Doch ich werde mir große Mühe geben, mich zwischen ihrem Weg und ihre falschen Hoffnungen zu stellen. An mir mussten sie alle vorbei. An mir.

Ich schließe meine Augen und konzentriere mich auf die umliegende Geräuschkulisse. Mir ist, als hörte ich die Stimmen einer jungen Frau und eines Mannes. Eine Unterhaltung. Worum es dabei geht verstehe ich nicht. Ich höre Schreie aus dem Aula-Bereich. Auch den dümmlichen Versuch, irgendetwas gegen die Scheiben zu werfen. Ein einzelner Junge, der verzweifelt nach Erlösung fleht. Ein einzelnes Schicksal. Er genießt keine Priorität. Schließlich ist mir bewusst, dass ich sie nicht alle kriegen würde. Ich ignoriere es zugunsten höher gesteckter Ziele und Opferzahlen. Selbst wenn ihm die Flucht gelingen sollte, was würde das schon ändern? Vielen würde es nicht gleich ergehen. Ich checke ein letztes Mal den Akkuladezustand der Kamera. Alles steht auf grün. Die Show kann losgehen. Sie alle werden sterben. Ich werde nicht aufgeben. Bis zuletzt durchhalten. Das ist der Schwur, den ich mir selbst auferlegt hatte und den ich bereit bin einzuhalten.

Die Geräuschkulisse in den umliegenden Räumlichkeiten nimmt zu. Sie diskutieren, analysieren und bewerten. Mir ist es scheißegal, wer der Nächste sein wird. Ob Junge, ob Mädchen. Lehrbeauftragter oder Wissensempfänger. Schwarz, gelb oder weiß. Mit oder ohne Mäppchen in der Hand. Jeder von ihnen erhält die gleiche Chance. Jeder von ihnen soll sich meiner Sache als Märtyrer hingeben können. Ihnen allen wird eine größere Bedeutung zukommen, als man es ihnen bisher zugestand oder jemals zugestehen wird. Ich blicke noch einmal hinab zu meinem Gürtel. Vergewissere mich, dass das andere Lämpchen auf gelb steht. Sie alle werden Teil etwas Besonderem werden. Das große Ganze, ja, darauf würde es letztendlich hinauslaufen.

Der Gong ertönt. Na endlich. Die erste Tür wird aufgestoßen. Fabelhaft. Es wird geschrien. Vorauszusehen. Die weibliche Lehrerstimme versucht sie mit Worten aufzuhalten. Es ist der zweite Raum zu meiner Rechten. Die erste Person. Für seinen Mut, als Erstes hinauszustürmen, belohne ich ihn. Ich verschone sein Leben und lege lieber in Richtung der Tür an, aus der er gekommen war. Ein Mädchen. Na gut, so soll es eben sein. Hinterher würde es keinen Unterschied machen. Ich presse den Schaft ganz eng an meine Schulter, zielen ist bei der Durchschlagskraft und Streuung aus dieser Entfernung nicht wirklich notwendig. Nur die grobe Richtung. Dann drücke ich ab und erfreue mich am Klang des Donnergrollens. Weitere Personen stürmen hinaus. Sie halten sich doch wirklich ihre Hände vors Gesicht. Dumm. Als ob das was bringen würde. Ich lade sofort durch und schieße erneut. Ich treffe einen Jungen an seinem Arm. Nachladen und schießen. Der nächste Schuss sitzt perfekt. Er geht genau in dem Moment zu Boden als weitere Türen rings um mich herum aufspringen. Da ist sie, die erwartete Panik. Von nun an wird jeder Schuss treffen. Ich drehe mich um 180 Grad. Es ist wirklich ziemlich simpel. Ich lade und schieße. Sie gehen zu Boden. Laden und schießen. Laden und schießen.

Von nun an ist Zielen reine Energieverschwendung. Ich spare mir die Kraft und die Zeit. Kontinuierlich bewege ich meinen rechten Zeigefinger vor und zurück. Erstaunlich was ein wenig Schwarzpulver in Verbindung mit einer Vielzahl ein bis acht millimetergroßer Metallkugeln mit einem menschlichen Körper anrichten kann. Den entscheidenden Unterschied macht dabei nur die Distanz aus. Eben hatte ich einem Jungen, der sich nur einen Meter von mir fortbewegte, eine Ladung ins Knie verpasst. Er litt ungemein an den Schmerzen. Also nahm ich die Glock und trieb ihm eine Kugel durch den Hinterkopf.

Im Wechsel verwende ich mein Persuade und Glock. Das Nachladen ist ein Problem. Ich komme nicht nach und die wenigen Mistratten, die mich während dieser Unbeholfenheit erwischen, nutzen das schamlos aus. Naja. Es wundert mich, dass sie nicht allesamt den Mut aufbringen, mich überwältigen zu wollen. Diese Schafe. Keiner würde sich für den anderen opfern, trotz der bestehenden und gültigen Gewissheit, dass das alles hier dann binnen von Sekunden beendet werden würde. Ich greife an meinen Munitionsgurt und lade wieder die Persuade. Ich rufe damit eine einseitige, kurzweilige Waffenruhe aus. Bis ich die Munition aus der

Tasche gefummelt habe vergeht einfach zu viel Zeit. Wenigstens hat endlich das Schreien ein bisschen abgenommen. Richtig so. Spart euch die Luft zum Rennen. Bewegliche Ziele sind schwerer zu treffen, dass solltet ihr eigentlich wissen. Egal, ich feure weiter.

In meiner gebückten Haltung mache ich mich angreifbar. Ich versuche es zu vermeiden, doch ab und an zerrt es an den Kräften. Ich höre, wie sich jemand von hinten an mich heranpirscht. Blitzschnell greife ich zur Glock zu meiner rechten und wende nur beiläufig meinen Blick nach hinten. Bam, Bam, Bam. Bam. Vier Schüsse über die Schulter hinweg und der Drachenkörper im roten Pulli geht schlagartig zu Boden. Keine Ahnung wer es war. Vielleicht der Hausmeister. Nur noch eine Patrone und meine Gauge ist wieder voll einsatzfähig. Ich wechsle vorsichtshalber noch schnell das Magazin der Glock, damit mich keine weitere Überraschung erwartet. Dann passiert es. Unmittelbar zu meiner Linken öffnet sich eine weitere Tür. Der Raum 110. Irgendwie ironisch. Meinem Sichtfeld präsentiert sich die komplette Schulklasse der 8f, die mich mit schockierten Gesichtern anstarrt. Diese Vollidioten handeln nach Lehrbuch, wie bei einer Feuerübung. Schön sauber aufgestellt in Zweierreihe. Weder die Glock, noch die Persuade würde diese peinlich berührte Situation angemessen klären können. Ich greife also in die Tasche und schnapp mir zum ersten Mal die MP. Ich stehe auf und schalte auf Dauerfeuer. Die Salven rasen regelrecht durch die weit offenstehende Tür und durchbohren Bauch, Brust, Kopf und Schlagadern der ersten armen Säue, die zu falschen Zeit den falschen Plan verfolgten. Es sind nur wenige Querschläger dabei, die Türrahmen und Tafel streifen. Einer nach dem anderen fällt. Es dauert nur Sekunden und 17 Leben finden binnen weniger Wimpernschläge ihr jähes Ende. Bis, wie zu erwarten, nur noch einer stand. Ganz hinten, am Ende der Bildungskette. Herr Meurer, externer Lehrbeauftragter für Musik und Kunst. Der arme Trottel hatte in dem Chaos vergessen Bach's „Air on the String" abzustel-

len. Das Lied dringt mit voller Akustik nach draußen. Während ich weiter vorankomme, lasse ich das rückwärtige Geschehen und selbst die Tasche mit den übrigen Waffen hinter mir. Nur ich und Herr Meurer. Der Rest der Welt würde erstmal nicht für uns existieren.

»Schöne Musik. Ist das Mozart?«

Ich ärgere ihn ein bisschen, spiele mit ihm. Er antwortet mir mehr oder weniger zurückhaltend, ist sich der Wahl seiner Worte wohl noch nicht vollständig gewiss. »Bach. Das... das ist Bach. Mein Gott, Adam.... Warum tust du das?« Als ob ich diese Frage heute zum ersten und letzten Mal hören würde. »Ist schön. Hat was Beruhigendes. Passt auch irgendwie gerade, finden Sie nicht, Herr Meurer? Naja, ist ja irgendwie immer so...« Ich lege an, ergötze mich an der schieren Verzweiflung meines Gegenübers. Ich drücke ab, doch was folgt, ist nur ein Klicken. Ich prüfe verwundert den Abzug, erst dann das Magazin. Verdammtes MP-Dauerfeuer.

»Warten Sie kurz. Ich muss nur schnell nachladen.«

Er beginnt lauthals zu schreien und stürmt auf mich los. Zwischen uns liegen nur wenige Meter. Vielleicht drei oder vier, wenn es hochkommt. Ich nehme Anstelle der MP5 die Persuade. Noch während das Eine in Zeitlupe zu Boden gleitet habe ich das Andere bereits gegen ihn gerichtet. »Wichser.« Die erste Ladung hat ihm schwer zugesetzt, aber nicht seiner Sinne beraubt. Weniger als einen Meter von dem offenstehenden Fenster entfernt spuckte er das Blut auf den Boden und stöhnte wie ein verbrauchter Zombie. Hatten diese Idioten des ersten Obergeschosses etwa wirklich anfangs das Fenster als möglichen Fluchtweg in Betracht gezogen? Ich hole ein letztes Mal aus und presse den Lauf meines Gewehrs gegen Meurer's Magengrube. Gleichzeitig drücke ich mit meinem Vorstoß ab und verstärke damit die ausströmende Energie, die den

*Körper in die Höhe hievt. Mit glänzenden Augen und einem Über-
maß an Speichel in meinen Mundwinkeln verfolge ich das weitere
Schauspiel. Er segelt durch die Luft, mitten hindurch ins Freie. So
etwas hatte ich nie zuvor gesehen. Ich warte nicht bis der Körper
unten auf dem Boden aufschlägt. Auf meinem Rückweg hörte ich
allerdings die Schreie einiger Personen, die sich draußen bereits
versammelt hatten. Schaulustige, und das schon so früh. Auf die
Verwunderung folgen ernsthafte Bedenken. Ich musste mein Vorkommen wohl beschleunigen.*

Abschnitt 3.3 – Gefährten

15:21 Uhr – Schulhof

[3 Wochen bis zur Tat]

Einen so heißen Sommer wie in diesem Jahr hatte es die letzten Dekaden nicht gegeben. Und dennoch sitzen zwei Jungen, anlässlich des bevorstehenden Endes ihrer Sommerferien, auf dem Schulhof des Gebäudekomplexes ihrer Schule und blicken auf die vergilbten Gemäuer, in welchen sie bald wieder die längsten Stunden ihres Lebens verbringen würden. *»Nur noch drei Wochen, Adam, dann geht's wieder los. Noch hätten wir die Gelegenheit einfach alles abzufackeln und einfach davonzulaufen. Was hältst du davon?«*

»Ich lauf nicht mehr davon. Und es niederzubrennen würde auch nicht unbedingt etwas ändern.« Der Junge in Jeansjacke, der Adam sehr vertraut erscheint, greift enttäuscht in seine Tasche, zieht eine Schachtel Zigaretten hervor sowie einen kleinen silbermetallischen Gegenstand. Mit einer letzten Handbewegung entfacht er das Benzinfeuerzeug und nimmt erst einmal zwei kräftige Züge, um den Tabak auf die richtige Temperatur zu bringen. Erneut wagt er einen prüfenden Blick hinüber zum Gebäude und schwindet in verlockenden Gedanken. *»Es wäre so leicht und ein verflucht großes Feuer. Mann, das wäre es wirklich. Mal abgesehen von der Last, die von unseren Schultern genommen werden würde. Es wäre so verflucht einfach.«*

»Von deinen Schulter vielleicht, nicht von meinen. Sie haben ihre Entscheidung getroffen. Letzte Woche ging der Brief raus.« Überrascht wendet sich der Sitznachbar Adam zu, der teilnahmslos zu Boden blickt und nach einem einsamen Stein greift, welchen er anschließend zwischen seinen Fingern ziellos umhergleiten lässt.

»Was meinst du? Paul und das Komitee haben in den Ferien getagt? Nicht dein ernst... wie ist es ausgegangen?«

Die große Eiche im Zentrum des Hofs war in den vergangenen Jahren zu ihrem Lieblingsplatz in den Pausen geworden. Weit weg von der rot geziegelten Sporthalle, an der sich die Raufbolde der Oberstufe mit den Hauptschülern des Nachbarbereichs trafen, um Zigaretten, Wortgefechte und Fäuste auszutauschen. Sie saßen immer auf der gegenüberliegenden Seite des Basketballkorbes, dort, wo sie aus ihrer Sicht, für andere keine Behinderung darstellten und es an warmen Tagen zur Pausenzeit stets schattig war. Sie wollten unsichtbar für Jedermann bleiben. Einfach nur reden, der Zeit beim Verrinnen zusehen und jedem potentiellen Ärger schlichtweg aus dem Weg gehen. Die große Eiche bot ihnen genügend Schutz vor Blicken der Pausenaufsicht, den tratschenden Weibern beim Kiosk oder den Schlägern und Kiffern in der Nähe der Jungentoilette. Ein Rückzugsort, den man in diesem Umfeld und je nach Wetterlage nur selten für sich allein beanspruchen konnte.

»Bist du mein Freund?« Galant und ohne Umwege umschifft Adam die anfangs gestellte Frage sofort mit einer ernst formulierten Gegenfrage. Das Thema ist ihm sichtlich unangenehm, hatte ihn die Frage doch nun schon selbst seit mehreren Tagen nachts wachliegen lassen. *»Ähm... Klar...«*

»Und du würdest mich nie hängen lassen?«

Mark spürt, dass Adam etwas auf der Seele liegt und er nun aufgrund Adam's andauernder Verschlossenheit vorsichtig die richtigen Knöpfe drücken müsste, damit er sich ihm endlich öffnete.

»Du warst gestern gar nicht online, Mark.«

Irgendwie schien es, als wäre Adam auf der Suche dem einen, geeigneterem Thema, welches für sie beide weitaus weniger unangenehm sein und zugleich doch die erhoffte Lösung hervorbringen würde. *»Tinchen hat mich auf Trab gehalten, wenn du verstehst was ich meine. Ich frag mich echt langsam, ob es was Ernstes zwischen uns ist. Sie ist echt toll, wirklich. Aber die kann einem schon hin und wieder mal auf den Keks gehen. Zum Beispiel, wenn ich dich dafür versetzen muss.«*

»Kannst echt froh sein.«

Die herrschende Melancholie, die selbst für das ungeschulte Auge mehr als eindeutig zu erkennen war schlägt eine tiefe Kerbe in Mark's Gemütszustand. Ein weiterer Depressionsschub war gerade wieder auf dem Vormarsch. Das Adam an Depressionen litt war für ihn klar erkennbar. Depression. Ein Begriff, der vielen Jugendlichen längst nicht mehr nur als ein Fremdwort aus Büchern vertraut war. *»Nee, Mensch, Adam. Komm schon, lass den Scheiß heute. In Selbstmitleid zu schwelgen bringt rein gar nichts.«*

»Das ist kein Selbstmitleid. Ich vergleich halt nur gern und sehe halt immer was mir so fehlt. Und komm mir nicht wieder mit deinem 'Dann ändere was dran'. Ist nämlich nicht so leicht, wenn du jeden Tag mit jedem Blick in den Spiegel an dich selbst erinnert wirst. Und wenn es so leicht wäre, was ändern zu können, hättest du es selbst längst getan. Am liebsten würde ich einfach nur weg. Den Scheiß hinter mir lassen und sehen was passiert. Alles ganz neu erleben. Das kann es doch nicht gewesen sein, Mark. Es kann doch nicht überall so sein wie hier. Die Menschen. Das System. Sie können nicht alle so sein.« Adam war bewusst, dass er seitens Mark nun skeptische Blicke ernten würde.

»Jetzt sag mir endlich was passiert ist, Adam. Lass die Spinnerei und rück endlich mit der Sprache raus!«

»Ja, was wohl? Sie haben sich entschieden. Mich meiner Zukunft beraubt! Die Schweine haben mir nach dem Gespräch mit Ulrich nicht einmal mehr zugehört. Und meine Erzeuger haben die ganzen zwei Stunden auf verständnisvoll gemacht. Seit langem das erste Mal wieder, dass die beiden sich zusammen haben blicken lassen. Aber so richtig interessiert hat es sie eh nicht. War für die wieder nur so ein Moment, um auf fürsorgliche Eltern machen zu können. Mein Vater saß nur da und hat die Decke angestarrt. Meine Mutter hat alles nur noch schlimmer gemacht. Sie hätte alles hinbiegen können, alles richtigstellen. Aber das hat sie nicht. Und jetzt… Sie haben mich von der Schule geworfen, Mark. Einfach so, mit ein bisschen Tinte und einem Blatt Papier. Meine Mutter weiß es noch nicht. Ich hab den Brief mit der Entscheidung abgefangen. Sie glaubt, die offizielle Entscheidung fällt erst in den kommenden Wochen. Das verschafft mir etwas Zeit, auch wenn ich noch nicht weiß wofür. Mark, ich weiß nicht was ich tun soll. Ich bin am Arsch, Mark, verstehst du? Ich bin sowas von am Arsch und allen ist es scheißegal.«

»Mir nicht und ich hoffe, dass weißt du. Mir bist du nicht scheißegal. Wir haben das zusammen gemacht und wir werden gemeinsam auch eine Lösung finden. Fuck. Das ist einfach scheiße.« Mark erhebt sich von der durchweichten Holzbank, die in der Nacht zuvor durch den tosenden Gewittersturm und voluminösen Niederschlag vollständig durchtränkt wurde. Hastig und mit zittrigen Händen zündet er sich eine neue Zigarette an und beginnt wie wild mit den Armen umher zu wedeln. Immer wieder blickt er hinüber zu Adam, wünscht sich nur Funken dessen Aufmerksamkeit. Doch Adam verweilt weiter in seinem flüchtigen Fantasiemoment.

»Ulrich, der Wichser.« Mark hält inne und zieht die mittlerweile zur Hälfte runtergebrannte Kippe aus dem Mund. Adam blickt zu ihm auf, sein Blick ist ernster als zuvor. »Ich habe gesagt, Ulrich,

*der Wichser! Er ist an allem Schuld. Der Bastard hat mir nicht zu-
gehört, als ich es ihm erklären wollte. Dieses selbstverliebte Arschloch.«* »Adam. Das sind Pädagogen. In den Raum schweben, ihr
Ding durchziehen, wieder raus schweben und nach mir die Sintflut.
Sie überlassen es uns was draus zu machen. Du nimmst das zu
persönlich. Es ist passiert. Bringt nichts, sich jetzt den Kopf darüber
zu zermartern und sich jeden Tag damit zu versauen. Wir reden
mit Paul, erklären ihm wie es wirklich war und dann ist gut. Sollen
sie mich dann halt auch rausschmeißen. Und dann? Du hattest
gute Absichten und das müssen sie erkennen. Scheiß drauf, wenden wir uns halt direkt ans Ministerium oder woran man sich in so
einem Fall halt eben sonst so wendet. Die halten sich an ihr Lehrbuch, dann machen wir das eben auch.«* Wutentbrannt erhebt
sich Adam erstmals und wirft den Stein gegen den Basketballkorb
direkt hinter sich.

»Nein, die denken, sie können alles machen!«

*»Manchmal hab ich den Wunsch, dem so richtig den Schädel ein-
zuschlagen! Ihn mit meinen Händen runterzudrücken und zu fragen, 'Na, Herr Ulrich. Wie füllt es sich an mit Füßen getreten zu
werden? Ich werde dir mit meinem Schuh den Kiefer brechen, du
kleines Stück stinkende Scheiße! Und in seinen letzten Sekunden
müsste er erkennen, wie falsch er gelegen hat. Dass er sein blödes
Maul einmal zu oft aufgerissen hat. Dass er eben nicht so sicher ist
wie er immer glaubt. Dass wir uns nichts weiter von ihm gefallen
lassen werden, wir uns nicht wegducken oder verstecken werden.«*

Starr vor Angst, welche Auswirkungen die nun folgenden Worte
seiner Lippen heraufbeschwören würden, hält Mark inne. *»Junge,
hör auf so eine Scheiße zu reden. Ich erkenne dich grad gar nicht
wieder. Das ist krank... so krank. Das alles hier, eine scheiß kranke
Situation. Wenn ich nur wüsste, wie ich dir helfen kann. Ich... ich
rede mit Paul... ich...«* Vorsichtig bewegen sich Adam's Hände zu

den geballten Fäusten seines Gegenübers. Es ist nur ein Flüstern, dass Mark anschließend daran erinnern sollte, die Kontrolle zurückzugewinnen. *» Es ist OK, Mark, alles ist OK.«* Adam lächelt. Die Art Ausdruck, die in dieser Situation durchaus unpassend schien.

Seine Augen funkelten durch die Wasseransammlungen unterhalb seiner Lider wie aufgehende Sterne. Für Mark hätten es durchaus Tränen des Bedauerns sein können, doch dafür kannte er Adam nur zu gut. Nie, in den vergangenen vier Jahren, hatte er ihn jemals weinen gesehen. *»Es sind nur Gedanken, Mark. Der ganze Frust, der sich breitmacht. Es kotzt mich einfach nur noch an, Mann. Du kennst doch diese Tage nur zu gut. Tage, an denen du einfach auf alles scheißen möchtest. Wie oft hast du dich bei mir ausgekotzt, wolltest selbst auf alles scheißen. Wie oft denkst du noch an die Geschichte mit diesem Krüppel? Was hast du dir für ihn gewünscht? Und was davon hast du danach wirklich umgesetzt? Ich spinne nur rum, Mann. Ich musste mal einfach alles raus lassen. Ich hab nur noch dich, weißt du das? Wo, außer bei dir, kann ich einfach mal auf alles scheißen, sein wer ich bin? Nimm mir das nicht, Mark. Bitte. Ich bitte dich, wir sind Freunde. Wir müssen zusammenhalten und uns gegenseitig stützen. Ansonsten wird unser gemeinsamer Fall in die Tiefe niemals enden.«* Demut. Zwar erkennt Mark jenen Zustand, den Adam zu durchströmen schien, doch wollte er ihm tatsächlich Glauben schenken? Ja, auch er hatte diese Tage. Tage, die nie enden wollten, einen auffraßen. Nun war es Mark, der in den Worten seines Freundes zwanghaft nach der Wahrheit suchte.

»Ja, Adam. Ja, das Leben ist nicht fair zu uns. Und ja, es ist ungerecht was dir und mir wiederfahren ist, das mag alles sein. Aber wir können daran etwas ändern. Wir können Einfluss auf unser Schicksal nehmen, statt uns nur blind von ihnen lenken zu lassen. Wir können beweisen, dass wir zu mehr im Stande sind. Glaubst du

*wirklich mir kommen keine Zweifel, wenn ich in die Zukunft blicke?
Denkst du etwa, ich hab keine Angst davor?«*

Adam richtet sich auf, schnappt nach Luft und versucht sich zu
sammeln. *»Manchmal scheint es so, Mark. Manchmal glaube ich,
dass wir beide für unterschiedliche Rollen bestimmt sind und das
wir früher oder später die eine oder andere Entscheidung treffen
werden müssen. Und auch vor diesen Tag habe ich eine scheiß
Angst, Mann. Was denkst du, wird aus unserer Freundschaft,
wenn all das hier vorüber ist? Die Schule zu Ende ist? Sag nicht,
dass du dir darüber noch keine Gedanken gemacht hast. Ich, für
meinen Teil, will nicht, dass sich irgendwas zwischen uns verändert. Aber irgendwann... irgendwann verändert sich nun mal alles... Sei es zum Guten oder zum Schlechten... Gott... .«*

Mit Vorsicht verarbeitete Mark die Worte, die Adam in den vergangenen Minuten an ihn gerichtet hatte. Auch ihm lag viel an
ihrer Freundschaft. Auch er würde sie wahren wollen. Trotzdem
konnte er nicht einfach alles ignorieren. Adam's Ansichten waren
nicht normal, sein Hass ungebändigt unkontrollierbar. Anderseits
kennen viele diese Momente. Wie oft sagen wir Dinge, die wir
manchmal nicht so meinen? Wie oft vermieden wir das Umsetzen
von Fantasien, die uns anfangs richtig und dann doch aufgrund
einer nüchternen Einsicht falsch vorkamen? Mit jeder neuen Meinung ändert sich ein Eindruck. Doch manchmal reicht es nicht,
einen Schritt zur Seite oder zurück zu gehen. Manchmal ist es
notwendig, den Schritt nach vorne zu wagen und sich somit einer
unangenehmen Wahrheit zu stellen. Die Dinge richtig zu stellen.
Die Dinge wahrzunehmen. Mark stand nun vor der gleichen Wahl.
Und egal wie er sich entscheiden würde, er würde damit eine ihm
fremde Zukunft mitgestalten. *»Lass uns ein paar Chinanudeln mit
Erdnusssoße futtern gehen.«*

Als die Tür aufspringt lässt das Mädchen den Stift fallen, an den es sich seit fünf Minuten festgekrallt hatte und blickt hinüber zu jenem Ort, zu dem nunmehr alle Blicke wandern würden. Ihre Gehörgänge vernehmen nicht einmal mehr das Geräusch des Schusses. Das Blut der zwei Achtklässler verteilt sich sowohl über die Anhäufung der Hausaufgabenhefte als auch über dem Tafelgebilde geometrischer Figuren an der Wand. Die männliche Gestalt in dunkler Kleidung gehüllt bewegt sich weiter fort, setzt einen Fuß nach dem anderen in den Raum, während sie die Waffe im Anschlag behält. In seiner anderen Hand ein angebissenes Erdnussbutterbrot. *»8c, hätte ich fast vergessen«*, flüstert die dunkle Gestalt mit dunkler, zurückhaltender Stimme, ehe sie zu den Kindern hinüberblickt um überprüfen zu können, ob die Sitznachbarin womöglich den Durchschlag der ersten Kugel doch überstanden hatte. *»OK, wir sind doch schon bei zwölf. Puh, das ist echt anstrengend.«*

Sachlich. Emotionslos. Eine kalt ausgesprochene Korrektur, die anschließend noch mehr Angst in den verbliebenen Seelen verbreiten sollte, als er teilnahmslos einen weiteren Bissen von dem Brot nahm. Der Angreifer fasst sich ans Ohr, ihr Geschrei betäubt seine Sinne. Es ist ihm sichtlich unangenehm. Kurzerhand reißt er das Gewehr hoch. *»Ok, einen kurzen Moment Ruhe, bitte. Ich brauche nur für einen kurzen Moment eure Aufmerksamkeit, dann kann es auch direkt weitergehen. Also, wo ist Herr Metzig?«* Der Raum war lehrerlos und stellte somit eine Abweichung in seiner Planung dar. Verwirrt starrt Adam in die Runde und fixiert dabei jeden einzelnen von ihnen.

»Er ist oben!«

Verwundert sucht Adam vergebens die Quelle dieser spontan hinausgeworfenen Information, woraufhin ein kleiner Junge aus der Menge hervortritt. Trotz der Situation wirkt dieser sehr gefasst, geradezu ruhig. Sofort fixierte der Lauf des Gewehrs sein nächstes Ziel. Dennoch bewegt sich der Junge vorsichtig und mit erhobenen Händen weiterhin auf Adam zu. *»Er ist oben, OK! Ich weiß nicht genau was er da so lange macht. Er wollte in den Raum 211. Wir haben da nachher mit ihm Musik und er wollte in der Pause nur schonmal die Schränke aufschließen, OK?«* Adam steht nur so da. Er blickt in die glasigen Augen des jungen und durchaus von sich überzeugten Achtklässlers mit den gegellten Haaren und der dunkelblauen Hornbrille auf der Nase. Für Adam stellte er einen undurchschaubaren Charakter dar, der mit seinem eigenwilligen Auftreten unverwundbar zu sein schien. *»Wie heißt du, Junge?«* Ein Raunen stieß durch das schmale Klassenzimmer. Doch der Junge wendet seinen Blick nicht ab. Er schaut Adam tief in die Augen und zeigt ihm damit, dass die Furcht niemals die Kontrolle über ihn erlangen wird. *»Martin, mein Name ist Martin.«* Die Anderen sind starr vor Angst. Sie beobachten, wie Adam's Finger den Abzug des Gewehrs zu massieren schien. *»Wenn du mir Scheiße erzählt hast, Martin. Dann komm ich zurück, verstehst du?«* Ruckartig wendete Adam seinen Körper, was für ein kollektives Zucken im Raum sorgte. Noch ehe er das Zimmer verlassen hatte, warf er ihnen einen Gruß zum Abschied zu. *»Wir sehen uns.«*

Martin nahm allmählich die Hände runter. Und obwohl die Situation sicherer schien zeigte er kein Anzeichen von Erleichterung oder Schwäche. Er stand unmittelbar hinter dem Pult und sah zu seinen Kameraden und Kameradinnen. *»OK, Leute. Wir müssen hier raus. Herr Metzig, kommen sie raus und helfen sie uns!«* Hastig strömten die Kinder zum Eingangsbereich und wagten erste prüfende Blicke hinaus in den Flurbereich. Als sich die Türen des Kleiderschrankes öffneten, trat Herr Metzig aus diesem hervor und richtete seinen dankenden Blick all seinen Schülern zu. Sie alle hatten ihm das Leben gerettet, auch wenn der Preis dafür sehr hoch gewesen war. Sie hatten Adam den Namen lange vor dessen Ankunft im Flur schreien gehört. Sie wussten um sein Ziel. Sie alle wussten was mit Herrn Metzig passieren würde, wenn sie ihn nicht in Sicherheit gebracht hätten.

Der Flur scheint leer. Die ideale Gelegenheit. Die Mädchen pressen sich ihre Hände auf die Münder. Der Anblick ist grausam. Überall Leichen. Egal wo man hinsah. Es fallen erneut Schüsse. Sie kommen aus dem 2. Stock. Schreie. Getrampel. Zerberstendes Holz. Adam war noch lange nicht fertig. Doch so lange er abgelenkt war, würden sie sich retten können. Und am Ende ist es Martin, der mit langsamen Schritten den Raum als Letzter verlässt und währende des anhaltenden Donnersturms die Tür leise hinter sich zuzieht. Er schaut nicht hinauf, während er an der großen Treppe vorbeitrottet. Er erspart sich den Anblick. Er würde noch nicht um sie trauern dürfen. Irgendwann vielleicht. Wenn alles vorbei ist und das Leben seinen gewohnten Gang geht. Aber nicht jetzt. Sie hatte er nicht retten können. Hierfür trug ein anderer die Verantwortung. Doch diejenigen, die wussten, was er soeben für eine Handvoll Menschen getan hatte, sie würden es ihm irgendwann danken. Und es würde ihm egal sein. Irgendwann.

Der erlösende Gong wird von allen Seiten willkommen geheißen. Hastig packen die Schüler die Bücher weg und begeben sich Richtung Ausgang. Außer Adam. Ihn hatte Herr Ulrich bewusst über seine Absichten in Unklaren gelassen, wieso er ihn nach Unterrichtsschluss nochmal sehen wollte. Nachdem Ismael seine nachzureichenden Hausaufgaben auf dem Pult abgelegt hatte, waren er und Herr Ulrich die letzten verbliebenden Personen im Raum. Adam wartet, steht direkt neben ihm und hofft, dass sein Lehrer das Gespräch nunmehr eröffnen würde. Doch dieser starrt weiter auf das Handy und lässt eine komplette Minute vergehen ehe er den Stift zur Seite legt und ihm seine ungeteilte Aufmerksamkeit zukommen lässt. Nur flüchtig bemerkt Adam, was er so aufgeschrieben hatte. Städtenamen. Städte, die sich in einem Umkreis von 50km befanden. Vierstellige Beträge in Form einer Budgetaufstellung. Wollte Herr Ulrich womöglich umziehen, kam ihm als erster Gedanke.

»Weißt du, Adam, ich hätte dich wirklich für klüger gehalten. Das war ein immenses Risiko, dass du da eingegangen bist.« Schulterzuckend übermittelt Adam seinem Gegenüber die schiere Ahnungslosigkeit darüber, was er mit seiner Äußerung gemeint haben könnte. *»Mensch Adam, verkauf uns doch nicht für blöd. Deine Schwester ist auch auf dieser Schule, Mensch. Dachtest du wirklich, dass wir nicht dahinter kommen würden?«* Sein Ton spitzt sich zu und wird zunehmend animos. *»Ich muss zugeben, so eine Dreistigkeit ist mir in meiner gesamten Laufbahn noch nicht untergekommen. Drei Tage und dann wagst du es wirklich, dir aus der Praxis vom Vater eines Kameraden einen gelben Schein zu stibitzen, die Unterschrift deiner Mutter zu fälschen und noch dazu dei-*

ne kleine Schwester in die Sache mit reinziehen zu wollen? Streite es bloß nicht ab! Und komm bitte wirklich nicht auf die unendlich dumme Idee mich jetzt auch noch weiter anzulügen! Mir, deinem Klassenlehrer… lügst du dreist ins Gesicht, ihr hättet mit der gesamten Familie krank im Bett gelegen und das nur damit du verschleiern kannst, zu Hause Videospiele zu zocken und Junkfood zu fressen? Was geht da in deinem kleinen unterbelichteten Hirn nur vor?« Zähneknirschend folgt Adam den weiteren Ausführungen seines Lehrers, der über die Grenzen zu schießen schien. Seine bornierte Art stößt ihm unverkennbar sauer auf. »Herr Ulrich, ich weiß nicht was sie haben, aber wir waren zu Hause!!! Und wir waren krank. Das ist alles was ich dazu zu sagen habe. Nichts davon war gelogen.«

Wütend über die schiere Frechheit, die ihm Adam aus seiner Sicht entgegenbrachte, stieß er seine Faust auf das Lehrerpult. »Du! Du wagst es, mir weiterhin so dreist ins Gesicht zu lügen? Wir haben mit Denise gesprochen und ihre Version klingt für uns eindeutig schlüssiger. Sie hat uns erzählt, dass deine Mutter euch eindringlich aufgetragen hat zur Schule zu gehen während sie im Krankenhaus liegt. Was hast du dir nur dabei gedacht? Es zu leugnen zeugt nur von Dummheit. Hast du nichts dazu zu sagen? Deine Arbeit war nicht einmal Mittelmaß, so wie alles, was du hier in den vergangenen Jahren angepackt hast. Aber deine Mittelmäßigkeit wird nicht länger ein Problem für diese Schule darstellen. So viel steht fest.« Adam horcht hellhörig auf. Was deutete der sonst eher gemäßigte Mann hier gerade an? »Herr Paul ist über den Sachverhalt bereits informiert worden. Darüber hinaus ist gestern ein Schreiben an deine Mutter gegangen, Adam, in welchem wir sie ebenfalls darüber aufgeklärt haben, was die Schulleitung längst als beschlossen ansieht. Du wirst wohl nach der Anhörung deiner Eltern vorerst der Schule verwiesen. Mensch Adam, Urkundenfälschung ist kein Kavaliersdelikt. War es nie und wird es nie. Für *sowas kann man ins Gefängnis kommen. Ich wollte dir hier und jetzt noch einmal die Gelegenheit dazu geben, dich für dein Betragen zu entschuldigen. Du hättest mich überzeugen können, von diesem Schritt abzusehen. Aber ich merke schon, deine Uneinsichtigkeit ist fest mit deinem Wesen verankert. Du wirst dich nicht ändern. Warum sollten wir es dann?«*

Lautstark unterbricht Adam den Monolog und übt Kritik an der Vorgehensweise. *»Das können Sie nicht tun! Ich habe nicht gelogen. Dieses Blatt Papier beweist nichts von all dem, was wirklich passiert ist. Sie zerstören mir meine Zukunft damit. Ist ihnen das nicht klar?«* Doch für Herrn Ulrich ist die Sache abgeschlossen. Er bittet Adam darum, sich seine Tasche zu nehmen und das Klassenzimmer zu verlassen. Weitere Informationen würden ihm und seiner Mutter in den kommenden Tagen über den Postweg zugehen. Am Türrahmen angekommen blickt Adam nochmals zurück. Seine Ziele waren nie hoch gesteckt, doch ohne Abschluss würden selbst diese in unendliche Weiten rücken. Er blickt aus dem Fenster, wo er seine tiefe Trauer in Form eines Regenschauers widergespiegelt sieht. Vorbei an dem Mann, der gerade erneut zum Handy griff und sich seinem privaten Alltagsgeschäft zuwendete. Würde es wirklich so kommen, wie er es prophezeite, er würde in eben diesen Fluten untergehen und sich danach sehnen, in ihnen ertrinken zu dürfen.

»Wenn du mir eine persönliche Anmerkung meinerseits noch erlauben solltest, Adam: Neben Ben bist du in diesem Jahrgang die zweitgrößte Enttäuschung, die ich jemals unterrichten durfte. Ich weiß echt nicht, wie viele es von euch in Zukunft noch geben wird. Es wird immer schlimmer und schlimmer mit euch. Mach nicht den Fehler, mich oder Andere für deine Handlungen verantwortlich machen zu wollen. Wir lassen das nicht mehr mit uns machen. Es ist traurig... Es stimmt mich wirklich einfach nur traurig.«

Kapitel IV – Punir

Er soll hier sein. Raum 211, aber ich gelange nicht dorthin. Zu viele Menschen rennen wie aufgescheuchtes Wild durch die enge Prärie. Mir ist, als ob die Menge an Menschen zugenommen hätte. Mir war durchaus bewusst, dass der Schwierigkeitsgrad mit Voranschreiten meiner Handlungen zunehmen würde. Doch dass der Kontrollverlust so zunehmen sollte, ist selbst für mich eine Überraschung. Immer wieder muss ich mir den Weg freischießen, doch meine Treffsicherheit lässt zu wünschen übrig. Ich bin müde, früher als erwartet. Ich kann mich nur noch mittels Gedanken an mein Ziel aufrecht halten. BAM! BAM! Wieder geht einer zu Boden. Sie werfen mit Gegenständen nach mir. Mäppchen, Büchern, einer sogar mit einem Stuhl. Eine Idee, die scheinbar um sich griff, nachdem es ihnen der erste vorgemacht hatte. Not macht bekanntlich erfinderisch. Ich lasse sie allerdings nie nah genug an mich herankommen, damit sie mir keine ernsthaften Verletzungen zufügen konnten. Den mit dem Stuhl z.B. erwischte ich allerdings gerade so, nur zwei Meter von mir entfernt. Ich sehe rüber zu den Räumen 207, 208, 215 und 216. Sie sind weiterhin verschlossen. Neuer Mut steigt in mir auf. Ich kann mein Zwischenziel erreichen. Ein prüfender Blick aufs Handy bestätigt zudem meine Annahme. Der Datentransfer ist konstant. Die eingegangenen Nachrichten zeigen keine Auffälligkeiten. Alles verläuft noch immer größtenteils planmäßig.

Es sind dennoch zu viele. Und ihnen bieten sich mit zunehmendem Verlauf mehr Möglichkeiten mein Vorankommen zu erschweren. Erstmals greife ich nicht zu tief in die Tasche, bin nicht auf der Suche nach weiterer Munition. Ich suche nach der DM15, HC. Diese Babys konnten in dieser Konzentration und Füllmenge einem

Mann wahrscheinlich auf einem offenen Fußballfeld vollständig die Orientierung rauben. Was diese Granate in einem geschlossenen Objekt anrichten sollte, das würde ich nun jeden Moment erfahren. Ich ziehe den Stift und werfe das Teil so weit wie möglich von mir weg. Ich höre unter dem Geschrei nicht, wie die Granate aufschlägt und ausgelöst wird. Doch ich sehe es. Binnen weniger Sekunden verteilt sich dichter Qualm sowohl nach allen Seiten hin als auch in die Höhe. Ich richte meinen Oberkörper in Richtung des Spektakels. Das gelbe Lämpchen leuchtet weiter. Perfekt. Action. An der Decke angekommen formt sich ein pilzartiges Gebilde, dessen Dachform graziöse wieder seitlich hinuntergleitet und dabei alles in sich verschlingt, was es berührt. Das Geschrei wandelt sich in eine Symphonie aus Husten und Erbrechen. Viele gehen zu Boden, halten das beißende Gefühl nicht aus. Auch mir fällt es schwer zu atmen. Ich stehe auf und stopfe weitere Patronen in das Gewehr. Ich warte, bis die ersten die Flucht aus dem Nebel suchen. Die Spannung ist beinahe unerträglich. Da! Der erste Flüchtling naht. Ich schieße und erfreue mich an der blutigen Nebelschwade, die vor dem weißen Hintergrund des Dunstes kontrastreich hervorsticht. Ich schieße weiter, treffe blind einige Punkte innerhalb des Nebels. Es sind zwar nur Geräusche, aber dafür geben sie tödliche oder weniger tödliche Gewissheit.

Ich wische mir den Schweiß aus dem Gesicht und sehe rüber, an das Ende des Flurs. Hinter mir ist inzwischen alles frei, sodass ich ungestört hinüber zu Raum 211 stürmen könnte. Doch irgendwas verrät mir, dass gleich etwas geschehen würde. Ich schnalle mir die Tasche um und renne in Richtung der Nebentreppe. Vorsichtig wage ich Blicke in die offenstehenden Türen und beobachte die zusammengekauerten Figuren, wie sie sich orientierungslos hinter offenkundigen Verstecken vor mir zu verbergen versuchen. Normalerweise würde ich durch jeden Raum gehen, doch noch immer beschleicht mich dieses eine Gefühl. Vorsichtig nähere ich mich dem Raum zur Klasse von 9b. Ich prüfe, ob die Tür weiterhin verschlossen geblieben ist. Check. Ich sehe hinüber zur Parallelklasse, wo eine verdächtige Stille herrscht. Auch hier waren alle Klassentüren unlängst verschlossen worden. Ich zähle die Leichen am Boden, auch die, die es nur teilweise erwischt hatte. Es sind dreizehneinhalb Schüler und zwei Lehrkräfte. Dann passiert es.

»Drei!« Die Tür steht offen. Ich blicke hinüber, alles ist frei. Es sind vier. Zwei Mädchen und zwei Jungen. Mein erster Schuss schmettert zunächst die beiden Mädchen nieder. Einer der Jungen bleibt stehen. Der Rothaarige ist sichtlich entsetzt, während der Andere mit geschlossenen Augen weiterrennt. Ich lade durch, merke, dass der Rote zurück in die Klasse möchte. Für beide bleibt keine Zeit. Ich lege an und schieße, treffe seinen Kopf und beobachte wie er mit ausgestrecktem Arm zu Boden geht. Dann wende ich meinen Blick nach rechts, hinüber zum Treppenhaus des Nebengebäudes. Er ist weg. Ich muss ihn aus meinen Gedanken streichen. Vorsichtig bewege ich mich vorwärts, höre das Keuchen und Stöhnen eines erwachsenen Mannes. Eine mir sehr wohl bekannte Stimme. Ich muss lächeln, als ich ihn so daliegen sehe. So hilflos und erniedrigt.

»Guten Morgen, Herr Ulrich.«

Ich steige über den Körper des Rothaarigen. Mein Herz pocht erstmals wie verrückt. Das Objekt meiner Begierde, so nah und schutzlos, wie ich es mir immer gewünscht hatte. Meine Klasse starrt mich erschrocken an. Ich höre, wie sie meinen Namen in Ehrfurcht wispern, ihn flüstern, sich nicht wagen ihn laut auszusprechen. Ich setze meine Hand zum Gruß an, doch mir wird bewusst, dass ich hier niemals Freunde hatte. »Verzeihen Sie bitte die Verspätung, Herr Ulrich, aber ich habe eine Entschuldigung von meiner Mutter dabei. Vielleicht kommen Sie später dazu sie zu lesen.«

Mit einer schwungvollen Aufwärtsbewegung meines Laufes signalisier ich ihm, er solle aufstehen. »Na, na, na, Herr Ulrich, da bin ich doch gerade scheinbar noch pünktlich gekommen. Mann, oh Mann... Fast hätten wir uns verpasst. Ich wusste gar nicht, dass Sie einen Schlüssel haben. Aber natürlich haben Sie ein... Sie wollen doch immer bei allem das letzte Wort haben und überall mitmischen...« Ich verpasse ihm einen festen Tritt gegen den Oberschenkel, damit er sein Vorhaben beschleunigt. Er jault und wimmert dabei. Zu meiner Enttäuschung vermittelt er mir dabei nicht das Bild, das ich einst von ihm hatte. »Adam, was tust du da nur?« Ich weise Karin an, sie solle gefälligst ihre Schnauze halten und dass sie sich gefälligst in die Ecke verpissen solle. Niemand würde mir diesen Moment streitig machen, niemand.

»Adam, es tut mir Leid. Das wollte ich alles nicht. Lass sie da raus. Wenn du Rache willst, dann hier... hier bin ich...« Nein, Rache war nicht mein alleiniger Antrieb. Erneut wandert mein Blick über jene mir vertrauter Gesichter. Menschen, die mich seit Jahren begleitet hatten, ohne jemals wirklich Notiz von mir genommen zu haben. Heute war das wohl anders. Ich bitte Herrn Ulrich um die Schlüssel. Stotternd antwortete er mir selbstgefällig, Ismael trage den Schlüssel bei sich. »Du kleiner mieser Lügner. Du vertraust doch nicht mal deinem eigenen Schwanz und da soll ich dir abkaufen, du hättest das wichtigste Mittel zur Freiheit einfach so jemand anders in die Hände gedrückt? So ganz selbstlos und voll aufopfernd? Und dann auch noch Ismael. Der Kerl hat sich doch dreimal auf dem Weg zur Toilette verirrt... Was denkst du dir nur dabei?« Die Gruppe bleibt verdächtig ruhig. Keiner bejaht oder verneint die Vermutung, die ich gerade geäußert hatte. Alle starren stillschweigend zu Boden, wo sie doch vor nur wenigen Sekunden allesamt noch so lautstark am watzen waren. Auffällig. Ihre neue Körpersprache suggeriert mir, dass etwas an der Geschichte faul ist. »OK, Leute. Ihr wollt Spielchen spielen? Ihr solltet mich lieber nicht herausfor-

dern. Ich verkürze die Spielregeln und frage euch zum letzten Mal, wer hat die Schlüssel? Und wenn ich bis drei gezählt habe, dann schieße ich der lieben Karin hier, von hier aus, mitten in ihr fettes, hässliches Schweinegesicht. Alle damit einverstanden?« Endlich kam ein wenig Bewegung in das Ganze. Jeder sah mindestens einmal zu jeder Person im Raum. Bis alle Blicke hinüber zu Daniel wanderten und dort verharren sollten.

»Es ist wahr, Adam. Ismael hat den Schlüssel.«

Ich reiße das Gewehr hoch und feuere in Richtung Karin. Alle schreien auf und werfen sich panisch zu Boden. Ich verfehle Karin zu meiner Überraschung nur knapp, streife sie an der Schulter. Dominik und Maya, die hinter ihr standen, hatten allerdings weniger Glück und wurden vollständig von der Wucht erfasst. Obwohl Karin sich die blutverschmierte Schulterwunde zuhielt und sichtlich mit Schmerzen zu kämpfen hatte, kam sie nicht umhin einige Nettigkeiten an mich richten zu wollen. »Du elendes, krankes Schwein... Du Stück Scheiße... Du hast mich angeschossen. Psycho, ey... verrecken sollst du!«

»Karin, Schätzchen. Keine Ahnung was du von mir willst. Immerhin lebst du noch, oder? Aber wenn Daniel-Boy hier so weiter macht, kann sich das ganz schnell ändern.« Erneut zog Daniel die Blicke auf sich. Und erneut wirkte er ziemlich unsicher darüber, ob die gleiche oder eine abweichende Antwort nicht vielleicht die gleiche Konsequenz nach sich ziehen würde. »OK, Adam. Jetzt hör mir bitte ganz genau zu. Durchsuch den Mann. Oder durchsuch mich. Oder jeden anderen in diesem verfickten Raum. Wir alle werden Schlüssel bei uns tragen, aber ich schwöre dir, nicht einer wird in dieses verfickte Schloss hinter dir passen. Ismael hat den Schlüssel, wie ich es dir bereits gesagt habe. Egal, wie viele Menschen du hier gleich noch umbringen wirst, es wird nichts an der Tatsache ändern.«

»Also... endlich sprechen wir die gleiche Sprache, Daniel. Gefällt mir. Du hast ja mächtig Eier in der Hose. Und jetzt machst du bitte deine Taschen leer! Und wenn du mich angelogen haben solltest, dann schieß ich dir ins Gesicht. So wie dem lieben Dominik und der süßen Maya hier.« Ich weise ihn erneut an, er soll in die Taschen greifen und gefälligst den Inhalt hervorbringen. Zu seiner Rechten präsentiert er mir sein Smartphone, das er anschließend sofort auf dem Pult abzulegen hatte. Viel spannender blieb weiterhin der unbekannte Inhalt von Tür Nummer zwei, der linken Seite. Als er vorsichtig mit den Fingern über ihr hinweggleitet klingt das Geräusch bereits vielversprechend. »Ohhhh, ist das der Schlüssel zu meinem Herzen, Daniel? Bereit für eine kleine Schönheits-OP?« Er schließt die Augen und schmettert mir den Schlüssel ohne weitere Umschweife direkt vor die Füße. Ich sehe hinunter und anschließend wieder zu ihm rauf. Seine Augen sind noch immer geschlossen. »Ach, verdammt Daniel. Sind die Taschen wirklich alle leer? Ich hätte schwören können, dass du mich anlügst. Aber Glückwunsch zum neuen Auto. Ein VW passt zu dir. Find ich gut, dass deine Eltern dir endlich 'ne Karre erlaubt haben. Anders als bei unserem bewährten Bonzen hier, mit den gesteigerten Minderwertigkeitskomplexen. Wie fährt sich die silberne Limousinen-Schüssel mit dem Stern, Herr Ulrich? Immer noch traditions- und umweltbewusst unterwegs?« Ich trete Daniel seine Schlüssel zurück, wollte ihn schließlich nicht vollends seiner Männlichkeit berauben. Auch Herr Ulrich schien wieder mehr oder weniger auf dem Damm zu sein, was erheblich zu meiner Zufriedenheit beitragen sollte. Ja, alles scheint perfekt zu laufen. Es war nun an der Zeit die Herde zusammenzupferchen und für Phase 3 vorzubereiten.

»Also schön.... Fein... Leider läuft mir ein wenig die Zeit davon... Also... Machen wir eine kleine Klassenfahrt.«

Abschnitt 4.2 – Panik

»An alle Personen im Schulgebäude! Hier spricht die Schulleitung! Wir haben eine ernste Lage im Schulgebäude! Bleiben Sie in den Klassenräumen und schließen Sie die Türen ab! Die Lage wird geklärt. Verhalten Sie sich ruhig und warten Sie auf neue Anweisungen! Sollten Sie in direktem Kontakt mit Frau Koma stehen, so bitte ich Sie, Ruhe zu bewahren und sich ihren Anweisungen zu fügen. Möge Gott mit Ihnen allen sein.«

Die Kinder sind verunsichert. *»Schließen Sie nicht die Tür, Frau Reif?«* Wie denn? Verdammt nochmal Uwe, nicht alle Lehrkräfte haben einen Schlüssel für die Klassenräume. Nur die aufsichtführenden Personen für die Pausen. Mistkerl. Noch so eine Entscheidung, die aufgrund von Kosteneinsparungspotentialen während der Renovierungsarbeiten getroffen wurde. Ich muss für Ruhe sorgen. Die Kinder sind aufgewühlt, begreifen nicht welch schlimme Nachricht uns gerade erreicht hat. Ich renne zur Tür. Ich muss einfach nachsehen ob Robert und Manuel schon zurück sind. Der Schock sitzt tief. Die Tür ist bereits verschlossen. Wie verrückt ist das denn? Ich reiße die Klinke rauf und runter, schlage gegen die Tür. Die ersten tränenspendenden Gesichter der Kinder bremsen eine erste angehende Panikattacke. Panik. Ich spüre, dass ich mich konzentrieren muss. Dass meine Ängste nicht die Oberhand gewinnen durften. Ich merke schon, wie die Wände des 30qm großen Raumes näher und näher rücken. Besonders die giftgrüne Wand mit den von Kinderhand geschaffenen Höhlenmalereien lösten in mir Albtraum-ähnliche Zustände aus. Die sich aufbäumenden nähernden Mammuts, Abbilder von gewaltigen Lagerfeuern und sich darum versammelter Höhlenmenschen mit Stöcken und Speeren. Zeichnungen des Themenabends aus dem letzten Schuljahr. Sie kommen näher, sie wollen mich holen. Ich spüre, wie meine Hände und Beine zu zittern begannen. Nein, ich durfte es nicht so weit kommen lassen. Nicht vor ihnen. Nicht vor den Kindern. Ich schließe die Augen und konzentriere mich auf die umliegenden Geräusche, die schon in der Vergangenheit eine beruhigende Wirkung auf mich ausübten. Neben den eingebildeten Mammuttrompeten höre ich das Rascheln von Papier und von herunterfallenden Stiften. Das Blättern durch Buchseiten oder das Quietschen der Turnschuhe unter den Tischen. Schritte. Nein. Ich höre Schritte vor der Tür. Oh nein. Ist er es etwa? Uwe sagte während seiner Durchsage „Frau", also musste es sich um einen männlichen Amokläufer handeln. Und logisch betrachtet konnte auch nur er es in diesem Moment sein.

»Hey, alles in Ordnung bei dir da drinnen, Carmen?« Jens. Er rüttelt an der Tür, muss ebenfalls feststellen, dass sie verschlossen ist. Er ruft hinein, ich solle aufschließen. *»Wir sind eingesperrt, Jens. Du musst sie irgendwie aufbekommen!«* Schlüssel. Ich höre Schlüssel. Gott sei Dank hatte Petra ihm in Vertretung den Schlüssel überreicht. Als die Tür aufspringt bin auch ich es, die aufspringt. Direkt in seine Arme. Ich klammere mich fest an ihn und danke ihm mit flüsternden Worten für alles. *»Carmen. Mein Gott, was geschieht hier nur? Wer ist Frau Koma?«* Der Notfallplan war zwei Jahre alt und der Kurs wurde aufgrund krankheitsbedingter Ausfälle im letzten Schuljahr nicht wiederholt. Ich schließe die Tür, möchte die Kinder nicht beunruhigen. *»Koma, Jens. Das ist der Code für einen Amoklauf. Der Name muss rückwärts ausgesprochen werden.«* Jens Gesicht wird kreidebleich. Sofort wirft er Blicke über meine Schulter in Richtung Hauptgebäude und presst mich raus aus dem Zentrum des Flurs an die Wand. *»Das ist doch ein Scherz! Wir haben keine Schüsse gehört und auch jetzt ist es absolut still.«* Nur ungern nehme ich ihm die Illusion, an die ich selbst gerne festgehalten hätte. Die Realität würde uns wohl sehr bald einholen und Gewissheit bringen.

Der Gong ertönt. »*Scheiße.*« Wir hatten es ganz vergessen. Das Signal zur ersten Pause. Jens rennt los. Doch dann, nur wenige Sekunden darauf, höre ich den ersten Schuss. Panisch schreie ich auf und flüchte zurück in mein Reich, meine vier Wände, zu meinen Kindern. Ich ziehe die Tür zu und schließe wieder ab. So wie es sein muss. Die Kinder müssen mir helfen die Tische und Stühle vor die Tür zu schieben. Weitere Schüsse fallen. Schreie, deren Hall in einem wirren durcheinander durch die engen Flure getragen wird. Die Abstände werden immer kürzer. Mir stehen Tränen in den Augen, hinterlassen einen salzigen Geschmack auf meinen Lippen. Meinen kleinen Süßen ist die gleiche Panik ins Gesicht geschrieben. So wie mir. »*Wir müssen uns beeilen! Kommt schon, packt alle mit an.*« Mit vereinten Kräften stemmen wir die Lasten, die uns in diesen Minuten auferlegt wurden. Egal wie laut das Quietschen und Rücken sein sollte, diese Tür musste zu einer weiteren Wand werden. Einer unüberwindbaren Mauer. Dieses Zimmer zu einer Festung. Egal wie nah die Wände nun an mich heranrücken sollten, er durfte niemals näher als sie an uns heranreichen. »*Wir öffnen niemanden diese Tür, egal was passiert!*«

Es ist weniger als eine halbe Stunde vergangen. Vielleicht aber auch mehr, ich weiß es einfach nicht. Wir saßen nur in der Ecke des Zimmers und hatten uns zu einem einzigen Haufen zusammengerauft. Es flossen viele Tränen, viele gemeinsame Gebete wurden gesprochen. Ich hatte alle Regale und Schränke nach brauchbaren Instrumenten zur Verteidigung durchsucht. Doch die einzigen „spitzen" Gegenstände, die wir finden konnten, waren zwei Bastelscheren in den Farben blau und gelb und ein einigermaßen transparentes überdimensionales Geodreieck aus den späten 80ern, dessen Hypotenuse in etwa 75 Zentimeter lang war. Markus würde jetzt sagen, dass niemand mit einem Geodreieck zu einer Schießerei gehen würde. Ich beruhigte mich mit dem Gedanken, dass Jens jeden Moment durch die Tür schreiten und uns mitteilen würde, dass alles vorbei sei. Doch dem war nicht so. Seit ein paar Minuten ist es still. Zu still. Das Handynetz versagte binnen Minuten aufgrund der herrschenden Überlastung. Telefonate nach draußen waren ab da absolut unmöglich gewesen. Wenn ich heil aus der Sache rauskommen sollte, würde ich sofort den Anbieter wechseln. Die meisten hier haben PrePaid-Handys mit geringem Datenvolumen. Die Wenigen unter ihnen, die das Glück haben kurze Gespräche über ihre Apps mit ihren Liebsten führen zu können, teilen ihre Ängste und ihre Zuneigung füreinander. Manche verabschieden sich derart konsequent, sodass ich mich gezwungen sehe einzuschreiten, damit die zarten Seelen nicht vollständig in sich zusammenbrechen. Wir stützen uns so gut wir können. Doch wo bleibt nur die Polizei?

Stimmen. Wir hören Stimmen. Stimmen, die unmittelbar vor der Tür leise tuscheln. Es ist nicht länger nur eine einzige, nein, es sind tatsächlich mehrere, unterschiedliche Stimmen. Ist es vorbei? Ich reiße mich von den Armen los, die mich fest umschlungen hatten. Ich sage ihnen, dass ich sie nicht allein lassen und weiterhin für sie da sein werde. Schritt für Schritt wage ich mich an das Gerümpel vor mir heran. Es klingt wie ein... Ja... unglaublich. Ich höre wie immer wieder verschiedene Stimmen gleichzeitig zu sagen scheinen, *»Guten Morgen, Frau Schultheis.«* Frau Schultheis unterrichtete bis kurz vor Beginn des Anschlags direkt gegenüber in der Parallelklasse. Ich hatte sie schon vollkommen vergessen. Zwei- bis dreimal wiederholt sich das Hörspiel, sodass ich meinen Kopf vollständig gegen die Wand presse, damit ich mehr über die sonderbare Situation da draußen erfahren würde. Dann scheppert es gewaltig. Ein Schuss, lauter als jedes Geräusch, das ich jemals gehört hatte. Ich zucke derart zusammen, dass ich den Halt verliere und entlang der Wand rutschend erneut zu Boden gehe. Genau an der Stelle, wo ich vor nur wenigen Minuten bereits aus niederen Gründen zu Boden ging. Das Kreischen ist schrecklich. Ich höre wildes Getrampel, Ausrufe der Hilflosigkeit und der puren Verzweiflung. Nur wenige Meter von mir entfernt und durch ein provisorisches Gerüst von uns ferngehalten. *»Frau Reif, ich habe Angst.«* Ich auch, kleine Laura, ich auch.

Er beginnt damit sich gegen die Tür zu werfen und sich so Zentimeter für Zentimeter vorzuarbeiten. Lutz und Cesrin stemmen sich als einzige gegen die knatternde Holzanhäufung. Sie versuchen die Vorstöße zu kompensieren, doch mit jeder weiteren Attacke gewinnt das Ungeheuer mehr an Spielraum zwischen Tür und der möblierten Barrikade. Seine Raserei nahm ein unbekanntes Ausmaß an und erstickte mit jeder weiteren Sekunde jeden Zweifel im Keim, dass er jemals aufgeben oder von seinem Vorhaben an der Tür ablassen würde. Ich überlege, ob ich irgendetwas tun kann. Doch da ist nichts, absolut gar nichts.

Ich blicke zu Boden und erfasse den Fortschritt seines Handelns. Mittlerweile hatte er sich zwischen Tür und Barrikade einen derart großen Abstand erarbeitet, dass er mit immer weniger eigenem Kraftaufwand mehr Energie aufwenden konnte, um die Wucht jedes vorherigen Stoßes überbieten zu können. Dann passiert es. Eine letzte Attacke durchbricht die Barrikade endgültig. Zuerst zwängt er seinen Arm durch den Spalt, dann folgt der Körper und im direkten Anschluss die hasserfüllte Fratze. Er presst alles und jeden beiseite. Lutz und Cesrin leisten keine weitere Gegenwehr mehr und kriechen am Boden sofort zurück zu ihren Mitschülern. Wir alle sind wie versteinert, als er sich unmittelbar neben der Tür vor uns aufbaut und die letzten verbliebenen Hindernisse aggressiv aus dem Weg räumt. Ich presse das Gesicht meiner Kleinen ganz fest an meine Brust. Eine letzte Schutzreaktion, die nicht lange den Schein aufrechterhalten wird. Er schnauft und räuspert sich. *»Adam, bitte. Tu das nicht!«* Ich weiß, dass mein Flehen keinen Sinn macht. Entschlossen lädt er das Gewehr durch und stampft im schnellem Schritt auf mich zu. *»Halt's Maul, Miststück! Denkst du vielleicht das hier ist ein Spiel?«* Er legt an und zielt genau auf mein Gesicht. Ich presse meine Augen zu und streichle dem kleinen Mädchen zum Abschied über ihr blondes Haar. Jeden Moment würde es vorbei sein und sie alle wären ihm im Anschluss darauf schutzlos ausgeliefert.

»Ada?« Die engelsgleiche Stimme, die sich direkt vor mir auftat, ermutigt mich dazu dem Geschehen wieder beiwohnen zu wollen. Als sich meine Augen öffnen steht der junge Mann nicht mehr vor mir, der so fest entschlossen soeben den Abzug betätigen wollte. *»Denise? Verdammt nochmal was machst Du denn hier?«* Er wirkt überrascht. Seine Schwester in meinen Armen liegen zu sehen scheint ihm gerade emotional stark zuzusetzen. *»Was machst du da, Ada?«* Er weicht zurück, wirkt verwirrt und augenscheinlich nicht Herr seiner Sinne. *»Warum bist Du nicht zu Hause, Denise? So wie wir es besprochen und geübt haben... ich...Warum bist Du bloß hier?«* Das war es. Sie sollte gar nicht hier sein. Sie sollte von ihm verschont bleiben. Mir bietet sich gerade eine Chance, die so schnell nicht wiederkehren würde. Ein Zugang zu ihm, auf emotionaler Ebene. Ein Zugang, der seinen Wahn kurzzeitig aushebeln konnte, wenn ich die Karte richtig ausspielen würde. Nein, wenn ich Denise als Mittel richtig einsetzen würde. *»Ja, Adam, was tust du hier eigentlich? Soll deine eigene Schwester jetzt etwa auch eins deiner Opfer werden? Wirst Du sie erschießen, so wie Du es mit den anderen gemacht hast?«* Die Fassungslosigkeit in seinem Gesicht spricht Bände. Er dachte über meine Worte nach, so viel war sicher. *»Geben Sie sie mir, Frau Reiß. Geben Sie mir meine*

Schwester! Sofort!« Sein Tonfall ist plötzlich so ruhig und sanft. Ich schüttle nur mit dem Kopf und wiederhole meine Frage. Als er einen Schritt nach vorne wagt, ziehe ich die gelbe Schere hinter meinem Rücken hervor und positioniere sie direkt unterhalb der letzten Rippe von Denise Körper, ohne sie mit der Spitze überhaupt zu berühren. Ein überaus gewagter Bluff. Doch ich musste es versuchen. Die Verzweiflung in meinen Augen ist schließlich echt. Ich signalisiere ihm damit unweigerlich, dass ich nichts mehr zu verlieren habe. Habe ich auch nicht, wenngleich ich selbst zum Schutze meines eigenen Wohls nicht bereit wäre, auch nur einem dieser Kinder Schaden zuzufügen. Aber er hatte keinen Grund, an meiner zumindest vorgespielten Entschlossenheit auch nur den geringsten Zweifel zu hegen. Ich beruhige mich mit dem Gedanken daran, dass ich so vielleicht ihre Leben retten würde. Entweder ich verliere oder wir gewinnen alle gemeinsam.

Er stürzt auf sie zu und greift sich Cesrin am Arm. Dann greift er in seine Tasche und nimmt ein Stück Plastik hervor. Ein kleiner dünner Faden, von schätzungsweise 50 Zentimeter Länge. Kabelbinder. *»Wollen wir doch erstmal sehen, wie viele Leben dir ein Einzelnes wirklich wert ist. Verhandeln wir...«* Er lässt mir keine Sekunde, um über den Sinn seiner Worte nachzudenken. Blitzschnell legt er Cesrin das zu einer Schlaufe gebundenen Ratsch-Band um den Hals und zieht die Schlinge mit einem einzigen festen Ruck vollständig zu. Das finale Einrasten der letzten kleinen Polymerverzahnung versetzt mich in Panik. Cesrin erstickt. Direkt vor unseren Augen. *»Was für ein Dilemma, Frau Reif. Wenn doch bloß jemand hier wäre, der eine Schere hat.«* Er spekuliert darauf, dass ich ihr zur Hilfe eile. Aber ich kann Denise doch nicht einfach aufgeben. Ich konnte ihn nicht angreifen und sie dem sicheren Tod überlassen. Scheiße, Scheiße, Scheiße. Was tue ich bloß. Lass ich sie gehen? Setze ich weiter auf den Bluff? Wenn ich sie rette, wird er uns alle töten? Wenn nicht, wer ist der nächste? Soll ich...

Denise, mein Goldstück. Es tut mir Leid. Ich stoße sie von mir und renne mit der Schere in der Hand auf Cesrin zu. *»Cesrin!«* Ich rufe ihren Namen, damit sie nicht aufgibt. Mein Gott, als ich ankomme ist sie schon ganz blau. Die Schlinge sitzt zu eng. Es braucht Kraft, viel Kraft, doch am Ende ist es geglückt. Als es endlich durch ist fängt sie lauthals an zu schreien vor Schmerzen. Verständlich, aber egal. Gott sei Dank, sie lebt und nur darauf kommt es an. Ich nehme Cesrin ganz fest in meine Arme. So wie ich Denise nur wenige Sekunden zuvor umschlungen hatte. Es macht keinen Unterschied. Das Gefühl ist das gleiche.

»Nein, Adam. Lass das! Hör auf!« Adam hält inne. Es ist Denise, die ihn anschreit und zur Vernunft aufruft. *»Ada, Cesrin ist meine Freundin! Und Frau Reif ist eine gute Lehrerin. Sie war immer sehr gut zu uns. Du darfst das nicht! Bitte, Ada, bitte tu das nicht oder ich sag alles Mama.«* Kleine tapfere Denise. Wie gerne würde ich sie wieder an mich pressen, mich für ihren Einsatz für uns bedanken. *»Mama ist nicht hier und wenn wir ehrlich sind, war sie es auch nie so wirklich, oder Denise? Du bist noch sehr jung. Du verstehst das alles noch nicht so wirklich. Sie sind alle gleich. Früher oder später fabrizieren sie nichts als Scheiße und es ist ihnen egal. Ich will deine Generation nur davor bewahren, dass dir oder Anderen das gleiche wie mir wiederfährt. Das darf so einfach nicht weitergehen.«* Er wirkt noch immer entschlossen, seine Augen verkrampfen durch Kimme und Korn zunehmest. Doch unser Blickkontakt währt nicht lange. Er wird plötzlich durch den blonden Hinterkopf eines kleinen Mädchens unterbrochen. Denise stellt sich zwischen uns und dem Lauf des Gewehrs. Ein letztes Mal appelliert sie unter Tränen an Adams Gefühle. Sie kennt ihren Bruder und im Sinne aller hoffentlich auch seine Schwachstelle. *»Aber du bist jetzt da, Ada. Du warst immer da. Bitte. Warum machst du das, Ada?. Deshalb wolltest du, dass ich mich krankstelle? Damit du meine Freunde töten kannst und ich es nicht mitbekomme? Du*

bist doch mein Bruder. Hasst du mich etwa? Ist das so… hasst du mich?« Seine Arme zittern, während sich der Lauf vorsichtig senkt. Ihm ist anzusehen, dass er innerlich vor Wut schäumt. Er befindet sich gerade in genau der Situation, die er zu vermeiden gedachte.

Mir fiel überhaupt nicht auf, dass das alles überhaupt keinen Sinn ergab. Warum hatte er uns eingesperrt, wenn er davon ausging, dass sie nicht hier wäre? Ich kenne Adam nur durch das Vorstellungsgespräch zur Einschulung von Denise. Hatte ich ihm etwas getan, was ihn verärgert haben könnte? Oder ihr? Oder richtete sich sein Hass allgemein gegen die Lehrkräfte dieses Gebäudes? *»NEIN!«* Er schnappt sich Denise, wie einst Cesrin zuvor und stürzt aus der noch offenstehenden Tür. Doch bevor er draußen angekommen ist, warnt er jeden von uns einschlägig davor, auch nur einen Gedanken daran zu verschwenden, sich der Tür nähern zu wollen. Andernfalls würde er denjenigen sofort ohne weiteres „Wenn und Aber" einfach abknallen. Auch wenn wirklich niemand diese Absicht verfolgte und, wenn auch nur für einen kurzen Moment, nun etwas Ruhe einkehren würde, so blieb natürlich die Sorge darüber, was Adam nun mit Denise beabsichtigen würde, weiterhin bestehen.

Cesrin hört nicht auf zu weinen. Zu tief sitzt der Schock über die schiere Ungewissheit, die durch den Schuss verbreitet wurde. Wir hören Schritte. Als sich die Tür ein weiteres Mal öffnet, ist es Denise, die als erste hindurchschreitet. *»Mein Gott, Kind. Gott sei Dank, geht es dir gut. Ich…«* *»Ihr könnt gehen, sagt Adam.«* Ich traue meinen Ohren nicht. Hatte sie das nun wirklich gesagt? Ich sehe sofort zu ihm, doch er zeigt keine Reaktion als sie die Nachricht an alle verkündet. Denise reicht Cesrin die Hand und hilft ihr sich aufzustellen. *»Alles wird gut, Cesrin. Wir können nach Hause gehen.«* Ich helfe Cesrin für die letzten Zentimeter. Dann erhebe auch ich mich, zweifelnd und vorsichtig. Er steht weiterhin nur so da und beobachtet, wie auch die Anderen sich nach und nach voran wagen. *»Wir nehmen jetzt alle die Feuertreppe. Ganz ruhig und langsam. Uns wird nichts passieren.«* Mich rührt ihr Engagement, die Stärke und Zuversicht, die von ihr ausgeht. Nach und nach reiht sie ihre Mitschüler auf. In Zweierreihen, so wie wir es in den Brandschutzübungen immer gelehrt hatten. Sie weist jedem Kind einen Platz zu und sie folgen ihr. Auch ich wäre bereit ihr blind zu folgen. Aber er war noch immer da. Ich bewege mich langsam auf ihn zu, streiche jedem Kind, dass sich in Richtung Ausgang bewegt über die Schulter, zeige Präsenz. Ich stehe ihm genau gegenüber. Er sagt kein Wort, schaut einfach zu. *»Du tust das Richtige, Adam. Ich danke dir, dass du dich für das Richtige entschieden hast.«* Cesrin passiert ihn als erste. Sie wagt es nicht ihn anzusehen, als sie sich durch den Türspalt zwängt und unbehelligt hinausgleitet.

Wir haben die Hälfte durch und er tut nichts. Wir haben eine reale Chance, die ich zuvor nicht für möglich gehalten hätte. Ich bin im Flur, mahne die Kinder zur absoluten Stille. Auf die letzten Meter, wo sie bereits um die Ecke sind, beschleunigen sie ihren Schritt und rennen. Für mich ist es OK, die Anspannung ist groß. Und so lange er das akzeptiert ist es für mich ebenfalls akzeptabel. *»Du noch nicht.«* Ich halte inne und blicke zurück. Wir müssten doch alle durch sein. Aber mir fällt auf, dass zwei der Kinder noch fehlten. Wo sind Laura und Denise? Sie standen am Ende der Kette und hätten ebenfalls längst draußen sein müssen. Da kommt Denise. Ich bewege mich hastig auf sie zu, so leise wie es nur irgendwie geht. *»Denise, was ist los? Was ist mit Laura?«* Sie kann die Tränen nicht länger zurückhalten. Ich renne zurück ins Klassenzimmer der 6c und als ich durch die Tür schreite, sehe ich, wie Adam Laura bereits mit der Waffe bedroht. *»Was ist hier los, Adam? Du hast gesagt, wir können gehen. Wir alle.«* Er zeigt sich wenig beeindruckt von meinem Protest und zerrt das kleine Mädchen vor sich hin. *Sie bleibt hier. Und Sie sorgen dafür, dass meine Schwester wohlbehalten unten ankommt. Oder möchten Sie am Ende doch noch, dass ich Ihnen eine Kugel durch ihren Scheiß-Schädel jage?«* Ich verstehe kein Wort. Warum sie. Warum Laura? *»Was? Nein, wir gehen alle!«* Ich versperre ihm den Weg zum Ausgang, auch wenn ich weiß, dass ihn das ebenso wenig beeindrucken wird. *»Du Schlampe gehst mir langsam echt auf den Zeiger. Mach dich aus dem Weg. Hier dreht sich nicht alles um dich, verstanden. Verpiss dich endlich!«* Nichts hatte sich geändert. Er verfolgt einen Plan, den er strikt einzuhalten versuchte. Mir wird nun klar, dass er es von Anfang an auf sie abgesehen hatte. *»Was ist so besonders an ihr? Wieso kannst du sie nicht wie all die Anderen gehen lassen?«* Er schiebt sich nach vorne und drückt mich zurück in den Flur, woraufhin Laura laut aufschreit. Wegen mir musste er sie mit noch festerem Griff an den Haaren durch den Spalt zerren. Wegen mir hatte das kleine Mädchen Schmerzen.

Noch immer wartete Denise auf meine Rückkehr. Denise. Sie bestimmte die Paare und das Laura mit ihr zuletzt den Raum verlassen würde. *»Du krankes Schwein. Gehört sie dazu? War das Ganze ein abgekartetes perverses Familien-Spiel? Rede mit mir Adam, was soll das alles?«* Ein wunder Punkt. Wutentbrannt stößt er auf mich zu und presst mich mit seinem Gewehr gegen die Wand. Dass er Laura dabei losgelassen hatte schien ihm völlig gleich. Sein Gesicht reicht ganz nah an mich heran, sodass ich seinen muffigen Atem riechen und schmecken kann. Die blutigen Kratzer in seinem Gesicht sind frisch, keine halbe Stunde alt. *»Wagen Sie nicht, sie mit reinzuzuziehen. Sie ist der einzige Grund weshalb ich Ihnen erlaube weiterhin Luft zu schnuppern. Sie verstehen das wohl noch immer nicht. Von Ihnen will ich nichts... wollte ich von Anfang nicht. Nichts. Null. Niente. Sie ist der Grund für all das hier und ich werde sie vor die Wahl stellen, um einige Dinge richtigzustellen.«*

»Ohne Laura gehe ich nirgendwo hin, verstanden?« Meine Worte sitzen, während ich ihm mein Gesicht entgegenstrecke und keine Angst mehr vor ihm zeige. Erneut packt er sich Laura am Schopf und zerrt sie zu mir. Das dritte Mädchen, das sich in meinen Armen verloren hat und sich nach Geborgenheit sehnt. *»Eine Zahnbürste habe ich aber nicht für dich, damit du es weißt.«* Er schließt die gegenüberliegende Tür der 6c, die 10b, auf. Die Klasse von Frau Schultheis. *»Ladies first, wie es so schön heißt.«* Er imitiert die Gestik eines Gentlemans, indem er uns die Richtung unseres vorbestimmten Weges mittels einer schwungvollen Handbewegung weist. Ich nehme Laura gefühlvoll an die Hand und betrete mit ihr gemeinsam den Raum. Ich erstarre aufgrund der vielen unterschiedlichen Gesichter. Die uns anstarrten und alle scheinbar ein winziges Puzzlestück für sein grauenhaftes Gesamtwerk darstellten. Der erste, der mir ins Auge fällt ist Niels. Was zur Hölle tut er denn hier? Armer Armin. Gott verdammt. Er hat Herrn Ulrich an den Tisch gefesselt, seinen ehemaligen Klassenlehrer. Daniel, Mark, Thomas, Tim, ich sehe Neve und Yvonne. Mir vertraute Gesichter, ohne jede Kenntnis über ihre Herkunft oder Geschichte. Jeder von ihnen würde also eine Rolle spielen, so wie Laura. Denn eigentlich gehörte der Großteil hier nicht her. So wie Herr Ulrich. Beinahe jeder in diesem Raum. Und nun auch wie ich. Mein Gott, direkt vor uns liegt eine Leiche. Blut an der Tafel. Dieser Tag hat scheinbar gerade erst für uns begonnen.

Ein Schritt nach dem anderen. Ruhig und gelassen gibt Adam mit vorgehaltener Waffe den Takt für jede ihrer Bewegungen vor. Herr Ulrich musste vorgehen. Das Ziel ist nur ein paar wenige Meter vom eigentlichen Startpunkt entfernt. Adam versammelt sie alle im zweiten Zwischengeschoss, das als neuer Anbau vor vier Jahren dem Gebäudekomplex hinzugefügt wurde. Die ursprünglichen Kapazitäten konnten dem neuen und immer weiter anwachsenden Bedarf an Wissbegierigen längst nicht mehr gerecht werden. Allerdings war nur das Obergeschoß bezugsfähig fertiggestellt worden. Wie es häufiger bei Bauprojekten im öffentlichen Sektor üblich war, wurde das Budget zur Errichtung und endgültigen Fertigstellung der neuen Räumlichkeiten weit überschritten. Eine der vielen Ursachen wieso das Land sich letzten Endes gezwungen sah, die Haushaltsmittel des Landkreises rapide zu senken. Eine Maßnahme, von der viele Kultur- und Bildungseinrichtungen im örtlichen Umkreis betroffen waren. Probleme, die Adam und eine kleine Gruppe verängstigter Menschen derzeit kaum bewegen dürfte.

»Also, alles wie besprochen. Wenn ihr den Klassenraum betretet, dann möchte ich, dass ihr alle Frau Schultheis lächelnd mit einem herzlichen „Guten Morgen, Frau Schultheis" begrüßt. Auch Sie, Herr Ulrich. Verstanden?« Adam lächelt. Er möchte, dass sie alle voller Elan und Vorfreude den Raum betreten. Er verkennt ihre fehlende Motivation, besteht darauf, dass sie es ernst meinen mussten. Er blickt noch einmal kurz auf sein Smartphone, checkt den gegenwärtigen redaktionellen Sachstand. Er wirkt sehr zufrieden. Die Medien haben von den Ereignissen noch keine wirkliche Notiz genommen. Im Internet kursieren zwar vereinzelte Gerüch-

te, in Form von zeichenarmen Tweets oder zweizeiligen Posts, die kaum Aufmerksamkeit zu erregen scheinen. Unter ihnen einige Eltern, die öffentlich den Einsatz von Polizeikräften einfordern. Doch noch immer war keine der großen Medienanstalten mit einem Sonderbericht, wie es in so einem Fall ansonsten üblich wäre, auf Sendung gegangen. Er packt das Gerät wieder in seine Tasche und klopft ganz leicht gegen die Tür der Klasse 10b. Anschließend öffnet er die Tür und bittet die Anwesenden nach und nach einzutreten. Allen voran betritt Herr Ulrich das Zimmer und schüttelt mit Überschreiten der Türschwelle hektisch seinen Kopf. Vielleicht würde irgendwer schnell reagieren. Eingreifen. Sich in Sicherheit bringen können. Die Chance nutzen, die er verpasst hatte.

Sofort ist die lauthals krächzende Stimme einer älteren Frau zu hören. *»Was ist nur da draußen los? Wir haben Schüsse gehört und wir wurden eingesperrt. Herr Ulrich, was soll das alles?«* Sie steht noch immer am Pult, zog sich nicht wie die übrigen Personen in eine Ecke zurück. *»Herr Ulrich? Antworten Sie mir doch gefälligst!«* Nach einem prüfenden Blick nach hinten wiederholt Herr Ulrich jene Worte, die auszusprechen ihm von Adam aufgetragen worden waren. Er weiß genau, dass eine weitere Warnung oder ein dezent platzierter Hinweis nun nichts mehr an dem Unvermeidlichen ändern würde. Selbst für ihn ist das ihr bestimmte Schicksal längst absehbar. Adam zögert keine Sekunde, lädt sofort sein Gewehr durch und schießt. Die Wucht des Patroneninhaltes trifft sie so hart am Oberkörper, dass sowohl ihr zierlicher Körper als auch das Kreidestück in ihrer Hand über das Pult wie eine Puppe gegen die aufgeklappte linke Tafelseite geschmettert wird. Sie hatte trotz der Warndurchsage den Unterricht mehrere Minuten einfach weiter fortgeführt. Alle schreien natürlich sofort wieder los, ehe der Rabe unterhalb des massiven grünen Schieferblocks leblos in sich zusammensackt. Über die Kreidehalterung schwappt ein Schwall aus Blut, wie bei einem Wasserfall, der sich auf dem

Gesicht der Lehrerin niederlegt. Genervt schließt Adam seine Augen und zielt mit dem Gewehr in Richtung der zitternden Menge. *»Leute, jetzt kreischt nicht wieder so blöd rum. Langsam müsstet ihr euch doch dran gewöhnt haben. Haltet also gefälligst die Fresse!«* Mit einem letzten Fußtritt vergewissert sich Adam, dass von Frau Schultheis keine Gegenwehr zu erwarten ist und versammelt anschließend die nun verbliebenen Anwesenden, mit Ausnahme von Herrn Ulrich, direkt am Kopfende des Pultes. Mit einem letzten Blick zur blutverschmierten Tafel wendet er sich ein weiteres Mal seinem Publikum zu. *»OK, bevor der heutige Unterricht beginnen kann, klären wir mal das Wichtigste zuerst. Wer von euch hat denn heute Tafeldienst?«*

Adam schließt die Tür vorsichtig hinter sich ab und wirft prüfende Blicke in den großen Flur der Zwischenetage. Es ist ruhig, eigentlich zu ruhig. Es löst ein leichtes Unbehagen in ihm aus. Seine Geiseln würden nun für kurze Momente alleine sein, ehe er die letzten Besorgungen abgeschlossen hätte. Kabelbinder und Klebeband waren das Einzige, mit dem er sich ein wenig Rückendeckung verschaffen konnte. Sie lagen alle wild verstreut im Raum. Ihre Hände an den Füßen festgebunden, ihre Münder mit Klebeband abgedichtet, damit sie keine Absprachen treffen konnten. Effektiv, wenn auch gleich weniger spektakulär. Er hatte es zuvor an sich selbst getestet. Nur um sicherzugehen, dass er auch alle Möglichkeiten in Betracht gezogen hatte. Nun würde ihn seine Reise kurz woanders hinführen. Die anfänglich bestehende Freude schwindet mit dem Einrasten des Schlosses.

Er lässt sich Zeit, schlendert umher. Eigentlich müsste ihm sein Instinkt dazu ermahnen schneller zu gehen, zu rennen. Viel Zeit zum Verschnaufen würde ihm nicht mehr bleiben. Die Klasse 10d ist nicht weit. Vielleicht 20-30 Meter von ihm entfernt. Der Rauch hatte sich mittlerweile vollständig verzogen, sodass ihm nun das vollständige Ausmaß seines Werkes präsentiert wird. Leichen. Überall liegen verstümmelte Leichen. Von Angst und Panik erfüllte Gesichter. Festgefroren durch die langsam anschleichende Leichenstarre.

Adam legt vorsichtig die Tasche auf einem der umliegenden Körper ab, der direkt neben der Tür zu Fall gekommen war. Er braucht mehr Flexibilität, fühlt sich durch sie eingeschränkt. Die Last wiegt schwer auf seinem Rücken, lange würde er sie so nicht mehr mit sich herumschleppen wollen. Er fürchtete, dass selbst die alten Narben auf seinem Rücken früher oder später wieder aufbrechen würden. Ein kurzer Bestandscheck. Er hatte weniger verbraucht als angenommen. Kein Wunder also, dass das Gewicht nicht spürbar abnahm. Adam weiß noch nicht, wie viel ihn die 10d kosten würde. Es lag nicht länger nur in seiner Gewalt. Mit der übrig gebliebenen Munition hätte er locker zwei weitere Anschläge vornehmen können. Doch der Tag hatte gerade erst begonnen und es gab noch einige kalkulierbare Situationen, in denen er auf die Restbestände angewiesen sein würde. Er wechselt das Magazin seiner Handfeuerwaffe und verstaut sie unter seinem Shirt. So hatte er es oft im Fernsehen gesehen. So würde niemand anderer als er selbst an sie herankommen. Er richtet sich auf, wirft einen kurzen prüfenden Blick auf das Papier vor ihm. Er überlegt seinen nächsten Schritt. Doch was ist das? Ein Geräusch, unmittelbar hinter der Tür von Raum 207. Vorsichtig kramt Adam den Schlüssel aus der Tasche hervor, lässt den Passenden in das Schloss gleiten und wartet zunächst, ehe er ihn vorsichtig umdreht. Draußen ist er ganz allein, dessen ist er sich gewiss.

Die Stille ist gespenstig, bietet ihm jedoch einen entscheidenden Vorteil. Ein weiteres Geräusch hinter dem Holz lässt ihn zum wiederholten Mal aufhorchen. Er lässt kurz ab und geht einige Schritte zur Seite, betrachtet mit geneigtem Haupt den Durchgang mit seinem skeptischen Blick. Seine Augen schließen sich, sodass seine Konzentrationsfähigkeit schlagartig ansteigt. Er vernimmt, wie Stühle und Tische umhergeschoben werden, Geflüster, der Versuch sich auf leisen Sohlen hin und her zu bewegen. Er hält inne und überdenkt seine Strategie. Was haben die vor? Er kannte die Situation bereits aus der 6c. Ein weiterer derartiger Kraftaufwand würde ihn vermutlich zu sehr schwächen. Es ist eine Sache sich gegen Elfjährige behaupten zu können, eine völlig andere sich ebenwürdigen Gegnern gegenübergestellt zu sehen. Er gibt ihnen und sich selbst noch einmal kurz die Gelegenheit zur Besinnung. Das Handy. Adam kramt in seiner Tasche herum, nimmt sein Handy hervor und prüft die eingegangenen Meldungen während er immer wieder einen prüfenden Blick zur Tür wagt. War hier mit einer organisierten Gegenwehr zu rechnen? Vermutlich. Dann die einkehrende Gewissheit: Mehr als wahrscheinlich.

Die Zeit läuft. Lange durfte er nicht so ausharren. Er nimmt tief Luft und ballt seine Fäuste. Es wirkt, als wolle er Tränen hinauspressen, sich geradezu zwingen traurig zu wirken. Adam kneift sich zunächst in die Wangen, zieht an seinen Ohren. Von außen wirkt es wie die Tat eines tourettegestörten Menschen mitten in einer Anfallsphase. Dann ertönt eine sanfte Stimme über den Flur des Todes, gerichtet an die Besetzer von Raum 207. *»Es ist alles in Ordnung. Er hat sich eben erschossen. Ich bin es, Adam. Ich habe seine Schlüssel. Ich hol euch hier raus.«*

Eine Finte. Darauf setzt er nun sein ganzes Vertrauen. Stillschweigend übt er sein Lächeln, das später vielleicht als vertrauenswürdig fehlinterpretiert werden soll. Ein vernehmbares Raunen geht durch den Raum. Teile einer flüsternd ausgesprochenen Diskussion befinden sich in der Entstehungsphase und dringen durch das sperrige Holz. *»Ihr müsst mich rein lassen! Ihr müsst von der Tür weggehen, wir haben nicht viel Zeit. Ich bin müde, Freunde. Hört ihr mich da drinnen? Ich habe gerade die Klasse von Frau Schultheis befreit und die von Frau Reif. Ich habe den Schlüssel von Herrn Ulrich bekommen. Wir kommen alle hier raus, aber ihr müsst mir jetzt vertrauen. Die… die Tür ist offen, OK. Wir können alle unten durch den Haupteingang raus. Leute, uns läuft die Zeit davon, Mensch. Es gibt viele Verletzte, hört ihr? Es sind so viele, sie brauchen dringend einen Arzt. Herr Ulrich meint, dieser Raum sei einer der Wenigen, der eine große „Erste-Hilfe-Box" im Klassenzimmer hat. Er hat mich geschickt, um sie zu holen. Viele sind sehr stark verletzt. Ihr könnt die Anderen doch nicht verrecken lassen, Mensch. Ich brauch nur diese Box und danach könnt ihr euch wieder einsperren, abhauen, was ihr wollt. Mensch Leute, ich bin es… Adam. Ihr kennt mich doch.«*

Seine Darstellung wirkt aufrichtig und glaubhaft. Sie lässt beängstigender Weise kaum Spielraum für Interpretationen oder Zweifel am Wahrheitsgehalt der Botschaft. Er musste diesen Moment lange und oft geübt haben. Noch immer sind die Wortgefechte im Inneren des Zimmers zu vernehmen, werden lauter und intensiver. Es herrscht Uneinigkeit über die Entscheidung, doch nicht für lang. Weniger als 30 Sekunden vergehen und Adam hört, wie verschiedene Personen bereits damit begonnen hatten die Tische und Stühle beiseite zu räumen. Er hat es geschafft, auch wenn sie es im letzten Schritt nicht wagen ihm zu öffnen. Adam's Hände umschließen das kalte Metall der Klinke und drücken es vorsichtig hinunter. Zunächst öffnet er nur einen Spalt, um einen prüfenden Blick hineinzuwerfen. Das Gewehr versteckt er vorsichtshalber direkt hinter seinem Rücken. Er sieht niemanden, doch er hört eine weinerliche weibliche Stimme fragen, *»Ist es vorbei?«* Während Adam endlich den Mut aufbringt die Tür ganz zu öffnen und langsam einzutreten, antwortet er ihr ruhig und gelassen. *»Ja, ihr habt es alle gleich überstanden.«*

Er bleibt im Türrahmen stehen, verschafft sich zunächst einen Überblick. Die Rollläden sind auch hier zugezogen, perfekt. Alles verläuft nach Plan. Er registriert jeden Einzelnen der anwesenden Teenager, die sich um ihn herum mit einem gewissen Abstand versammelt haben. Schätzungsweise sechs bis acht Personen auf dem ersten Blick. Zu wenig für eine vollbesetzte Klasse wie diese. Wo war der Rest? Einige von ihnen wickelten sich Kleidungsstücke um die Arme, überwiegend die Mädchen. Womöglich um sich gegen den Einsatz scharfer Gegenstände schützen zu können. Sie tragen Stühle, halten Zirkel in ihren Händen, die sie notfalls zur Verteidigung einsetzen würden. In Anbetracht der Zeit, Situation und der zur Verfügung stehenden Mittel war diese Gruppe gut organisiert. *»Ist es wirklich vorbei?« »Ist er tot?« »Ich will hier raus!«* Adam sondiert weiter die Lage, kommt jedoch nicht umhin sich an ihrer Naivität zu ergötzen. Doch wo war ihr Klassenlehrer, der den Unterricht führte? Wo war Herr Rockenfeller? Und wo war „er"? Adam fixiert einen der Schüler, der wohl noch immer Zweifel an seiner Erscheinung hegt. Sehr wahrscheinlich keiner der Für-Stimmer dieser Reinlass-Aktion. *»Hey du, Blondie? Wo sind die Anderen?«* Doch der Junge antwortet nicht, hüllt sich in Schweigen und mahnt die Übrigen um sich herum mit seinem Blick es ihm gleichzutun und nichts zu verraten. Sie scheinen ihm zu gehorchen, vertrauen ihm. *»Das spielt keine Rolle, wo sie sind. Was weißt du? Wie ist die Lage draußen? Wer war es?«* Sehr direkt und gefasst. Er würde ihm Probleme machen. Adam lehnt sich entspannt gegen den Türrahmen und atmet einmal tief und erleichtert durch. *»Ja, Leute, es scheint vorbei zu sein. Ich habe einen Schuss gehört. In einem der unteren Klassenzimmer. Nur einen einzigen Schuss. Ich bin runtergelaufen und hab ihn gesehen. Den Täter mein ich. Da war so viel Blut, das aus seinem Rücken* *kam, bah. Er scheint aber wirklich tot zu sein, mein Ehrenwort drauf. Wenn mich nicht alles täuscht war es Ben... Ja... Ben war das. Wirklich schlimm das Ganze.«* Die Verwunderung über diese Aussage greift schnell um sich. Der Junge tritt ein weiteres Mal vor und hebt langsam eine Schere nach oben. *»Ein Schuss? In den Rücken?«* Adam beginnt innerlich lauthals an zu Lachen. *»Was, Boy? Gefällt dir meine Geschichte etwa nicht? Ja, ein Schuss. Ein einziger Schuss. Kennst du das Geräusch etwa nicht? Klingt ähnlich wie das hier...!«* Der Junge weicht zurück als Adam sich vom Türrahmen wieder abstößt und das Gewehr, das er zuvor außerhalb in der Nähe des Rahmens geparkt hatte, hervorhebt, was unter den restlichen Beteiligten wildes Gekreische auslöst. Adam zielt abwechselnd auf die ihm am nächsten stehenden Charaktere.

»Los, ihr Wichser. Rüber an das Fenster!« Wild mit dem Gewehr wedelnd treibt er sie wie Vieh zusammen. Solange bis einer aus der Reihe bricht und sich auf ihn stürzt. Der Junge von vorhin wagt einen neuen Versuch. *»Er kann uns nicht alle gleichzeitig töten. Los, auf ihn!«* *»Vorsicht Marvin!«* Marvin. Das ist er also. Sein Name ist Marvin. Sportskanone und Klassensprecher der 10d. Adam kennt ihn, diesen Namen. Seine Zielstrebigkeit und sein eiserner Wille waren sein Markenzeichen und Aushängeschild an dieser Schule. Ein Name der gerne nach außen getragen wurde. Marvin hatte schon immer etwas Inspirierendes, selbst für Adam. Er weiß Menschen zu überzeugen, sie zu fesseln und im richtigen Moment anzuspornen. Wenn für ihn eine Lage aussichtslos scheint, dann ist sie es auch für alle anderen. Für ihn gibt es scheinbar nur noch diesen einen Weg. Wem, wenn nicht ihm würde der Rest folgen? So wie die vielen Male in der Vergangenheit. Als Tessa sich beim Nachtwandern im Wald verlaufen hatte. Als Mirko und Wladimir in der sechsten mit dem Rad auf die Gleise gestürzt waren. Oder als ein Junge in der Schule anfing wild um sich zu feuern und er die Anderen dazu aufrief vorbereitet zu sein und sich zur Wehr zu

setzen. Die Tür zu verbarrikadieren, sich zu bewaffnen. Der Schuss lässt die Glieder erstarren, brach neben dem Schädelknochen jeden eisernen Willen zur Auflehnung in diesem Raum. Er fällt frontal mit dem Gesicht gegen die Tischkante und schlägt erst dann auf dem Boden auf. Er spürt nichts, hatte ihn der Patroneninhalt unlängst auf die andere Seite befördert. Es bleiben nur noch wenige Sekunden ehe das Zucken endet. Sein Name war Marvin. Mit ihm hatten sie nun einen Anführer verloren. Der Stärkste von ihnen war gefallen.

Mit dem Großteil der Gruppe suchte Herr Rockenfeller Schutz im anliegenden Laborraum, der als separate Einheit für die Chemie vorlesungen angefertigt worden war. Ein verschließbarer Raum, mit einer dicken feuerfesten Stahltür, welche zum Schutz und als sichere Abgrenzung zum Hauptklassenzimmer installiert worden war. Die Front des Schutzglases lag direkt hinter der Tafel, die man nach oben schieben konnte und so freie Sicht auf den Versuchsraum bot. Adam vermutete sehr schnell, wo sich die restlichen Personen aufhalten mussten und bereitete ihrem Versteckspiel sehr schnell ein jähes Ende, indem er die Tafel hochfuhr und sie lächelnd und winkend begrüßte.

Binnen weniger Momente hatten sie die Tür geöffnet und sich ihm ergeben. Allen voran, Herr Rockenfeller. Ein Mann mittleren Alters, von großer Statur und mit leicht ergrautem Haar. Er trug gerne karierte Hemden zu einer blauen Jeanshose und hatte immer einen flotten Spruch auf den Lippen. Bis heute. So wortkarg wie jetzt hatten ihn seine Schüler noch nicht erlebt. Adam leitet sie hinüber zu den anderen glorreichen Sieben, die Herr Rockenfeller als Verteidigungslinie zurückgelassen hatte. Für alle war einfach nicht genügend Platz in dem Raum und schließlich hatten sich Marvin und die Anderen freiwillig gemeldet. *»Freut mich, dass*

Sie es einrichten konnten, Herr Rockenfeller. Aber ein bisschen enttäuscht bin ich schon, muss ich zugeben.« Der Lehrer verzieht keine Miene und bleibt regungslos stehen. Ihn würde er niemals ernstnehmen, selbst wenn er es müsste, um sein Leben zu retten. *»Bring es hinter dich, du kleiner Schlappschwanz. Red' nicht so lange rum und tu es... wozu du hier bist. Ich werde mir keine deiner perversen Ansprachen auch nur eine Minute anhören. Ich kenne euch und Euren kranken Verstand. Die bösen Lehrer sind an allem Schuld. Ich wurde gehänselt in der Schule. Meine Mami hat mir einfach nicht mehr die Brust geben wollen. Ich weiß zwar nicht, was ich dir getan habe, aber das spielt wohl keine Rolle. Na komm schon, du Held. Drück endlich ab und dann blas dir am besten direkt selbst das Hirn raus! So hast Du doch dein Ende geplant, oder? Mach nicht so lange rum! Schieß schon!«*

Adam schmunzelt, ist angetan von dem Mut des älteren Mannes. Er lässt sich Zeit, denkt gründlich über seine nächsten Worte nach. Er blickt ein letztes Mal in die Runde und zählt durch. Ja, sie sind vollzählig. *»Ich bin nur aus zwei einfachen Gründen hier und hoffe, dass wir das schnell hinter uns bringen können, Herr Rockenfeller. Sie haben recht, Ihretwegen bin ich hier... aber auch... seinetwegen!«* Die Blicke wandern schlagartig nach rechts. Dort wo ein Junge in der Ecke kauernd nur so dasteht und starr zu Boden blickt. Er sucht erst gar keinen Blickkontakt. Er weiß unlängst, dass er gemeint ist. Der Eine, der Adam womöglich vertrauter war als alles andere auf dieser Welt. Mark. *»Was willst du von mir, Adam? Willst Du mich jetzt auch töten? Deinen vielleicht einzigen Freund? Ist das Deine Art mir zu zeigen, wie viel dir unsere Freundschaft bedeutet?«* Adam sträubt sich zu antworten. Er scheitert mit dem Versuch, verständnisvoll und nicht zugleich bedrohlich zu wirken. Immer wieder schaut er in die Menge und macht sich gegenwärtig, dass die Tasche mit der verbliebenden Munition noch immer vor der Tür stand und er mit seinem Gewehr maximal noch vier

Schuss abgeben konnte. *»Halt die Fresse, Mark! Ist ja nicht so, als ob Du ganz unschuldig an dem hier bist. Fürs Erste will ich einfach nur, dass Du nur dabei bist, zusiehst, wie ich diese Drecksschweine büßen lasse… für das was sie mir angetan haben. Du wolltest ja nicht mitmachen. Hast schön feige den Schwanz eingezogen, während ich die Drecksarbeit erledigt habe. Aber so läuft das nicht mehr… Dann zwing ich Dich eben jetzt dazu… zuzusehen.«*

Erneut wandern verwunderte Blicke zu jenem Jungen, der es noch immer nicht wagt, sein Haupt zu strecken und ihrem Peiniger von Angesicht zu Angesicht zu begegnen. *»Du wusstest davon? Du wusstest, dass er hier ein Massaker anrichten würde und hast nichts gesagt?«* Christy. Es sind forsche Worte, die Mark von der Siebzehnjährigen zugeworfen bekommt. Eine Anschuldigung, die für viele der Beteiligten verständlich und schlüssig klingt. Mark war schließlich Adam's Freund. Sie verbrachten viel Zeit miteinander. Unmöglich, dass Mark nichts von all dem gewusst haben soll.

»Leute, ehrlich mal, ich hatte von all dem hier keine Ahnung! Denkt ihr, ich wäre hier… hier bei Euch, wenn ich davon gewusst hätte? Verdammte Scheiße, hört auf mich so anzusehen. Er hält doch die Waffe in der Hand. Er tut das hier doch alles, nicht ich.« Adam schweigt, genießt das zerrüttete Schauspiel und Tribunal um Mark's Glaubwürdigkeit. Erstmals schaut Mark hinüber zu Adam, auf der Suche nach Bestätigung und Beistand. *»Scheiße nochmal, Adam. Sag es ihnen. Ich habe nichts damit zu tun!«* Doch Adam lächelt unaufhörlich weiter. Ihre Meinung trug für ihn ohnehin kein Gewicht. *»Naja. Wer wahrlich ohne Sünde ist, der werfe den ersten Stein. So heißt es doch in der Bibel, oder? Ich für meinen Teil habe noch lange nicht vor mit dem Sündigen aufzuhören.«* Mark bemerkt, wie sich eines der Mädchen mit einer Freundin seitlich davonzustehlen versucht. Adam reagiert nicht. Seine Aufmerksamkeit gilt vollständig seinem Freund Mark. Die ganze

Zeit schon waren sie nur unscheinbare Beobachter gewesen, leicht abseits des eigentlichen Geschehens. Niemand außer Mark schenkt dem immer größer werdenden Abstand der beiden Mädchen und daraus resultierenden Abspaltung zur Gruppe Beachtung. Ein Umstand, der ihnen im richtigen Moment einen entscheidenden taktischen Vorteil einbringen würde. Nur wenige Meter von der Tür entfernt scheint eine erfolgreiche Flucht vielversprechend. Mark weiß, sie würden es nicht wagen Adam anzugreifen. Dafür war ihnen ihr Leben zu wertvoll und der Wunsch nach Freiheit zu verlockend. *»Tja, Herr Rockenfeller. Wie machen wir jetzt weiter? Sie zuerst oder möchten Sie erstmal auf jemanden zeigen, damit Sie es auch noch mit ansehen können? Irgendeiner, der Ihnen in den vergangenen Jahren so richtig auf den Sack gegangen ist oder dem Sie schon immer eins in die Fresse geben wollten. Sie dürfen wählen, wie finden Sie das? Ich verrate es auch niemanden, versprochen. Was in diesem Raum passiert bleibt auch in diesem Raum.«*

Er wirft ihm zwei Einheiten Kabelbinder direkt vor die Füße. Zuerst soll Herr Rockenfeller seine Füße zusammenbinden, anschließend seine Hände an eine der Heizlamellen ketten. Für Adam war es an der Zeit seine Stellung zu festigen, sich gegen weitere Angriffe zu schützen. Trotz seines erregten Schnaufens wirkt es so, als hätte er die Situation von vorhin kalkuliert provoziert, ist jedoch sichtlich bemüht sie wieder unter seine Kontrolle zu bringen. *»Mann, Mann, Mann. Diese Klasse steckt doch wirklich voller Helden. Sie scheinen einen guten Job zu machen, Herr Rockenfeller. Meine Hochachtung. Aber ich denke, wir beschleunigen das Ganze hier jetzt mal ein wenig. Meine Pläne für den heutigen Tag sind doch sehr zeitintensiv und haben mich viel Mühe gekostet. Also, Mark, ich würde dich jetzt einfach darum bitten, mir zu sagen, wer als nächstes draufgehen soll. Such dir einen aus. Irgendeinen.«*

»*NEIN!...*« Es ist ein ohrenbetäubender Schrei, der von Mark ausgeht. Er wirkt angespannt und völlig außer sich, was er mit einem Faustschlag auf den Tisch verdeutlicht. »*...ich mach bei diesem kranken Spiel nicht mit! Fick dich! Hörst du mich? Fick dich!*« Adam richtet sich ein wenig auf, richtet seine Kappe und bewegt sich zwei Schritte auf seinen Freund zu. Seine glasigen Augen verdeutlichen den inneren Konflikt, der in ihm zu toben schien. Seine Enttäuschung über Mark's Widerstand ihm gegenüber. »*Du willst nicht? Bist Du echt so eine Muschi? Irgendjemand muss jetzt einfach sterben, Mark. Sowas kann ich nicht ungestraft lassen. So sind die Regeln. So ist das Leben. Wir alle müssen sterben. Die Einen früher, die Anderen später. Du weißt gar nicht, was das für ein Gefühl ist. Du würdest es lieben, Mark. Ein fremdes Leben in Händen zu halten. Im entscheidenden, letzten Moment in ihre Augen zu blicken. Es ist wirklich unbeschreiblich, Mark und ich will, dass Du es auch fühlst. Nur für einen kurzen Moment. Ich will, dass Du verstehst, was Du hier gerade verpasst.*« Erstmals wagt es Mark sich von seinem Platz zu erheben und ihm entschlossen entgegenzutreten. »*Nein, Adam. Ich will das nicht. Ich will kein Blut an meinen Händen haben und dieses Gefühl, dass Du da beschreibst, will ich auch nicht. Ich weiß, dass Du viel durchmachen musstest, aber das hier ist der falsche Weg. Sie haben dir nichts getan. Niemand in diesem Raum hat dir etwas getan. Nicht die Toten auf dem Flur, die Menschen mit denen wir gemeinsam den Sportunterricht besuchen. Auch nicht Herr Rockenfeller. Du bestrafst die Falschen. Ich kenne jeden einzelnen aus diesem Zimmer und es sind gute Menschen. Unschuldige Menschen.*«

»*Nein, nein, nein. Falsch, falsch, falsch. Niemand ist unschuldig, niemand! Du weißt das besser als jeder Andere hier! Sie wirken nur unschuldig, aber früher oder später werden sie jemanden verletzen, wenn sie es nicht schon längst getan haben. Das ist deren Natur. Das ist es, was wir aufhalten müssen. Uns! Was wir be kämpfen müssen und sei es mit Gewalt. Ich werde an ihnen ein Exempel statuieren, an das sie sich immer erinnern werden. Ich werde ihnen ihre Verfehlungen aufzeigen, sie mit ihren Sünden konfrontieren und sie dazu zwingen sich zu entschuldigen, zu gestehen. Bei mir und allen anderen da draußen! Und das vor den Augen der gesamten Welt. Sie alle hier werden mein Geschenk an diese Welt wertschätzen, oh ja, das werden sie. Sie werden es nicht einfach so vergessen.«* In einem Anflug von blanker Raserei wirft Adam sämtliche Bücher und Schreibutensilien auf dem neben ihm stehenden Tisch herunter. Er zwingt Herrn Rockenfeller sich flach auf den Boden zu legen, ehe er sich schnurstracks, wild mit dem Gewehr wedelnd, auf Mark zubewegt. *»Keiner von euch versteht, dass ich mit all dem hier Leben retten werde. Meine Tat wird Leben retten, ja, das wird sie. Und auch Ihr müsst Euren Teil dazu beisteuern. Auch ihr müsst Opfer bringen. Ihr alle seid nur zu blind, dass zu sehen.«* Er hält unmittelbar vor ihm, drückt ihm den Lauf des Gewehres an die Unterpartie des Kopfes. Mark zeigt keine Furcht, bleibt gefasst und wirkt konzentriert. *»Auch Du wirst es noch erkennen, Mark. Ja, Du wirst es erkennen, wenn der Zeitpunkt gekommen ist. So wie all die Anderen.«*

Mit ernstem Blick streckt Mark Adam sein Gesicht entgegen und verzieht es zu einer wütenden Fratze. *»Wie sollen sie etwas erkennen, wenn sie alle tot sind? Du bist es, der nichts kapiert, Du Idiot. Der nichts auf die Reihe bekommt. So wie immer, Adam. Der arme Ada von nebenan. Das Muttersöhnchen und bemitleidenswerte Bübchen ohne Haare am Sack. Du bist nichts weiter als ein Psychopath. Ein gestörter Freak, der es irgendwie geschafft hat, an eine Waffe zu kommen. Gib es doch zu. Ohne sie wärst Du doch nichts. Ohne sie bist Du nichts.«* Völlig außer sich lässt Adam von Mark ab, holt mit voller Kraft mit dem Gewehr aus und will ihn mit dem Schaft mitten ins Gesicht schlagen. Doch Mark reagiert sofort und packt noch in der Luft sofort mit beiden Händen fest zu, umschließt das erwärmte Metall, woraufhin eine wilde Rangelei entsteht. *»Los, lauft! Das ist Eure Chance!«* Das Kommando entfaltet direkt seine volle Wirkung. Alle Schüler beginnen panisch loszustürmen, fliehen kreischend Richtung Tür, während Adam sich weiter gegen Mark's Attacke zur Wehr setzt. Alle, bis auf Herrn Rockenfeller, sind längst auf den Beinen und stürmen los.

Schlag auf Schlag. Faust um Faust. Adam zeigt keine Hemmungen und stößt Mark sein Knie direkt in die rechte Seite des Leistenbereichs. Angeschlagen und laut kreischend holt dieser aus und versieht Adam's Gesicht mithilfe seiner langen Fingernägel mit tiefen Kratzern. Doch auch Adam bleibt unerbittlich, unterdrückt den Schmerz, während im Hintergrund einer nach dem anderen das Zimmer verlässt. Sein Plan gelingt. Ihre Flucht gelingt. Erst durch die Tür, dann über die leblosen Körper hinweg. Der Überlebenswille treibt sie hinaus und weiter voran, ohne zurückzublicken. Ohne einen Ausdruck des Dankes ihrem Retter gegenüber. Sie rennen. Überleben ist das Ziel. Die Aussicht auf eine blühende Zukunft ihr Ansporn. Selbst als sich ein weiterer Schuss löst und dieser sowohl ihre als auch die Gemäuer des Gebäudes zum Erschüttern bringt blicken sie nicht zurück. Sie verschwenden keinen Gedanken an das Zurückliegende. Sie rennen. Immer geradeaus. Sie rennen.

»Leute, bitte... Bleibt ganz ruhig. Ich bin es, Mark. Tut einfach was er sagt. Es ist Adam, er hat eine Waffe. Ich soll euch sagen, dass ihr euch flach auf den Boden legen sollt. Dann wird euch nichts geschehen...«

Er ist ein Held. Zumindest für die Schüler der Klasse 10d. Doch hier wusste noch niemand was Mark für seine Kameraden getan hatte. Viele würden erst später davon erfahren. Doch nicht alle. Er steht in der Tür, hält sich die Hand an den Kopf. Blut ist keines zu sehen. Dafür ein gewaltiger blauer Fleck, der sich gerade bildete. Er ist nicht derselbe Mensch wie noch vor wenigen Stunden. Es ist nicht derselbe Raum wie vor wenigen Minuten. Mark stand mitten im Raum der Klasse 10e. Raum 114. Und direkt hinter ihm, Adam. Bewaffnet und gefährlich mit tiefen Kratzern im Gesicht.

»Bitte, er wird mich sonst erschießen. Tut bitte was er sagt... ich flehe euch an.«

Mark fällt zu Boden. Die Verletzung in seinem Gesicht erschwert die Sicht. Der aus dem Iran stammende Lehrer für Physik und Chemie, Herr Thaghipoursafei, läuft direkt auf den Jungen zu. Er kennt seinen Namen nicht, aber das spielt für ihn keine Rolle. Für ihn war er ein Lebewesen in einer hilfsbedürftigen Situation. Für ihn war er ein Mensch.

»Nimm Deine scheiß Drecksfinger von ihm. Er kann alleine gehen.« Adam drängt sich in den Vordergrund und ermahnt den Lehrer mit vorgehaltener Waffe erneut, er solle gefälligst zurücktreten. Doch der Lehrer ignoriert jedwede Warnung, beabsichtigt nicht der Aufforderung Folge zu leisten. *»Er ist verletzt. Er braucht Hilfe. Ruf einen Arzt!«* Adam ignoriert die Blicke, die mit seinem Erscheinen sofort seitens der Schüler auf ihn gerichtet waren und fixiert den Lehrer, der für ihn nicht richtig spuren sollte. Er betätigt klammheimlich und kopfschüttelnd den Abzug. Der Schuss gleitet über

dem Körper von Mark hinweg und erfasst den über ihn gebeugten dunkelhäutigen Mann direkt am Hinterkopf. Mark schreit entsetzt auf, während Adam über ihn steigt und sich nunmehr der ganzen Klasse präsentiert.

»Ich sag Euch… was ich hier heute alles gesehen habe, ist wahrlich ein Armutszeugnis für diese Gesellschaft. Und da glauben die Leute wirklich, ich wäre der Irre hier? Leute, es ist Zeit aufzuwachen. Sich den Tatsachen zu stellen. Scheiße, der Wahnsinn ist echt allgegenwärtig und wirklich überall und in verschiedenen Formen zu finden. Aber er hier… dieser Typ… Taxispurseife oder wie er heißt… der schießt den Vogel ja nun echt mal richtig ab. Was ein Freak…« Mark bleibt liegen, wagt keinen Laut von sich zu geben. Es sind vorsichtige Bewegungen, die er nach hinten macht. Raus aus dem Rampenlicht, hinüber ins Abseits, während Adam die Bühne fühlt und füllt. *»OK. OK, OK, OK. Entspannen wir uns erstmal, Leute. In Anbetracht der Zeit mach ich jetzt nicht lange rum… werde jetzt keine Spielchen spielen und komme direkt auf den Punkt. Ich werde nun ein paar Namen nennen und ich möchte diese dann darum bitten, vorzutreten und uns zu begleiten. Der Rest von euch kann von mir aus zur Hölle fahren oder zum Himmel aufsteigen. Ist mir egal. Solange ihr mich unterstützt, meiner Aufforderung folgt, werdet ihr am Leben bleiben. Großes Indianer-Ehrenwort.«*

Neve. Yvonne. Verena. Tina. Thomas. Josh. Sechs Namen, die Adam dazu bewegen würden den Rest der Gemeinschaft zu verschonen. So lautet zumindest das Versprechen. Die Stimmung ist verhältnismäßig ruhig. Es zeigen sich keine offenkundigen Anzeichen einer Panik oder exzessiver Gefühlsausbrüche in Form von Heulkrämpfen oder Nervenzusammenbrüchen. Nur zögerlich treten die Namen hervor, verabschieden sich von ihren Kammeraden mit Umarmungen und tröstenden Worten. Sie vertrauen auf Adam's Versprechen. Der wankelmütigen Laune eines kaltblütigen Amokläufers.

»Helft ihm auf!« Mark ist gemeint. Thomas und Josh greifen seine Arme und bringen ihn in eine aufrechte Position. Mark bedankt sich und fixiert zugleich Neve, die in der linken Ecke neben der Tür den Tränen nahesteht. Er sagt ihr, dass alles wieder gut werden wird, dass er auf sie achten wird. *»Adam? Mein Gott, Du bist es wirklich.«* Es ist Yvonne, die sich nur mühsam aus der kleinen Gruppe nach vorne kämpft und ihrem Peiniger alsdann direkt gegenübersteht. Sie erkannte ihn sofort, auch wenn er seine Identität unter der Kappe ihr gegenüber zu verschleiern versuchte. *»Mein Gott, Adam. All diese Menschen. Wieso? Was hast Du getan? Was hast Du nur vor?«* Adam schweigt, ist einer Konfrontation mit ihr sichtlich abgeneigt. Er zeigt Anzeichen der Zurückhaltung. Ihr gegenüber. Gegenüber einem Menschen, der ihm augenscheinlich etwas bedeutete. Einer der Gründe, warum er diesen Klassenraum vor dem Beginn seines geplanten Tribunals aufsuchen musste. Scham. Ein Gefühl, welches ihm nicht erlaubt auf ihre Fragen zu antworten. *»Stell Dich bitte wieder zu ihnen, Yvonne. Ich will dir nicht wehtun müssen.«* Sie erkennt seinen inneren Konflikt, auch wenn sie ihn nicht versteht. Er will ihr keinen Schaden zufügen, auch wenn er an diesem Punkt selbst davor nicht zurückschrecken würde, sollte er sich dazu gezwungen sehen. Sie steht nur so da und sieht ihm dabei zu. Wie er die Spaltung der Gemeinschaft vorantreibt, diese verfolgt und damit neue Schicksalswendungen schafft. Ihr kommen Zweifel, ob er all das wirklich aus eigenem Antrieb tat. Ob nicht ein anderes Schicksal ihn zu all dem hier erst getrieben hatte. Vielleicht sogar sie selbst. Im Mittelpunkt ihrer Überlegung stand jedoch die Vermutung darüber, ob Adam sein Versprechen vor ihren Augen einzulösen gedachte. Das tat er. Sie durften gehen. All jene deren Namen nicht genannt wurden. Geordnet in Zweierreihen, mit der Auflage versehen, ruhig, stillschweigend und ohne hinter sich zu blicken, den Raum

zu verlassen. Nun waren es für ihn nur noch sieben Schicksale, die gelenkt werden mussten. *»Warum redest Du nicht mit mir, Adam? Das bist doch nicht Du, dafür kenne ich Dich zu gut. Sag es mir! Warum tust Du ihnen und mir das an?«* Sie kann es nicht verstehen. Sie kann ihn nicht verstehen. Er neigt den Kopf zur Seite und starrt sie direkt mit seinen wehleidigen und blutunterlaufenden Augen an. *»Du verstehst es wirklich nicht. Aber das wirst du noch, versprochen. Ich tu das für Dich! Das alles hier... ist nur für Dich, Yvonne.«*

Sie sind nun vollzählig. Die Auserwählten, die dem Zweck nun endlich dienen würden. Meine Tasche findet seinen Platz direkt neben dem Lehrerpult. Selbst das Gewehr ist zu schwer geworden. Also verstaue ich es sicher vor der Tafel und halte zur Abschreckung die 9-Millimeter sichtbar direkt vor meinen Körper. Der Akku steht bei 46 Prozent. Vielleicht werde ich eine Powerbank verwenden müssen. Ein Amokläufer, der seelenruhig sein Smartphone direkt vor den Augen seiner Opfer an ein Ladegerät anschließt macht keinen besonders guten Eindruck. Schon komisch, wie eine außerordentliche Situation den Wert einer natürlichen Handlung bestimmen oder verändern kann. Das 60-Minuten-Fenster ist seit wenigen Minuten geschlossen. Ich liege im Plan, die Toleranzen waren ohnehin sehr großzügig ausgelegt. Das File dürfte mittlerweile etwas mehr als 3,4 Gigabytes groß sein. Laut den letzten Speed-Tests dürfte der Upload über das Heimnetzwerk somit etwa 56 Minuten andauern, bis es vollständig auf den Zielservern abgelegt sein würde. Weitere vier Minuten bis das manuelle Linkbuilding abgeschlossen und die Verteilerstrukturen definiert worden sind. Das File wird wie ein Hurrikan über sie hineinbrechen. Unaufhaltsam. Es wird sich reproduzieren und die Welt revolutionieren. Es sind nicht weniger als 42 Seiten, auf denen die Verknüpfungen der virtuellen Clones gleichzeitig angezeigt werden. 7.311 Follower sind bereits unter dem Deckmantel gefakter Gewinnspielseiten registriert. „Verlosen 10.0000 Nationaltrikots! Um eins der begehrten Objekte zu 100% zu erhalten: Like, kommentiere und teile." Mehr Informationen brauchte es auf der Seite nicht. Die Gier automatisierte ihr Handeln. Diese Schafe stürzten sich geradezu darauf. Hauptsache umsonst. Ein quantitativer Erfolg, für den Kleinunternehmer und Startups mehrere Wochen oder Monate benötigen, binnen weniger Stunden, max. Tagen, von selbst erledigt. Das Ändern der Seiten-Überschriften wird mich nachher nicht mal eine Minute kosten und aus ahnungslosen Gewinnspielteilnehmern werden sensationsgeile Multiplikatoren. Steht der Content erst einmal online, wird er sich rasend-schnell vervielfältigen, die Besucherzahlen und Likes in die Höhe schnellen lassen. Das Fehlen von Aufmerksamkeit führt häufig dazu Aufmerksamkeit erregen zu wollen. Heute ist für analoge Nutzer in der digitalen Welt kein Platz. Ich schätze, es werden nach nur zehn Minuten bereits 10.000 Nutzer sein. Weitere 25-40 Minuten, bis die 100.000er Grenze der erreichten Personen überschritten sein wird. Bis zum Abend wird die ganze Welt hiervor erfahren haben. Millionen Menschen. Millionen verzweifelter und noch sensationsgeilerer Menschen. Die ganze Welt auf einen einzigen kleinen Bildschirm begrenzt. Zeit ihnen eine gute Show zu liefern.

Sie sprechen mich nicht an, bleiben schweigsam in ihren Ecken. Sie flüstern, tuscheln. Das gibt mir Zeit. Die Vorbereitungen sind beinahe abgeschlossen. Der Zugang steht, jetzt hängt alles nur noch von der Zuverlässigkeit der Angaben seitens der Hersteller ab.

Ich bin leider noch immer auf eine Direktverbindung angewiesen. Ich ziehe behutsam den kleinen schwarzen Kasten vom Gürtel ab. Als ich den Knopf drücke fängt das zuvor durchgängig gelbleuchtende Lämpchen an zu blinken. Die Übertragung läuft. Ich nutze die Zeit und lasse zwei Tische vor mir zusammenschieben. Zwischen den Kanten klemme ich senkrecht den via Bluetooth schwenkbaren Selfie-Stick. Mein ursprünglicher Gedanke war die Verwendung einer Kompaktdrohne, die über meinem Kopf ihre Runden drehen würde. Futuristisch. Zeitgemäß. Sie hätte mir bei allen Aktivitäten folgen können. Doch die Vielzahl hektischer Bewegungen, der sich das Gerät zwangsläufig ausgesetzt gesehen hätte, hätte die „Follow-Me" Funktion vermutlich total überfordert. In meiner Vorstellung spiegelten sich die hervorragenden Bilderfolgen wider, welche die Drohne ohne Zweifel problemlos hätte liefern können. Spektakuläre Kamerafahrten, Weitwinkelaufnahmen... ach. Es wäre wie im Kino. Echter. Emotionaler. Wirkungsvoll und sowas von innovativ. Tja, man kann eben nicht alles haben. Da heißt es dann eben doch „Back to the roots".

Die Kamera ist direkt auf mich gerichtet. Im Hintergrund ist der zappelnde Kopf von Herrn Ulrich zu sehen. Direkt vor mir, hinter der Kamera, meine Schulkameraden inklusive Anhang. Die Pistole richte ich gegen die Linse, es soll ein emotionsgeladener Auftakt werden. Unmissverständlich und volles Rohr in die Fresse. Ich warte darauf, dass das Blinken beginnt. Einen gewissen Grad an Nervosität kann ich nicht leugnen. Trotz mehrfachem Üben ist es immer noch wie bei einem Referat. Wenn der große Moment, auf den es ankommt, erst einmal da ist, läuft alles anders als erwartet. Aber auf das Folgende würde niemand wirklich vorbereitet sein. Es blinkt. Die Übertragung steht. Nun werde ich zu der Welt sprechen, zu Tätern und Opfern gleichermaßen. Es ist an der Zeit, die Stimme zu erheben und zu handeln.

»Guten Morgen, Welt. Ich... bin Adam. Ich stehe hier heute stellvertretend für all jene da draußen, einer kleinen Gruppe von Menschen, die es in der Vergangenheit versäumt oder es einfach nicht gewagt hat, die Stimme gegen euch, unsere Peiniger, zu erheben. Bevor ihr fragt, die Antwort lautet „ja". Ich habe Menschen getötet. Viele Menschen. Gleichermaßen Kinder wie auch Erwachsene. Naja, überwiegend eure Kinder. Warum? Weil es in jeder Stadt, in jedem Ort da draußen Menschen gibt, die es sich zur Aufgabe gemacht haben andere Menschen zu unterdrücken, zu versklaven und zu quälen. Auch wenn ich mit meinen Taten all das nicht verhindern werde... werdet ihr mir jetzt ganz genau zuhören!

Ich klage an! Das System und die Menschen, die es geschaffen haben. Die dem System angehören, ihm dienen, die daran glauben, es beschützen und verteidigen. Ich klage an! Euch... die Ihr nur auf euren eigenen Vorteil bedacht, dass Leben von Schwachen und Unschuldigen mittels Unterdrückung und Tyrannei zu unterwerfen versucht, es mit eurer Gleichgültigkeit beschmutzt und ihnen nicht die gleichen Rechte einräumt, die ihr euch selbst zusprecht. Ihr, die ihr diese Menschen tagtäglich aufs Neue malträtiert, ungestraft Verbrechen gegen die Menschlichkeit begeht und sie aus einer Laune heraus einfach ihrer Existenzgrundlage beraubt. Ich klage an! Mich selbst, der, wie sie, jahrelang tatenlos danebenstand, dass Unrecht gegenüber uns einfach ignoriert und es über sich ergehen lassen hat. Ich klage an! Weil es sonst niemand tut und es ansonsten immer so weitergehen wird. Ich klage euch alle an, die ihr euch meine Freunde und Brüder genannt habt.«

Stundenlang hatte ich die Einleitung geprobt. Es hilft, wenn man seinen Ansprechpartner nicht direkt sehen kann. Es schafft mehr Selbstsicherheit und Vertrauen für die eigenen Worte. Aber das alleine wird nicht reichen, um sich ihrer vollständigen Aufmerksamkeit gewiss zu sein.

»Mir ist bewusst, dass jeder von euch sehr bald schon meinen vollständigen Namen kennen wird. Mir ist bewusst, dass meine Taten von euch ab diesem Moment verurteilt und verachtet werden. Mir ist bewusst, dass ich vielen Menschen Kummer und Leid gebracht habe oder noch bringen werde. Ich werde das mit Sicherheit nicht beschönigen oder versuchen... dies alles hier irgendwie zu entschuldigen. Aber es muss endlich aufhören. Diese Lügen, dieser Verrat an uns. Ich... ich tue all das, weil ich daran glauben möchte, dass jeder Mensch sich ändern kann. Du und auch ich. Und dazu möchte ich dir hier und jetzt die Gelegenheit bieten. Euch. Der

Community. Denn eure Entscheidung wird darüber befinden, wer leben oder sterben wird. Ihr werdet von nun an dazu gezwungen sein nicht weiter wegzusehen und ebenfalls Verantwortung für das Handeln eurer Mitmenschen zu übernehmen. Ihr werdet ab sofort ein Teil von all dem hier sein. Fangen wir also gleich damit an.

Eure erste Aufgabe besteht darin, diesen Live-Stream zu erhalten. Jedes Leben in diesem Raum ist an das Schicksal dieses Inhalts und dem Fortbestehen dieser Botschaft geknüpft. Kopiert hierzu den Link aus der Beschreibung und verbreitet ihn. Bindet ihn in eurer Timeline ein, eröffnet weitere Konten, setzt alles daran, die Herkunft des Streams zu anonymisieren, seinen Quellcode zu beschützen, aber der Öffentlichkeit trotzdem zugänglich machen. Sagt euch zu keinem Zeitpunkt selbst, dies sei unmöglich. Hofft nicht darauf, behaupten zu können, dass es am Ende nicht auch eure Schuld war. Neigt nicht dazu, an meiner Entschlossenheit zu zweifeln. Diese habe ich bereits in den vergangenen 60 Minuten mehr als eindringlich unter Beweis gestellt. Und ich werde das weiter unter Beweis stellen.

Und nun... zu guter Letzt, eine Warnung an die Polizei. In habe nun 21 Menschen unterschiedlichen Alters und von mehr oder weniger Bedeutung für mein Vorhaben in meiner Gewalt. Es ist von nun an Ihre Aufgabe, deren Leben zu schützen. Die Regeln dazu sind einfach. Betritt die Polizei das Gebäude, töte ich alle. Schalten Sie den Strom ab, töte ich alle. Unterbinden Sie die Übertragung, töte ich alle. Sterbe ich vor Ablauf des von mir festgelegten Zeitfensters, werden Sie jede Entscheidung, die zu meinem Ableben geführt hat, bereuen. Machen Sie sich hier und jetzt klar, dass ich jeden Ihrer Schritte bedacht und vorausgeplant habe. Dies ist keine reine Verzweiflungstat ohne Sinn und Verstand. Oh nein. Ich bin organisiert und zu allem bereit. Zweifeln auch Sie besser keine Sekunde daran! Ich habe Waffen... und ich habe verschiedene Sprengsätze an un-

terschiedlichen Orten in diesem Gebäude platziert, die ich ebenfalls bereit bin, jederzeit zu zünden.

Ich werde nicht versprechen, dass jeder in diesem Raum überleben
wird. Meine Person eingeschlossen. Aber wie ich bereits sagte,
liegt die Entscheidung darüber, wer leben oder sterben wird, nicht
mehr nur alleine bei mir. Sie liegt nun mehr denn je auch in ihren
Händen. Sie haben ab sofort die Macht mehr als die Hälfte dieser
Menschen zu retten, wenn Sie bereit sind, meinen Regeln zu folgen... Über alles weitere wird ein unabhängiges Gericht, die Community der sozialen Medien, befinden. Nicht eure Gerichte. Nicht
länger die Korrupten. Fragen Sie sich also, ob Sie lieber hoch po-
kern und alles verlieren oder ob Sie Ihr Gesicht für die Öffentlichkeit wahren wollen. Bedenken Sie, dass jeder Ihrer Schritte von nun
an durch die Community weltweit überwacht werden wird. In absehbarer Zeit werde ich dazu bereit sein zu verhandeln. Ich appel-
liere also an...« Ein Schuss. Die Blicke gehen rüber zum Fenster. Es
war eindeutig ein Schuss. Ich greife nach meinem Handy, unter-
breche die Übertragung. Fuck. Mir wird schlagartig bewusst, dass
ich während der Liveschaltung beim Ertönen des Geräuschs zu-
sammengezuckt bin. Und alle haben es gesehen. Es wird Zweifel
sähen. Auch Mark hat es gesehen, denn er starrt mich an, so wie
all die Anderen. Sie werden glauben ich sei schwach.

Wer verdammt nochmal ballert da draußen rum? Und das auch
noch unmittelbar vor dem Gebäude, obwohl wir uns eindeutig im
2. Zwischengeschoss befinden. Ich gehe zum Fenster und sehe die
ersten Schaulustigen, die sich vor dem Gebäude versammeln.
Arschlöcher. Doch was ist das? Blaulicht. Ein Polizeifahrzeug, ganz
am anderen Ende der Straße, das sich zu verstecken versucht. Die
Ratten sind schon da. Aber es ist nur ein Fahrzeug. Unmöglich. Viel
zu wenig. Mein Blick gleitet hinunter zum Haupteingang. Da laufen
Kinder. Fuck. Ich sehe gerade noch so, wie ein Mann in Uniform die
Schule betritt. Fuck. Fuck. Fuck. Ich schreie es so laut raus, wie ich

kann. Ich muss die Ruhe bewahren. Ich darf nicht in Panik verfallen. Nicht jetzt. Nicht ehe der vermeintliche Live-Stream online geht. Es würde erst in wenigen Minuten das World-Wide-Web erreicht haben. Dieses beschissen-lahme Tor-Netzwerk. Ein als Vorteil erdachter Gedanke wird mir gerade sowas von zum Nachteil. Fuck. Das ist einfach nur **Fuck**.

Keine Zeit. Ich muss schnell handeln. Das Gewehr ist meine erste Anlaufstation, dann die Tasche. Diese scheiß Tasche wiegt Tonnen, hinterlässt Striemen auf meiner Haut. Die erdrückende Last schmerzt mittlerweile mehr als die tiefen Kratzer in meinem Gesicht. Ich greife hinein, suche nach einer weiteren DM15, HC. Keine Zeit sie zu fixieren, alles muss jetzt schnell gehen. Dieser Typ ist allein, ich habe also gute Chancen ihn unten abzufangen. Ich ziehe den Stift und lasse die Granate einfach hinter mir zu Boden gehen. Sie kreischen, glauben, sie würden gleich in tausend Stücke gesprengt werden. Wie zu erwarten war, werfen sie sich übereinander, suchen Schutz hinter den Möbelstücken. Ich schließe in der Zeit ab und überlasse sie dem Gas, der den Raum ab sofort Zentimeter für Zentimeter füllen wird. Sie werden es überleben. Zumindest glaube ich, dass es so sein könnte.

Ich erfuhr von den Ereignissen durch einen Passanten, der vor dem Laden panisch an die Scheibe klopfte und mir die Timeline seines Social-Media-Profils zeigte. Es kam nicht über Funk, was nur schwer vorstellbar schien. Mir blieb keine Zeit auf Lisa zu warten, die vor zehn Minuten für die Frühstückseinkäufe im Supermarkt verschwunden war. Sofort, als ich den Namen der Schule gehört hatte, startete ich den Motor des Streifenwagens und drückte auf das Gaspedal. Hannah. Meine liebe, süße Hannah. Man wünscht sich insgeheim immer, dass einem selbst derartiges erspart bleibt, doch sicher kann man sich niemals sein. Jedes Mal, wenn wir darüber in der Gruppe sprachen, trichterte man uns ein, dass Emotionen in solch einem Moment fehl am Platz seien. Man bereitete uns in dem zweistündigen Seminar darauf vor, welch grausame Bilder einen erwarten konnten und wie wichtig es sein würde, einen kühlen Kopf zu bewahren. Für den Erfolg, wenn man in so einer Situation davon überhaupt reden kann, sei es von entscheidender Bedeutung, die Reaktionszeit so niedrig wie möglich zu halten. Sofort richtig zu reagieren. Kinder. Es waren alles noch Kinder. Also reagiere ich. Es ist schließlich auch mein Kind.

Ich reiße das Fenster runter und brülle den Rentner mit der vollbepackten Tüte Brötchen auf dem Zebrastreifen an, er solle gefälligst seinen stockgestützten Arsch bewegen. Das Horn ertönt so laut, dass er sie allesamt auf der Straße verteilt. Ich ziehe rüber, nutze den Gehweg, um die Behinderung zu umfahren. Sie wussten nichts von der Gefahr, würden vielleicht beim gemeinsamen Frühstück am Fernseher davon erfahren. Ich biege in die nächste Straße ein. Alles frei, was ich innerlich begrüße. Ich scheiß auf die Verkehrsregeln, das Gesetz wird nun ausgesetzt. Es mussten 70 oder sogar 80 Stundenkilometer gewesen sein, die ich innerhalb der

30er Zone auf den Asphalt gebracht hatte. Ich greife zum Funk und erkundige mich nach dem Status. Stille. Dann ein Rauschen. Die Panik schien wohl bereits um sich zu greifen. Auf sowas sind wir in der Dienststelle definitiv nicht vorbereitet. Auch wenn wir nach so einer Tat jedes Mal kurz darauf Infoveranstaltungen für die Öffentlichkeit geben und aktualisierte Notfallpläne mit passenden Broschüren an die Schulen verteilen. Mehr Schein als Sein, um die Gemüter zu beruhigen und die Bevölkerung nach einem Trauma in die Normalität zurückzuführen. Ich weiß das und es jagt mir eine scheiß Angst ein. Du kannst niemanden auf so etwas vorbereiten.

Verflucht, ist das nun der Blütenweg oder die Kastanienstraße? Seit unserem Umzug habe ich sie vielleicht viermal zur Schule gebracht. Ein Umstand, den ich gerade zutiefst bereue. Ich hoffe immer noch, dass sich die Medien geirrt haben. Es sich um einen Fehlalarm oder doch um ein anderes Schulgebäude handelt.

Da ist es. Direkt vor mir. Einige Wenige hatten sich bereits vor dem Gebäude versammelt. Ich konnte nur vermuten, dass es sich hierbei um Schaulustige handelte. Die Evakuierung des gegenüberliegenden Gebäudes war bereits im vollen Gange. Die Lehrkräfte schienen der Situation Herr werden zu wollen. Doch wo sind meine Kollegen? Wo sind die Einsatzfahrzeuge, die für die Koordination und solche Überführungen aufgrund ihrer Ausbildung eher qualifiziert waren. Ich schalte das Licht ein, damit einige Personen zur Seite treten. Diese Idioten stehen direkt davor, könnten im Ernstfall selbst beschossen werden. Ich fahre das Fenster runter und rufe ihnen zu, sie sollen sich zu ihrem eigenen Schutz vom Gebäude fernhalten. Sie sollen nach Hause gehen. Aber ich bin nur ein Mann mit nur einem stillen Blaulicht auf dem Dach. Draußen konnte ich damit nichts bewirken. Ich parke nicht direkt vor dem Eingangsbereich. Ich will dem Täter oder den Tätern keinen Grund liefern in Panik zu verfallen. Er oder sie könnten sonst ihr Vorhaben beschleunigen und sich unter Zeitdruck auf irrwitzige Ideen einlassen. Diese Kerle sind unberechenbar. Erneut mache ich eine Durchsage über Funk, melde meine Ankunft am vermeintlichen Tatort.

»David, bleib wo du bist. Unterstützende Einheiten sind bereits auf dem Weg.«

Erstmals gibt die Zentrale ein Lebenszeichen von sich. Dableiben und abwarten. Die Situation einschätzen, bewerten und das Risiko einer Gefahr für umliegend betroffene Bürger aktiv senken, anschließend auf Unterstützung warten. Für einen Polizisten ist dies das kleine, grob überschlagende Einmal-Eins, wenn du als Ersthelfer am Einsatzort eintriffst. Jeder Polizist hat sich daran zu halten, hat in erster Linie aber vor dem Schutz der Bürger den Selbstschutz sicherzustellen. Erst dann den Schutz indirekt von der Gefahr betroffener Parteien. Jeder Polizist beherrscht es. Ein Vater nicht. Ich öffne die Tür des Streifenwagens und suche nach dem Aussteigen Deckung hinter dem Fahrzeug. Erneut ermahne ich die umliegenden Personen, sie sollen endlich verschwinden. Von mir aus konnten sie hinter meinem Wagen weitergaffen.

Seit November 2006 haben sich die Richtlinien und Vorgehensweisen für derartige Einsätze weitestgehend verändert. Es gilt im Idealfall den Täter schnellstmöglich unschädlich zu machen. Früher durfte niemand von uns das Gebäude betreten. Zumindest solange nicht, bis die Grundrisse geprüft, ein abschließender Einsatzplan vorgelegt und ein bestimmtes Maß an gebündelten Kräften vor Ort die größtmögliche Erfolgschance in Aussicht stellte. Die erste viertel Stunde ist entscheidend, dass war und ist die bittere Erkenntnis. Sind die Einsatzkräfte in der Lage, die Situation sofort zu klären, ohne sie noch weiter eskalieren zu lassen, so waren sie dazu verpflichtet einzuschreiten. Plural. Ich bin allein. Die Erfolgsaussichten sind verschwindend gering. Keine Rückendeckung, kein Kollege, der im Zweifelsfall einschreiten würde. Wenn es hochkommt, schafft es das SEK vielleicht in 20-25 Minuten hierher. Eine Zeitspanne, in der ein Amokläufer seine Opferzahl verdoppeln oder sogar verdreifachen könnte. Das geschulte Handlungskonzept beruhigt nur bedingt. Wir trainierten bisher immer zu zweit, niemals allein. Ein Verschulden, für das ich mich später verantworten müsste. Auch das Fehlen der in der Simulation verwendeten ballistischen Schutzdecken stellte einen erheblichen taktischen Nachteil dar. Ein zweistündiges theoretisches Seminar. Eine Trainingseinheit in Sportklamotten in einer Turnhalle und eine gelbe schusssichere Schutzweste im Kofferraum, die maximal den Rücken- und Brustbereich abdecken würde, war alles was mir neben meiner Walther P99 zur Verfügung stand.

Hannah. Ich nehme allen Mut zusammen und schließe die Tür des Dienstwagens. Zum letzten Mal weise ich die Leute an, dass sie Deckung suchen sollten. Neben dem erhöhten Wiesenareal, direkt gegenüber von dem Standort der Lehrerparkplätze, der zum Eingangsbereich hinaufführte, halte ich inne und prüfe nochmals die Lage. Es fallen keine Schüsse, alles ist verdächtig still. Innerlich hoffe ich, dass der Täter sich längst selbst gerichtet hat und es meiner Hannah gut geht. Sie muss Todesängste ausstehen. Die Tür zum Eingangsbereich ist mit einer Kette verschlossen. Das Glas weist einen Riss auf. Ein Indiz dafür, dass der Täter selbst hierfür gesorgt hatte, um sich nicht stören zu lassen. Niemand sollte entkommen dürfen. Aber Eindringen dürfte auch niemand. Zur Sicherheit prüfe ich, dass die Waffe entsichert und das Magazin vollständig geladen ist. Zwar mach ich das immer vor Dienstbeginn, aber in so einer Lage prüft man es erneut. Dass meine Waffe heute Verwendung finden würde steht außer Zweifel. Ich verabschiede mich von der Hoffnung, dass das alles nur ein schlechter

Scherz oder ein Traum ist. Nein, dieser Moment war real. Und noch nie, in meiner langjährigen Dienstzeit, hatte ich so die Hosen voll, wie in diesem Moment.

Ein Rascheln zu meiner Linken. Instinktiv lasse ich meine Waffe hervorschnellen und richte sie gegen das Gebüsch, neben dem Kirschbaum mitten auf dem Wiesengelände. *»Hey, halt nicht schießen, Fuck! Mann, ich bin froh, dass sie endlich da sind. Wo ist die Kavallerie?«* Ich blicke in das Gesicht eines jungen Mannes, der statistisch gesehen, rein nach seinem Äußeren zu urteilen, nicht der Täter sein konnte. *»Wer sind Sie und was machen Sie hier?«,* frage ich den jungen Mann, der sich hinter einem Blumenkübel hinter mir in Stellung und Deckung bringt. *»Mein Name ist Markus Kehl. Ich bin Lehrer an dieser Schule und meine Frau... Freundin ist noch immer in dem Gebäude. Wir müssen da rein und sie rausholen!«* Der Mann wirkt sichtlich erregt und fassungslos. Ich erkundige mich nach der gegenwärtigen Sachlage und ob es irgendwelche Hinweise auf den oder die Täter gibt. Er berichtet mir, dass die Schüsse seit ein paar Minuten eingestellt wurden und er zusammen mit dem Hausmeister seitdem versuchen würde in das Gebäude zu gelangen. Mutig, möchte ich am liebsten anmerken. Doch es steht mir nicht zu, Zivilisten zu solchen Taten zu verleiten oder diese diesbezüglich weiter zu motivieren.

Er gibt mir präzise Informationen darüber, wo sich was im Gebäude befindet. An welcher Stelle die letzten Schüsse zu hören waren und aus welchen Örtlichkeiten noch bis vor wenigen Minuten Rauch aufstieg. Das Drama hatte sich überwiegend im Mittelteil des Komplexes abgespielt, dort wo seitens Herrn Kehl die meisten Klassenräume aufzufinden waren. Er deutet auf den Leichnam, der vor weniger als einer Stunde aus dem Fenster geworfen war. Ein Herr Meurer, für den es angesichts der Höhe und der Verletzung keinerlei Rettung mehr gab. Er berichtet mir zudem von dem weißen Rauch, der kurz vor den weiteren Schüssen aus dem Nebenteil ausgewichen war und zu hell für ein ausgebrochenes Feuer schien. Eine These, die ich angesichts der fehlenden Flammen bestätigt sehe. Allerdings eine beunruhigende Entwicklung, die mir zweifelsfrei suggeriert, dass der Täter seinen Standort wohl häufiger verlagert hatte und somit überall sein konnte. Weiterhin musste er über taktische Instrumente verfügen, die das Gefahrenpotential, das von ihm ausging, erheblich erhöhte. Auch der Zeitbezug der einzelnen Aktionen vermittelte mir eine erste logisch-rationale Schlussfolgerung in Bezug auf die Anzahl der Täter. Die Ereignisse erfolgten linear und aufeinander aufbauend, was die Wahrscheinlichkeit erhöhte, dass es sich nur um einen Täter handelt. Ich schaue mich um und versuchte mich mittels der Daten in einer letzten zielorientierten Einschätzung.

»So sehr ich Ihre Mitarbeit und ihren bisherigen Einsatz zu schätzen weiß, Herr Kehl, ich muss sie nunmehr bitten hier zu bleiben! Ich muss jetzt dort hinüber zum Eingang. Ich muss mir eine Übersicht der Lage verschaffen. Sie würden mich angesichts Ihres zerrütteten Zustandes dabei vermutlich nur behindern. Unterstützen Sie mich, indem Sie hier draußen dafür sorgen, dass sich niemand dem Gebäude nähert. Führen sie Schüler und Schaulustige weg, so weit es nur irgendwie geht und warten sie auf das Eintreffen meiner Kollegen und Kolleginnen.« Er brauchte eine Aufgabe, dessen war ich mir sicher. Er konnte ebenso wenig wie ich nur so dastehen und warten. Ich mache unmissverständlich klar, dass nur ich mich dieser Gefahr aussetzen durfte und werde. Auch wenn ich in diesem Moment ebenso befangen schien wie er.

Konzentriert bewege ich mich auf den Eingangsbereich zu. Seitlich, um meine Präsenz angesichts der großflächigen Glasfront zunächst verborgen zu halten. Ich wage einen Blick und erkenne wenige Kinder, die in der Aula verwirrt umherirren. Ich sehe im Zentrum die Leiche eines Jungen, dessen Körper grausig entstellt, mittig von ihnen, daliegt. Sie steigen entweder panisch über ihn drüber oder rennen hektisch im großen Bogen an ihm vorbei. Hannah. Großer Gott, wo bist du da nur hineingeraten, Kleines? Ich zögere keine Sekunde und bewege mich weiter zur Tür. Der Täter ist nicht zu sehen. Ich prüfe das Schloss, kann die Tür nicht öffnen. Die Kette, unmittelbar auf Höhe meiner Hüften, welche die Türen verschlossen hält. Noch ehe ich mich auf die Situation neu einstellen konnte warf sich das erste Kind mit voller Kraft gegen das Glas mit dem Riss darin. Sie konnte maximal dreizehn oder vierzehn gewesen sein. Ein kleines zierliches Geschöpf schmeißt sich wie ein orientierungsloser Zombie panisch gegen die Tür, ohne überhaupt darüber nachzudenken, welche Konsequenzen ihr Handeln für ihre Gesundheit haben würde. Der Drang, nach draußen zu gelangen, lässt alle Sinne verstummen. Sie fällt natürlich zurück auf den Boden, richtet sich sofort wieder auf und wirft sich ein weiteres Mal exakt an die gleiche Stelle. *»Hör auf, Kleines!«* Ich kann es nicht mit ansehen, nur noch schreien, vergesse dabei, dass mich das Monster im Inneren dadurch hören und ich ihn damit anlocken könnte. Der Anblick ist furchtbar.

Es werden immer mehr. Meine Anwesenheit und die Uniform rufen Hoffnung hervor. Sie wirkt wie ein Magnet, denn der Zustrom nimmt zu. Mir bietet sich ein Schauspiel wie in einem postapokalyptischen Spielfilm, in dem tausende ausgehungerte und durstige Sklaven und Streuner sich hilferingend an dem Punkt versammelten, an dem sie Wasser vorzufinden glauben. Sie stoßen ihre stellenweise blutverschmierten Hände an das Glas, klopfen und schreien. Sie ahnen nicht, welcher Gefahr sie sich gerade aussetzen. *»Holt uns hier raus!«* *»Sie werden uns umbringen!«* Ihre Schreie fühlen sich wie Nadelstiche an. Ich höre Namen der Gefallenen. Ihre Angaben wirken widersprüchlich. Ein ständiger Wechsel, von „ihm" zu „sie". War es nun nur ein Täter oder doch mehrere? *»Holt uns hier raus!«* Zumindest hier waren wir uns alle einig. Ich schlage mit dem Schaft meiner Waffe gegen den Riss. Welcher Idiot hatte gerade hier Sicherheitsglas verbaut? Ein Umstand, dem ich im Nachgang an diese Geschichte nachgehen würde. Ich hämmere und trete, doch das Glas will einfach nicht nachgeben. Die Zeit arbeitet gegen mich. Es sind nun gefühlt 50 Personen, die sich gegen die Tür stemmen. Mir gehen die Optionen aus, doch ich musste einen Weg finden. Ich musste sie alle retten. Ich musste zu Hannah.

»Geht zurück!«, schreie ich. Mein Plan richtet sich gegen jene Stelle, an der das Glas die größten Beschädigungen aufwies. Während die Vorderen meine Absicht erkennen und zurückzuweichen versuchen, drängen die hinteren Parteien weiter voran. Ich muss abwarten. Der Abstand muss groß genug sein, damit ich niemanden verletze. Immer wieder presst sich ein neuer Körper an das Glas, was meine Bedenken erhöht. Der Winkel musste so spitz wie möglich ausgelegt sein. Verdammt, sie müssen zurück, doch nichts hilft. Sie hören nicht zu. Die Panik wird mit jeder Sekunde größer. Eine selbstgesetzte Frist scheint hier nun der einzige Ausweg. Ich schließe die Augen. Zuletzt bemerke ich noch, dass sich womöglich die Flugbahn der Kugel gegen einen kleinen Jungen richtet. Ich ignoriere die Bedenken. Dann zähle ich einfach bis drei.

Der Schuss fällt, gefolgt von panischen Schreien. Im ersten Moment bin ich wie gelähmt, habe mich selbst betäubt und handlungsunfähig gemacht. Der Junge geht nicht direkt zu Boden. Sie zerren ihn herum, damit sie sich den Weg zur Freiheit erkämpfen konnten. Erst dann steigen sie über ihn. Sie warten nicht, bis das Glas vollständig herausgetreten ist. Sie ignorieren den Schmerz der Schnitte, weil es ihnen der Überlebenswille untersagt. Verzweifelt pack ich die Waffe weg und werfe mich den Kindern entgegen. *»Der Junge… gebt mir den Jungen!«* Ich lasse niemanden mehr durch. So lange, bis sie ihn mir aushändigen. Nun war ich es, der die Anderen zurückzudrängen versuchte. Vergeblich. Sie wollten einfach angesichts der bevorstehenden Freiheit keine Vernunft annehmen, was ich ihnen nicht einmal verübelte. Doch jetzt war es mehr denn je an der Zeit, dass sie nicht nur an sich selbst dachten. Ich greife nach seiner Hand, doch der Kontakt wird durch das Gerangel immer wieder unterbrochen. *»Gebt mir den Jungen, verdammt nochmal! Ihr werdet ihn tottreten!«* Ich bin fast geneigt loszulassen, aufzugeben. Meine Rufe haben keinen Zweck. Sie reagieren wie eine aufgescheuchte Bison-Herde. *»Moment, ich helfe Ihnen. Justin, Klara, zurück mit euch! Helft ihm auf! Rettet den Jungen!«* Ich traue meinen Augen nicht. Herr Kehl hatte sich zusammen mit einer weiteren Person zu mir hinaufbegeben. Ich spüre, wie der Druck, der sich gegen mich aufbäumte, nachlässt und sich der kleine Körper Richtung Ausgang bewegt. Mit vereinten Kräften schaffen es die Beiden dann tatsächlich ihn zur Seite zu zerren, woraufhin der Rest der Meute ohne weitere Hindernisse nach draußen gelangen konnte. Erleichterung. Ich sehe hinüber und beobachte, wie sich der Brustkorb des Jungen auf und ab bewegt. Er lebt und das ist alles worauf es mir in diesem Moment ankommt.

Der andere Mann, den Herr Kehl ständig mit „Heini" ansprach, beugt sich vor und leistet Hilfestellung bei den anderen Kindern. Sie funktionieren angesichts der prekären Lage, handeln instinktiv richtig. Doch mir bleibt keine Zeit zum Verschnaufen. Hannah. Sie war nicht unter den Kindern. Ich wusste nicht einmal in welchem Stockwerk sich ihr Klassenzimmer befand. Ich richtete mich auf und wartete, bis der letzte Teenager durch das schmale Loch gekrabbelt war. *»Schaffen Sie den Jungen zu einem Arzt! Bringen Sie die Anderen in Sicherheit!«* Dies sollten die letzten Worte sein, die ich an die beiden Herren richten würde. Mit dem Schaft meiner Walther entferne ich das übrig gebliebene Glas oberhalb des schmalen Zuganges. In Gefechtsbereitschaft zwänge ich mich hindurch und stehe nunmehr mittendrin, was das Unbehagen in mir exponentiell ansteigen lässt.

Zunächst wage ich nur wenige Schritte voran, halte die große Treppe zu meiner linken als auch den Nebeneingang zu meiner Rechten im Wechsel im Blick. Der lange Flur, direkt neben der Treppe, ist dunkel und menschenleer. Dort wo sich das Sekretariat befand würde ich nicht so ohne weiteres verdächtige Aktivitäten ausmachen können. Ich bezweifle allerdings, dass sich der Täter im Erdgeschoss verschanzt hatte. Videospiele und verantwortungslose Bay-Filme hatten die aktuelle Generation auf das Umsetzen taktischer Manöver bestens vorbereitet. Mit Entsetzen muss ich allerdings feststellen, dass der Leichnam, der sich mitten in den Stühlen verankert befand, verschwunden ist. Meine Blicke wandern über die gewaltige Räumlichkeit und begeben sich auf die erneute Suche. Und ja, ich lag mit meiner Vermutung richtig. Sie hatten den Körper in ihrem Wahn vollständig niedergetrampelt und einfach vor sich hergeschoben. Ganze sieben Meter weit, verborgen unter einem der umgeworfenen Pappaufsteller. Ich ignoriere ihn, muss meine Sinne auf die vor mir liegende Aufgabe richten. Erneut blicke ich zur Treppe hinauf. Nichts. Dann blicke ich zum anderen Eingangsbereich, der noch immer verriegelt schien und entdecke im Augenwinkel das wilde Wedeln zweier blutverschmierter Arme, die auf sich aufmerksam zu machen versuchten. Ich erkenne zwei, vielleicht drei Personen, die sich in einem gläsernen Raum aufhielten. Um sie herum Musikinstrumente und eine Art Barrikade, die sie unmittelbar vor der Tür errichtet hatten. Viel beunruhigender war die Tatsache, dass eine Blutspur direkt mittendurch in den Saal hineinführte. *»Geht es euch da drin gut?«* Ich wage nur zu flüstern, hatte ich bereits genug auf meine Präsenz aufmerksam gemacht. Der jüngere der Beiden blickte mich zunächst nur versteinert an, ehe er mit dem Kopf zu schütteln begann. Zusammengekauert in einer Ecke ließ sich selbst für einen Laien eindeutig feststellen, dass dieser Junge erheblichen psychischen Schaden davongetragen hatte. *»Wir haben hier drinnen einen Verletzten. Er braucht dringend Hilfe.«* Ich trete näher. Weiter rechts war ein weiterer Junge, erheblich älter. Mein Gott, hatte man ihn übel zugerichtet. Er schien allerdings noch am Leben zu sein. Doch sie hatten sich verbarrikadiert, das Musikzimmer beinahe in einen gläsernen Sarg verwandelt. Wäre der Attentäter hier vorbeigekommen, sie wären leichte Ziele gewesen. Er musste also noch oben sein.

Schritte aus dem Nebenteil. Ich wende meinen Blick ab, werde mir wieder meiner Aufgabe bewusst. Beinahe nebensächlich deute ich hastig auf das Loch hinter mir, wohin die drei auch endlich verschwinden sollten, nachdem sie sich den Weg wieder freigetragen hätten. Die Schritte werden lauter. Ich scheue nicht die Angst und betrete vorsichtig und mit erhobener Waffe das Nebengebäude. Ich tappe in die Ungewissheit, bis der erste Fuß am oberen Treppenansatz zu sehen ist.

»Runter auf den Boden, Arschloch! Hörst du schwer? Du sollst dich auf den Boden legen!« Ich schreie so laut, dass mich selbst der Papst in Rom nicht hätte überhören können. Ich nehme einen festen Stand ein, ziele mit Kimme und Korn auf den unteren Bereich der verdächtigen Person, die angesichts Statur und Schuhgröße nur männlich und zwischen 16 und 18 Jahre alt sein konnte. Noch leistete er meinen Anweisungen keine Folge. *»Hör zu, Junge, ich will dass du mir deine Hände zeigst, OK? Ich schwör bei Gott, ich schieß dich sonst hier und jetzt über den Haufen.«* Die Anspannung in mir wächst. Alle Anderen hatten sich hier unten versammelt, suchten den direkten Weg in die Freiheit. Warum also gerade dieser Junge das nicht tat, würde ich wohl jeden Moment im Anschluss erfahren.

*»Hören Sie, ich hab mich oben im Anbaubereich versteckt. Da sind
noch Andere. Dann hab ich gesehen wie alle rausgerannt sind...
ich... will nur hier raus... bitte, erschießen sie mich nicht!«* Ich weise ihn an, einen Schritt vor den anderen zu tun, langsam und vorsichtig, und mir dabei ständig seine Hände zu zeigen. Doch als ich
den ersten Ansatz der Gesichtskonturen sehe geht es mit mir
durch. *»Scheiße, auch noch ein verfickter Araber. Ist das hier eine
religiös motivierte Tat, häh? Bist du Islamist? Verfluchte Scheiße...«* Ich verlor angesichts der jüngsten Anschläge in Berlin und
München komplett die Kontrolle über mich selbst. Auch wenn es
sich bei dem Jungen womöglich nur um ein weiteres Statistikopfer
handeln würde, ruft mein Innerstes mich zur erhöhten Wachsam-
keit auf. *»Wie lautet dein Name?«* *»Ismael, mein Name ist Ismael
Müller. Ich bin hier geboren! Ich bin Deutscher und ich bin ganz
sicher kein Terrorist.«*

Die vergangenen Ereignisse liegen noch immer schwer im Magen
und lassen kaum Spielraum für blindes Vertrauen. *»Beweis es!
Nenn... nenn mir die 10 Gebote!«* Keine Ahnung wie ich darauf
gekommen war. Ich höre, wie hinter mir Gegenstände hin- und
hergeschoben werde. Die drei Jungs haben mit ihrer Arbeit begonnen. Ich fühle mich von ihnen abgelenkt, muss mein Ziel immer wieder neu erfassen. Er steht weiterhin auf der Treppe und
wagt keinen weiteren Schritt. *»Hör mir zu Ismael! Ich hab dir gesagt, du sollst dich auf den Boden legen. Wenn du die Wahrheit
sagst, dann wird sich das bestimmt alles aufklären... aber für den
Moment, tu dir selbst einen Gefallen... und leg dich bitte auf den
verdammten Boden!«* Widerwillig und mit verachtetem Blick mir
gegenüber hebt er den Fuß, um den letzten Schritt hinunter zum
Erdgeschoss zu vollziehen. Doch da ist es schon wieder. Nun sind
es beide. Beide vernehmen plötzlich weitere Schritte, die durch
die Flure hallen. Schnelle Schritte. Schritte, die ganz in der Nähe
genauso schnell zum Stillstand gekommen waren, wie sie auftra-

ten. Ismael schaut mich an und schüttelt mit dem Kopf. Er ahnt als einziger was uns nun erwarten würde. Mit einem Male ertönt ein ohrenbetäubendes Donnergrollen.

»Du sollst nicht töten…«, schreit plötzlich jemand aus dem Verborgenen, weit oberhalb des Treppenabsatzes. Weniger Meter von dem Standort entfernt an Ismael gerade zu Boden gegangen war. *»…aber wen juckt das schon an einem Tag wie heute, Bulle?«* Ich warf mich sofort nach rechts, hinüber an die Wand des nächstliegenden Abstellraumes und gegenüber von den mietbaren Schließfächern. Ich gebe sofort einige Schüsse in seine Richtung ab. Mit Entsetzen muss ich mit ansehen, wie literweise Blut aus dem armen Körper des jungen Ismaels herausströmt und sich vor meinen Füßen ausbreitet. Ich scheue die Berührung nicht. Es war mein Irrglaube, der ihn das Leben kostete. Aus der Wut heraus feuere ich erneut. Es brauchte einige Sekunden, ehe sich alles in mir sammeln konnte. Sofort begebe ich mich in die antrainierte Gefechtsposition, genauso wie ich es auf der Universität gelernt hatte. Bereich sichern und Situation bewerten. Der Treppenansatz ist leer. Der Angreifer bleibt weiter im Verborgenen. Ich gebe mir einen Ruck und ziele hinauf, löse meine Deckung. Sobald er sein mieses Gesicht zeigen würde, würde ich es ihm wegschießen.

»Haaaalllllo, Herr Polizist. Ich möchte Sie im Namen unserer Schule herzlich bei uns begrüßen und hoffe, dass Sie mit unserem heutigen Tagesprogramm mehr als zufrieden sein werden. Wir bieten Spannung, Spiel und jede Menge Abwechslung… das kann ich Ihnen sagen. Sie sind allerdings etwas früh dran. Früher als erwartet eingetroffen. Bedauerlich. Besonders für den kleinen Ismael, der soooo kurz vor seinem Ziel stand. Wirklich, wirklich tragisch.«

Er verhöhnt mich, zieht die Worte mit einem hellen Unterton in die Länge. Ein pubertierender Halbstarker meint sich gegen mich auflehnen zu können. Dennoch muss ich mir eingestehen, dass seine Position der meinen weit überlegen war. Ich würde es erdulden müssen. Für den einen, richtigen Moment.

»Ismael ist jetzt bestimmt im Paradies angekommen. Unverdient, wie ich finde. Er hätte viele seiner Mitschüler retten können und hat es doch nicht getan. Ein Feigling, der sich lieber versteckt statt zu kämpfen und zu sterben. Mach dir also bitte nicht zu viele Sorgen, Herr Polizist. Er war nur ein weiteres Stück Scheiße, wie der Rest der Wichser, die hier drinnen verreckt sind. Dem solltest du wirklich keine Träne nachweinen. Hörst du mich? Kannst du mich hören, Herr Polizist? Es ist nicht deine Schuld.«

Meine Blicke wandern wieder. Ich suche nach einem Ausweg. Einer Möglichkeit ihn überraschen zu können. Vergebens. Würde ich auch nur einen Schritt zurück in den Aula-Bereich wagen, ich wäre eine gefundene Zielscheibe für ihn. Mir bleibt also nichts weiter übrig, als in die begonnene Konversation einzusteigen und ebenfalls das Wort an ihn zu richten.

»OK, Junge. Du hast meine Aufmerksamkeit. Was machen wir jetzt? Bleiben wir hier sitzen, bis meine Kollegen eintreffen und dir das Licht ausknipsen? Oder kommst du runter und wir klären das wie echte Männer? Ich kämpfe, aber sterben werde ich heute garantiert nicht. Du musst dir ja ziemlich toll vorkommen, auf wehrlose Menschen zu schießen. Warum versuchst du es nicht mal gegen jemanden von deiner Größe? Jemand, der sich auch wehren kann. Was hältst du davon, junger Mann?«

In der Grundausbildung riet man uns in derartigen Situationen zu einer Gefährderansprache. Ein Irritationsgespräch, welches den Täter von seiner geltenden Motivation ablenken und ihn verwirren soll. Während Geiselnehmer Drohungen als Mittel aussprechen, um ein gewisses Ziel erreichen zu können, sind für einen Amokläufer Ziel und Mittel identisch. Sie wollen möglichst viele

Menschen töten. Jede Sekunde mit mir würde somit Menschenleben retten. Man verwickelt den Verdächtigen also in ein Gespräch und beobachtet zeitgleich die Reaktionen. Man hofft, dass der Täter auffällige Verhaltensmuster offenlegt. Schwächen, die man zu einem Vorteil einsetzen könnte. Also provoziere ich ihn ein wenig. Bediene mich der Instrumente der paradoxen Intervention und warte auf einen Fehler. Insgeheim hoffe ich, dass er darauf eingeht. Dass „Hydraulische Modell" war mit dieser Tat eindeutig nicht belegt worden. Statt, dass sich seine Wut mittels seiner vorangegangenen Taten abgebaut hätte, schürten diese sie scheinbar immer weiter. Er war in einem Blutrausch, hatte den „Point-Of-No-Return" längst überschritten. Er hatte nichts mehr zu verlieren, was solche Charaktere gefährlicher und unberechenbarer machte. Er musste also schnellstmöglich gestoppt werden.

»Hör zu, Junge? Ich werde gar nicht erst versuchen, dir was vorzumachen. Du wirkst intelligent genug, solche plumpen Sachen direkt zu durchschauen. Also versuch ich es lieber direkt mit der Wahrheit. Ja, die Lage ist ernst, beschissen, wenn ich es mal so formulieren darf. Du hast Menschen getötet und sowas sieht der Gesetzgeber nun einmal gar nicht so gern. Mit einem Klapps auf die Hand ist die Sache nicht aus der Welt. So viel zum Status quo. So sieht es derzeit aus, Junge. Aber wie das Ganze hier ausgehen wird, dass liegt ganz alleine an dir. Du weißt bestimmt, wie solche Sachen in der Regel meistens enden. Mit einer Kugel im Kopf, enttäuschten Eltern, die einen geliebten Sohn verlieren, zu einer anonymisierten Beerdigung gehen und am Grab nicht verstehen können wieso und warum dieser Junge in der Kiste gelandet ist. Man traut sich nicht zu weinen, hat ein schlechtes Gewissen. Echt nicht schön. Denk mal an München, Köln, an Berlin oder Erfurt. Überall lief es genauso ab.

Ich biete dir aber hier und jetzt einen Ausweg. Ganz simpel und einfach. Die Gelegenheit, die Waffe runterzunehmen und mit mir friedlich aus dem Gebäude zu verschwinden. Weit weg von hier. Ja, du wirst vor Gericht gestellt werden, das wird sich nicht vermeiden lassen. Aber, und was du dir wirklich vergegenwärtigen solltest ist, wir leben hier in Deutschland, Junge. Du weißt, dass es hier keine Todesstrafe gibt und lebenslang gerademal 15 Jahre bedeutet. Gefällt mir zwar nicht, aber es ist eine Option, die du dir durchaus mal durch den Kopf gehen lassen solltest. Du wärst Mitte 30 und könntest nochmal ganz von vorne anfangen. Das hier ist eine große Geschichte und ich kann mir vorstellen, dass du in dieser Zeit richtig viel zu erzählen hast. Viele werden sich diese Geschichten anhören wollen, dich verstehen wollen. Die Nachrichtensender werden sich um dich prügeln, das kann ich dir sagen. Vielleicht kommt auch eine kleine Stange Geld bei rum, ich weiß es nicht. Also, die Option auf ein Leben… ein Leben mit Geld und Ruhm. Andere müssen dafür jeden Tag hart arbeiten gehen. Keine Ahnung, warum ihr da immer lieber den Freitod wählt. Ihr denkt zwar, dass das euch zu Märtyrern macht, aber ganz ehrlich, dass seid ihr nicht. Ihr nennt euch zwar so untereinander, für alle Anderen seid ihr das nicht. Ihr seid keine Rockstars und selbst die werden irgendwann vergessen. Ich kapier es nicht, erklär es mir mal! Das ist doch in sich schon widersprüchlich. Ihr macht erst den großen Zampano und dann stehlt ihr euch feige davon. Aber hier muss niemand mehr sterben, auch wenn mir dein Leben eigentlich echt am Arsch vorbeigeht. Du hast deinen Standpunkt mehr als klar gemacht, OK? Wenn du weitermachst, obwohl ich dir diesen Ausweg biete, würde das doch ein völlig falsches Bild von dir nach draußen senden. Wenn ich mich hier so umsehe, dann steckt in deinem Projekt viel Liebe zum Detail. Ein morbides Kunstwerk, das muss ich schon zugeben. Sowas kann nicht jeder. Komm schon, Junge. Komm mit mir! Erzähl ihnen deine Geschichte! Sei nicht so ein Feigling wie Ismael, der darauf spekuliert hat, sich von uns abknallen zu lassen. Denn das, Junge, dass kann wirklich jeder!«

Mir ist durchaus bewusst, dass er nicht aufgeben wird. Mir dreht sich bei diesem Gedanken der Magen um. Meine Worte sind wie zusätzliches Gift in meinem Körper, nur um ihn bei Laune zu halten. Aber ich muss es versuchen. Egal wie. Jede Sekunde zählt. Sobald er die Waffe weglegen oder sonst wie seine Deckung aufgeben würde, ich müsste schießen. Und nicht nur verletzten, nein. Der Schuss müsste präzise sein.

»Nice try, Herr Polizist. Wirklich, wirklich herzzerreißend und durchaus überzeugend rübergebracht. Lernt man sowas auf der Polizeischule oder glaubst du selbst den Scheiß, den du da gerade von dir gegeben hast?«

Der Geräuschpegel in der Aula nahm mit einem Mal zu. Die beiden Jungs im Musiksaal versuchten wohl angesichts der anhaltenden Situation nach draußen zu gelangen. Das vereinzelte Aufkommen weiterer Schüler, denen die Flucht durch die Öffnung zweifelsfrei vor ihren Augen gelang, musste sie in ihren Bestrebungen weiter bestärkt haben. Alles was ich derweilen tun musste, war ihn von diesem Geschehen abzulenken und die sporadisch auftretenden Reflektionen seiner Gestalt im Fenster hinter ihm im Blick zu behalten. Das Zerren und Schieben der einzelnen Möbelstücke musste auch ihm nicht vollständig verborgen geblieben sein. Sie durften einfach nicht versagen. Ich... durfte nicht versagen.

»Weißt du, Herr Polizist, dein Timing ist echt beschissen. Gerade eben wollte ich tatsächlich meine Geschichte in die Welt hinaustragen, aber da kommst du mit deiner verkackten John Wayne Nummer um die Ecke und verdirbst alles. Find ich echt nicht in Ordnung von dir. Ich habe aber auch eine kleine Geschichte mit ebenso vielen, vielen Optionen für dich. Meine Geschichte beginnt an einem Tag wie heute. Ein Tag, an dem ein junger Mann mit einer Tasche voll mit Waffen und unendlich viel Munition eine Schule besucht und damit beginnt haufenweise Menschen abzu-

knallen. Manchen schießt er nur ins Bein, sieht zu wie sie am Boden verbluten. Anderen schneidet er mit einem Messer, langsam Stück für Stück Venen und Sehnen aus der Fleischhülle heraus. Und dabei lacht und lacht er. Es ist ihm scheißegal, was die Leute an seinem Grab über ihn denken. Aktuell ist er einfach nur geneigt, den größtmöglichen Schaden zu verursachen. Ein Ereignis zu schaffen, dass vielen, vielen Menschen über viele, viele Jahre im Gedächtnis haften bleiben würde. Und bisher hat dieser Junge das auch ganz gut hinbekommen. Das einzige, was ihn im Gegensatz zu seinen Vorgängern daran hindert, vollständig durchzudrehen, ist sein gerissener, allerdings bisher noch unvollendeter Plan und das einzigartige Ziel auf das er gemeinsam mit seinem loyalen und mit einer halbautomatischen durchgeladenen Persuade bewaffneten Partner hingebungsvoll hinarbeitet...«

Ein kalter Schauer läuft mir über den Rücken. Sagte er gerade etwas von einem Partner? Warum sollte er das tun? Ein Überraschungsmoment, angesichts seiner vorteilhaften Lage, einfach so aus der Hand geben? Es musste eine Finte sein, um mich zu verunsichern, abzulenken, zu verwirren. Ja, es konnte nur so sein. Die Lautstärke nimmt zu. Er schreit regelrecht, will dass jedes seiner Worte bei mir Gehör findet.

»Wir sind stolz auf das, was wir hier geleistet haben, Herr Polizist. Und es freut mich schon, dass du ihn sehr bald kennenlernen wirst... meinen Partner. Er wird über dich kommen, wie ein verschissener Hurrikan. Glaub es oder nicht, mir ist das scheißegal. Ich kann hier sitzen und warten. Doch ich weiß längst, dass es sehr bald zu Ende sein wird. Hörst du schon die Schritte über deinem Kopf wandern. Wie er über dich hinweggleitet, nur wenige Meter von dir entfernt, hinüber zur großen Treppe läuft? Ohhhh... er wird dich in deine Einzelteile zerlegen, Herr Polizist, und du wirst jammern und schreien, so wie all die Anderen hier. Und er wird nicht aufhören, weitermachen. Er wird dir gegenüber keine Gnade zei-

gen. Und ich... ich werde bei all dem zusehen. Hörst du mich, Polizist? Kannst du es hören? Fühlst du es schon? Den Schmerz.«

In der Tat sah ich immer wieder hinüber und tatsächlich bildete ich mir langsam ein, etwas über mir zu vernehmen, dass dem Geräusch von sich schnell voranschreitenden Schritten glich. Hinüber zur großen Treppe, die von meiner derzeitigen Position kaum ganz zu erfassen war. Bei solch einem Angriff, so wie er ihn beschrieb, war ich wirklich leichte Beute, ohne den Hauch einer Chance. Das Geräusch der Jungen ist aktuell alles andere als hilfreich. Es wäre für jeden damit ein leichtes uns einfach so auszuschalten. Dieser Bastard. Er schlägt mit dem Schaft seines Gewehrs immer wieder auf den gefliesten Boden. Er schafft einen Takt, wie auf einem Sklavenschiff alla La Amistad. Dann sehe ich sie. Die beiden Jungs, wie sie mühselig den verwunderten Körper hinter sich herzerren. Weniger als eine Minute und sie hätten es geschafft. Der kleine Junge starrt mich dabei unentwegt an. Er kann einem leidtun, doch hier war aktuell kein Platz für Sentimentalitäten. Ich signalisiere mit der Waffe, dass sie sich beeilen, schnellstmöglich durch das Loch in die Freiheit gelangen mussten. Doch mein Wedeln bleibt nicht unbemerkt. Ich höre wie sich der Körper oberhalb der Treppe hastig aufbäumt. *»Bring sie um, bring sie alle um. Renn sofort runter, du Idiot!«* Er hört nicht auf zu kreischen. Ich höre seinen Befehl, den er irgendwem im Obergeschoss zuwarf. Ich spüre die Entschlossenheit in seinen Stimmbändern, die Überzeugungskraft die mitschwang. Gott, die Jungs waren wirklich in Gefahr. Ich schaue hinauf und vergewissere mich, dass mir niemand auflauert. Verbal warne ich die Jungs nicht. Ich muss mich beeilen. Sofort schnelle ich an der Wand nach oben, verlasse die Deckung, setzte drei kalkulierte Schüsse in Richtung Treppengeschoss ab und werfe mich schwungvoll in Richtung der Jungs. *»Vorsicht, die Treppe!«,* rufe ich ihnen zu und deute mit den Fingern hinauf. Beide lassen sofort von dem Körper ab und richten ihren Blick in

Richtung große Treppe. Dann fällt ein Schuss, doch nicht von dem Ort, von dem wir alle ihn erwarteten, dem Ort, vor dem ich sie warnte. Ich schaue mich um, die beiden Jungs kannten längst die Antwort auf die Frage, die ich mir insgeheim gestellt hatte. Bastard. Während der eine losrennt, bleibt der Andere, der jüngere der Beiden, stehen und sieht zu, wie ich mir an die Hüfte fasse. Blut, da war überall Blut. Eine Kälte überkommt mich. Dann fällt wieder ein Schuss, auf den der kleine Junge schlagartig zurück in den Musikraum flüchtet. Dieses pubertierende Arschloch hat es doch tatsächlich geschafft. Er hat mich ausgetrickst.

»Huh, Huh, Herr Polizist!« Ich drehe mich um, er verkriecht sich nicht mehr an der Treppe, bezog Stellung an dem Ort, an dem ich vor wenigen Sekunden Schutz suchte. Er hatte die beiden Jungs gerade so verpasst. Ich kann nun sein Gesicht sehen. Dieses diabolische Lächeln. Ich hebe die Waffe, die sich noch immer in meiner Hand befindet. *»Du... bist... der Teufel«*, stöhne ich und wende mich ihm zu. Doch ich komme nicht mehr dazu abzudrücken. Er schon. Die nächste Kugel trifft meinen Hals. Ich betätige den Abzug blind, zum letzten Mal. Ich spüre den Durchschlag kaum, nur das Blut, das sich in meinem Rachen sammelt und nach oben schnellt. Ich gehe zu Boden. Auch diesen Aufprall nehme ich kaum wahr. Die Waffe gleitet mir aus der Hand und wird ein Stück in Richtung Aula geschleudert. *»Ohhhh... Das tut mir jetzt irgendwie Leid, Herr Polizist. Jahrelange Ausbildung, um dann von einem unerfahrenen kleinen Bengel, wie ein räudiger Köter abgeknallt zu werden. Was eine Verschwendung von Steuergeldern, puh. Also mein Freund, tut mir Leid das sagen zu müssen... aber als Vorbild hast du echt versagt«*

Er steht direkt über mir. Hannah. Oh, meine geliebte Hannah. Egal wo du bist, ich hoffe nur, dass du es irgendwann verstehen und überwinden wirst. Er grinst und checkt meine Weste. Ein Gegenstand, den er nicht so ohne weiteres an jeder Straßenecke erwerben oder selbst basteln konnte. Und ich hatte sie ihm geliefert. Genauso wie die Waffe, die er aufhebt und direkt gegen mich einzusetzen versucht. Mit meiner eigenen Dienstwaffe sollte es also enden. Fein. Ein Klicken. *»Scheiße Mann, du hast sie leergeschossen. Wie kann man nur so dämlich und verschwenderisch sein? Na vielen Dank auch...«* Er ist erbost darüber, dass er es nicht zum Abschluss bringen kann. Er wirft sie mir mitten aufs Gesicht. Schon OK, ich fühle längst nichts mehr. Die Kugel hat wohl die Wirbelsäule durchschlagen. Ein Risiko, dass keine Weste abwenden kann. Dieser Druck. Hannah, es tut mir leid, aber ich kann mich nicht mehr halten. Ich versuche mich an den Titel unseres Spiels zu erinnern. Ja, da ist er wieder. „Hüpfie-Hüpfie-Hai-Hai-Hai". Das war es. Wir nahmen uns bei den Händen, während wir das Lied sangen und sie auf dem Bett auf und ab sprang. Wir spielten es bis zu ihrem sechsten Lebensjahr, kurz vor ihrer Einschulung. Das Leben weicht. Der Tod zerrt an meiner Seele. Schon gut. Es wird nicht mehr lange dauern. Ich wiederhole die Strophe. Er bleibt bei mir, bis zum bitteren Ende. Auch das ist OK. Er will sichergehen, dass ich nicht zurückkehre. Dass es ein Ende hat. In diesem Leben vielleicht. Doch ich werde auf der anderen Seite warten. Ja. Ich werde warten. Hannah. Ich liebe dich.

Kapitel V – Außer Kontrolle

Es konnte jeden Moment soweit sein. Ich bin der festen Überzeugung, dass wir es diesmal schaffen werden. Der Plan steht. Thomas, Niels, Yvonne und ein paar Andere von uns sind dabei. Die Übrigen haben zu viel Angst, was ich verstehen kann. Sie haben zusammen mit Mark gerade gegen diesen Schritt abgestimmt. Den Schritt in den sicheren Tod. Es ist ihre Entscheidung. Es sind ihre Ansichten. Doch für mich bedeutete halt Nichtstun den sicheren Tod. Und jeder der mitmachen wollte würde dies auch aus freien Stücken tun. Ich sehe zum Pult und erinnere mich daran wie er mir den Schlüssel anvertraut hatte. Herr Ulrich sah etwas in mir. Etwas, dass ich nun vergebens in ihm suchte. Er hat längst aufgegeben, doch ich würde das nicht. Niemals.

Direkt am Fenster hatte Frau Reif zusammen mit Neve die Tische in Position gebracht. Eine Barrikade hinter der sie sich versteckt halten würden bis alles vorbei ist. Niels ist nicht begeistert von dem Plan. Er sieht vor, dass Neve zusammen mit den Kindern und der Lehrerin als Letzte den Raum verlassen. Doch als erstes muss Adam bezwungen sein, damit wir es alle schaffen konnten. Viele von uns telefonierten bereits mit Angehörigen und Freunden. Ich nicht. Ich würde mich nicht verabschieden, weil es dafür einfach nicht an der Zeit war. Ich habe mich nicht mit der Möglichkeit abgefunden hier und heute zu sterben. Doch bei Neve, Frau Reif und sogar bei Niels sah das anders aus. Niels wirkt sichtlich angepisst, da Neve ihrem Freund kaum Beachtung zukommen lässt. Vielleicht weil er sein Anliegen nicht durchsetzen konnte und sie darin für sie beide eine Schwäche sah. Ich weiß es ehrlich gesagt nicht und es juckt mich auch nicht. Er wie auch sie... sie alle sollten zunächst die letzte Gelegenheit wahrnehmen dürfen vielleicht ein paar letzte Worte an ihre geliebten Menschen zu richten. Sie alle waren so ungeduldig und ohne Hoffnung oder Zuversicht. Niels ging in seiner Verbitterung am Ende sogar soweit einem kleinen Mädchen das Handy von Frau Reif aus der Hand zu reißen, weil Neve der Abschied zu lange gedauert hatte. Frau Reif hatte es händeringend zu unterbinden versucht, doch es war bereits zu spät. Niels handelte entsprechend seiner Emotionen. Gut, das Risiko, das ihnen mit unserem Plan anhaftete, war durchaus größer als das der Anderen. Einer der Gründe, weshalb ihm die ganze Zeit die Tränen in den Augen standen, als er zwanghaft versuchte sich an die Handynummer seines Vaters zu erinnern. Viel Zeit zum Erinnern blieb ihm allerdings nicht.

Ich stehe mit Thomas direkt neben der Tür, geschätzt weit außerhalb Adam's Sichtfeldes, sobald er den Raum betreten würde. In meiner Hand ein Besenstiehl, den ich ihm mit voller Kraft ins Gesicht schmettern würde, sobald er den ersten Schritt hineinsetzte. Thomas hält einen Stuhl in seinen Händen. Direkt hinter ihm, Niels und Yvonne. Bewaffnet mit einem Zirkel und stabilen Stiften, deren Kappen sie zuvor entfernt hatten. Spitze Gegenstände, die gegen den Einsatz von Schusswaffen nur sehr wenig bewirken würden. Und Murat steht bei mir. Er ist der Kräftigste von uns und würde sich auf ihn schmeißen. Er war ein Schläger, temperamentvoll und leicht zu reizen. Eigenschaften, die in diesem Kontext nicht durch Gold aufzuwiegen waren. Er ist zwar nicht begeistert von der Idee, doch er ist entschlossen, seinen Beitrag zum Wohl aller und vor allem seinem eigenen zu leisten. Ich rechne nicht damit, dass wir es alle schaffen werden. Aber es ist eine Chance. Unsere einzige Chance.

Ein Stöhnen. Es ist soweit. Er ist da. Der Schlüsselbund ist ganz deutlich zu hören. Nur noch Sekunden. Ich packe den Stiehl ganz fest. Die Wärme zwischen meinen Fingern und dem Holz beginnt sich anzustauen. Der Angstschweiß läuft mir in die Augen. Jetzt bloß die Ruhe bewahren. Der Türgriff wandert nach unten. Jede Sekunde ist es soweit. Die Tür springt auf und das Stöhnen wird lauter. Ich hole aus und blicke zum Boden. Der Fuß. Ich muss unbedingt auf den Fuß achten. Thomas Arme zittern. Der Stuhl ist schwer. Ich hielt sein geplantes Vorgehen von Anfang an für eine dumme Idee, doch er bestand drauf. Scheiße. Ich sehe Mark. Er kommt leicht aus der Deckung hervor und blickt hinauf. Er will wissen was los ist. *»Was zum Teufel treibt ihr da?«* Dieser Idiot. Auch Adam hat ihn gesehen. Dann kommt er. Der Fuß ist eindeutig zu sehen. Keine Zeit. Ich schwinge und trete blitzschnell hervor. Ich sehe, dass die Waffe nicht auf mich gerichtet ist. Er zeigt sich leicht verwundert über die surreale Stimmung im Raum, woraufhin er abrupt sein vorankommen abbricht und hektisch zu seiner Waffe zu greifen versucht. Doch es ist bereits zu spät. Er steht bereits dort, wo wir ihn alle unlängst erwartet hatten. Mitten im Türrahmen. Mit einem lauten Schrei schmettere ich ihm also den Stiehl mitten ins Gesicht. So hart, dass dieser in zwei Teile zerbricht und sich aus Adam's Gewehr reflexartig ein Schuss löst, der Gott sei Dank nur ziellos zur Decke geht.

Direkt aufs Nasenbein. Murat macht sich bereit. Adam geht wie vorauszusehen zu Boden. Der Schlag sitzt perfekt. *»LOS!«* Ich gebe das Signal. Thomas hebt endlich den Stuhl, wirft ihn allerdings blind durch die Tür, ohne hinzusehen und ohne Adam zu treffen. Dieser Idiot. Dieser Feigling. Er gefährdet uns alle. *»Ihr verfluchten Wichser!«* Adam wirkt am Boden benommen, fasst sich dauernd ins Gesicht. Das ist unsere Chance. Eine bessere werden wir nicht mehr bekommen. Yvonne und Niels rennen los. Doch Adam greift erneut nach der Waffe, die neben ihm aus den Händen geglitten war. Er hat sie schnell gefunden und lädt sie in einer Bewegung durch. Murat wirft sich an den beiden Mädels vorbei, schmeißt sich sofort auf ihn, hält ihn von seinem weiteren Vorhaben ab, die Waffe gezielt abfeuern zu können. *»Rennt schon!«* Doch der Weg ist durch die beiden Jungen nunmehr versperrt. Thomas und Niels eilen zur Hilfe und schupsen Yvonne nach vorne, während ich mich versuche hinten einzureihen. Der Besenstiehl ist unbrauchbar solange Murat auf ihm liegt. Es sind zu viele Bewegungen im Geschehen. Hinter mir machen sich weitere Schüler auf. Auch sie wittern eine Chance, wagen es jedoch nicht sie zu ergreifen. Neve wirft sich weinend in die nächstliegende Ecke, während Frau Reif die übrigen Schüler aus dem potentiellen Schussfeld geleitet. Selbst Mark steht plötzlich mitten im Raum und kämpft sich aus der Deckung. Einen kurzen Moment bin ich durch das Geschehen hinter mir abgelenkt und sogleich geschieht es. Der Irrtum.

»Rechts! Nein! Ihr müsst nach rechts!« Sie hören mich nicht, sehen nur die große Nebentreppe zu ihrer Linken, die für sie in diesem Moment näher und schneller zu erreichen scheint. Murat verpasst Adam einen weiteren Hieb. Ich muss ihm helfen. Die drei sind draußen, sie können es immer noch schaffen. Adam schreit Murat an, während dieser die Prügel wegsteckt wie eine leblose Crash-Test-Puppe. *»Ich werde dich töten! Hörst du mich, euch alle!«* Mark ist bei mir angekommen. Er packt mich an der Schulter. *»Wir müssen ihm helfen!«* Endlich etwas Vernünftiges aus seinem Mund. Doch gerade als es genau darum gehen sollte, löst sich ein weiterer Schuss. Murats Bewegungen werden langsamer. Er wirkt träge und sein rechter Arm beginnt wild zu zucken. *»Hört ihr mich? Ich werde euch alle töten!«* Adam. Er drückt Murats Körper zur Seite und fixiert mich mit seinem Blick, wodurch die Handfeuerpistole in seiner rechten Hand offenbart wird. Er hat ihn zwar getroffen, doch Murat lebt, kann ihn weiter auf Distanz halten. Dieser harte Hund. Doch für wie lange noch? Ich muss ihm helfen. Wir müssen ihm helfen.

Ich renne auf ihn zu und nehme kräftig Schwung. Mit einem gezielten Fußtritt gelingt es mir ihm die Waffe wieder aus der Hand hinüber in den Flur zu treten. Doch er reagiert sofort, schlägt Murat so brachial ins Gesicht, auf das dieser sich nicht länger auf ihm halten kann. Die Waffe. Meine einzige Chance. Ich renne hinaus, direkt auf sie zu, greife nach ihr. Doch gerade als ich mich wieder erheben kann, sie gegen Adam richten möchte, passiert es. Adam greift nach dem Schrotgewehr zu seiner Linken und versetzt Mark, der mir dicht gefolgt war, mit dem harten Metallstück sogleich einen Schlag gegen das rechte Schienbein. Er taumelt direkt auf mich zu und reißt mich mit sich erneut zu Boden. Mein Kopf schlägt dabei so stark gegen die harte, kunterbunte Wand, dass ich kurzeitig das Bewusstsein verliere. Als ich die Augen öffne ist mir leicht schwindelig, die Sicht verschwimmt und ich verliere die Orientierung darüber wer plötzlich wer ist. Mark will mir sofort die Waffe entreißen, umschlingt sie mit beiden Händen. Doch ich lasse nicht los. *»Gib mir die Waffe, Daniel! Ich knall das Drecksschwein ab!«*

Mein Arm schnellt hoch. Ich schieße. Adam geht zu Boden. Meine Sicht ist noch immer verschwommen. Ich erkenne nicht wo oder ob ich ihn überhaupt verwundet hatte. Ich wusste nur eins, er war nicht tot. Denn das milchige Etwas in Form einer Nebelbank kriecht aufgescheucht zurück. Zurück in den Raum. Ich schieße erneut, treffe aber diesmal definitiv nicht. Mein Gott, ich schieße in einen Raum voller Unschuldiger. Plötzlich ein weitere Schuss, allerdings nicht aus meiner Waffe. Er ist lauter, zerbirst das Holz der offenstehenden, leicht angewinkelten Tür. Jemand greift mich an den Schultern. Es ist Mark. *»Verflucht… Komm, steh auf, wir müssen hier weg!«* Er richtet mich auf, will gleichzeitig wieder zu der Waffe greifen. Ich lasse ihn nicht. Sie gehört nun mir. Adam feuert erneut aus dem Raum hinaus, genau in unsere Richtung. Doch er verfehlt uns. Ich höre die Anderen schreien. *»Komm zu* *uns!« »Mach schon, Daniel!«* Ich folge den Stimmen und lasse mich von Mark zu ihnen hintreiben. Ich reiße mich los und feuere ein weiteres Mal in Richtung Klassenzimmer. Nur so als Abschreckung und keinesfalls so, dass ich jemanden in dem Raum in Gefahr bringen würde. *»Lauft!«*, schrei ich. Mark zerrt weiter an meinen Sachen. Ich bin außer mir als ich Murat so daliegen sehe. Ich gebe mir die Schuld. So wie im Klassenzimmer. Ich frage mich erstmals, wie viele Opfer an diesem Tag für mein Überleben in Summe notwendig waren. Wie viele Menschenleben allein nur durch meine Einflussnahme ihr jähes Ende fanden. Ich hätte das sein können. Nein, sogar müssen. Doch es lässt sich nicht mehr ändern.

»Beeilt euch, wir müssen hier so schnell wie möglich raus!«. Thomas hat die Führung übernommen. Sehr gut. Ich war nicht mehr in der Lage irgendwelche Entscheidungen treffen zu können. Wir meiden das Blutbad im ersten Stock, rennen direkt weiter hinunter ins Erdgeschoß. Wir erreichen den Baustellenbereich des ersten Zwischengeschoßes in nur wenigen Sekunden. Er tobt und schreit, ist im ganzen Gebäude zu hören. Adam. Der Vorsprung währt nicht lange. Adam musste sich zunächst sammeln und womöglich die verbliebenen Schäfchen ins Trockene bringen ehe er Jagd auf uns machen konnte. Er war uns langsam und vorsichtig gefolgt. Immer auf der Hut, denn er wusste, nun waren wir bewaffnet. Natürlich vernahm er die Schüsse, die seinem mutmaßlichen Partner galten. Womöglich war das der Grund, weshalb er uns nicht direkt hinterrücks angriff. Zwei Etagen. Nicht mehr und nicht weniger waren es. Hier waren wir also. Das erste Zwischengeschoß konnte nach Streitigkeiten zwischen der Stadt und dem Bauträger vor Schulbeginn nicht fertiggestellt werden. Das war die Kurzfassung, von der wir was mitbekommen hatten. Also ruht das Bauvorhaben bis auf weiteres. Rückwirkend betrachtet, im ersten Moment, keine dumme Entscheidung. Hier gab es für Adam nichts

zu holen. Dieser Bereich war ohne strategische Bedeutung für ihn. Überall Schutt und Abdeckplanen, hinderlich und kein Ausgang. Zumindest im ersten Denkansatz.

»Seid ihr noch ganz dicht? Nein, das mache ich nicht!« Mark weigert sich, doch es ist der einzige Weg. Die Türen und Fenster sind hier nicht verschlossen und aus dieser Höhe wäre ein Sprung nicht lebensbedrohlich. *»Ihr wollt aus dem Fenster springen? Habe ich das nun richtig verstanden?«* Der Baustellenbereich lag maximal vier Meter über dem Erdreich des Außengeländes. Wir wählten nach der Begegnung mit Robert die erste Option von vielen. Nach oben, wo wir direkt in Adam's Arme gelaufen wären. Hinunter zu Robert, der womöglich nur darauf wartete, dass uns die Munition ausging. Oder wir versuchten unser Glück hier. Zwischen Werkbänken, Plastikplanen und herausgelösten Fensterläden. *»Unter den Fenstern liegen Sträucher, Mark. Und da ist überall Gras auf gelockertem Boden! Unser Sturz würde gedämpft werden. Da draußen stehen Menschen, die uns direkt helfen können. Mensch Mark, kapier es doch endlich. Wir müssen hier so schnell wie möglich raus!«* Mark wendet sich kurz von der Gruppe ab und greift in die Tasche, was mir keineswegs entgeht. Die Gruppe ist zwiegespalten. Auch Niels befürchtet so langsam, dass dieses Vorgehen für sie zu riskant wäre und schlägt sich auf Mark's Seite. Was, wenn Adam sie bei dem Versuch zu Entkommen überraschen würde? Was, wenn sie sich wirklich verletzten würden? Was wenn irgendetwas anderes schiefgehen sollte? Als Mark zurückkommt hält er sein Smartphone in der Hand und tippt wild darauf herum. *»Was tust du da?«*, frage ich ihn sofort. *»Ja was wohl, ich berechne die Fallgeschwindigkeit, mit der wir da unten aufkommen werden. Und danach die Wahrscheinlichkeit, WIE wir unten aufschlagen und WELCHE Knochen wir uns alle nicht brechen werden. Das ist doch Wahnsinn, Daniel. Das wird nicht gutgehen. Da versuche ich es doch lieber nochmal durch die Aula statt so einen Stunt hin-*

zulegen.« Er hält mir das Display genau vor das Gesicht, deutet auf den prozentualen Wert, den er scheinbar soeben errechnet haben wollte. Dann wendet er sich sofort wieder Thomas zu. *»Willst du wirklich auf alles verzichten, Thomas? Marathonläufe oder Sex mit deiner Freundin? Wir brechen uns im besten Fall die Beine und im schlimmsten werden wir, falls wir nicht vorher draufgehen, für immer auf den Rollstuhl angewiesen sein. Tolle Aussichten!«*

»Schluss jetzt! Das reicht…« Ich wage nicht zu schreien noch irgendwelche hektischen Bewegungen von mir zu geben, also flüstere ich, wenn auch etwas lauter. Es war an der Zeit einzuschreiten, denn all unsere Befürchtungen schienen sich soeben bewahrheitet zu haben. Unmittelbar vor der Plane, welche die gläserne Eingangstür zu diesem Stockwerk verdeckte und durch die wir reingekommen waren, ist ein dunkler Schatten zu sehen. Die Umrisse sind von hier hinten unverkennbar. Es ist Adam. Verdammt nochmal, wir hatten eine seiner Waffen. Warum setzt sich Adam also weiter diesem Risiko aus uns nachzujagen? Yvonne presst sich sofort die Hände auf den Mund, um ihren Schrecken zu verbergen. Während Thomas sich von seinem gegenüber freimacht teilt der Rest von uns sich bereits auf. Wir signalisieren mit Handzeichen stillschweigend unsere Absichten, doch viel Zeit für eine kluge Koordination bleibt nicht. Mark, Yvonne und ich begeben uns instinktiv in die rechten Räumlichkeiten, weil uns diese näher erscheinen, während der Rest sich unkoordiniert zu ihrer Linken aufteilt. Adam weiß nicht, dass wir hier sind. Doch er ist ganz nah. Zu nah.

»Hallo, meine kleinen Schweinchen. Seid ihr hier?«

Er hat uns gefunden. Keine Ahnung wie, aber er hat es. Ich kann weder Yvonne noch Mark entdecken. Auch von Niels fehlt jede Spur. Ich bin allein und beobachte durch einen Durchbruch in der Wand, wie neben den Beinen von Adam ein Gewehr dem Takt seines Ganges im Flur folgt. Die Waffe. Seine und natürlich meine. Er bewegt sich langsam, was mir die Gelegenheit gibt ihn anzuvisieren. Vielleicht könnte ich ihn mit einem Schuss ins Bein zu Fall bringen und es dann beenden. Keine Ahnung wie viele Kugeln ich noch habe, aber der Schlitten ist nicht zurückgefallen. Ein Schuss ist definitiv noch drin. Mist. Die Öffnung ist zu schmal und er noch zu weit weg für einen sauberen Abschluss. Ich muss warten, solange, bis er den zweiten Durchbruch erreicht hat, der beinahe 2x2 Meter im Gemäuer misst. Das wird die Gelegenheit sein.

»Kleine Schweinchen? Kommt raus, kommt raus… zum Spielen!« Ich folge akribisch jede seiner Bewegungen. Selbst als er aus meinem Sichtfeld verschwindet folgt mein Visier ihm aufgrund seiner bisherigen Geschwindigkeit weiter und zielt auf den grauen Beton entlang des Flures. Gleich wird er auf der richtigen Höhe sein. Doch was ist das? Der Klang seiner Schritte versiegt. Er hat unmittelbar hinter der nächstliegenden Wand angehalten. Kurz vor dem alles entscheidenden Loch. Was soll der Scheiß? Was hat Gott gegen mich? Es klingt wie ein leises Tonsignal, in Verbindung mit einer Vibration. Was tat er dort gerade? *»Oh, ihr unartigen, unartigen kleinen Schweinchen. Papa-Wutz ist gerade sehr, sehr enttäuscht von euch. Zwingt mich lieber nicht, euch holen zu kommen! Ich kann sehr, sehr böse werden, wie ihr wisst.«* Er bleibt einfach stehen, scheint sich nicht einmal mehr umzusehen. Verdammt.

Ein klirrendes Geräusch. Eine Zange geht zu Boden. Weniger als einen Meter von meiner Position entfernt. Scheiße, was soll das?

Yvonne. Ich kann sie sehen und sie reitet mich damit voll und ganz in Scheiße. *»Eckstein, Eckstein, alles muss verreckt sein. Vor mir, hinter mir, 1-2-3, ich komme.«* Verdammte Scheiße. Er geht wieder zurück. Verdammte Scheiße, Adam geht zurück und entfernt sich wieder von dem Durchbruch. Meine Gelegenheit ist verwirkt, verdammt. Seine Schritte werden langsamer, er ist vorgewarnt. Gebannt starre ich unentwegt zu dem Türrahmen zur Rechten, der als einziger fertigstellt war. Von hier aus würde ich allerdings nicht so treffsicher schießen können. Zu weit. Der Schatten breitet sich über der Türschwelle aus. Er ist da. Scheiße, er ist drinnen. Er ist noch immer vorsichtig, schaut hinter jede Ecke. Ich hocke rechts von ihm, hinter einer kleinen Werkbank mit Schraubendrehern und Holzklötzen darauf. Noch schätzungsweise sieben bis acht Meter entfernt. Ich überlege. Sprunghaft aufstehen und losballern oder warten bis er nah genug ist. Er weiß, dass ich da bin. Doch Yvonne ist näher. Daran hatte sie mit ihrer Aktion bestimmt nicht gedacht. Ihn trennen nur wenige Schritte von ihr. Unmittelbar vor ihm, hinter der Maschine, die wie eine Miniaturausgabe eines Zementmischers wirkt. Ich muss abwägen. Sie oder ich. Oder vermutlich wir beide. *»Na los, kommt schon. Ihr Pisser. Zeigt euch. Ich will nur einen von euch. Gebt sie mir und der Rest von euch kann gehen.«* Sie. Er will sie.

Geröll, das zu Boden geht. Thomas und Niels. Sie werfen sich gegen ein Regal und schmeißen es um, scheinbar genau in seine Richtung. Ich setze alles auf eine Karte, richte mich auf, schleppe mich zu Yvonne, pack sie an der Hand und renne los. Am Türrahmen angekommen erkenne ich, dass sie ihn wohl nur knapp verfehlt hatten. Adam blickt stillstehend ungläubig und kopfschüttelnd zu den beiden Jungen. Er war mehr als verwundert, wie das Regal nur wenige Zentimeter vor ihm zum Erliegen kommen konnte obwohl er dem tatsächlichen Aufprallpunkt so lange so nahe gewesen war. *»Echt jetzt? Daneben? Ihr seid doch echt alle sowas* *von unfähig, ihr Pisser! Sorry, aber so habt ihr doch echt alle den Tod verdient... Ach Fuck...«* Auch wenn sie ihn nicht erwischt hatten, die frisch installierte Sprinkleranlage, die hatten sie nicht verfehlt. Sie hatten sie vollständig abgerissen, sodass es urplötzlich zu regnen begann und sich die Sicht für ihn auf das Geschehen zusätzlich erschwerte. Adam wartet nicht lange auf seine Gelegenheit, schießt mitten durch die Wand, in der Hoffnung, beide Angreifer mit einem Schuss niederzustrecken. Hand in Hand mit Yvonne wohnen wir dem Schauspiel bei. Doch nun ist jeder Vorteil verwirkt. Er sieht mich direkt an. Erkennt, wer ihm ebenfalls so ergiebig Widerstand leistete und in Begriff war, ihm sein Mädchen zu entreißen. Er verzerrt sein Gesicht zu einer hasserfüllten Fratze, hebt den Lauf und schießt erneut. *»Daniel, du Bastard!«* Er legt sofort an. Doch er realisiert im letzten Moment, wen er soeben bereit war zu töten. Yvonne. Sie befindet sich genau in der Schusslinie. Er reißt also urplötzlich das Gewehr noch während des Schusses um. Die Ladung verfehlt sie, doch mich beschleicht plötzlich ein stechender Schmerz an meinem rechten Oberschenkel. Statt sie hatte es mich erwischt. Thomas und Niels stürmen aus dem Nebenraum und rufen zur Flucht auf. *»Lauft!«* Verdammt, aber wohin. Der Boden ist rutschig, die Klamotten pitschnass. Ich knicke ein, ziele, während Adam sich zurückwirft. Yvonne rennt vor, ich schieße unbeholfen. Zwei Schüsse in Richtung Adam, der sich schützend hinter das umgestoßene Regal wirft, welches ferner die Sanitäreinrichtung von der Wand gerissen hatte und den Raum seit dem mit einer anhaltenden Wasser-Fontaine überdeckt. Ich schieße erneut, während Thomas und Niels mich greifen. Doch ich muss mich zurückhalten. Viel Munition war nicht mehr übrig geblieben. Niels zerrt mich hinter sich her, hinauf in den ersten Stock. Verdammt. Nein. Nicht wieder zurück. Adam rastet derweilen komplett aus.

Ich will keine weiteren Menschenleben riskieren. Ich bin verwundet. Als wir oben angekommen sind, stoße ich die Anderen von mir weg. *»Los! Ich bleibe hier und halte ihn auf. Ihr rennt ans andere Ende und nehmt die kleine Treppe. Schnappt euch irgendwas und schlagt die Scheiben ein. Rennt, denkt nicht mehr über irgendwas nach sondern rennt einfach!«* Ich muss mich ihm stellen. Wir waren langsam, durchnässt. Mich retten zu wollen wäre gefährlich und verantwortungslos gewesen. *»Red keinen Mist und komm!«* Niels packt mir unter die Arme und will mich erneut aufrichten, während Thomas und Yvonne weiterrennen. Wir schafften nur noch wenige Schritte ehe ihn die Kräfte verließen. Ihn hatte es augenscheinlich schlimmer erwischt als mich. Er geht sogleich zu Boden und ich mit ihm. *»Oh Fuck. Mann, Daniel, so hatte ich mir meinen Abgang ganz bestimmt nicht vorgestellt.«* Er beginnt verschmäht zu lachen, was ich irgendwie nicht ganz nachvollziehen kann. Ich sehe rüber zu Thomas und Yvonne, die gerade am anderen Ende des Stockwerks angekommen waren und verzweifelt an der Tür zur zweiten Haupttreppe zerren. Der verschlossenen Tür. Nein. Das darf doch alles einfach nicht wahr sein. Ich rapple mich auf, will nicht akzeptieren ihn zurückzulassen. Doch es würde anders kommen. *»Ihr verfickten Bastarde!«* Adam. Wir hören ihn. Zurück aus dem Raum rennt er mitten durch den Regen der Sprinkleranlage hinaus in den Flur in Richtung Treppe. Mir bleibt keine Zeit. *»Es tut mir so leid, Niels!«* Ich reiße mich zusammen und aktiviere die letzten Energiereserven und wende ihm den Rücken zu. Ich unterdrücke den Schmerz und hangle mich an der Wand hinüber in Richtung Thomas und Yvonne. Immer wieder blicke ich zurück zum Treppenabsatz. Hinüber zu Niels, der sich am Boden entlangschleppt und sich auf eine der umliegenden Leichen zubewegt. Verdammt nochmal. Jeden Moment konnte es soweit sein.

»Ich werde jeden einzelnen von euch in kleine Stücke schneiden! Jeden einzelnen von euch.« Der Hall seiner aggressiven Stimme wird durch den gewaltigen Hohlraum der umliegenden Wände verstärkt. Auch wenn Thomas mich davon abhalten wollte, ich musste es sehen. Sehen was mit Niels war. Mein Gott. Er lag noch immer mitten unter ihnen. Den toten Körpern, über die Adam so achtlos hinüberschritt. Auch er presst sich ganz nah an die Wand, widmet seine Aufmerksamkeit den offenstehenden Klassenräumen, in denen er einen von uns vermutete. Er war Niels bereits ganz nah gekommen. Nur noch wenige Meter. Und dann passiert es. Adam tritt mit einem seiner Füße direkt auf ihn drauf, presst sein volles Gewicht auf Niels Oberkörper. Doch Niels gibt nicht nach, zeigt keine Regung, in der Gewissheit, dass dies das sichere Ende für ihn bedeuten würde. *»Daniel? Yvonne? Was ist das hier? Hab ich was nicht mitgekriegt? Ich dachte du und Thomas wären hier das große Liebespaar der Schule. Ist das jetzt eine neue Held Opfer Liebesgeschichte? Und der romantische und treue Thomas darf euch dabei zuschauen… Zeit aufzuwachen! Du tröstest dich mit einem Versager… Einen, der mehr als drei eurer Freunde auf dem Gewissen hat. Oder teilt Thomas mittlerweile seine Zofen vom Hofe? Fickt ihr jetzt zu dritt? Hey… ich rede mit euch… Ich kenn da eine interessante Geschichte zu… passend zur Situation irgendwie… tragisch und komisch zugleich… wollt ihr sie hören?«* Er will provozieren. Als ob er mit so dummen Sprüchen Erfolg haben würde. Er ist verzweifelt, ideenlos. Das ist gut. Doch nicht für Niels. Adam steht noch immer auf ihm. Wer weiß wie lange er das noch regungslos durchstehen würde.

Nur noch fünf Schuss. Thomas klammert sich ganz fest an Yvonne's feuchten Körper, während ich diesen Gedanken festhalte. Ich will mich später erinnern, wieso ich bereit war ein derart großes Risiko für mich einzugehen. Wir alle wissen, dass Adam früher oder später sein Vorkommen beschleunigen und uns finden würde. Ich wage trotz aller Bedenken einen weiteren Blick und vergewissere mich, dass dieser Moment noch nicht gekommen war. Niels Schicksal lag nicht weiter in unseren Händen. Adam linst weiter in jedes Zimmer, achtet behutsam auf seine Deckung. Er bewegt sich wie ein wildes Tier. Befindet sich im Jagdmodus mit Tunnelblick. Er beschleunigt sein Tun mit jedem weiteren Schritt. Die Furcht vor dem Ungewissen und der Verlustangst, die er gegenüber Yvonne verspüren musste, trieben ihn immer weiter voran. Vielleicht würde er irgendwann unvorsichtig werden. Vielleicht würde er auch gleich umkehren. Tröstende Gedanken. Ein Fehler, wie sich herausstellen sollte.

Ich muss Munition sparen. Das Wasser der Sprinkleranlage verdünnt das Blut auf meinem Gesicht. Dieser Bastard hat mich erneut getäuscht, das Regal mich Gott sei Dank nur knapp verfehlt. Und dann schießen sie auch noch auf mich, fliehen wie feige Hühner von der Stange. »Ihr Bastarde!« *Yvonne. Ich darf keine Zeit verlieren. Ich greife nach einem größeren Stück der Porzellanreste des Waschbeckens und stelle mich direkt über den Jungen, der soeben noch geglaubt hat, mich verarschen zu können. Ich bin total nass, die Klamotten und die Tasche werden nun schwerer wiegen. Diese Bastarde. Aber erstmal er. Er, der mich reingelegt hat. Du bist jetzt jedenfalls als erster dran.*

»Du Wichser! Ich hab dir eine reale Chance gegeben und so dankst du es mir?« *Er sieht noch relativ gut aus. Seine Haut ist nur punktuell aufgeschürft. Die Streuwirkung der Persuade hatte ihm nur leichte Verletzungen zugefügt. Der Aufprall, allerdings, musste härter gewesen sein. Er konnte noch sprechen, auch wenn mich das kein bisschen interessieren würde. Ich schaue ihn an und erfreue mich an dem Anblick. Wie sein Kopf zwischen der Sitzfläche und der Rückenlehne des Stuhl's herausragt, mit ihm herumzappelt, während der restliche Köper verkrümmt in vier weiteren Sitzgelegenheiten verzahnt blieb. Er sah aus wie ein modernes Kunstwerk.* »Ich hoffe wirklich für dich, dass es das wert war. Yvonne kann einem manchmal echt den Kopf verdrehen, das weiß ich aus eigener Erfahrung. Aber das noch jemand außer mir für sie sterben würde, pah, das ist mal echt ne Hausnummer für sich und zugegeben, eine echte Überraschung.« *Noch ehe ich aushole und mit der spitzen Seite des Waschbeckenrestes seinen dummen Schädel zertrümmern würde, röchelt er ein paar letzte Worte hinaus.* »Nicht sie... er... er war es wert.« *Ich halte inne und sehe, wie er den an-*

deren Jungen, dessen Rücken ich eben zu Matsch geprügelt hatte, anstarrt. Nicht zu fassen. Bob Marley und Casper waren Degenkämpfer. Schwuchtel. Ich hole aus und schmettere ihm das weiße Teil mitten in seine dumme Fresse. Die scharfen eisbergförmigen Spitzen und Kanten dringen tief in das Fleisch ein und lösen es Stück für Stück von seinem Gesichtsknochen. Zweimal. Dreimal. Ich schlage immer wieder zu, bis der letzte Hautfetzen sich abgelöst hatte. Das Wasser der zerfetzten Rohrleitung verteilt sein Blut in alle Ecken des Raumes. Ich schlage solange zu, bis das Genick bricht und das Zucken seines Körpers eingestellt ist. Danach lasse ich das Porzellan am Boden zerschellen. Ich muss Munition sparen. Und nun würde ich die Jagd endlich ohne diese Störenfriede fortsetzen können. Solange bis ich sie habe. Sie alle.

»Ihr verfickten Bastarde!« Ich brülle, bin außer mir vor Wut. Ich trete den Schutt beiseite und renne hinaus. Niemand da. Nein, ihr werdet mir kein weiteres Mal entkommen. Ich gehe langsam zur Treppe, will mich direkt nach unten begeben. Ihnen nach. Doch dann sehe ich es. Das Blut auf der ersten Stufe, die zurück in das nächste Obergeschoss führt. Sie sind tatsächlich nach oben gelaufen. Ich glaube es einfach nicht. Diese Idioten. Jemanden ist verwundet. Sehr gut. Sie werden langsam sein, zumindest einer von ihnen. Doch sie haben noch immer die Waffe und sie haben die Treppe direkt im Blick. Renne ich rauf, rennen sie an anderer Stelle womöglich sofort runter. Vielleicht warten sie auch schon auf mich. Das läuft alles sowas von aus dem Ruder. Verdammt, wie konnte er das alles nur zulassen?

Adam schießt sofort zurück, hatte Daniel hinter der Mauer sofort gesehen. Auch Daniel ist dazu gezwungen erneut abzudrücken. Keine Salve, sondern einen vereinzelten Schuss. Daniel hatte nur noch vier Patronen im Magazin, was ihn förmlich zur Verzweiflung trieb. Er gab Thomas den Schlüssel, um einen der beiden Räume direkt hinter ihnen aufzuschließen und Yvonne darin in Sicherheit zu bringen. Thomas selbst blieb draußen. Er versuchte weiterhin sein Glück mit einem der Stühle aus jenem Raum, mit denen er das Glas zum kleinen Treppenhaus auf der gegenüberliegenden Seite der Schießerei zu zerschlagen versuchte. *»Es will einfach nicht nachgeben!«* Thomas versucht es mit aller Gewalt, während Adam und Daniel sich gegenseitig beschäftigten. Adam feuert immer wieder in ihre Richtung, wohl wissend, dass sein Gegenüber die Position so nicht lange halten könne. Immer wieder versuchte er Daniel zu provozieren, weitere Schüsse auf ihn abzugeben, um deren vorteilhafte Stellung irgendwann einnehmen zu können.

»Gib es doch zu, Daniel. Du hängst an mir. Du willst gar nicht hier raus. Wie ist es sonst zu erklären, dass drei gesunde Leute es nicht schaffen zwei beschissene Stockwerke runter zu klettern und abzuhauen? Ich hätte das geschafft, Heini der Hausmeister hätte das geschafft… Fuck… selbst der verfickte Rabe hätte das hinbekommen. Gib es zu, du würdest mich vermissen. Das ist doch einfach nur ein Ding der schieren Unmöglichkeit, was ihr da treibt!« Thomas wirft wütend den Stuhl beiseite, rennt rüber zu Daniel und streckt ihm seine offene Hand entgegen. *»Gib mir endlich die Knarre! Ich schieß das Glas auf und dann nichts wie weg von hier!«* Doch Daniel zögert. Vier Schuss waren ihnen geblieben. Eine Unachtsamkeit und es wäre um sie geschehen. *»Hör zu, Daniel! Deine Egonummer geht mir langsam am Arsch vorbei. Man könnte meinen, dass du absichtlich daneben schießt. Gib mir die Knarre und ich spreng endlich die scheiß Scheibe weg!«* *»NEIN!«*, entgegnet ihm Daniel. *»…ich werde nicht zulassen, dass er uns hilflos wie räudige Köter abknallt. Er muss sterben!«* Daniel wirkt keineswegs kühn oder konzentriert. Die Verletzung an seinem Bein blockierte scheinbar allmählich mehr und mehr seine sonst so vorausschau-

enden Denkmuster. Störrisch und uneinsichtig wendet er sich von Thomas ab und konzentriert sich auf das Geschehen hinter der nächstliegenden Wand, drüben an der Haupttreppe, wo Adam auf sie wartete. *»Gib sie mir!«* Thomas Ton wird fordernder und animiert ihn schließlich dazu sich Daniel wütend zu nähern. *»Bleib gefälligst da stehen, du Hund!«* Daniel richtet die Waffe gegen Thomas. *»Du weißt doch überhaupt nicht, was du da redest! Ich werde uns beschützen, ich und sonst keiner! Er wird sie nicht bekommen! Mach was du willst, aber die Waffe bekommst du ganz sicher nicht!«* Thomas weicht zurück. Er hebt die Hände schützend in die Höhe und geht einige Schritte zurück. Für ihn war Daniel nun ebenso wahnsinnig geworden wie Adam. Erlegen, seinem unbändigen Beschützerinstinkt, welcher sie womöglich ab sofort alle ins blinde Verderben stürzen würde. Nach nur wenigen Schritten wendet Thomas sich wieder ab und nimmt den abgestoßenen Stuhl erneut an sich. *»Ich hoffe, du weißt, dass du gerade nicht viel besser als er bist! Vielleicht wird er uns umbringen, aber du wirst derjenige sein, der es ihm ermöglicht hat.«* Wild keuchend nimmt Daniel die Waffe runter und hält kurz inne. Eine kurze Verschnaufpause. Eine kurze Gelegenheit um über die gewechselten Worte nachdenken zu können. Für einen kurzen Moment wird es verdächtig still. Kein wildes Geplärre von Adam. Keine Schüsse. Nichts. *»Scheiße!«* Thomas hatte sich an der anderen Ecke erneut aufgemacht, das Glas einzuschlagen. Doch Adam erwartete ihn bereits. Ein Schuss aus der Persuade löst sich, verteilt den Inhalt der Patrone im ganzen Flur, seitlich von Thomas' Position. Daniel richtet sich auf und schleppt sich hinüber. Thomas ist unverletzt und wirft sich zurück. *»Er kommt von der anderen Seite!«* Daniel braucht nicht mal eine Sekunde, ehe er die Situation überschaut hat. Er erwidert das Feuer mit einem weiteren Schuss in Adam's Richtung, der sogleich die Flucht ergreift.

Adam verschanzt sich direkt hinter der nächstliegenden Ecke und beginnt sofort wieder damit Daniel lauthals zu verhöhnen. *»Scheiße, Daniel, das war aber jetzt verflucht knapp. Beinahe hättest du mich erwischt! Na... wie viel hast du noch? Soll ich dir vielleicht meine Tasche rüberbringen? Dann können wir in die Verlängerung gehen. Allmählich fängt es an Spaß zu machen. Geht es dir auch so, Partner?«* Adam lacht, denn sein Plan geht auf. Daniel hatte sich wieder provozieren lassen. Er liegt erbost am Boden. Blutend. Hilflos. Unmittelbar vorm Eingang des Treppenhauses aus dem das Licht der flackernden Lampe hinausströmt. Er blickt durch die schmalen Risse, die Thomas an der Scheibe mit dem Stuhl hinterlassen hatte und denkt kurz nach. *»OK... du hast gewonnen. Dann eben Plan B.«* Ohne weiter nachzudenken, lehnt sich Daniel schutzlos um die Ecke, presst die Waffe an das Glas und drückt ab. Der Druck der Waffe lässt das Transparent in alle Richtungen splittern und Daniel durch den Schwung zu Boden gleiten. Fragmente verteilen sich in seinem Gesicht und hinterlassen kleinere, feine Schnittwunden darin, während Daniel die Augen schließt und einfach liegenbleibt. Egal. Der Weg war nun frei, so wie es Thomas sich gewünscht hatte. So wie Niels es ihm aufgetragen hatte. Jeden Moment würde Adam nach dem Rechten sehen wollen und ihn, so frei wie er dort im Flur lag, womöglich abknallen. Doch Thomas zieht Daniel ruckartig zurück. Hinüber hinter die schützende Wand und wischt ihm die kleinen Glasreste von den Augenlidern. Der Dank über die selbstlose Tat verschwindet jedoch just in dem Augenblick als Thomas wieder von ihm ablässt. *»Tut mir leid, Alter. Aber das hättest du schon viel früher tun sollen.«* Thomas lehnt ihn vorsichtig zurück an die Wand und geht einige Schritte zurück zur Ecke, von der er Daniel gerettet hatte. Er vergewissert sich, dass niemand da ist und wittert seine Chance, über das Loch entkommen zu können. Es braucht nur einen weiteren kurzen Hieb mit seinem Bein, dann war der Durchgang frei. Leise und vorsichtig zwängt er sich durch das schmale Loch hinein ins

Treppenhaus. Daniel beobachtet tatenlos das Geschehen, schweigt und ihm wird schlagartig klar, dass er von nun an alleine dastehen würde. Dass alles, was er bisher getan hatte, sie unweigerlich zu diesem Moment führen musste. Sein Zögern. Seine zunehmende Unentschlossenheit. Diese Risikobereitschaft. Yvonne hatte ihn immer und immer wieder angefleht Niels zur Hilfe zu kommen. Dass sie ihn mit ihrer Warterei ebenso auf dem Gewissen haben werden, wie Adam selbst. Er hätte die Scheibe schon vor Minuten aufschießen können. Lange bevor Thomas Yvonne in den Raum gezerrt hatte. Sie hätten entkommen können. Er tat es aber nicht. Er hätte statt ständig die Flucht zu ergreifen in den Angriff übergehen müssen, wagte es jedoch nicht. Sie hätten Yvonne nicht vor sich in das Zimmer sperren dürfen, taten es dennoch. Nun war sie noch immer hier statt an der Seite ihres geliebten Freundes, mit dem sie wohl bestimmt gerade das Erdgeschoß erreicht hätte. Nun hatte er sie stattdessen direkt in Adam's Arme getrieben. Sie für ihn festgehalten. Alles scheint verloren. Nur er und zwei Patronen waren jetzt noch übrig geblieben. Wie hätte er damit den Tag retten können? Sein Leben oder das ihre? Zwei Leben. Zwei Patronen. Ein Ausweg?

»Hey, Partner.« Der Klang dieser nebulös aufkommenden und dennoch vertrauten Stimme lässt Daniel's Verstand aufhorchen. Er wird sanft aus seiner Gedankenwelt gerissen, in die er sich kurzweilig geflüchtet hatte. Daniel kann es kaum fassen. Direkt vor ihm hockte doch tatsächlich Mark. *»Was ist mit dir los? Was läuft denn hier? Wo ist der Rest von euch?«* Mark rüttelt ihn kräftig durch, braucht Daniel bei vollem Bewusstsein. *»Was… ist… passiert? Wo ist Adam?«* Daniel wirkt sichtlich benommen, hatte bereits viel Blut verloren. *»Verdammt, Daniel, was treibt ihr denn hier? Thomas ist mir unten über den Weg gelaufen, hat mir ge-*

sagt, du würdest noch immer hier oben sein. Dieser beschissene Feigling wollte nur seine eigene Haut retten... Scheiße, was...« Plötzlich fällt wieder ein Schuss. *»Fuck... ist das etwa Adam? Ist er immer noch hinter euch her? Fuck... und ich renn hier auch noch hoch...«*

Mark zieht Daniel weg von der Ecke, von der aus der Schuss zu hören war. Adam hatte noch immer nicht aufgegeben und hielt sie weiter in Schach. *»Fuck... Daniel... wie sieht dein Plan aus? Ich hoffe du hast einen Plan.«* Doch Daniel kann nur mit dem Kopf schütteln. *»Fuck... Was ist mit den anderen. Yvonne? Niels? Wo sind die alle?«* Benommen hebt Daniel die Hand und deutet beinahe orientierungslos auf den Raum unmittelbar vor sich. Mark versteht sofort, zeigt sich jedoch sichtlich erschüttert. *»Du hast sie alle eingesperrt? Was denn... da drinnen? Was ist denn plötzlich in dich gefahren?«* Panisch richtet sich Daniel nochmal auf und wirft einen hektischen Blick um die Ecke. Immer wieder schlägt er dabei seinen Hinterkopf gegen das Gemäuer, wirkt panisch und desillusioniert. *»Er ist nah. Adam, er ist ganz nah. Er wird uns alle umbringen. Ich habe Scheiße gebaut, Mark. Wir alle... wir sind so gut wie tot. Ich hätte auf dich hören sollen.«* Er beginnt wie wild zittern und die Kontrolle über seinen Körper zu verlieren. Unaufhörlich schwenkt er die Waffe hin und her. Doch Mark reagiert sofort, nimmt seine Hände und drückt sie ganz fest gegen dessen eigene Oberschenkel, sodass das innere Beben abrupt zum Erliegen kommt. *»Nicht so lange ich hier bin«*, erwidert Mark verständnisvoll. *»...hör zu Daniel, du holst jetzt erstmal die Anderen aus dem Raum und dann verpissen wir uns von hier! So wie es von Anfang an geplant war. Ich hab echt keinen Bock mehr auf die Nummer hier. Wir werden das schaffen, OK. Wir werden überleben. Versprochen.«* Mark lehnt sich weit über die Ecke hinaus und hält Ausschau nach Adam. Doch alles ist verdächtig still. Von neuer Hoffnung erfüllt kramt Daniel unterdessen in seinen Taschen umher, auf der Suche nach dem Schlüssel für den Raum direkt vor ihnen. Daniel beruhigt sich allmählich, doch die Waffe in seiner Hand behindert ein rasches Vorankommen. Mark bemerkt es natürlich, wendet dem Geschehen im Flur den Rücken zu und beugt sich ein weiteres Mal über Daniel, der noch immer nicht fündig wird. *»Alles klar, Mann? Soll ich dir irgendwie bei irgendwas helfen? Wir haben keine Zeit.«* Sofort drückt Daniel Mark die Waffe in die Hand. *»Wir… wir… haben nur noch zwei Patronen. Wenn er kommt, dann musst du bereit sein ihn zu töten. Hast du verstanden?«* Während Mark ihm vorsichtig die Waffe aus den Händen nimmt und sich aufrichtet, ertönt endlich das befreiende klirrende Geräusch des Schlüsselbundes, den Herr Ulrich ihm gegeben hatte. *»Hier ist er.«* Doch Mark nimmt das Geräusch kaum noch wahr. Er steht einfach nur so da und starrt desinteressiert hinüber in den Flurbereich zu ihrer Rechten. Hinüber zu dem Ort, an dem die Schritte lauter zu werden scheinen. *»Oh nein… das ist er… Schnell, die Waffe… gib sie mir!«* Doch Mark denkt nicht daran, die Waffe zu übergeben. Stattdessen zielt er mit ihr direkt auf Daniel's Kopf. *»Wenn er kommt, dann muss ich bereit sein, ihn zu töten. Deine Worte, Daniel… Deine Worte…«* Daniel erschrickt. Er bemerkt das fürchterliche Funkeln in Mark's Augen. Nein. Es sind zwei. Sie gehören zusammen. Mark gehört zu Adam. Und Adam lässt nicht lange auf sich warten, um seinen Verdacht ebenfalls zu bestätigen. Denn er ist es, der im nächsten Moment direkt hinter Mark mit einem breiten Lächeln erscheint und sich grinsend über dessen Schulter erhebt. *»Gute Freunde sind schwer zu finden. So war und wird es immer sein, Daniel. Es fickt jetzt bestimmt deinen Schädel, aber so ist das Leben. Voller Überraschungen und Wendungen. Guter Zeiten, schlechter Zeiten. Aber deine Zeit… mein lieber Daniel, ist jetzt… so fürchte ich… abgelaufen.«* Daniel nimmt ein letztes Mal tief Luft, will Yvonne sofort mit einem lauten Ruf vor den beiden warnen. *»Yvonne…«* Doch Daniel's Worte verstummen direkt mit der kraftvollen Betätigung des Abzugs. Die

Kugel dringt oberhalb von Daniel's Schädeldecke ein, durchschlägt dessen Hirnmasse und bohrt sich durch die Austrittswunde in die PVC-Schicht der Bodenplatte. Leblos und einem Ausdruck der Entrüstung sackt Daniel abschließend in sich zusammen und versteift innerlich.

»Hättest du mal zur Abwechslung auf mich gehört, Adam, dann wäre uns das alles erspart geblieben.« Mark zieht den Schlitten der Waffe zurück und entleert damit die Patronenkammer. *»Halt die Fresse, Mark. Hättest du mich früher gewarnt, dann wäre ich nicht wie so ein Anfänger in den Raum gestolpert. Ich dachte, du hast die Situation da drinnen im Griff? Stattdessen liegen wir nun mehr als eine halbe Stunde hinter dem Zeitplan, ein Bulle hätte mich fast erwischt, Yvonne ist weg und richtig online sind wir auch noch nicht.«* Mark presst ihm den Finger auf die Lippen, macht ihm klar, dass Yvonne nur wenige Meter von ihnen entfernt ist. Beinahe flüsternd gedenkt Mark die Unterhaltung fortzuführen. *»Wie hast du dir das denn gedacht, Adam? Dass ich sie alle einfach nur mit Worten umgestimmt bekomme? Dass sie gerade auf mich hören werden? Falls es dir entgangen ist, den Helden-Part hat unser toller Daniel hier direkt für sich beansprucht. Du hättest das mit ihm ganz zu Beginn klären sollen! Und was war das überhaupt für eine dämliche Nummer drüben im Neubaubereich? Du hattest sie und lässt dich dann noch fast abknallen von diesem Stück Scheiße hier. Was ist nur los mit dir? War das unser Plan?«* Mark übergibt Adam die Waffe und stößt Daniel's Körper mit einem Fußtritt um. *»Was ist mit Thomas, Mark?«*

»Ich hab dir doch eben noch eine Nachricht auf das Handy geschickt, oder nicht? Muss man dir wirklich alles fünfmal erklären? Fang endlich mal an nachzudenken und dich an den Plan zu halten statt ständig bei allem hundert Mal nachzufragen.« Adam verpasst Mark einen Schupser nach vorne, ist sichtlich erbost über Mark's Vorwürfe. *»Red nicht so mit mir, wie mit einem Degene-*

rierten. Falls es dir entgangen ist, sind hier einige Kugeln geflogen und da starrt man eben nicht alle fünf Minuten aufs Handy. Also, was ist mit Thomas?« Mark blickt weiterhin zu Boden, noch immer auf der Suche nach dem Schlüsselbund der mit Daniels Hinrichtung heruntergefallen war. *Der macht keine Probleme mehr. In seinem Rückgrat steckt eine angenehme 20-Zentimeter-Klinge. Und ja, ich entschuldige mich direkt dafür, dass ich dir damit wegen dem Geständnis in die Karten gespielt hab. Ich bitte vielmals um Verzeihung. Aber es ist ja nicht so, dass er es nicht vielleicht nach draußen geschafft hätte, oder Adam? Mit dieser Alternative können wir beide, denke ich, sehr gut leben. Und du hast immer noch genug... vor allem hast du sie... und das ist ja immerhin viel wert. Ah... da sind sie ja...«* Mark beugt sich hinunter und hebt die Schlüssel auf. *»Und was ist mit Niels? Hast du ihn auch erwischt?«* Mark richtet sich nur langsam, weiter die Schlüssel sortierend, auf, ehe ihn seine Enttäuschung ein weiteres Mal bei seiner Suche unterbricht. *»Willst du mich jetzt verarschen? Soll das heißen, dass dir noch einer entwischt ist?«* Adam schweigt. Doch Mark erwartet eine Antwort, die er eigentlich längst hatte. Niels konnte jetzt überall sein. Vielleicht gerade alles mitangehört haben und sie auffliegen lassen. Adam wendet sich verlegen der Tür zu, deutet an, dass es an der Zeit wäre, den nächsten Schritt zu gehen. *»Können wir endlich da weitermachen, weswegen wir eigentlich hierhergekommen sind?«*

Mark ist sauer. Und wenn Mark sauer wurde konnte er wie immer alles und jeder sein. Wirklich alles was er in diesen Momenten sein wollte. Einen „manipulativen Bastard" hatten ihn seine Stiefeltern einst in Adam's Anwesenheit genannt. Ein mit vielen Gesichtern und Facetten ausgestattetes, undurchsichtiges Wesen, welches stets nur auf den eigenen Vorteil aus ist und keine Widerworte duldete. Und nun drang dieses Gesicht einmal mehr zum Vorschein. Die Verärgerung bezüglich der Unfähigkeit seines Partners steht ihm förmlich ins Gesicht geschrieben. Er sagt nichts, wendet seinen kaltblütigen und von Wut zerfressenen Blick ab, untersucht ein allerletztes Mal den Bund nach dem passenden Schlüssel, der ihm endlich Zugang zu den Räumlichkeiten hinter ihnen geben sollte. Sie waren nummeriert, doch nicht nach Raumnummern unterteilt. Ihnen würde nichts anderes übrig bleiben, als Einen nach dem Anderen auszuprobieren. Mit einem Schuss in die Luft signalisiert Adam Yvonne dessen Anwesenheit und nimmt Mark damit zugleich jedwede Möglichkeit, die Unterhaltung fortzuführen. *»Bring es endlich zu Ende, Adam… Keine weiteren Fehler mehr«*, mahnt Mark ihn ein letztes Mal. *»Wenn ich nicht wüsste, dass ich das hier nicht überleben werde, Mark, würde ich am Ende des Tages hierüber nochmal mit dir sprechen wollen.«* Adam lächelt hämisch, was Mark sofort zu erwidern weiß. Sie sind bereit. Bereit für den nächsten Akt. Mark schnauft tief durch und macht sich sofort auf, hektisch die Tür aufschließen zu wollen. Er simuliert für seine einsame Zuschauerin einen aufkommenden Angstzustand. Sobald er die Tür öffnen würde, würde er sie sofort mit diesem simulierten Zustand infizieren und somit für die notwendige Ablenkung sorgen. Ein perfider Plan, der angesichts der Situation funktionieren würde. *»Mein Gott, Mark. Wo kommst du denn her? Wo sind Thomas und Daniel? Geht es ihnen gut?«* Auch Adam spielt seine Rolle weiterhin gewissenhaft, stößt Mark mit dem Öffnen der Tür mit dem Lauf seines Gewehrs direkt in den Raum hinein. Mit dessen Antlitz gerät Yvonne sofort in die prognostizierte Panik, unwissend über die Geschehnisse, die gerade unmittelbar vor ihrer Tür stattgefunden hatten. Ihre Ahnungslosigkeit zaubert Adam ein Lächeln aufs Gesicht. Eine Freude, die Mark nur innerlich teilen, aber äußerlich nicht zum Ausdruck bringen kann. *»Hallo, Schnuckelchen. Hast du mich vermisst? Zeit, dass wir uns mit den Anderen über unsere gemeinsame Zukunft unterhalten.«*

»Wo steckt er? Wo steckt Polizeihauptkommissar Toren?« Der leitende Koordinator, Polizeidirektor Dr. Hans-Wilhelm Koß, hat in seiner legeren Zivilkleidung sichtlich Mühen in dem umliegenden Chaos den Überblick zu behalten und die notwendige Autorität auszustrahlen. Normalerweise hätte er heute frei gehabt. Morgen wäre es bereits mit dem Flug 0-600 offiziell für drei Wochen nach Haiti gegangen. Eine Reise, die er heute und auch in absehbarer Zeit garantiert nicht mehr antreten würde. Er lässt es sich im Beisein seiner Kollegen nicht anmerken, doch das Geschehen vor Ort stellt ihn auf eine harte Geduldsprobe. Von allen Seiten trudeln neue Informationen ein, doch sein Hauptaugenmerk richtet sich derzeit ausschließlich gegen den kleinen Monitor direkt vor ihm. Wilde Zahlenfolgen, unbeantwortete Abfragen bzgl. bestehender Abstimmungsbedarfe mit der Verkehrsleitstelle und zu allem Überfluss die andauernde Direktleitung nach Berlin, welches viertelstündig durch ihn auf dem Laufenden gehalten werden möchte. Er muss für alles und jeden bereit sein, Rede und Antwort in den ungünstigsten Momenten stehen. Heute ist er weniger von den Pflichten und Privilegien, die ihm durch das neu erworbene Amt auferlegt wurden, angetan. *»Wo verdammt nochmal ist Toren?«* Einer der ihm nahestehenden Anwärter für den höheren Dienst kann ihm weiterhin nur schulterzuckend fragende Blicke zuwerfen. *»Wir wissen es nicht. Er ist heute nicht zum Dienst erschienen. Vermutlich wieder krank«*, erwidert ihm die junge Beamtin, die sich im direkten Umfeld der provisorisch eingerichteten mobilen Kommandozentrale befand. Für Dr. Koß eine mehr als enttäuschende und flapsige Aussage, die er seiner eigenen Tochter jedoch einmal mehr durchgehen lässt. Polizeihauptkommissar Toren war in der Truppe der einzige, der bereits praktische Erfahrungen

mit Ausnahmesituationen wie diese vorweisen konnte. Er war 2016 einer von vielen engagierten Beamten, die bei dem Anschlag auf den Berliner Weihnachtsmarkt intensiv zum Einsatz kamen, ehe man ihn aufgrund eines laufenden Disziplinarverfahrens hierher strafversetzt hatte. Böse Zungen behaupten, dass dieser Karriereknick nun der Grund dafür sei, dass sich der Beamte öfters den Pflichten gegenüber seines Dienstherrn verweigern würde. Eine Annahme, die dem leitenden Koordinator jedoch aktuell nicht weiterbringen sollte. *»Ich will Gruber, Erdmann, Farwick und Shrestha auf dem Dach der gegenüberliegenden Schule haben. Sie sollen das Fenster mit dem kaputten Glas und den weißen Rückständen an den Seiten ins Visier nehmen und mich über jedwede erkennbare Aktivität im Inneren unterrichten. Ich habe eben noch Ott und Kaschny gesehen, die sollen sich um den Verkehr auf der Hauptstraße kümmern. Sie sollen ihn über die umliegenden Nebenstraßen umleiten. Ich will vor dem Gebäude kein einziges Auto mehr vorbeifahren sehen, verstanden? Und hat nun endlich einer mal mit dem Provider telefoniert?«* Der junge Anwärter leistet blinden gehorsam. Er wirkt nicht gestresst, sondern sich vielmehr seiner Verantwortung durchaus bewusst. Die Augen der Welt sind auf sie gerichtet. Auf alles und jeden. Für Fehler ist hier kein Platz. Dr. Koß gibt sein weiteres Vorgehen über die Direktleitung durch. Doch von Zugriff ist angesichts der andauernden Live-Schaltung seitens des Amokläufers noch lange keine Rede. Das Internet ist voll von Videos und Beiträgen, die das Geschehen im Inneren dokumentieren und leicht zeitversetzt aktuell halten. Grund genug für die Beamten, jeden Schritt genauestens vorzubereiten. Die Politiker fordern natürlich ein rasches Handeln. Möchten, dass das Geschehen so kurz vor der nächsten Wahlperiode ein schnelles Ende nimmt. Ein politisch ambitionierter Amokläufer, der ihr System im LiveStream in Frage stellt und öffentlich anprangert? Gift für jede ihrer laufenden Kampagne, die Sicherheit und Wohlstand propagiert. Sie fürchten den altbekannten Halo-Effekt, der unweigerlich auf sie zustürmen und das Wählerverhalten mit aller Wahrscheinlichkeit nach negativ beeinflussen würde. Vor allem sahen sie jedoch mit Bekanntgabe der Tat bereits die ersten Pressestimmen aufblitzen, die der Führungsriege das Versagen der politischen Instrumentarien vorwerfen würde. Für die Medien muss immer schnell ein passender Verantwortlicher gefunden werden. Im Zweifelsfall der Kanzler oder die Kanzlerin selbst. Doch als erstes würde es ihn treffen. Den zuständigen leitenden Beamten, Dr. Hans-Wilhelm Koß. Ein Gesicht, das man für Jahre mit diesen Geschehnissen in Verbindung bringen würde. Das Thema musste also auch in seinem Interesse schnell aus der Welt geschafft werden und Dr. Koß ist sich der Risiken seines Handelns mit jeder Sekunde mehr und mehr bewusst. *»Lisa, hast du mittlerweile was von David gehört?«*

Der verlassene Dienstwagen war den Kollegen bereits bei ihrer Ankunft aufgefallen. Einige erinnerten sich vage, dass seine Tochter auf diese Schule ging und schlussfolgerten sofort, dass er sich im Inneren des Gebäudes befinden musste. Die Zeugenaussagen waren noch nicht vollständig erhoben worden, doch sie alle machten auf den mutigen Mann in Uniform aufmerksam, der sie vor ca. einer halben Stunde Einen nach dem Anderen da herausgeholt hatte. Viele der Kollegen ahnten in diesem Moment bereits, dass ihm etwas zugestoßen sein musste, wagten jedoch nicht es laut auszusprechen. Ihre Gedanken sind bei ihm. Ihnen allen. Zu deren Schutz sie sich nach besten Wissen und Gewissen verpflichtet hatten. *»Tut mir leid, noch immer keine Nachricht, Dr. Koß… Vater, wir müssen schnell da rein. Es fallen doch immer noch Schüsse. Wir dürfen einfach nicht länger warten!«* Doch Koß würde das Leben und den Ruf seiner Gefolgschaft nicht einfach so aufs Spiel setzen. Eine Situation wie diese hatte es so noch nie zuvor gegeben. Gegenwärtig war für ihn nicht mehr nur von einem Amoklauf im traditionellen Sinne auszugehen, sondern vielmehr von einer gebündelten Geiselnahme in Verbindung mit einer Gefährdung durch Sprengmittel, welche die Risiken und damit verbundenen Prioritäten ganz anders verlagerte. Würde er jetzt blind stürmen, er würde womöglich die Zündung der Sprengsätze und somit das Leben der Geisel und seiner Kollegen riskieren, obwohl der Täter die Bereitschaft für Verhandlungen öffentlich kundgetan hat. So gern er es auch hier und jetzt beenden wollte, die geringen Erfolgsaussichten der bisherig vorgeschlagenen Lösungsansätze lassen diese Option einfach noch nicht zu.

Es sind mittlerweile mehr als 60 Minuten seit dem Eingang des Notrufs vergangen. Sie mobilisieren, hören die Schüsse, bleiben nicht weiter tatenlos. Die Live-Schaltung ist seit einigen Minuten unterbrochen. Adam hatte die Kameras absichtlich abgeschaltet. Für die Polizisten ist offenkundig, dass mittlerweile hunderttausende Menschen den Live-Feed verfolgt hatten und nur darauf warteten, dass die Übertragung fortgesetzt werden würde. Die Chance, auf die Dr. Koß gewartet hatte ist da. Zwar ist er sich unsicher, wo er seine Männer hinschicken sollte, doch solange Schüsse fallen würden, wäre ihnen eine grobe Richtung vorgegeben. Bewaffnete Männer in gelben Schutzwesten nähern sich in Formation dem Haupteingang des Gebäudes. Die Menschen, wissbegierige Schaulustige, jubeln. Das Signal und der Befehl für die Freigabe kamen bereits über Funk. Sie würden durch eben jenes Loch kriechen, welches ihr Kollegen bereits für sie hinterlassen hatte. Es sind keine Spezialkräfte, nur einfache Beamte. Auch sie verspüren Angst und Zweifel. Dr. Koß betrachtet das Vorgehen aus sicherer Entfernung hinter einem der mobilen Einsatzbusse. Er verkriecht sich nicht, will seinen Männern so nah wie möglich sein.

Sie sind bereit. Die Spannung steigt, mit Betreten des Gebäudes würde es kein Zurück mehr geben. Doch plötzlich stürmt der ihm anvertraute Anwärter aus einem der Dienstfahrzeuge heraus, direkt auf ihn zu. *»Dr. Koß, sie müssen den Einsatz sofort unterbrechen! Er ist wieder online!«* Dr. Koß reagiert sofort, ordnet die Beamten an, seitlich der Türen in Warteposition zu gehen. Sofort wird ihm das Tablet gereicht, auf dem Adam wild keuchend und verschwitzt in die Kamera starrt. Er wirkt geschafft, kraftlos. Doch Dr. Koß erkennt sofort, dass der Junge nicht beabsichtigte aufgeben zu wollen. *»Ich habe ganz klar gesagt, was ich will. Aber sie wollen nicht hören! Sie zwingen mich dazu… aber ich werde es ihnen heimzahlen. Seht ihr das? Ich bluffe nicht. Ich werde es tun. Ich drücke auf den scheiß Knopf! Ich schwöre euch, ich werde es tun!«* Es ist nicht erkennbar, von wo und aus welchem Winkel die Aufnahme gesendet wird. Wände und Deckenfarbe sind nahezu identisch. Aber einmal mehr wird deutlich, dass Adam seine Drohung tatsächlich wahrmachen würde. Die Warnung ist für Dr. Koß eindeutig genug, woraufhin er mit sofortiger Wirkung, zur bitteren Enttäuschung aller, den direkten Rückzug anordnet. Adam muss sie bemerkt haben. Doch wie? Mit geneigtem Haupt nimmt Dr. Koß etwas Abstand vom Dienstfahrzeug und tritt wutentbrannt gegen eine der umliegenden Mülltonnen, die ihm offensichtlich im Weg steht. Er kann seine Emotionen kaum noch in Zaum halten, fühlt sich unfähig und vorgeführt. Als einer der Beamten mit dem Notizblock auf ihn zusteuert, wirft ihm der leitende Beamte nur einen verächtlichen Blick zu. *»Sir… Wir… ähm… haben eben den Hinweis erhalten, dass der Täter aller Wahrscheinlichkeit alleine handelt! Eine Zeugin, Maria Dünch… Sie hätte heute ihre Tochter Alexa verspätet zur Schule gefahren… ihr sei dabei direkt dieser Junge aus dem Video aufgefallen… und… ähm… Sie konnte ihn eindeutig identifizieren. Er war alleine unterwegs zur Schule, allerdings mit einer sehr auffällig großen Tasche, die wohl sehr schwer zu sein schien. Er kam… wohl über den südlichen Seiteneingang*

*rein in das Gebäudes. Das wollte ich sie nur wissen lassen. Und…
ach ja… ihre Frau ist soeben eingetroffen… zusammen mit Ihrer
Uniform…«* Dr. Koß nickt den mündlichen Bericht lächelnd ab und
wendet dem Geschehen hinter sich, dem Rückzug, den Rücken zu.
Keine sehr hilfreiche Information. Aber eine Information. Der eifrige Kollege machte nur seinen Job. *»Wir… wir müssen unsere
Strategie neu überdenken. Ziehen sie die Männer zur Lagebesprechung zurück. Wir werden auf die Einsatzkräfte aus Z6 warten…
ja… das kann nicht mehr so lange dauern…«,* flüstert er seinem
ihm unterstellten Anwärter zu. Die Beamten waren bereits auf
dem Rückweg, als die ersten Nachrichtensender hinter den Ansammlungen von Schaulustigen vorgefahren waren. Der Moment,
vor dem Dr. Koß sich am meisten gefürchtet hatte, war soeben
bittere Realität geworden. *»Ich geh mich mal eben kurz frisch machen und umziehen.«*

»Diese Botschaft richte ich nun an die scheiß Bullen da draußen, die meinen, klüger zu sein als es gut für sie ist. Ihr habt soeben viele Menschen getötet. Drei davon hier... hier direkt aus diesem Raum! Ich habe euch gewarnt. Diese Opfer waren unnötig und gehen ganz alleine auf die Kappe der Drecksbullen, die glauben, mich überlisten zu können. Ich wiederhole es für die Schweine da draußen jetzt nochmal, dass polizeiliche Aktionen mit massiver Bestrafung geahndet werden. Setzt ihr noch einen Fuß über die Schwelle dieses Gebäudes, dann schwöre ich euch, jage ich uns alle hoch, ihr Pisser. Den verantwortlichen Polizisten habe ich übrigens soeben für seine Tat per Kopfschuss hingerichtet. Seine Leichenteile könnt ihr später aufsammeln. Ihr Bastarde… Hört verfickt nochmal damit auf, euch mit mir anlegen zu wollen!«

Adam ließ nach ihrer Ankunft direkt die Rollläden hinunterfahren und den Raum abdunkeln. Als er Mark und Yvonne in den Raum stieß und die Fenster begutachtete, bemerkte er die Absperrungen vor dem Gebäude und die Polizisten, die sich ringsherum verteilt hatten und hinter Müllcontainern und Sträuchern Deckung suchten. Ab sofort sollte von außen niemand mehr die Position der anwesenden Personen ermitteln können. Er sammelt sie in der oberen linken Ecke des Raumes, während er sich erneut dem Aufbau seines LiveStreams widmet. Er hatte die Kamera direkt nach seiner Ankunft und beim Eintreffen am Fenster von der Halterung gerissen und zähnefletschend in das integrierte Mikro gebrüllt. Doch trotz seines Wutanfalls bleibt er weiterhin konzentriert. Behält jede ihrer Bewegungen im Auge. Abwechselnd greift er zur Waffe und zu dem Kamerastativ. Für ihn musste alles perfekt sein. Für ihn gab es nur einen Versuch und nur sehr wenig Zeit. Mark sandte er mitten unter sie. Auch er nahm am Boden

Platz und ließ sich von Yvonne seelenruhig seine frische Platzwunde am Kopf versorgen. Sie wusste nichts von Thomas Schicksal, wie auch. Also schürte Mark falsche Hoffnungen, die sie in ihrer Illusion weiter bestärkten. Mark genoss seine Rolle als Wolf im Schafspelz. Jedes Flüstern wurde wie ein Schwamm aufgesogen, in der Erwartung jede potentielle Gefahr im Voraus abwenden zu können. Adam vertraut darauf, sodass er der Gruppe nicht mehr das volle Maß seiner Aufmerksamkeit zukommen lässt, wie er es zuvor getan hatte. Die größten Störfaktoren waren ohnehin bereits beseitigt worden. Weitere würde es hier erstmal nicht geben. Es war Zeit für das Spiel. Sein Spiel.

Yvonne behandelt meine Wunde behutsam und ohne großes Zittern. Vor mir fürchtet sie sich nicht, aber vor ihm. Alles hat einen Grund. Nichts geschieht zufällig. Man wird nicht einfach so geboren und genauso wenig stirbt man einfach. Es ist immer alles auf irgendwas zurückzuführen. Weil etwas oder jemand neu in unser Leben getreten oder etwas Vertrautes von uns gegangen ist. Und beinahe immer werden unsere eigenen Geschicke größtenteils von außen gelenkt, sei uns das nun bewusst oder unbewusst. Er glaubt wirklich, er tut es für sie. Das er ihr damit einen Gefallen tut. Ich meine Adam. Aber das ist ein Irrtum. Das hier geschieht nicht, weil Adam keine andere Wahl gehabt hätte. Und genauso wenig geschieht das hier der Liebe ihretwegen, sondern aufgrund der Ereignisse, die sich unter ähnlichen Zuständen am 20.04.1999 gegen 12:00 Uhr zugetragen hatten. Der Moment, an dem wir uns unserer Möglichkeiten erstmals richtig bewusst gemacht wurden. Das wir eine reale Chance haben, den letzten Meilenstein unseres Daseins selbst zu bestimmen. Uns zu wehren. Eine Gabelung auf dem holprigen Weg zur Gerechtigkeit. Der Gabelung, an der die letzte Entscheidung darüber getroffen wird, wie wir den Verbliebenen im Gedächtnis bleiben. Geliebt oder gehasst. Bedeutend oder unbedeutend. Ein Monster oder ein Held.

Es riecht nach Schweiß und einem Gemisch unterschiedlicher penetranter Parfümdüfte, deren Gestank sich an meiner Nasenscheidewand vorbeidrängt und die Atemwege zu blockieren scheint. Der Kerl in der vorderen Reihe, Tim, mit dem roten Polo-Shirt, von wo aus der Moschusduft nach hinten strömt. Ihn wird Adam direkt als ersten aus dem Verkehr ziehen. Aber ich bin nur inaktiver Zuschauer, muss mich zurückhalten. Adam macht seine Sache ganz anständig, aber ihm passieren offensichtliche Fehler. Wir liegen weit hinter dem Zeitplan, den ich in mühevoller Arbeit ausgearbeitet und ihm immer und immer wieder einzutrichtern versucht habe. Zeit ist entscheidend. Angesichts der Situation ist sie das kostbarste und vor allem ein stark limitiertes Gut.

Er und ich, aber womöglich auch jeder da draußen, wissen insgeheim wie es enden wird. Darüber gibt es keine falschen Illusionen. Unklar war weiterhin nur der Zeitpunkt. Seinem Wunsch entsprechend werde ich es beenden. Sozusagen als Höhepunkt, der meine zukünftige Karriere beschleunigen wird. Ich war überrascht, wie entspannt und gefasst er meinen Vorschlag zur Kenntnis genommen hatte und letzten Endes auch einwilligte. *»Und zum Schluss kniest du dich hin, schließt die Augen und ich schieße dir in den Hinterkopf.«* Adam zeigte in der Garage damals keine der erwarteten Reaktionen. Nickte allenfalls leicht mit dem Kopf während er die Todes-Liste studierte. Unfassbar. Er blieb ganz ruhig. *»Ja, das ist gut.«* Mehr sagte er nicht als wir in den finalen Zügen unserer Planung steckten und im Haus seines Vaters im Anschluss nochmal in den Baupläne des Schulgebäudes hin- und herblätterten. *»Wir müssen in jedem Fall daran denken, dass die Zugänge gesichert sind. Sie müssen von Anfang an glauben, dass wir wirklich Sprengsätze zum Einsatz bringen und das ganze scheiß Gebäude in die Luft jagen werden. Das wird sie gefügiger machen.*

Zurückhaltender, vorsichtiger, bewegen sich nur langsam durch den Komplex. Wenn sie kommen, dann wird sich alles in den ersten 60 Sekunden entscheiden. Sie werden durch die ganzen Leichen abgelenkt sein. Was sie vorfinden werden, können sie nicht erwarten. Sie werden das Schlachtfeld nicht so einfach ausblenden und ignorieren können.« Er verlor kein weiteres Wort über die Kugel, die in absehbarer Zeit irgendwann in seiner Großhirnrinde stecken würde. Das war irgendwie auch cool in dem Moment. Es bewies seine Entschlossenheit für die Sache. Dass er sich rein auf das Ziel konzertierte. Ich sollte erst am letzten Tag die Kugel aussuchen und sicher in meiner Hosentasche verwahren. Solange, bis alles vorbei ist. Der Moment gekommen ist, an dem ich es beenden und zum Bellerophontes aufsteigen werde. Und das tat ich.

Ich prüfe mit einem behutsamen Griff an der Jeans, ob das kleine Stück Metall eventuell durch den Stoff durchdrückte und so vielleicht nach außen hin sichtbar gewesen war. Es ist ziemlich eng in der Ecke. Jeder presst sich an jeden. Schwierig da unbemerkt an der Tasche herumzuschustern. Aber nein. Alles da wo es hingehört. Ich kann es kaum noch erwarten. Alles war genauestens durchdacht gewesen. Im Darknet bekommst du jeden Scheiß. E-ID's, Kreditkartendaten, jede Form der Perversion, die man vom Hörensagen her schon kannte oder von denen man dort erst erfahren sollte. Scheiße, im besten Fall hätte Adam das hier vermutlich gar nicht selbst machen müssen, sondern mit genügend Geld durch jemand Anderen erledigen lassen können.

»Ich wiederhole es nochmal: Die Community wird heute Richter aber kein Henker sein. Das Prinzip ist spielend einfach. Erhält der LiveFeed-Post, in dem eines meiner Videos eingebettet ist, innerhalb der nächsten 10 Minuten 50.000 Likes, bleibt die unter Anklage stehende Person am Leben. Für jedes weitere Tribunal braucht

es jeweils 25.000 Likes mehr. Es liegt also in Eurer Macht Leben zu erhalten oder es zu nehmen. Angesichts der Zeit beginnen wir sofort.«

Adam ist bereit. Endlich. Herr Ulrich schläft. Unfassbar. Geknebelt auf dem Pult döst er einfach vor sich hin, während um ihn herum das „Tribunal" im vollen Gange ist. Er ahnt nicht, was in den nächsten Minuten auf ihn zukommen wird. Naja, eigentlich weiß das hier keiner so recht. Im Wechsel schwenkt Adam die Kamera zu uns, dann wieder auf sich selbst. Er präsentiert sich beinahe als Star einer neuartigen Show, wofür die Menschen ihn, aus seiner Sicht, lieben werden. Sie werden ihn hassen. Aber seine Wahrnehmung ist ohnehin nicht die klarste. War sie nie. Ich schmecke noch immer Teile des getrockneten Blutes auf meinen Lippen. Yvonne hat geschickte Hände, trotz allem lief mir der rote Saft weiterhin durch das Gesicht. Dieser leicht metallische Geschmack ist nicht zu ignorieren. Die Wunde am Kopf löste bei unserer Ankunft besorgte Blicke aus und ich spielte meine Rolle recht passabel bis sehr gut. Von jetzt an würde ich der Zurückhaltende sein. Derjenige, der die guten Ideen und Einwände vorbringen wird. Kein Daniel oder vorlauter Thomas. Die sind vorzeitig von der Liste gestrichen worden. Irgendwie schade. Ich hätte zu gern seine Reaktion gesehen, wie ich hier mit Yvonne so langsam anbandele. Alles ist perfekt einstudiert. Ich kann es kaum noch erwarten.

»Ich will, dass du gestehst!« Adam hat sich, wie zu erwarten, Tim zur Brust genommen. Einer der Musterschüler des Raben, der nun zunächst einige Schläge einstecken muss und über den Boden geschleift wird. Seine Stimme ist grell und damit unangenehm. Doch vor der Kamera machte Adam weiterhin eine gute Figur. In seinem schwarzen Shirt, darüber das zerkratzte und blutverschmierte Gesicht und der blutende Arm mit der Einschusswunde sowie den trainierten Oberarmen auf dem sonst so grätenartigen Gestell. Ohne die Kappe machte selbst die neuzeitliche Kampffri-

sur, in dieser Kombi, einiges mehr her. Oben die Haare lang, Seiten per Millimeterschnitt kurz, dazu Ansätze eines Bartes. Er wirkt wie ein Soldat. Rebellisch und unaufhaltsam. Autoritär und entschlossen. Eine Rolle, die er vor der Kamera nun auch sehr gut zu mimen weiß, aber keineswegs seinem Gemüt vor einem Jahr entsprach. Ja, vielleicht war er doch ein Star. Eine Kerze, die zwar nur kurz, dafür aber extrem hell brennen wird.

Er will dieses Spiel spielen. Er will live sein. Ein Amokläufer, der seine Tat in Echtzeit im Internet streamt. Während wir von Eric und Dylan nur wenige Minuten zu Gesicht bekamen und uns somit nur ein sehr kleines Zeitfenster zur Verfügung stand, ihren Charakter studieren zu können, würde Adam seinen Zuschauern Stunden an Material schenken und sie gleichzeitig als Mittäter einbeziehen. Er räumte ihnen ein Mitbestimmungsrecht ein, interagiert mit seinen Followern noch während er tötet oder unmittelbar kurz davor steht. Das ist beispiellos.

Tim hat es natürlich in der ersten Runde nicht geschafft. 17.398 Likes. Für mich ein Erfolg. Aber den Regeln nach, ein klarer Misserfolg. Adam schoss ihm mit Ablauf des Timers direkt wortlos ins Gesicht. An ihm vollzog er ein Exempel, mit dem er das Spiel eröffnete und jegliche Fake-Vorwürfe aus dem Netz direkt ausräumte. Die Anklage, die Adam vorbrachte, wog zu schwer, sodass Adam über diese Entwicklung auch mehr als erfreut scheint. Er war schließlich der Hauptverantwortliche für eine von Adam's schmerzlichsten Erfahrungen.

„#amokadam, #verwundert, ich könnt kotzen, wann löscht jemand diese seite endlich *angry*!"

„#amokadam, Wer ist das? Das ist ja schrecklich."

„#showmustgoon, #dayzerohighlight, #m4demyd4y, wie krass ist das denn? wo kann ich einen für reups abonnieren?"

„#wutbürger, #kriegerratte, nein. warum mengt der so lange da rum?!? #@ Was_ein_Horst!"

„#trikots, #ligagamer, Mal ne blöde Frage: Was ist jetzt mit den Fußballtrikotts? Warum heißt die Seite jetzt anders? Bekommen wir die jetzt nicht zugestellt?"

„#rammelgandalf, #amokadumm, wieso hat der den abgeknallt? Hätte ihn doch an der Tafel aufhängen können. LOL. Spast."

„#columbine, #amokadam, REALY-WTF, was hab ich mir da grad angesehen? Leute, wie krank seid ihr denn euch sowas anzugucken?."

„@miau-cat123, ja dann guck doch nicht hin. Wie dumm bist du denn? Mach doch das Internet aus! - MiKitty abonnieren – SchminkKitty4Chan Tutorial - "

#eintagsfliege, #wiewirdwetter, ist doch morgen eh wieder schnee von gestern "$§#@%&" mich regt euer gutmensch-getue nur wieder sowas von auf! backt euch doch ein warmes eis ☹."

Die Kommentare fluten sich mit immer lauter werdenden Anfeindungen Adam gegenüber, während er den leblosen Körper von Tim in die Ecke zerrt. Adam braucht Platz. Platz für das nächste Opfer. *»Mein Gott, nein. Frau Schultheis… was…!«* Herr Ulrich kam langsam zur Besinnung, erfasst das Ausmaß der Verwüstung, das sich um ihn herum ausgebreitet hatte. *»Ah, Herr Ulrich, auch wieder im Lande? Bereit für ihren großen Auftritt auf dem Schafott? Ich hoffe, dass sie nun gut ausgeruht sind.«* Der Lehrer braucht eine Minute, bis er erkennt, was alles um ihn herum während seiner Abwesenheit geschehen war. *»Frau Schultheis… was hast du nur getan, Adam?«*

»Frau Schultheis… ahhhh… den Raben meinen Sie. Ja, was habe ich wohl mit ihm gemacht? Sind wir schon so vergesslich? Man könnte meinen, man hätte Ihnen etwas gegeben… ein Mittel vielleicht… mit dem man Gedächtnisschwund bekommt… komisch… woher kennt man das nur?« Adam schwenkt die Kamera in seine Richtung. Die Community sollte über nichts im Unklaren gelassen werden. Hektisch presst Adam sein Gesicht ganz dicht an das von Herrn Ulrich heran. *»Na, was habe ich wohl gemacht? Ich habe sie getötet. Das habe ich gemacht. Uns von ihr befreit, diesem Miststück… uns von unseren Qualen erlöst und sie büßen lassen… ja… das habe ich gemacht. So wie ich es bei Ihnen machen werde und bei all den anderen. Ich war heute sehr unartig, Herr Ulrich. Man könnte fast behaupten, ich hätte mich kriminell verhalten. So wie Sie mich immer gesehen und hingestellt haben. Was? Ach kommen Sie… warum so enttäuschte Blicke? Schockiert Sie das jetzt etwa?«*

»Adam, das ist was zwischen dir und mir. Schluss damit. Hör jetzt auf! Ich weiß, warum du das tust. Dass du dich ungerecht behan-

delt fühlst. Aber ich habe nur im Interesse dieser Schule gehandelt. Du warst eine Gefahr für deine Mitschüler, hast die Regeln missachtet und deine Schwester... du hast auch sie in die Sache mit reingezogen. Das konnten wir nicht mehr hinnehmen. Übernimm endlich Verantwortung für dein Handeln!«* Adam lacht lauthals auf, als er die Worte des alten Mannes vernimmt. *»Oh, das tue ich doch! Genauso wie du, genauso wie der Rabe da hinten. Wir alle übernehmen gerade viel Verantwortung für unser Handeln. Danke für diese treffende Formulierung und Klarstellung des gegenwärtigen Sachverhaltes! Und unterstehen Sie sich bloß... ab sofort... ein weiteres Mal mit Ihrem verlogenen Drecksmaul meine Schwester zu erwähnen!«* Wild stammelnd reißt Herr Ulrich den Kopf herum. Adam befindet sich wieder auf der Kopfseite des Pultes, also außerhalb seines Sichtfeldes. Immer wieder sucht er den Blickkontakt, doch er kann nur immer wieder entweder in die entsetzenden Gesichter seiner Schüler oder auf den frischen Leichenberg zu seiner Linken blicken. *»Frau Schultheis war eine anständige Frau, eine geschätzte Kollegin und fürsorgliche Person. Du hast sie nicht gekannt. Nicht so wie ich. Sie war ein besserer Mensch als du es jemals sein wirst.«*

Wütend richtet sich Adam an seine Community, reißt die Arme in die Höhe und deutet anschließend auf den auf dem Pult gefesselten Lehrer. *»Und ihr vertraut eure Kinder wirklich freiwillig solchen Personen an? Menschen, die die Menschenwürde mit Füßen treten und dafür auch noch besser bezahlt werden als ihr selbst? Die sich gegenseitig den Rücken stärken, damit nicht einer nach dem anderen an den Lügen des anderen erstickt? Verlogen und hinterfotzig. Ein Kollektiv aus korrupten Speichelleckern und Blendern, das seid ihr doch alle. Ich... ich erzähle euch mal, was der Rabe, diese Fotze, für die ihr da draußen literweise Tränen vergisst, mit euren... ja euren Kindern getan hat...«* Sein Blick richtet sich entlang der Kamera an die Schüler der Klasse 10b. *»...was war denn zum Beispiel* mit Youssef, damals in der Sechsten? Du warst dabei Mark. Oder du… Als er einmal zehn Minuten zu spät zum Unterricht kam. Da zwang ihn dieses Miststück zwei Stunden lang auf einem Bein in dieser Ecke da drüben zu stehen. Wir alle erinnern uns, wie er anschließend in den Pausen in den Büschen geweint hat. Gedemütigt hat sie ihn, vor all euren Augen. Oder erinnern wir uns mal an Jakob… ja, Jakob Seemann. Dem sie in einer unserer großen Pausen erst mit Kreide und später dann mit einem Filzstift einen David-Stern auf den Rucksack gemalt hat, nur weil er das Erntedankfest mit dem traditionellen Sukkot verglichen hatte. Jakob kann leider nicht mehr hier sein, wie ihr alle wisst. Jakob hat sich sieben Wochen darauf das Leben genommen. Wir konnten es ihr zwar nie beweisen, aber ihre dummen Andeutungen, noch Wochen danach, waren immer mehr als offensichtlich. Und Olga, Fuck. Wisst ihr das noch? Wie sie ihr nach dem Geschichtsunterricht im Vieraugen-Gespräch eiskalt ins Gesicht gespuckt und zugerufen hatte, dass sie ruhig im Osten hätte bleiben können, weil ihr dicken Titten problemlos eine zehnköpfige Familie über die kommenden zehn Winter hätten bringen können. Fuck Leute, wacht auf! Seht ihr diese Scheiße denn nicht oder wollt ihr sie nicht sehen? Wie kaputt unsere Welt eigentlich ist? Jedem von uns war klar, was diese Frau wirklich angetrieben hat. Das etwas abgrundtief Böses in ihr steckte. Und dieser Person weint ihr in dieser Stunde auch nur eine Träne nach? Ich habe ihrem Treiben stellvertretend für all die gepeinigten Menschen, die immer und immer wieder nach Gerechtigkeit geschrien haben, die Flügel gestutzt. Der Rabe ist hier in seinem Nest ein für alle Mal gelandet. Dieses Miststück hat nie etwas anderes verdient, Herr Ulrich. So wie Sie sämtliche Mittel und Hebel in Gang gesetzt haben, um mich dieser Schule zu verweisen, habe nun ich meine Mittel und Hebel in Gang gesetzt. Ich bereue nur, dass es nicht schon eher passiert ist.«

*»Stell dich genau hier hin. Direkt vor die Kamera! Und Lächle gefäl-
ligst für deine Fans!«* Adam macht weiter. Punkt für Punkt entlang
der Agenda. Ihr Name war der Nächste auf der Liste. Die Liste trug
viele Namen. Mark war sich von Beginn an nicht sicher, ob er sie
alle erwischen würde. Karin's Knie schlottern, als er sie direkt vor
der Linse positioniert und zur Abstimmung aufruft. *»Die Geschichte von Karin und Madeleine! Karin, erzähl es ihnen. Erzähl deinen
Zuschauern, was dich hierher geführt hat! Was für eine Art
Mensch du bist.«*

Die Likes schießen plötzlich in die Höhe. Kommentare in allen erdenklichen Sprachen und mit einer Vielfalt unterschiedlicher Reaktionen mittels Emojis unterfüttert. Sie hatten es endlich begrif-
fen. Dass sie alle womöglich im Stande gewesen waren, Leben zu
retten. Eine Chance, die sie kein weiteres Mal verstreichen lassen
durften. Adam erhält besonders von der jüngeren Generation eine
enorme Aufmerksamkeit. Sie schreiben sich die Finger wund, verstecken Botschaften in neutral formulierten Wortbausteinen,
doch mit einer unterschwellig eindeutigen Aussage. Adam sei
nicht allein. Sie verurteilen zwar sein Handeln, doch nicht seine
Motive. Nicht wenige, die in Adams Handeln einen Weckruf für
die Gesellschaft und Parallelen zu ihren Erfahrungen sehen, mussten sich damit innerhalb der Community selbst erheblichen Anfeindungen ausgesetzt sehen. Immer wenn Mark heimlich eines
dieser Profile öffnete wurde ihm direkt klar, dass es erst vor kur-
zem angelegt worden war. Vermutlich managte mittlerweile eine
einzige Person gleich mehrere Seiten, führte verschiedene Diskus-
sionen mit mehreren Accounts gleichzeitig, verbreitete die Links
und Video-Streams in alle Welt. Genauso wie Adam es gefordert
hatte. Doch so schnell, wie viele neue Threads eröffnet wurden,
wurden wieder andere Diskussionsbeiträge zugleich geschlossen
und vom Board genommen. Die Social-Network-Firmen hatten
Adam den Kampf angesagt. Sie sperren, löschen, mahnen und

verbannen. Seit mehreren Minuten scheinen unzählige Bots auf das Thema angesetzt worden zu sein. Die Firmen scheren sich nicht um die Menschenleben, die sie mit ihrer Maßnahme möglicherweise gefährdeten. Das Risikomanagement hatte im Sinne der Unternehmenspolitik eine klare Entscheidung getroffen. Adam erwartete allerdings auch nie, dass sie tatenlos bleiben würden. Er und Mark setzten von Anfang an auf die Willensstärke und Bestrebungen der freien Community. Sie schufen eine virtuelle Armee, die sowohl freiwillig also auch unfreiwillig mit ihnen in einen digitalen Krieg gegen das System und die Medien zog. Ein grausamer Aufstand bestehend aus Mittätern, Helfern und Gutgläubigen war geboren. Ein Gefecht, das mit Worten und bewegten Bildern ausgetragen wurde und letztlich nur einen Sieger hervorbringen würde. Adam. Denn sein übergeordnetes Ziel war es nach wie vor Chaos zu verbreiten. Unsterblichkeit, die er bereits mit den ersten Minuten seines Live-Status mit Hilfe seiner Videos längst erlangt hatte. *»Sehen Sie her, Herr Ulrich. Hier ist noch eins Ihrer schutzbedürftiger Schäfchen, dass Sie vermutlich besser kennen als jeder Andere in diesem Raum!«*

»Gestehe!« Karin's Verstand blockiert, als Adam ihr den Lauf der Waffe ganz fest gegen die Stirn presst. Ihr ist nicht klar, was er von ihr will. Sie ist sich keiner Schuld bewusst. *»Adam... Was? Warum ich? Was habe ich dir denn getan?«* Adam zeigt sich verbittert. Für ihn bemühte sie sich nicht genug. *»Oh, wann seht ihr denn endlich ein, dass es hier doch nicht immer nur um mich geht. Das wäre doch überaus egoistisch von mir, oder nicht? Also los, gesteh mal alles... einfach was du glaubst, was richtig sein könnte und dich so überhaupt erst zu so einer abgefuckten Bitch hat werden lassen!«* Er blickt in die Kamera und stempelt Karin als Lügnerin und Miststück ab, während sie schweigt und wehrlos der zu allgemein formulierten Anklageschrift horcht. Mit Absicht, denn er will es aus ihrem Munde hören.

»Adam. Schluss jetzt, das reicht!« Carmen erhebt sich lauthals vom Boden und bewegt sich schnurstracks auf ihn zu. *»Adam! Das muss jetzt ein Ende haben. Du siehst doch, dass sie keine Ahnung hat, was du von ihr willst! Rede mit uns! Rede mit mir! Sag uns was du von uns willst! Du bist offensichtlich frustriert. Man hat dir schlimme Dinge angetan, OK. Aber so kann das nicht weitergehen…«* Er lässt von Karin ab und zielt mit der Pistole direkt auf die junge Lehrerin, die das Unrecht nicht weiter mitansehen kann. Leicht an der Kamera vorbei, sodass es so wirkt, als würde er seine Waffe direkt gegen die Community richten. Er wirkt ernst und überzeugt. Genauso wie sie es geübt hatten. *»Du denkst, du kennst die ganze Wahrheit? Dass es nichts geben würde, dass all das hier rechtfertigt? Und… du denkst wirklich, hier geht es gerade um mich? Halt deine dumme Fresse! Ich will, dass sie der Welt erzählt, was für verlogene, hinterfotzige Miststücke sie und ihre Freundin sind! Sie soll nicht weiter so tun, als wüsste sie nicht, wovon ich hier rede. Sie wird gestehen, so wie all die Anderen auch!«* Carmen bleibt wie angewurzelt stehen, wagt keinen Schritt nach vorne zu setzen *»Adam! Sie wird dir nicht auf etwas antworten können, wenn du ihr nicht sagst, was du von ihr hören willst!«* Sie sucht verzweifelt nach einem Weg, wie sie Karin's Leben retten kann. Ein womöglich unmögliches Unterfangen. *»Was willst du eigentlich von mir, Schlampe? Spielst du hier jetzt auch noch die Heldin? Was… Was? Ich hab dich am Leben gelassen, vergiss das nicht! Du und Laura, ihr lebt, weil ich es euch erlaube. Du wirst hier keinen mehr retten, kapier das endlich! Die da draußen… die Community, die wird entscheiden. Du nicht! Diese Hure hat das Leben eines unschuldigen Menschen auf dem Gewissen. Sie und ihre verfickte Freundin haben einen Mord begangen und versucht es zu vertuschen! Sie haben damit mehr Leben zerstört, als es diesen Hohlbratzen überhaupt klar zu sein scheint. Na, da staunst du jetzt, was?«*

Carmen schweigt, schließt sich dem Entsetzen der umliegenden Schüler bezüglich der von Adam geäußerten Anschuldigung an. Die Blicke wandern nach und nach hinüber zu Karin, die plötzlich überrascht wirkt und endlich zu verstehen beginnt, worauf Adam es abgesehen hatte. Sie bricht zusammen und schlägt die Arme über ihren zitternden Körper. Adam sieht zunächst zu ihr runter und richtet danach seinen Blick direkt zu Yvonne hinüber. *»Eigentlich musst du nicht vor mir gestehen… sondern vor ihr, Bitch!«* Yvonne wirkt ebenso überrascht wie alle anderen, weiß nicht so recht, was sie gerade denken soll. *»Sag es ihr! Sag ihr, wer an dem Abend alles im Auto gesessen hat und warum das Fahrzeug, dass ihren Vater getötet hat, wirklich die Kontrolle verloren hat!«* Yvonne ist sprach- und fassungslos. Seit dem Gerichtsprozess Anfang des Jahres hatte sie kein Wort mehr über die Ereignisse jener Nacht gesprochen.

»Das ist ein Missverständnis. Ich war es nicht. Ich bin nicht gefahren! Wir… Wir…« Sie schluckt, ringt nach frischer Atemluft. Doch dann brüllt Karin es aus ihrem tiefsten Inneren heraus. *»Wir wollten das alles doch nicht…!«* Ein Raunen geht durch den Raum. Jedem war die Geschichte um den Tod von Yvonne's Vater bekannt, doch von einer Beteiligung von Madeleine oder Karin war nie etwas zu hören. Adam zielt mit der Waffe erneut in Karin's Gesicht und fordert sie ein letztes Mal auf, endlich ihr Schweigen zu brechen und vor ihnen allen zu gestehen.

»Ich… nein.. Wir haben im Wagen gesessen, ja, es stimmt. Ich saß hinten bei Josh und Tanja, während Madeleine auf dem Beifahrersitz war. Henrik hat am Anfang nur rumgealbert, ist immer schneller gefahren, um uns alle mit seinem neuen Wagen zu beeindrucken. Die Musik war laut und wir hatten hinten nicht viel zu melden, weil er nur noch Augen für sie hatte. Er wollte nach der Trennung von Neve einfach wieder etwas Dampf ablassen. Verdammt nochmal, ich hatte selber Schiss… aber Madeleine… sie… sie heizte

ihn immer weiter an. Es ging mit ihm durch und es wurde immer wilder. Er hat weiter aufs Gaspedal gedrückt und Madeleine erzählt, dass man das Gefühl kaum noch toppen könnte... Verdammt... Sie mochte Henrik und dann ist es halt passiert. Sie haben uns gar nicht weiter beachtet und ihm... Verdammt... Sie hat ihm einen geblasen, ja... ist es das was ihr hören wollt? Wir konnten es doch selbst kaum fassen. Madeleine war halt einfach so. Und dann... kurz nach dem Aufprall sollten wir plötzlich sofort alle abhauen. Josh und Tanja haben sich um Henrik gekümmert. Ich um Madeleine. Das Ganze war seine Idee, weil er nicht wollte, dass seine Eltern oder die Polizei davon erfahren. Er war nicht zu schnell, aber er hätte ihn sehen müssen. Yvonne, es tut mir so leid. Ich wollte es dir so oft schon erzählen, aber Madeleine... Wäre rausgekommen, dass Madeleine ihm während der Fahrt einen Blowjob gegeben hat, dann wären wir alle dran gewesen. Einige von uns haben noch keinen Führerschein und hätten ihn vielleicht nie machen dürfen. Und Henrik wäre vermutlich im Knast gelandet. Das ging alles so schnell. Es wurden Sachen gesagt, die wir nicht mehr hätten zurücknehmen können. Josh und Tanja haben mitgespielt, weil auch sie zu viel Angst davor hatten, was alles hätte passieren können. Das war alles wirklich zu viel für uns... Yvonne... es tut mir so Leid.«

Adam stellt sich direkt vor die Kamera und präsentiert sich als derjenige, der Recht behalten sollte. »Seht ihr? Überall Lügen und Huren, die glauben, sie wären für ihre Verbrechen nicht verantwortlich! Soll ich euch sagen, wie die Geschichte ausgegangen ist? Wisst ihr was bei dem Prozess herumgekommen ist? Eine geringfügige Geldstrafe, ist das zu fassen? Ein zweijähriges Fahrverbot? Das war die angemessene Strafe im Sinne unseres Rechtstaates? Ist das fair? Ist das für euch verhältnismäßig? Ist das für uns ein Menschenleben wert? Scheiße, NEIN! Leider ist Henrik nicht hier, um ihn für sein Verbrechen zur Verantwortung zu ziehen. Das tut *mir leid, Yvonne. Ich habe es wirklich versucht, aber er ist seit geraumer Zeit unauffindbar. Aber Karin… Sie ist hier. Genau dafür. Für unser Tribunal und… deine Stimme… sie hat nun mehr Gewicht als all die anderen Stimmen da draußen, die deinen Schmerz nicht einmal ansatzweise nachvollziehen können.«* Karin kriegt sich nicht mehr ein. Sie zupft an Adam's Bein und fleht ihn an, sie am Leben zu lassen. Sie treffe zwar eine Schuld, doch nicht die volle Verantwortung stellvertretend für alle, die an der Vertuschung beteiligt waren. Immer wieder starrt sie hinüber in die Kamera, richtet sich mit ihrem Betteln direkt an die Community. Dann wieder an Yvonne. Es ist ein ständiges hin und her.

»Was sagst du, Yvonne? Ist das fair? Willst du sie nicht dafür bestrafen? Soll sie davonkommen? Soll ich es für dich tun? Wir beide kennen uns schon so lange und ich weiß, dass ich dich hier als Einziger in diesem Raum wirklich verstehe. Ich habe zugehört. Alles, was du mir anvertraut hast… habe es in mich aufgenommen… wahrgenommen. Jede unterschwellige Botschaft und dein Verlangen habe ich verstanden, weil ich mir die Mühe gemacht habe dich auch verstehen zu wollen. Wie die Wut dich seit diesem Erlebnis Stück für Stück auffrisst und du am liebsten alles hinwerfen möchtest. Am Leben zweifelst. Wofür? Wofür alles aufgeben? Für so verkommene Subjekte wie diese? Ist es nicht eher ratsam, dass Unkraut am Schopfe zu greifen, es mit eigenen Händen herauszureißen statt sich von ihm verzehren zu lassen? Du selbst hast es mir in unserem intimsten Moment tiefster Verletzlichkeit gestanden. Erinnerst du dich an diesen Abend? Yvonne? Als du mir sagtest, dass du Henrik am liebsten dafür bezahlen lassen würdest, was er dir und deiner Mutter angetan hat. Aber du bist kein Monster, Yvonne und ich verstehe wieso du es nicht selbst tun kannst? Aber ich. Ich kann es. Ich kann es für dich tun. Nur ein Wort von dir, ein einziges Wort und ich spende deiner Seele ein wenig mehr Frieden. Ein einziges Wort von dir! Ein kurzes Nicken, irgendwas.«

Doch je mehr Worte Yvonne erreichen desto mehr wendet sie ihren Blick von ihm ab. Sie bricht in den Armen von Mark zusammen und erliegt einem ihrer schmerzlichsten Heulkrämpfe der vergangenen Jahre. Für Adam ist das allerdings nicht ausreichend. Er stutzt, hatte sich darauf verlassen, dass sie seine Ansicht teilten und sie ihm die von ihm erwartete, rasche Entscheidung direkt mitteilen würde. Ohne ihre Zustimmung würde er es nicht einfach wagen wollen. *»Yvonne?«* Sein Tonfall wirkt sanfter, weniger fordernd. Er gibt ihr etwas mehr Zeit, um sich beruhigen zu können. Doch er spürt ihren ansteigenden Zorn, sieht, wie die von Adam erwähnte Wut den Druck in ihrem Körper ansteigen lässt, wie sie zittert. Adam gefällt was er sieht. Er wendet einen selbstsicheren Blick Karin zu, während er mahnend mit der Pistole auf und ab wippt. *»Also Karin, ich glaub du bist im Arsch. Lehn dich doch bitte ein wenig zurück, Schätzchen. Ich will dir ins Gesicht schießen, damit deine Eltern bei deiner Beerdigung das blanke Kotzen kriegen.«*

»Ja, ich will… dass jemand dafür bestraft wird…!« Überrascht sieht Adam zu Yvonne hinüber. Er hält inne, denn seine Träume scheinen gerade in Erfüllung zu gehen. Gebannt sieht er zu Yvonne hinüber, kann es kaum erwarten, welche Art der Bestrafung sie für Karin vorgesehen hatte. *»…ich will, dass du die Waffe nimmst, sie dir in den Mund steckst und abdrückst! Hörst du mich? Du sollst verrecken, du kranker Psychopath!«* Enttäuscht lässt Adam von Karin ab und schüttelt mit dem Kopf. *»Ich dachte wirklich, dass du es verstehst.«* Er wirkt desillusioniert, kaum mehr Herr seiner Sinne. Noch während Carmen sich entsetzt zurück zu der Gruppe begibt und sich schützend vor die Schüler hockt, liest Adam nebensächlich die Kommentare, die ihm die Community zugesandt hatte. *»Fuck.«* Die Community hatte sich entschieden und ihm damit eine weitere, für ihn unvorhersehbare, Niederlage beschert.

76.254 Likes.

»*Das ist enttäuschend. Wirklich... wirklich sehr, sehr enttäuschend. Sieht so aus, als hätten wir hier ein paar Karin-Fans. Fuck. Ach, Scheiße...*« Er lässt von ihr ab und sieht rüber zu Mark, während Karin sich auf allen Vieren von ihm zu entfernen versucht. »*Bleib gefälligst da liegen, Schlampe!*« Karin folgt der Anweisung, während Adam hektisch damit beginnt, die Kamera drehen zu wollen. Er richtet sie direkt auf das Pult, dort wo Herr Ulrich zusammengebrochen und erneut der Bewusstlosigkeit erlegen war. »*Ok, er ist dran! Er soll jetzt gestehen!*« Adam blickt wirr durch den Raum, direkt hinüber zu Frau Reif. »*Ok, Schlampe! dein Auftritt. Ich kann mir niemanden geeigneteren vorstellen!*« Doch Carmen weigert sich. »*Steh gefälligst auf, Schlampe! Du wolltest hier sein, jetzt leb mit den Konsequenzen! Steh auf!*« Er feuert eine einzelne Kugel, unmittelbar über ihren Kopf hinweg, mitten in die Wand. »*Adam! Hör auf!*« Yvonne appelliert an seine Vernunft, doch Adam will nichts mehr davon wissen. »*Carmen! Bitte... Jetzt... Sofort!*« Adam wird ungeduldig. Er nimmt den Schaft seiner Waffe und schlägt sie Herrn Ulrich hart mittig auf das Nasenbein, worauf dieser aufwacht und hektisch umherblickt. »*Friss die Kreide, du Bastard! Friss!*« Adam legt selbst Hand an und stopft ihm das gepresste zylinderförmige Gebilde in den Mund. »*Friss hab ich gesagt!*« Adam verliert völlig die Kontrolle über sich und die Situation, während das Mahlwerk von Herrn Ulrich zu arbeiten beginnt. »*So... ihr wollt mich also verarschen. Denkt ihr vielleicht, dass das hier nur ein Spielchen ist? Nein, ihr werdet lernen was es heißt, Zeugnis abzulegen. Du da... du Otto...*« Er deutet willkürlich auf einen weiteren Mitschüler des Raben und zwingt ihn mittels seiner Waffe aufzustehen. »*Du da, du nimmst jetzt das Klassenbuch hier und schlägst es dieser Fotze dahinten... ja, die Fotze, die nicht hören will... so hart in die Fresse, bis sie aufsteht und hierherkommt! Du schlägst so hart zu, bis die Schlampe zur Besinnung kommt. Kapiert? Oder, bei Gott, ich schieß dir ins Gesicht. Ich schieß dir die verfluchte Fresse weg... kapiert?!?*«

Wutentbrannt schleudert Adam dem äußerlich versteinerten Jungen das Klassenbuch vor die Füße, der sofort das gebundene Blaue aufhebt und schockiert zu Frau Reif hinübersieht. Doch ehe der Junge aufstehen kann, erhebt sich Frau Reif ganz von selbst, streckt ihm ihre offene Handfläche entgehen und symbolisiert ihm damit, dass er keinen weiteren Schritt unternehmen solle. *»Ist schon Ok. Ich mach es, du musst das nicht tun, Junge.«* Doch Adam zielt weiter auf ihn. *»Oh nein, Schlampe. Ich hab deine Spielchen so satt. Du hattest deine Chance. Jetzt bekommst du eins in die Fresse, damit du endlich kapierst, wie das hier läuft.«* Es fällt ein weiterer Schuss, der am namenlosen Jungen gerade so am Rücken vorbeistreift, woraufhin dieser erneut zusammenzuckt. *»NA LOS! Und hol gefälligst richtig weit aus. Wenn du es nicht richtig machst, schieß ich dir das Gesicht weg. Versprochen! Streng dich also besser an!«* Mark reicht dem Jungen das Buch und ermutigt ihn dazu tapfer zu bleiben. Nachdem er aufgestanden war beginnt er zögerlich seinen Weg hinüber zu der verängstigten Lehrerin, der nun ebenfalls weitere Tränen im Gesicht stehen. Seine Hände zittern, als er zum Schlag ausholen möchte. *»Na los! Worauf wartest du noch?«* Frau Reif schließt ihre Augen und erwartet das unvermeidliche. Der Junge holt weiter aus und schmettert ihr die flache Oberseite mitten ins Gesicht, sodass sie in sich zusammensackt und nach hinten weggleitet. *»Noch einmal! Die Fotze steht noch nicht.«*

Er beugt sich über sie und schlägt ein weiteres Mal zu. Diesmal fester, um sicherzugehen, dass er Adam's Ansprüchen genügt. Frau Reif fasst mit beiden Händen an den Boden. Sie will sich aufrichten, doch Adam fordert einen weiteren Schlag. Der Junge folgt der Anweisung und prügelt auf sie ein. Er weint, ist vollkommen abwesend. Seine Handlung automatisiert sich bereits nach der dritten Wiederholung. Er weiß, dass Adam insgeheim gar nicht wollte, dass Frau Reif aufstehen würde. *»Schon gut! Das reicht* *jetzt!«* Der Junge lässt das Klassenbuch direkt vor Neve's Füßen zu Boden schnellen. Dort wo auch Laura Platz genommen hatte. Er ist vollkommen weggetreten und begibt sich wie ein ferngesteuerter Roboter zurück an seinen Platz, während Frau Reif wimmernd am Boden zurückbleibt. *»Also gut, sehr schön. So gefällt mir das gleich doch schon viel besser!«* Adam beugt sich über Herrn Ulrich's Körper und presst seine Lippen ganz nah an dessen Ohr. Die folgenden Worte waren für keinen außer ihm bestimmt. *»Ich will, dass du nun ganz genau hinsiehst. Ich will, dass du keine Sekunde von dem verpasst, was nun folgen wird.«* Er richtet sich auf und deutet nun mit der Waffe direkt auf Yvonne.

»Du! Komm hierher!« Mark richtet sich auf und stellt sich direkt vor sie. *»Was soll das Adam? Was hast du vor?«* Auch Mark zeigt sich mehr als überrascht. Der Plan sah wohl anders aus. *»Sie kommt hierher! Du setzt dich hin! Alle halten das Maul!«* Mark sieht verwirrt hinüber zu Neve, die eigentlich nach Thomas jetzt als nächstes dran gewesen wäre. Das Vorgehen verschlägt ihm die Sprache, sollte Yvonne doch schließlich als eine der Wenigen heil aus der Sache herauskommen. *»Also Yvonne... ich warte. Oder möchtest auch du einen speziellen Klassenbucheintrag wie Frau Reif bekommen, hm?«* Adam ist wütend. Alle Beteiligten spüren das. In seinem jetzigen Zustand würde er zu allem fähig sein. Also erhebt sich Yvonne, welche die Anderen nun nicht auch noch für ihren Ungehorsam über die Klinge springen lassen möchte. Sie setzt langsam einen Fuß vor den anderen. *»Und was soll ich jetzt tun, Adam? Soll ich... vielleicht auch irgendjemanden grundlos schlagen? Vor der Kamera? Vielleicht tanzen oder weinen oder dich gar küssen? Sagen, dass du das gut machst? Dass das hier richtig ist? Sag schon!«* Adam verkneift sich jedwede Form einer interpretierbaren Gesichtsregung. Er starrt sie einfach nur an und sieht hinunter zu Frau Reif, die noch immer benommen am Boden liegt, was ihn erstmals ein Lächeln auf das Gesicht zaubert. *»Oh,*

es ist eigentlich viel einfacher, als du denkst! Bring mir für den Anfang vielleicht einfach etwas. Etwas Banales, Leichtes... sowas... ja... wie das Klassenbuch zum Beispiel. Laura kann dir dabei bestimmt ein wenig behilflich sein.« Das kleine Mädchen, das direkt bei Frau Reif Platz genommen hatte und sonst keinem weiter aufgefallen war, reißt ihre kleinen Äugelein auf und blickt verstört direkt zu Yvonne hinauf. Der freundliche Tonfall, der Adam's Bitte unterstrichen hatte, sorgt für pure Besorgnis unter den Anwesenden.

»Na bitte. Worauf wartest du noch, Yvonne? Ach komm... Denkst du etwa, ich würde dem armen kleinen Ding etwas antun wollen? Glaubst du das wirklich von mir? Ich bin doch kein Monster.« Er wirkt nicht überzeugend, was ihr vermutlich mehr Angst machte, als wenn er einfach geschwiegen hätte. Doch er würde von nun an ohnehin alle Bemühungen entkräften, dass kleine Mädchen außen vor zu lassen und auf die Erfüllung seines Willens bestehen. Also geht sie rüber, nimmt die Hand des kleinen Mädchens, das ihr keineswegs fremd ist und begibt sich auf den kurzen Pfad hinüber zu dem Henker der Klasse 10b, um ihm das Klassenbuch zu überreichen. Frau Reif hätte womöglich mehr Widerstand geleistet, hätte das Kind niemals aus ihrer Obhut entlassen. Vor allem nicht in seine Hände. *»Ihr macht das sehr gut. Schon vorsichtig. Wir wollen nicht, dass das Buch Schaden nimmt. Einen Schritt nach dem anderen.«* Sie lassen sich Zeit, was Adam sehr begrüßt. Es gibt ihm genügend Zeit, ein weiteres Magazin aus der Tasche zu nehmen und mit dem Verbliebenden in der Handfeuerwaffe zu tauschen. Als sie vor ihm stehen, setzt er den Lauf seiner Pistole direkt an Yvonne's Stirn auf und nimmt das Buch des kleinen Mädchens entgegen. *»Das hast du gut gemacht, Yvonne. Sehr gut sogar.«* Er nimmt Laura an die andere Hand und führt sie einmal um sich herum auf die andere Seite, sodass er genau zwischen

den beiden Mädchen stand. Die Kamera hat er unlängst auf sie geschwenkt. Die Community würde nun im vollen Bilde sein.

»Liebe Community. Ich möchte euch jetzt jemand ganz Besonderen in meinem Leben vorstellen. Jemanden, den ich bis vor wenigen Monaten nicht einmal mit Nachnamen kannte und der mit einer einzigen Begegnung meine Wahrnehmung, ach fuck... nein... einfach alles verändert hat. Community, das hier ist Yvonne. Yvonne, das ist... die Community. Und das kleine süße Ding, hier, zu meiner Rechten, dass ist Laura. Engagiert, fleißig... unschuldig und scheinbar vollkommen fehl am Platz. Aber... liebe Community. Wie ihr mich nun kennengelernt habt, tue ich nichts einfach so aus einer Laune heraus. Alles hat einen Grund. Alles hat einen Ursprung. Und welcher das ist, dass möchte ich euch nun verraten... Zeigen, um es genauer zu sagen.« Adam lächelt. Die Freude scheint echt. Beängstigend. Yvonne's Arme wollen instinktiv, vorbei an Adam, nach Laura greifen. Sie aus dem Raum zerren und ins Freie führen. Doch vergebens. Sie sieht Adam direkt an, erwartet jeden Moment eine sadistische Grausamkeit, die er einem von ihnen abverlangen würde. Doch Adam lächelt weiter, nimmt Yvonne's Hand und legt ihr seine Waffe mitten in diese hinein. *»Dass, liebe Yvonne, ist mein Geschenk... an dich...«* Yvonne versteht nicht, was da gerade geschieht. Die Pistole. Aber warum? *»Mit dieser Waffe gestatte ich dir, dich selbst von deinem Leid zu befreien...«* Noch lässt er nicht los. Die Waffe ist echt, so viel kann Yvonne als Laie selbst feststellen. Sie beinhaltet ein Magazin und der Abzug ist gespannt. *»Was... Was soll das Adam?«*

Er lässt langsam ab. Von der Waffe. Er nimmt das Gewehr vom nahestehenden Pult und zielt damit direkt auf sie. Eine nahtlose Bewegung, die ihm seine Sicherheit weiterhin garantieren sollte. *»Alles wird gut, Yvonne. Alles wird gut.«* Zurück bleiben zwei verwirrte Mädchen, die nun direkt alleine vor der Kamera stehen und mit dem freiwerdenden Platz zwischen ihnen automatisch näher zusammenrücken. Adam bezieht derweilen Stellung bei Herrn Ulrich und beugt sich hinter ihn. *»In der Kammer befindet sich ziemlich genau eine Kugel, dass solltest du als erstes wissen. Verschwende sie nicht.«* Noch immer versteht Yvonne kein Wort. Immer wieder blickt sie zu Laura, die ebenfalls vollkommen ratlos scheint. *»Das Zweite ist, dass ich dir deinen kleinen Wutausbruch von vorhin durchaus verzeihe. Ich weiß, dass du in emotionalen Momenten sehr leicht... naja... ausfallend und leidenschaftlich werden kannst. Was uns dazu führt, wieso du in diesem Moment eine geladene Waffe in deinen Händen hältst.«* Yvonne horcht auf. Ihr wird schlagartig klar, dass die Waffe zum Einsatz kommen sollte. Adam schlägt das Klassenbuch auf und es scheint beinahe, als würde er das Folgende aus dem Buch vorlesen. Doch das tat er nicht.

»Du liebe Yvonne, stehst nun am Rande einer Weggabelung. Eine ganz besondere Stelle, die dein Leben für immer verändern wird. Ich will, dass du der Community sagst, was du mir gesagt hast. Was du tief in dir drin fühlst, bezüglich des Todes deines Vaters. Was du wirklich... wirklich fühlst.« Er betont die Worte dermaßen, dass Yvonne sofort versteht, was er ihr zu entlocken versuchte. *»Bitte Adam, wir haben das heute genug zum Thema gemacht. Warum quälst du mich weiter damit?«* Ihr stehen erneut die Tränen in den Augen, die Hände zittern, ihr Unverständnis ihm gegenüber lässt sie leicht stammeln. *»Erzähl es ihnen, Yvonne. Erzähl ihnen, wie leer du dich fühlst. Welche Gedanken dich seit dem Unfall tagtäglich verfolgen. Dass du daran denkst, dir das Leben zu nehmen. Sag es ihnen. Sag ihnen, dass du die Ungerechtigkeit, die damit verbunden war nicht länger ertragen kannst und du lieber sterben möchtest.«* Sie wagt den Blick in die Kamera nicht, beobachtet von der Empore aus, wie ihre Tränen zu Boden gehen und ihr ganzer Körper von innen nach außen verkrampft. Er stellte sie bloß. Vor einer unbekannten Anzahl Augen unzähliger Gesichter,

die live vor den Monitoren hockten. Wollte er gerade wirklich einen Selbstmord live vor der Kamera provozieren? Warum diese Mühen? *»Wieso? Wieso... tust du das, Adam? Warum bist du so ein Arsch?«*

»Ein Arsch, der erst durch dich verstanden hat, dass Rache ein Heilmittel sein kann. Weil du mir gezeigt hast, dass es mir nicht schlechter gehen muss, nur weil es anderen besser geht. Wir alle immer eine Alternative haben. Du, Yvonne, du hast mir diese Alternative offengelegt. Und dafür möchte ich dir hiermit offiziell danken. Ich werde dir deshalb ein ganz besonderes Geschenk machen. Für dich, Yvonne, wird es von nun an ganz leicht sein. Du wirst dich heute nur für einen von zwei Wegen entschelden müssen. Die Wiedergeburt oder den Untergang. Für unsere Zuschauer da draußen, wer ist das kleine Mädchen neben dir? Die Spannung steigt. Du weißt es doch längst... Yvonne.«

»Bitte, Adam... bitte tu es nicht. Ich flehe dich an.« Adam reißt die Waffe hinauf und zielt auf die Geiseln unmittelbar vor ihr. *»SAG IHREN NAMEN!«*, schreit Adam wutentbrannt, woraufhin Yvonne zitternd die Augen verschließt und panisch zu stammeln beginnt. *»Laura... Ihr Name ist Laura... sie ist Henriks Schwester... der Junge, der meinen Vater getötet hat.«* Jeder im Raum erschrickt und wird sich der Bedeutung der Begegnung schlagartig bewusst. Henrik's Schwester? Die kleine L.? Bis auf Laura selbst verstand jeder mit einem Mal, welche beiden Wege Adam Yvonne gerade aufzuzeigen versuchte. Sofort versucht Yvonne das Offensichtliche zu verbergen, Laura nicht weiter zu verängstigen. *»Das kannst du nicht von mir verlangen Adam. Nein, das geht nicht.«* Doch Adam insistiert. *»Ich kann und ich werde, Yvonne. So und nicht anders wird das hier laufen. Es ist nur zu deinem besten.«* Yvonne reißt die Waffe hoch und zielt mit ihr in Richtung von Adam. Sie ist fest entschlossen, ihre beiden Leben zu retten. Doch Adam's Position bleibt weiterhin vorteilhaft indem er sich weiter spielerisch hinter

Herrn Ulrichs Körper zurückzieht und seine Waffe gegen die Geiseln richtet. Ohnehin weiß sie nicht, wie viele Patronen der Einen im Lauf noch folgen würden. Womöglich keine einzige. Oder hatte Adam vielleicht diesbezüglich gelogen? *Das würde ich mir gut überlegen, Yvonne. Ich gebe zu bedenken, dass, wenn du daneben schießt, ich jeden in diesem Raum töten werde... einschließlich euch beide. Und wem wäre damit geholfen? Ich gebe dir als kleinen Anreiz noch den Hinweis, dass ich eine Meeeeenge Gesetzesbücher gewälzt habe, die deine Situation als überaus vorteilhaft bezeichnen würden. Eine unter lebensbedrohlichen Umständen ausgeführte Straftat, die noch dazu unter Zwang entsteht... noch dazu unter einer Menge Augenzeugen... kann nicht als schuldhaftes Verhalten des Täters gewertet werden. Soll heißen, wenn ich dich dazu zwinge, jemanden zu töten, indem ich dein Leben oder das von anderen als Gegengewicht einsetze, dann bist du raus... fein raus... einfach so. Freiheit für alle...* « Yvonne zielt weiter auf ihn. Sie hat genug von seinen Worten, seinen Spielchen. Alle im Raum hoffen, dass Yvonne nicht daneben schießen wird. Dass alles jetzt sein Ende haben könnte. *»Ich werde nicht... ich werde... Warum lassen wir das nicht... ja... die Community entscheiden... ja... die Community...«*

Adam erhebt sich aus der Deckung, richtet weiterhin das Gewehr gegen sie. *»Doch. Du wirst. Entweder leben oder sterben. Die Wahl liegt bei dir, nicht bei mir... nicht bei ihnen.«* Klick. Sie hatte den Abzug betätigt, wollte die Kugel auf den Weg bringen, die Adam niederstrecken würde. Doch alles was sie hörte, war nur das ruckartige Zurückschnellen des Schlagbolzens, der nicht auf das Zündhütchen einer geladenen Patrone stoßen sollte. Yvonne ist fassungslos, wirkt jedoch weniger überrascht über den Ausgang ihres Handelns. *»Du enttäuschst mich. Schon wieder.«* Adam bewegt sich einige Schritte auf sie zu, greift in seine Tasche und nimmt ein Handy hervor. Er wählt eine Nummer und reicht es ihr rüber. Doch

Yvonne weigert sich, das Handy entgegenzunehmen. »*Es ist nicht für dich. Es ist für sie. Sie soll mit ihren Eltern reden dürfen. Sie soll Ihnen von der zweiten Chance erzählen, die ich dir hiermit großzügig, wie ich bin, nochmal geben werde.*« Als er ihr direkt gegenübersteht, betätigt er die Taste für die Lautsprechfunktion. Es tutet dreimal, ehe die Stimme einer aufgebrachten Frau ertönt, die sich nach dem Anrufer zu erkundigen versucht. Laura erkennt die Stimme sofort, bricht vorbei an Yvonne und reißt das Telefon direkt an sich. »*Mami? Bist du das Mami?*« Yvonne kann nur mit dem Kopf schütteln, ist erneut unfähig, den Gedankengängen von Adam folgen zu können. »*Du bist ein Monster, Adam.*« Adam lächelt und drückt ihr eine einzelne Patrone in die Hand, die sie zwischen den zurückgeworfenen Schlitten in die Patronenkammer einwerfen solle. »*Eher ein notwendiges Übel, Yvonne. Diese Entscheidung kann ich nicht der Community überlassen. Wir beide wüssten, für wen sie sich entschieden hätten. Ich weiß, es ist schwer sich zu entscheiden. Hättest du aber abgedrückt, hätte ich den Rest für dich erledigt. Jetzt... hast du genau 60 Sekunden, es selbst zu tun. Lass sie sich noch verabschieden. Oder töte dich selbst. Hey, beides ist für mich vollkommen OK. Ich werde das verstehen. Es ist deine Entscheidung. Der kleine Hebel an der Seite wirft den Schlitten in die richtige Position und lädt damit die Waffe durch. Schieß lieber nicht nochmal daneben, Süße. Denn was ich sonst mit dir, ihr und dem Rest in diesem Raum tun werde, wird für lange Zeit die Grenzen des Vorstellbaren sprengen. Und das wäre noch untertrieben, das verspreche ich dir.*«

»*Es tut mir so leid... es tut mir so unendlich leid.*« Yvonne steht mitten im Raum, umgeben von entsetzen Gesichtern, die alle mitangesehen hatten, was sie gerade getan hatte. Sie selbst hatte es kaum realisiert. Wie sie sich heimlich hinter dem abgelenkten

Mädchen in Position brachte. Die Waffe hochhielt und bereit war den Abzug zu betätigen. Sie zögert anfangs, wechselt in ihren Gedankenspielen hin und her. Ob sie sich selbst oder dieses kleine Mädchen nun opfern sollte. Gedrückt hatte sie nur aus einem Reflex heraus. Als sich Laura umdrehte und Yvonne den Anblick nicht wirklich ertragen konnte. Nun war die Leere in ihr größer als jemals zuvor. Sie blickt stillschweigend und in Schockstarre auf den Boden. Verfolgt das Rote, das in Begriff war, sich ihren weißen Turnschuhen zu nähern. Ein kleiner Schritt bewahrt sie letzten Endes davor, sich mit ihm zu verbinden. Doch die Verbindung zu ihr würde von nun an für immer bestehen bleiben.

Kapitel VI – Zeugnis

Ich zeichnete gerade meinen blutigsten Comic, als es an der Tür klingelte und meine Mutter wieder einmal im Eiltempo die Treppe hinunterraste. Nora Z setzte sich derweilen gerade gegen vier Untote zur Wehr, schlägt einem der Angreifer oberhalb des Unterkiefers mit einer Machete den Kopf ab. Das Blut fließt in Strömen, benetzt ihren ganzen nackten, im Mondlicht glänzenden nackten Oberkörper, auf deren Rücken ein abgesägtes Schrottgewehr baumelt. Ich bin immer wieder erstaunt wie sehr Nora Z Neve in ihrer Mimik und Gestik ähnelt. Ich werde mit jedem weiteren Strich besser und besser. Die Konturen, die vollen Lippen, diese perfekten Brüste, die zu diesem perfekten Körper einfach passen mussten. Nur eine Vorstellung, ein Hauch einer Andeutung zu geltenden Realität. Nora Z. Meine Göttin.

Sie wirft die Tür so stark zu, dass das Fantasiegebilde vor meinen Augen wie Glas zerspringt. Sie ruft nach Denise, kündigt den Besuch an, der nun für weitere Stunden im Haus verbleiben würde. So nervig. Als ob ein Neuntklässler nicht alleine auf seine Schwester aufpassen könnte. Lächerlich. »Adam. Komm hoch, Yvonne ist da. Ich muss jetzt zur Step-Aerobic.« Als ob. Die fette Kuh braucht keinen Stepper sondern einen Exorzisten. »Ich komme ja schon!« Ich werfe den roten Fine-Liner beiseite und werfe mir die Jogging-Jacke über. Eine Zigarette. Ja, die könnte ich jetzt gebrauchen. Ich seh' die Treppe rauf und staune nicht schlecht. Meine Mutter… also, ich muss echt schon genauer hinglotzen, aber meine Mutter umarmt hier doch wirklich grad einen Menschen. Und dann auch noch Yvonne, für die sie auch noch wirklich einige tröstende Worte findet. »Was geht's, Yvy?« Ihr stehen noch immer die Tränen in den Augen. Eine Wirkung, die meine Mutter häufig auf andere

Menschen hatte. »Alles gut. Ich… würde jetzt aber gerne Denise sehen. Ist sie oben?« Ich nicke, spiele den Schüchternen, damit ich mich schnellstmöglich meinem Fantasiegebilde wieder zuwenden kann. Sie fragt mich nach einem Glas Wasser. Ich hole es und reiche es ihr, bereit erneut die Stufen hinabzusteigen und mich in meinem Reich zurückzuziehen. »Möchtest du uns vielleicht Gesellschaft leisten?« Mein Fuß macht kurz vor dem ersten Absatz halt. Ich zeige mich verwundert, denn noch nie zuvor hatte sie mich vergleichbares gefragt. Normal agierten sie in ihrer und ich in meiner Welt. Eine klare Trennung der Verhältnisse. Aber scheinbar nicht heute.

»Erwartest du dafür etwas? So etwas… wie eine Gegenleistung. Ich bin nicht sehr gut in solchen Dingen. Reden und sowas.« Ich sehe nur durch den Augenwinkel, dass sie lächelt. »Nein. Wir müssen nicht reden. Aber deine Schwester würde sich über ein wenig mehr Gesellschaft mit ihrem Bruder sicherlich sehr freuen.« Ich weiß, dass sie bzgl. des Motives lügt, mir diese Bitte nicht aus voller Selbstlosigkeit entgegenbringt. Ich spüre, dass sie etwas belastet. Die Vergewaltigungsgeschichte womöglich? Immer mal wieder ein Thema an unserem Frühstückstisch. Ich kann es nicht mehr hören, weil es mich einfach nicht interessiert. Ich warte, überlege. Nora Z wartet. »Du… du musst nicht, wenn du nicht willst. Es war nur so eine Idee. Ich… ich hatte heute nur einen echt beschissenen Tag und… naja… wie gesagt, du kennst deine Schwester besser als ich. Sie fragt oft nach dir. Ich finde nur, du solltest das wissen.« Ihr Tonfall verändert sich leicht ins melancholische als sie nach oben schaut und ihr Gesicht von mir abwendet. »Yvonne? Ist Mama schon weg?« Es ist Denise, die oben vor dem Fernseher sitzt und auf „ihre beste Freundin", wie sie sie gerne nennt, wartet. »Ja, Schätzchen. Ich bin schon auf dem Weg.« Sie sieht kein weiteres

Mal zu mir, steigt mit geneigtem Haupt hinauf in ihr Reich. Der Smalltalk ist offiziell zu Ende.

»Ist sie eingeschlafen?« Es ist 20:55 Uhr. Ich stehe im Türrahmen, habe die letzten Stunden kaum etwas von ihnen gehört. Sie hängt an ihrem Smartphone, starrt unentwegt drauf, schiebt ein Bild vor das Nächste. Sie weint. Und direkt neben ihr, in ihren Armen, da liegt fest an sie gekuschelt… Denise. Ein verstörendes Bild, wenn man bedenkt, dass sie nicht Teil dieser Familie ist und kaum ein Anrecht auf derart körperliche Zuneigung hat. »Ja…«, sie flüstert. »Wir haben Videos geschaut. Ein bisschen gesungen. Wir waren sehr leise. Wollten nicht stören.« Sie schwenkt das Licht des Displays zum Boden, wischt sich verhalten die Flüssigkeit aus dem Gesicht und schiebt Denise behutsam beiseite, während sie ihr sanft durch die Haare streicht. Für mich wirkt es noch immer sehr befremdlich. »Willst du da stehen bleiben?« Ich war wieder abgedriftet, hatte gar nicht bemerkt, dass sie bereits direkt vor mir stand. Die Nachttischlampe spendete etwas seichtes Licht, woraufhin das Durchschnittsmädchen so nah von Angesicht zu Angesicht plötzlich gar nicht mehr so durchschnittlich wirkte. Ich mag es, wenn das Spiel aus spärlichen Licht und Schatten die Fantasie beflügelt, Raum für Interpretationen schafft und nicht alles direkt offenlegt. »Ich finde es… OK… so wie du meine Schwester behandelst. Man merkt, dass es ihr gut tut.« Häh? Was rede ich da plötzlich? Oh Mann. »Ja. Ich… ich mach das gerne. Sie ist ein kluges und liebes Mädchen.« Sie schließt die Tür, fragt nach unserer Mutter und ob sie sich bezüglich der Rückfahrt bei mir schon gemeldet hätte, was ich selbstverständlich sofort verneine. So war meine Mutter, unzuverlässig und selbstsüchtig. Nur ein Bruchteil von dem, was ihr Wesen in Summe ausmachte und von dem Yvonne keinen Schimmer hatte. »Und was jetzt? Ich werde wohl noch ein wenig hier sein, wie es aussieht. Zeigst du mir in der Zwischenzeit

dein Zimmer?« Nora Z. Ich hatte sie nackt und in kompromittierender Pose auf dem Schreibtisch zurückgelassen. Es wäre eine recht peinliche Begegnung der unheimlichsten Art, wie ich meinen würde. Eine Begegnung, auf die ich keineswegs scharf war. »Mein Zimmer? Ich... ähm... also...« Sie legt ihre Hand auf meine Schulter und fängt an zu lachen. »Hey, Casanova. Keine Angst. Darauf hab ich es nicht abgesehen. Also bleib ganz cool. Ich weiß, dass eure Mutter gerne die restlichen Türen im Haus zusperrt, wenn sie nicht zu Hause ist. Aber da du hier stehst, gehe ich doch mal stark davon aus, dass dein Zimmer nicht verschlossen ist. Ich sehe leider keine Alternative und habe bestimmt keine Lust eine halbe Stunde auf der Treppe zu warten.« Ihr Tonfall ist mit humorvollen Anspielungen gespickt. Fast wäre es ihr sogar gelungen, mir ein Schmunzeln zu entlocken. »Naja... OK, aber du gibst mir fünf Minuten. Fünf Minuten, um alle meine Pornos und die Spritzen verschwinden zu lassen. Ich will nicht, dass der Scheiß durch die Schule geht.« Sie fängt laut an zu lachen, während ich schnelleren Schritts vorpresche und die Tür öffne. »Fünf Minuten, Adam. Andernfalls wirst du dir mindestens einen der Filme mit mir ansehen müssen!« Ich kann nicht behaupten, dass mir ihre doppeldeutigen Anspielungen gefallen hätten. Es gab dabei immer zu viel Spielraum für Missdeutungen, aus denen schnell peinliche Handlungen folgten. Also besann ich mich lieber auf das Problem direkt vor mir. Nora Z.

Ich lasse sie etwas länger warten. Verflucht. Auf einen Besuch bin ich nicht eingestellt. Woher soll ich wissen wie ein Mädchen das Eine oder Andere deuten würde? Poster von Metal-Bands an den Wänden, check. Das wirkt ansatzweise normal. Getragene Klamotten von vor vier Tagen, check. Nicht sonderlich hygienisch, aber wenigstens stinken sie nicht. Das Filmregal wirkt aufgeräumt, die leere Pizzaschachtel kann ich gerade so im Papierkorb verschwinden lassen. Bett ist gemacht, Pornohefte darunter verstaut, Wichspapier... Schreibtisch... Nora. Das Papier darf nicht knittern.

Ich öffne die obere Schublade des Schreibtischs und entschuldige mich bei meiner Angebeteten für die etwas forsche Handführung. Der Zauber ihrer vollen Lippen verfliegt, ich bin bereit. »OK... ich glaube, du kannst reinkommen.« Sie öffnet die Tür nur einen Spalt, will sich vergewissern, dass die Luft rein ist. »Also... ich kann... ich kann auch ein Fenster aufmachen.« Idiot. Meine Gedanken rasen. Was ist nur los mit dir? Das Mädchen bedeutet dir nichts, sie ist Durchschnitt und du verfolgst keinerlei Absichten. Was zur Hölle macht mich nur so nervös?

Sie tritt ein und schaut sich in aller Seelenruhe um. Vorbei am Kleiderschrank hinüber ins Zentrum des Raumes. »Also das ist mal ein großes Zimmer. Die Farbe an den Wänden gefällt mir auch. Nur etwas dunkel.« Die Lampe. Stimmt. Drei der vier Birnen waren durchgebrannt und von den Lichtverhältnissen mochte ich es eigentlich auch genau so. »Ich muss morgen neue Birnen kaufen. Beim nächsten Mal wird es besser, versprochen.« Beim nächsten Mal? Alter! »Ich meinte die Farbe, Adam.« Sie lächelt erneut und so langsam fängt es an, dass mir dieser Gesichtsausdruck gefällt. »Wie lange wohnt ihr schon hier?« »Etwas mehr als vier Jahre.« Eigentlich waren es genau drei, aber naja, läuft. »Schon eine Idee, was du nächstes Jahr nach deinem Abschluss machen willst?« Smalltalk. Sie tastet sich heran, bis wir womöglich irgendwann bei ihrem Thema landen werden. »Naja. Meine Noten sind nicht gerade Wumme. Viel wird da am Ende nicht bleiben. Vielleicht was Handwerkertechnisches, Ausbildung, wenn es nach meiner Mutter geht. Sowas halt. Naja. Meine Interessen liegen auch nicht gerade so, dass ich irgendwann mal mit einem Beruf Geld verdienen werde, an dem ich tatsächlich auch Spaß haben könnte. So ist das im Leben, es kommt immer alles anders als man anfangs denkt. Ist dann leicht ätzend, sich darüber Gedanken zu machen und immer wieder zu sehen, was man alles eben nicht machen kann. Diese Liste wäre ellenlang. Ich leb so ein wenig nach meiner eigenen 3-Z-Mentalität. Zocken, Zeichnen, Zufall.« Sie stockt. Womöglich habe ich gerade wieder was vollkommen Hirnrissiges gesagt, was mir selbst wieder nicht aufgefallen ist. »Du zeichnest?« Fuck. Eigentor. Was zeichnest du? Darf ich ein paar Entwürfe sehen? Was geht nur in deinem kranken, verfickten Schädel vor? Fragen, denen ich mich genau in der Reihenfolge schon vor meinem inneren Auge ausgesetzt sah. »Ja. Ein wenig. Aber ich bin nicht so gut, deshalb werde ich dir auch keine Entwürfe zeigen. Pustekuchen. Du wolltest nur mein Zimmer sehen. Und hier wären wir, Ok?!?« Ich sehe an ihrer Reaktion, dass mein sprunghafter Tonfall womöglich von Außenstehenden gerade nicht als sanftmütig beschrieben werden würde. Doch als sie anfing zu weinen, fand ich das schon eine Spur „too-much".

Statt mich zu entschuldigen wende ich meinen Blick von ihr ab und starre auf den stummgeschalteten Fernseher, der dem Raum etwas mehr Beleuchtung bot. »Vielleicht war das alles keine so gute Idee, Yvonne. Ich bin kein guter Unterhalter. Und Taschentücher hab ich auch keine mehr. Vielleicht…« Doch sie hebt bereits die Hand um mir sofort Einhalt zu gebieten. »Nein. Es ist nicht wegen dir. Ich… ich… es ist wegen meinem Vater. Er… ist… letzte Woche ist er überfahren worden. Er hat lange gelitten und ist allem Anschein nach erst Stunden nach dem Aufprall gestorben. Und wäre das nicht genug, erfahre ich heute, dass jemand, den ich einmal sehr gut kannte.. zumindest dachte ich das… in den Autounfall verwickelt war. Die ganze Welt verwandelt sich gerade für mich in einen riesigen Haufen Scheiße, Adam. Ich könnte so abkotzen.« Ich horche auf. So wie ich es immer tat, wenn jemand von Tod oder Verstümmelungen sprach. Meine Konzentrationsfähigkeit steigerte sich dabei immer exponentiell. »Das tut mir sehr leid. Das wusste ich nicht.« Wie auch? Ich war schließlich nicht der gottverdammte Tränenleser. »Wie geht es dir damit? Möchtest du, dass ich dir ein neues Glas Wasser hole oder vielleicht sogar… ja… Milch? Die Küche ist nicht abgeschlossen. Es wäre nur ein geringfügiger Verstoß gegen die geltenden Hausregeln.« Da ist es wieder. Ein kleines Lächeln. Was von mir eigentlich nicht als Scherz gedacht war, wird als solcher von ihr angenommen. »Danke, Adam. Es geht schon. Nett, dass du dich bemühst. Ich weiß überhaupt nicht, warum ich überhaupt damit angefangen habe. Meine Mutter macht mich rasend… wahnsinnig. Wenn es nach ihr gegangen wäre, wäre ich heute nicht mal hier. Sie will mich daheim einsperren. Sie klammert. Da bin ich einfach nur mal froh raus zu kommen. Was anderes zu tun als ständig die Decke daheim anzustarren und mich durch ihr Weinen in den Schlaf zu wiegen. Du hast so ein Glück, Adam. Dass du eine Schwester hast, mit der du über die Familie reden kannst. Die dich in den Arm nimmt und deine Gefühle mit dir teilen kann, weil sie dich versteht. Bei mir hat das mein Vater immer für mich getan. Aber… jetzt…«

Niagara. Ich lehne mich zurück und bin baff. Sie hatte also auch so einen Drachen bei sich daheim. Jemand, der über ihr Leben zu bestimmen versuchte. Mit dem Verlust ihres Vaters ging ihr ein Rettungsanker verloren, den Yvonne nun scheinbar in Denise zu finden dachte. Sie kommt auf mich zu. Fuck. Ich bin nicht der Kuscheltyp, der andere trösten kann. Ich habe genug eigene Probleme, für die es keine Schulter gab. Sie setzt sich neben mich aufs Bett, umarmt mich, drückt ihren feuchten Schmodder direkt in mein Shirt. »Ein weiteres Kleidungsstück für meine berühmt-berüchtigte Ecke«, denke ich mir. Wenn er getrocknet sein würde, wäre sie vermutlich längst wieder weg. »Adam. Ich will, dass du mir etwas über dich erzählst. Irgendwas. Irgendwas aus deinem Leben. Wie ist dein Vater so? Denise redet nicht viel über ihn.« Oh Fuck. Tiefschlag. Es gab genügend Gründe dafür, warum er in diesem Haushalt kaum *thematisiert wird. Er existiert. Und damit wäre schon mehr gesagt, als es sonst hier der Fall ist. »Warum reden wir nicht lieber über deinen Vater, Yvonne? Wie war er? Er hat dir viel bedeutet, dass kann man sehen. Erzähl mir von ihm.« Ich komme mir vor wie in einer meiner Therapiesitzungen. Öffne dich doch mir bitte mehr. Sprich doch offener über deine Gefühle! Warum hast du den Goldfisch im Goldfischglas ertränkt? Ich war gerade zu einem von ihnen geworden. Dem Durchschnitts-Neurotiker. Immer auf der Suche nach möglichst vielen fremden Antworten, um seinen an sich gerichteten Fragestellungen gerecht zu werden. Zum abkotzen.*

Es war bereits etwas später als halb nach zehn. Sie hörte gar nicht mehr auf zu erzählen. Doch es ist nicht länger ein langweiliger Monolog. Nein, es entwickelte sich von Minute zu Minute mehr ein Dialog, der abseits ihres Verlustes Platz für neue Themen schaffte. Auch die ungeklärte Vergewaltigung wurde zu einem Thema, für die ich nun mehr und mehr Interesse aufbrachte. Wie sie auf der Klassenfahrt von einem Fremden betäubt wurde und man sich schamlos an ihr vergangen hatte. Während ich meine Narben offen und für alle sichtbar nach außen trug, waren ihre tief in ihr verankert. Unsichtbar und schmerzvoller als die meinen. Es konnte bis heute nicht ermittelt werden, wer der Täter damals war. Sie kann erstaunlich gelassen darüber sprechen, auch wenn ich ihr ansehe, dass es sie noch immer schwer belastet. Ich kenne das. Dieses Versteckspiel mit sich selbst. Die nie enden wollende Suche nach Antworten. Also wechsle ich das Thema. Ich frage sie z.B. nach Thomas und Niels, die sie erst vor nicht allzu langer Zeit über eine Freundin frisch kennengelernt hatte. Noch so ein Thema, das mich sonst „0" interessieren würde. Sie wirkt ganz verlegen, aber wenigstens weint sie nicht. Doch die Zurückhaltung ist nur von kurzer Dauer. Ich bin erstaunt, wie viel Hass sie zurückzuhalten scheint, wenn sie auf Henrik und den Unfall zu sprechen kam. Sie kannten sich seit der Grundschule, sind früher miteinander gegangen, wenn man das so nennen konnte. „Kleines Brautpaar", so hatte sie ihr Vater früher genannt. Nein, viel mehr erkenne ich mehr und mehr die Wut, die sich heimlich in ihr auftürmt und in Begriff war in sich zusammenzustürzen und sie mit sich zu reißen. Ich verspreche ihr, dass sie offen reden kann, dass ich Geheimnisse zu wahren weiß. Dass es besser sei, es einfach rauszulassen, als alles in sich hineinzufressen. Ich frage sie, was sie wirklich empfindet. Was sie jetzt, in diesem Moment tun würde, wenn Henrik direkt neben ihr stünde. Fern ab der Maskerade, die sie der gesellschaftlichen Normen zuliebe aufzulegen vermochte. »Ich würde das Drecksschwein umbringen!« Hallo Yvonne 2.0. Ich war, zugegeben, überrascht über die recht rasche und beeindruckende Reaktion. »Ja, ich würde ihn mit seinem neuen Auto die Straße entlangschleifen und dann von einer Brücke werfen...« Nora? »...ich kann nur hoffen, dass das Drecksschwein irgendwann bekommt was es verdient. Dass es genauso leiden muss, wie ich gerade. Er soll krepieren und dann soll die Welt ihn ausscheißen... ja... ich will meinen Vater zurück. Ich will... ich will... sterben... ich will bei ihm sein... Ich...« Ich befreie sie von ihrer Last, indem ich sie ganz fest an mich presse. Zeitweise. Sie weint und schluchzt, verteilt Unmengen ihrer flüssiggewordenen Popel auf meinem Shirt, doch das ist mir egal. Der Durchschnitt war nicht länger nur Durchschnitt. Sie war mehr geworden. Zugegeben, Suizidgedanken hat jeder Mal. Aber angesichts der vielen Dummschwätzer da draußen wollte ich es ihr wirklich abnehmen. Menschen, in diesem Zustand, nach solch einem Schicksalsschlag, sind nicht mehr dieselben. Sie werden entweder stärker oder schwächer. Für die meisten von uns zählt Letzteres.

Ich nehm' sie natürlich wieder in den Arm. Der Heulkrampf hält zwei Minuten an, ehe sie zu ihren Worten zurückfindet. Ich heuchle Verständnis, sage ihr, dass alles irgendwann wieder gut wird. Aber

Scheiße, nein. Der Schmerz wird sie ihr ganzes Leben lang beglei-
ten. Es gibt keine Heilung. Kein Medikament oder eine Droge, die
alles ungeschehen oder vergessen macht. Ich kannte mich da bes-
ser aus als jeder Andere auf unserer Schule. Ich streiche ihr durchs
Haar und drücke sie fest an mich. Sie umschlingt mich mit ihren
Armen, doch ein beißender Schmerz durchströmt ruckartig meinen
Körper. Sie spürt, dass etwas nicht stimmt und lockert vorsichtig
ihren Griff. Dann fragt sie mich nach den Wunden. Den Wunden
auf meinem Rücken. Sie entschuldigt sich, erzählt mir, was sie über
den Schulhofhörfunk über den Vorfall aufgeschnappt hatte. Ich ihr
hingegen bereitwillig die Wahrheit über jene Ereignisse im Freibad
des vergangenen Sommers. Das erste Mal. Ganz offen und unge-
niert. Wie sie mich gedemütigt am Boden zurückgelassen haben.
Blutend, bewusstlos. Dass auch mich tagtäglich Rachegedanken
begleiten. Ich sie meinen Schmerz mitfühlen lassen möchte. Sie
nickt, doch sie sagt nichts. Sie erteilt mir stille Zustimmung zu mei-
nen Gedanken, das kann ich in ihren Augen sehen. Es ist komisch
und ich kann es nicht erklären. Doch erstmals zittern meine Hände
nicht, als ich die Erinnerungen an jenen Nachmittag abrufe. Denn
Yvonne hält sie inzwischen fest umschlungen, presst sie fest zu-
sammen und nickt immer weiter, während sie erneut beginnt zu
weinen. Aber nicht ihres Vaters wegen. Nicht ihres Schmerz we-
gen. Nein, wegen mir. Sie tut es meinetwegen. Sie teilt mein Ver-
langen nach Gerechtigkeit. Meinen Schmerz, in eben dieser Sekun-
de, in der ich selbst keinen Schmerz zulassen möchte. Sie sieht mir
tief in die Augen und hört einfach nicht mit diesem verfluchten
Nicken auf. Ihre Augen strahlen, während der Fernseher weiter vor
sich hin flimmert und die Bahnen ihrer Tränen aufblitzen lässt. Sie
ist gerade emotional derart aufgeladen und scheint wie in einer
anderen Welt, dass es mir nur sehr schwerfällt der instinktiv auf-
kommenden Versuchung zu widerstehen. »Würde es mehr Men-
schen wie dich geben, es gäbe weniger von meiner Sorte.« Ich
spreche den Gedanken nicht laut aus. Will sie nicht verschrecken.

Es ist ein ganz besonderer Moment. Sie ist etwas Besonderes. In genau diesem Moment. Eine Heldin. Meine Heldin. Eine Nora Z, vielleicht auch eine Nora Y.

Manchmal ist Durchschnitt mehr als genug. Ich halte zunächst inne, beuge mich dann aber zögerlich rüber, will den Moment auskosten. Ich presse meine Lippen zusammen, so wie sie meine Hände. Ganz fest, beinahe verkrampft. Ich schließe meine Augen und lehne mich weiter hinüber. Der Rest würde nun ganz allein von ihr abhängen.

Ein Schrei. Dr. Koß wendet sich ab, sieht wie der Anwärter hektisch auf ihn zustürmt. *»Dr. Koß. Sie… er hat soeben ein kleines Mädchen hingerichtet.«* Das Entsetzen des jungen Mannes greift sofort auf alle anderen Anwesenden über. *»Er hat es nicht selbst getan, Herr Dr. Koß. Die Situation ist… sie ist kompliziert…«* Er verabschiedet sich nicht und stürmt sofort davon. Nach draußen. Der frische Polizeidirektor schaut, wild nach frischem Atem ringend, hinauf zu dem Klassenzimmer in dem sich das tragische Schauspiel abgespielt hatte. Es ist die Übelkeit, die ihn übermannt und ihn in die Knie zu zwingen versucht. Dann erblickt er die Massen, die sich nach vorne zwängen, und die seine Gefolgschaft immer wieder mit Mühen zurückzudrängen versucht. Sie alle haben soeben davon erfahren. Journalisten, Hobby-Reporter mit Smartphones und Tabletts bewaffnet. Sie alle suchen nach Antworten, Statements, dem besten Bild. Nicht wenige kritisieren das Vorgehen des Polizeidirektors. Er fragt sich, ob noch immer er es sein würde, der die Kontrolle und den Überblick über die Situation hatte. *»Was sollen wir tun, Dr. Koß? Ein kleines Mädchen, Chef… so viele Menschen.«* Der Anwärter schiebt sich direkt vor ihn und selbst in seinen Augen erkennt der erfahrene Beamte erste Zweifel an dessen Handeln aufkommen. *»Wir beenden das jetzt! Wir gehen rein.«*

Adam erhebt sich schlagartig und richtet das Wort an die übrigen Anwesenden. *»Ihr alle. Ihr werdet Rede und Antwort stehen, habt ihr kapiert? Und wenn nicht vor mir, dann vor denen da draußen!«* Sein Blick wandert durch den Raum. Das Ausmaß der Abscheu gegen ihn wird ihm mehr und mehr bewusst, so wie sie dasitzen und zittern, keinen Laut von sich geben. Während Yvonne ständig Thomas Namen vor sich hin brabbelt ist Frau Reif außer sich vor Wut, erhebt sich und richtet sie direkt gegen das junge Mädchen, dass nun vollkommen weggetreten scheint. *»Sie war noch ein Kind! Was hat sie dir getan, Yvonne? Was hat sie mit all dem zu tun gehabt? Du Schlampe… wie konntest du nur? Mörderin! Mörderin!«*. Er versteht nicht, wieso der Tot des kleinen Mädchen's plötzlich schwerer wiegen sollte, als das Ableben von all den anderen. Von Tim oder dem Raben selbst. Bei ihnen war sie nicht so ausgeflippt. Noch viel weniger gefiel ihm die direkte Anfeindung seiner Heldin gegenüber. *»Ihr alle seid solche Heuchler, wisst ihr das? Für das kleine Biest setzt ihr euch jetzt ein, aber wer hat sich für uns eingesetzt… als es notwendig war? Als Yvonne und ich am Ende waren. Ihr kotzt mich alle so dermaßen an.«* Er rennt rüber zu Yvonne, die, noch immer zu Boden starrend, keine Reaktion von sich gibt und nimmt ihr vorsichtig die Waffe aus der Hand. *»Ich bin so stolz auf dich. Hör nicht darauf, was die Anderen sagen. Du hast dich dazu entschieden, zu leben und daran ist nichts Falsches. Ich werde dich beschützen, so wie es richtig ist. Du bist die einzige Unschuldige in diesem Raum. Selbst jetzt bist du unschuldig…«* Er greift ihre Finger und führt sie zurück zu Mark, der sie gefasst an sich nimmt und ihr sofort Trost zu spenden versucht.

»OK. Jetzt reißen wir uns alle wieder am Riemen und konzentrieren uns auf das vor uns liegende. Was als nächstes? Ach ja, Neve…« Voller Panik schreckt das junge Mädchen beim Ertönen ihres Namens sofort auf. Sie nimmt beide Hände vom Mund und fängt blindlinks an drauflos zu brabbeln. *»Ich gestehe… Ich gestehe… Fuck… ja… ich gebe es zu… es war ein Versehen, OK!?! …ich habe mit ihm geschlafen, OK? Thomas war besoffen und da ist es halt einfach passiert. Es war keine Absicht. Verdammt, ja, es war ein Fehler. Bitte erschieß mich dafür nicht, Adam.«* Adam blickt sofort hinüber zu Yvonne. Doch die hatte scheinbar noch keine Notiz von

der Tatsache genommen, dass Thomas sie mit Neve hintergangen hatte. »...also... Neve...«, räuspert sich Adam verwundert, »...WOW... da lässt du jetzt aber echt ne Bombe platzen. Eigentlich ist das Kapitel „Geständnisse" doch längst vorbei. Ich wollte lediglich, dass du Frau Reif hierher bringst... WOW... Das kommt echt zu einem recht ungünstigen Zeitpunkt, Fräulein. Das ist jetzt echt fies, sowas hier und jetzt und vor allem vor ihr zu gestehen. Dass hättest du dir aber echt mal besser überlegen sollen.«

»Wer spielt hier jetzt den Heuchler? Tu nicht so, als ob du mich nicht deswegen hierher gezerrt hättest.« Adam lächelt und schließt in tiefer Bescheidenheit versunken seine Augenlider. »Oh, Neve... meine bezaubernde Neve. Unser aller Göttin der Liebe. Ich musste heute schon einmal aus den zehn Geboten zitieren, und es ist am Ende wahrlich nicht gut ausgegangen. Es schockiert mich zutiefst, es aussprechen zu müssen, aber wie war das mit, „Du sollst nicht Ehe brechen oder nach dem Rind oder Esel deines Nächsten verlangen"... pardon... „Mann" heißt es doch korrekterweise...« Designiert hält Neve die Hände hoch, als Adam mit dem Gewehr auf sie anlegt. »Bitte Adam, bitte nicht. Das 5. Buch Mose so zu zitieren, Adam... Das ist falsch. Die Heilige Schrift ist mehr als eindeutig. Ich habe weder gegen das siebte noch das zehnte Gebot verstoßen. Er hat das getan... Thomas. Ihn solltest du bestrafen. Dafür, dass ER Yvonne so hintergangen hat. Ich war nur ein Instrument für seinen Frevel, weil sie dazu ja nicht in der Lage war... Yvonne. Es war keine Absicht! Ich wollte das alles nicht... ich wollte nicht mit ihm schlafen... es ist... einfach passiert...« Adam mimt den Überraschten. »Oh, Neve! Welch' Schindluderei wurde nicht schon im Namen der Religion betrieben, gerechtfertigt und am Ende sogar wieder entschuldigt. Du warst nur ein Instrument... aha... WOW... so definierst du also deinen Selbstwert. Du bist eine Sache, die herumgereicht werden kann, wie eine Hure... verstehe... die Hure Babyl...« Ein Piepsen.

Dass Signal, dass Adam mittels der installierten IP-Kameras auf dem Handy selbst programmiert hatte. Sein Blick wandert instinktiv und ständig zu Mark hinüber, ohne dabei seine Motive offenzulegen. Hektisch greift Adam in die Hosentasche und zieht sein Smartphone hinaus. Sie sind da. *»Los, aufstehen!«* Er verliert keine Sekunde. Sie waren bereits in der Aula in Stellung gegangen. Er packt Neve am Arm und zerrt sie zu sich. Sie wehrt sich mit Händen und Füßen, doch alle Mühe ist vergebens. *»Los! Aufstehen! Wir machen jetzt einen kleinen Spaziergang!«* Während die Anderen hilflos zurückbleiben, greift Adam nach der Tasche und begibt sich schnellen Schrittes gemeinsam mit Neve zur Tür. *»Du bleibst ganz dicht bei mir, hast du kapiert? Und der Rest von euch… naja… macht es euch solange gemütlich, bis wir wieder da sind.«*

Es sind vier Männer. Sie kommen über die Treppe. Genauso, wie Mark und Adam es vorausgesehen hatten. Über sein Smartphone verfolgt er ihre ersten Schritte. Sie wirken alles andere als unbeholfen. Willensstark und entschlossen. Sie tragen Westen, doch sie würden gegen Adam's Strategie nur wenig Schutz bieten, sofern Mark alles richtig vorbereitet hätte. Es sind insgesamt vier. Vier mit Bewegungsmeldern ausgestattete IP-Kameras, angeschlossen an Power-Banks mit *10.400 mA*, die im schuleigenen W-LAN eingebunden sind. Eine in der Aula, eine direkt an der Nebentreppe, eine unmittelbar im Gang, in Richtung der äußeren Wendeltreppe. Die Letzte ist die, die das komplette Obergeschoß einfängt. Die Kameras hatte er erst vergangene Woche über ein Online-Auktionshaus per Sofortkauf über den Account seines Vaters erstanden, ohne den ausstehenden Betrag in Höhe von 1.500 Euro jemals beglichen zu haben. Adam prüft die einzelnen hochauflösenden Bilder aufs Genauste. Ihren Bewegungen zufolge wird ihr Primärziel darin bestehen, Adam kampfunfähig zu machen und über das Gebäude versprengte Überlebende zu sichern und zu bergen. Sie kommunizieren über Funk, sie werden fremdgelenkt und damit zu Teilen abgelenkt sein. Das Team teilt sich auf. Doch Adam ist sofort klar, dass es nicht nur diese vier sein würden. Zwei Rauchgranaten. Die würden erstmal für Verwirrung sorgen. Für das darauffolgende Feuergefecht sollte zunächst Neve für ausreichenden Körperschutz für ihn sorgen. Der Einsatztrupp wird es nicht drauf anlegen, jemand Unschuldigen zu erschießen. Sie kommen. Wie vereinbart hatte Mark die Taschen mit den Molotowcocktails im Nebenraum 210 verstaut. Daneben zwei präparierte Overhead-Projektoren. Adam wirkt sichtlich nervös. Seine Handgriffe sind hektisch und tollpatschig als er nach der Fernbedienung und der Tüte Fein-Kies in der Tasche kramt. *»Was tust du da, Adam? Was hast du mit mir vor? Ist das etwa… Benzin?«* Er packt sich Neve und zwingt sie dazu, einen der Projektoren vor sich herzuschieben. Kurz vor dem Treppenabsatz macht er halt, installiert ein Funkzwischenstück in der Steckdose, ehe er das Kabel zum Projektor hineinsteckt. Am Ende des Flures verfährt er mit dem zweiten Projektor ebenso, öffnet zudem eine der Flaschen und gießt deren scheinbar geruchlose Flüssigkeit über den Flurbereich in Richtung der Wendeltreppe. Neve bekommt es mehr und mehr mit der Angst zu tun. Sie ahnt, dass jeden Moment etwas Grausames geschehen wird.

»Adam, bitte… was…?« Wütend presst Adam blitzschnell seine Hand auf ihr Gesicht und drückt sich ganz nah an sie heran. *»Wenn du das hier überleben willst, hältst du jetzt besser die Fresse und tust was ich dir sage… kapiert?«* Zurück am Treppenansatz öffnet er zwei weitere Flaschen und verteilt auch deren Inhalt unmittelbar über der Treppenbrüstung hinweg hinunter auf die Stufen zum ersten Zwischengeschoß. Im Anschluss lässt er zudem den Kies aus der Tüte zu Boden regnen ehe er sich wieder hinter der Brüstung zurückzieht und seinen weiteren Vorbereitungen hingibt. Der Ort, an dem er für seinen Angriff Stellung beziehen sollte. Er ist bereit. Direkt neben sich, die Fernbedienung und drei

weitere, bis zum Rand gefüllte Flaschen mit dem hochentzündlichen Gemisch aus ein wenig Benzin und weiteren Brandbeschleunigern, die sie vor Wochen gemeinsam aus dem Vorratsraum des Hausmeisters Heini gestohlen hatten. Adam lädt seelenruhig seine Handfeuerwaffe, während er das weitere Geschehen über das Smartphone verfolgt. Er schätzt ihre Ankunft auf zwei bis drei Minuten. Womöglich werden sie den kürzesten Weg wählen. Die Nebentreppe. Doch auch auf der Wendeltreppe waren bereits erste Aktivitäten auszumachen. Zwei, nein, drei weitere Beamte machten sich nach und nach an der Tür zu schaffen, was Adam nur mit einem Lächeln zu kommentieren gedenkt. *»Wenn es losgeht, Neve… tu mir einen Gefallen und bleib einfach immer direkt vor mir! Wir wollen es den Drecksbullen doch nicht zu leicht machen. OK… dann starten wir mal die Aufnahme für unsere Zuschauer, Schätzelein…«*

Schritte. Direkt unterhalb ihrer Position. Zwei Beamte waren unachtsam auf den Kies getreten. Das plötzlich entstehende, berstende Geräusch, welches ihre schwerfälligen Schuhe auf dem gefliesten Boden hinterließ, war durch den Hall beinahe im ganzen Gebäude zu hören. Doch sofort hielt eine eisige Stille Einzug, die Adam signalisierte, dass die Beamten ihr Vorkommen nunmehr unterbrochen haben mussten. Für einen Einsatz seinerseits waren sie allerdings noch nicht nahe genug. Nur noch zwei bis drei Schritte weiter und Adam könnte die Waffe von Neve's Kopf nehmen und sie endlich gegen seine Widersacher richten. Der Moment, in dem er zudem den zweiten Live-Stream-Channel online stellen und das Gefecht in Echtzeit ins Netz leiten würde. Wieder ein Bersten. Leiser als das Erste, jedoch näher. Und von der anderen Seite, ein Knarren. Sie versuchen sich noch immer an der Tür, kommen jedoch nicht voran. Ein zweites und drittes Bersten, simultan zu zwei Weiteren. Innerlich beginnt Adam bereits mit dem Countdown. *»Leute, zurück! Abbruch!«* Einer der Beamten hat

Lunte gerochen. Adam hievt sich hinauf und schnellt mit seinem Gewehr über die Brüstung. Die erste Ladung treibt er dem nächstliegenden Beamten oberhalb und mitten durch die Schädeldecke, die durch den Aufprall in alle Himmelsrichtungen aufplatzt und die übrigen Beamten mit Schädelfragmenten und Hirnmasse überschüttet. Noch während der beinahe kopflose Körper zu Boden gleitet, eröffnen die Anderen ebenfalls das Feuer. Doch Adam's Position ist vorteilhaft. Vorerst.

»Na kommt schon, Ihr Wichser! Kommt raus zum Spielen!« Er greift zu einer der Rauchgranaten, wirft sie hinter sich und vernebelt damit den Aufstieg. Die Streuwirkung seiner Persuade erlaubt es ihm dabei beinahe blind hinunterzuschießen, ohne die eigene Deckung wirklich aufgeben zu müssen. Einer der Salven streift einen weiteren Kollegen am Arm, der Andere hat sich aufgrund Adam's Geschrei längst vollständig zurückgezogen. *»Bulldog-M lässt sich nicht so einfach töten! Bulldog-M zieht ihn härter raus, als ihr ihn reinsteckt! Bulldog-M ist ein gottverdammtes Biest, ihr Pisser!«* Sein Hohn ist über alle Flure zu hören. Die Decke über ihm ist übersät mit Einschusslöchern und herunterbröckelndem Gestein, das auf sie beide herabregnet und ihre Erscheinung in einem hellen Staubdunst hüllt. Doch Adam interessiert das wenig. Blind, seinem Adrenalinüberschuss erlegen, feuert er immer wieder über seine Deckung hinweg und verhöhnt seine Gegner, die unterdessen sichtlich Mühen haben ihren getroffenen Kameraden aus der Schusslinie zu ziehen.

Doch schon bald hält Adam inne. Der beißende Rauch vernebelt ihm die Sicht. Just in dem Moment wo er das Zerschellen der Glasscheibe aus dem Nebenflur vernimmt. Die andere Einheit hatte die gläserne Tür aufgesprengt mittels derer sie sich jeden Moment ihren Weg zu ihm bahnen würden. Hektisch legt Adam das Gewehr beiseite, greift zum Smartphone und der Fernbedienung, immer wieder hellhörig, ob nicht ein weiteres Bersten hinter ihm einen bevorstehenden Angriff von der rückwärtigen Nebentreppe offenbaren würde. Die Nebelschwade nimmt zu. Vielleicht noch wenige Sekunden. Dann wäre die freie Sicht völlig dahin. Die Beamten seitens der Wendeltreppe beschleunigen unterdessen ihr Vorkommen. Sie verwenden ein Schild, so wie es Adam aus Videospiel-Adaptionen kennt. Doch Adam wartet geduldig ab. Er wartet, bis sie nahe genug sind.

»Komm raus, du gottverdammter Schweinehund! Hier ist die Polizei!« Adam's Atem beschleunigt sich, die Aufregung lässt seine Hände immer stärker schwitzen. Er verharrt in der Position, die aus seiner Sicht noch immer überlegen scheint und richtet seine Aufmerksamkeit auf das vor ihn liegende. *»Oh, Scheiße… hab ich etwa die Tür über Nacht offenstehen gelassen? Zeigt mir doch mal euren Durchsuchungsbefehl, dann ergebe ich mich, versprochen. Ich werde auch ganz brav sein.«* Die Beamten machen halt. Kurz vor der Ecke, die sie in Richtung der Treppe führen sollte, beziehen die drei Beamten Stellung. *»Komm raus! Es ist vorbei. Wir sind in der Überzahl. Gib endlich auf!«*

Adam wirkt unzufrieden, muss ständig husten. Noch immer waren sie für ihn nicht nahegenug gekommen. *»Na los, worauf wartet ihr noch? Kommt schon! Holt mich, ihr Pisser!«* Doch die Einheit macht keinen weiteren Schritt. Schweißgebadet richtet er seinen Blick auf Neve. Sie ist wie versteinert, hält sich die Ohren und Nase zu, um den tosenden Donner und den Rauch abzuwenden. Hinter ihm ist noch immer alles ruhig. Er überlegt, ob er es wagen sollte. Die Jungs, unterhalb der Treppe, würden zunächst die Scherben aufsammeln, sich nicht weiter vor wagen. Die Überreste ihres Kollegen. Er hatte ihnen schon gut zugesetzt. Er packt Neve sofort am Arm, presst ihr seine Waffe an den Kopf und richtet sie vor sich auf. *»OK. Ich komme raus!«* Er wagt zunächst nur wenige Schritte vor, lässt sie die Drecksarbeit übernehmen. *»Bitte, nicht* *schießen! Ich bin unschuldig.«* Adam lacht laut auf, während er Neve aus dem Nebel schreiten und auf die Polizisten zubewegen lässt. Der Beamte mit dem Schild wagt daraufhin ebenfalls einen Schritt vor und begutachtet die Verfassung des jungen Mädchens, welches hinter sich immer wieder die Erscheinung des personifizierten Teufels zu verbergen versucht. *»Alles wird gut, Kleines... Hör zu, Adam. Mach jetzt nichts Unüberlegtes. Lass sie gehen, leg deine Waffe auf den Boden und wir spazieren hier raus. Niemand muss verletzt werden.«* Ein weiteres Mal ist Adam's Lache lautstark aus der Versenkung zu hören. Lauter und verächtlicher als das Vorangegangene. *»Glaub ich dir nicht, Drecksbulle. Wo sind deine Freunde, häh? Warum verstecken die sich da hinter der Wand? Solange ihr meine Forderungen nicht erfüllt, wird hier niemand gehen, hast du kapiert, Bulle?«* Der Beamte hebt die Waffe ein Stück weit höher, zielt weiter auf das kleine schattige Etwas direkt hinter dem Kopf des Mädchens. *»Adam, das können wir dir nicht erlauben. Du kannst nicht weitermachen. Leg also endlich die Waffe weg und lass sie los. Zwing uns nicht dazu...«* Adam blickt hinter sich. Ein Bersten, leise, aber es ist da. Er schätzt die Situation sofort richtig ein, erwartet den unmittelbaren Zugriff direkt hinter sich. *»Ihr werdet alle draufgehen, kapiert! Ich werde euch alle töten!«*

Und da ist sie. Die hektische Bewegung, welche die Situation sofort eskalieren lassen soll. Adam zielt aus dem Rauch heraus an Neve vorbei, direkt auf den Mann mit dem Schild vor ihm, woraufhin die verbliebenen Polizisten hinter der Wand hervorschnellen und ebenfalls Deckung hinter diesem suchen. Nun stehen sie perfekt. Nahe genug am Projektor, dessen Stromversorgung Adam mittels seiner Fernbedienung binnen Millisekunden hergestellt hatte. Ein kleiner Handgriff und die Falle schnappt zu. Einen kleinen Funken, mehr braucht es nicht, um das gasförmige Gemisch im Inneren der quadratischen Aufliege-Fläche mittels der geplatzten 250 Watt-Birne zu entzünden.

Die Wucht der gewaltigen Explosion schleudert sowohl den Beamten mit dem Schild als auch die Personen unmittelbar dahinter vollständig zur Seite und entfacht zeitgleich die breit ausgelegte Flüssigkeit am Boden, die unscheinbar und unbemerkt vor sich hin quoll. Der Schildträger hat keine Chance, steht direkt in Flammen. Auch die Kollegen hinter ihm liegen sofort am Boden. Das Feuer ist riesig, erfasst die angeschlagenen Körper nur wenige Momente darauf, brennt so hell, dass selbst Adam vor dessen unbändiger Wirkung zurückschreckt. Die Sprinkleranlage reagiert sofort, lässt einen Schwall von Regentropfen hinabregnen. Neve wirft sich zu Boden, kann den unsichtbaren Hitzewellen, die durch die nassen Fontänen sprühen, kaum wiederstehen. Das kalte Wasser benetzt ihren ganzen Körper, kühlt es. Für einen kurzen Moment ist es angenehm. *»Ach du Scheiße, Neve. Kannst du das sehen? Siehst du das?«* Adam erfreut sich an dem Schauspiel, das ihm geboten wird. Am Geschrei der Männer. Wie sie ächzen, sich kreischend vor Schmerzen hilferingend in dem großflächigen Regen tummeln, der dem Brand keinen Einhalt gebieten kann. Die Flammen verzerren nicht nur die Kleidungsstücke und ihre Atemwege, sondern schmelzen zudem die Haut auf ihren Gesichtern. Adam wirkt wie hypnotisiert und erfreut sich an ihren Zuckungen und Windungen, wagt einige Schritte voran, lässt Neve dabei völlig weggetreten neben sich liegen.

»Neve. Kannst du es sehen? Es ist wunderschön.« Er bleibt stehen. Ihm wird bewusst, dass das Feuer nicht mehr aufzuhalten sein würde. Nicht einmal durch das herabregnende Nass. Die Wände, der Boden, alles steht dank des aggressiven Gemischs in Flammen. *»Fuck!«*, stellt Adam enttäuscht fest. Ein weiteres Bersten mitten unter dem tosenden Geplätscher. Direkt hinter ihm. Neve wittert

ihre Chance, kann dem inneren Druck nicht länger standhalten. Sie springt auf und rennt los. Adam kommt zu sich. Er dreht sich um und sieht, wie Neve immer wieder ausrutschend die Flucht ergreift. *»Halt, nein! Bleib hier!«* Sie hat es beinahe geschafft, ist fast vorbei am Raum 217, der Klasse 10b, durch die Glastür, vorbei an der Nebentreppe, wo der zweite Projektor steht, als sie sich durch Adam's Gebrüll wieder einmal aufhalten lässt. Sie schreckt auf, als sie durch den verdrängten Rauch die Leiche des Polizisten mit dem aufgesprengten Kopf sieht, in dem sich bereits eine Menge Wasser wie in einem Brunnen gesammelt hatte und mit dem Blut darin vermischte. Sie sieht hinüber zu Adam. *»Bleib wo du bist! Du gehst nirgendwo hin! Du wirst mich nicht verlassen, Schlampe!«* Sie sieht erneut hinunter, ist sich unsicher bezüglich ihrer Optionen. Hinunter, oder weiter durch die gläserne Front rüber ins zweite Obergeschoss. Oder gar zurück? Adam ist längst auf dem Weg zu ihr, nicht mehr allzu weit entfernt. *»Komm her, Mädchen! Wir holen dich hier raus.«* Sie sieht erneut hinunter. Da, einer der Polizisten reicht ihr seine Hand, während er vorsichtigen Schrittes und hustend die Treppe hinaufschleicht. Doch Neve zögert. Sie schupst beinahe den Overhead-Projektor um, als sie rückwärts durch die Glasfront tritt. *»Nein, Mädchen. Was machst du denn da?«* Sie entscheidet sich rasch, Adam ist bereits zu nah. Sie rennt los. Adam greift erneut zur Fernbedienung als er den Arm mit der Uniform sieht, der seitlich der Brüstung vorsichtig hervorragt. *»Nein. Nein. Ihr bekommt sie nicht!«* Dem Arm war unlängst ein Gesicht gefolgt. Adam würde Neve nicht mehr erreichen können, ohne in die Schussbahn des Beamten zu geraten. Als der Polizist ihn sieht, reißt er die Waffe um und zielt auf Adam. Ein Schuss löst sich, trifft jedoch nicht. Instinktiv drückt Adam sämtliche Knöpfe der Fernbedienung und zündet seinen letzten Ausweg aus der Situation. Der Sprengsatz des zweiten Projektors entwaffnet den Mann, reißt ihm direkt den halben Oberkörper weg und selbst Adam wird durch die enorme Wucht abrupt nach hinten durch die Luft geworfen. Er war soeben seiner eigenen Falle zu nahe gekommen. Sämtliches Glas der Fronten und Fenster zerbirst, regnet auf die regungslosen Körper in der Luft hinab. Ein weiteres wütendes Feuer, dem kein Einhalt geboten werden könnte, entfacht.

Die ganze Treppe steht nunmehr in Flammen, als Adam zögerlich zur Besinnung kommt. Sein Gesicht ist pechschwarz, alles um ihn herum brennt und wird durch die anhaltende Hitze aufgezehrt. Er war ihnen nun hilflos ausgeliefert. Doch als er zur Treppe sieht, bleibt diese leer. Nur ein verkohlter Arm ragt über den letzten Treppenabsatz hinüber, den er zunächst nicht zuordnen kann. *»Neve? Oh Gott, nein, Neve!«* Es braucht viel Kraft, bis er vollständig auf den Füßen steht. Er taumelt, Blut fließt aus seinen Ohren und aus den Nasenlöchern. Geschmolzenes Plastik an seinem Körper, Brandlöcher. Als er sich umsieht, bemerkt er, dass es ihm von allen scheinbar noch am besten ergangen war. All die Körper, die nun weder stehen noch zucken konnten. Er bahnt sich seinen Weg. Vorwärts. Hinüber zu dem Ort, an dem er Neve zuletzt gesehen hatte. Die Flammen schlängelten sich bei seiner Ankunft windend durch das Gestell der ehemaligen Glasfront, welche den Rauch in sich hinein zog und längst im zweiten Obergeschoß verteilt hatte. Doch alles nebensächlich. Der Arm gehörte nicht zu ihrem Körper, denn er war nicht perfekt. Muskulös, der eines erwachsenen Mannes. Der des Polizisten. Ab hier ist es nur noch ein Gedanke der ihn antreibt. Als er das Gewehr unter dem Schutt entdeckt, es vor sich wild blinzelnd durchlädt und entlang dem Flammenmeer am Treppenansatz hinunterblickt. *»Neve! Wo bist du? NEVE...«*

»*Sie als Experte, wie bewerten Sie das aktuelle Geschehen aus Ihrer Sicht? Wie konnte es überhaupt dazu kommen oder hätte dieser Amoklauf vielleicht sogar verhindert werden können?*« Der verfluchte Scheinwerfer brennt wie Feuer auf meiner Haut. Seit vierzig Minuten sind wir zu dritt für eventuelle Live-Einspielungen im Kurzformat in Bereitschaft. Das System ist einfach: Nach der dritten Dauerschleife zu einem aktuellen Thema spielt die Regie live die Expertenmeinungen aus unterschiedlichen Studios ein. Viel sich wiederholendes Bla-Bla, um die Meute bei Laune zu halten. Das sorgt für Abwechslung beim Zuschauer und erhöht die Bereitschaft am Ball zu bleiben. Die letzte Einspielung war vor zehn oder fünfzehn Minuten. Wir stehen am Anfang, können also noch lange nicht weg. Weder auf die Toilette noch für einen kleinen Schluck Wasser, geschweige denn für den Verzehr eines kleinen Salates. »*Nun, Frau Klöckner, das lässt sich nicht so einfach sagen, was wäre wenn? Ich denke wir müssen die Polizei nun einfach ihre Arbeit verrichten lassen, die genau für solche Fälle trainiert hat und über das notwendige, qualifizierte Personal verfügt, die Sachlage korrekt einzuschätzen. Alles andere wäre an dieser Stelle reine Spekulation und durchaus nicht zielführend. Was wir aber mit Gewissheit sagen können ist, dass der Begriff „Amoklauf" an dieser Stelle, und in dem uns bisher bekannten Kontext, die vollkommen falsche Begriffswahl darstellt. Die Medien müssen begreifen, dass „School Shootings", egal wie simpel die Wahl dieser Umschreibung auch für Sie oder den Sender sein mag, sich eindeutig von der klassischen Bedeutung des Wortes „Amok" differenziert. Denn der Täter handelt tatsächlich, wie so oft in solchen Fällen, nicht aus einer Kurzschlussreaktion heraus. Diese Tat, und das legen die derzeitigen Fakten und auch hier übertragenen Bil-*

der durchaus nah, ist ein von langer Hand geplantes Unterfangen, verfügt, wie wir bereits durch den Täter selbst erfahren durften, über ein Motiv und ist sogar trotz der propagierten irrationalen Perspektive, die durch Medien wie Sie vollkommen polarisierend dargeboten wird, dennoch eventuell sogar rational erklärbar. Aber… Moment, lassen sie mich bitte aussprechen… das heißt im gleichen Zug natürlich nicht, und das möchte ich hiermit wirklich nochmal ganz klar herausstellen, dass wir damit jetzt nicht gezielt nach Ansätzen suchen sollten, die eine solche Tat als entschuldbar oder vielleicht als nachvollziehbar erklärt. Wir müssen uns einfach von der altertümlichen Definition verabschieden und uns dieser modernen Form der Bedrohung in ihrer aktuellen Präsenz korrekt annehmen, ohne dabei fahrlässig einem Schubladendenken zu verfallen und voreilige Schlüsse aus vollkommen falschen Begrifflichkeiten und damit auch Ursachen abzuleiten.« Wir sind live drauf und ich schätze, dass der leicht erregte Dr. Schödel dem Sender kein weiteres Mal als vermeintlicher Experte zur Verfügung stehen wird.

»Dr. Schödel. Welche Ursachen haben solche Taten, die, aus Ihrer Sicht korrekt bezeichneten, „School Shootings"? Wie wird man zum eigentlichen Täter? Ich glaube das ist doch die elementare Frage, die unsere Zuschauer gerade brennend interessieren dürfte. Wieso glauben Sie, dass die Wissenschaft hier gerade jetzt ganz neue Ansätze verfolgen sollte, um präventive Maßnahmen entwickeln zu können.«

»Nun, dann möchte ich diesen Eindruck zunächst einmal dahingehend berichtigen, dass man sehr wohl gewisse Parallelen und Spezifika aus vergangenen Ereignissen auf den hier vorliegenden Fall anwenden bzw. diese berücksichtigen kann. Aber um auf Ihre eigentlich Frage zu kommen, was jemanden dazu verleiten könnte, ich betone, k ö n n t e, ein Schulgebäude zu betreten und reihenweise Menschen gezielt oder wahllos zu exekutieren, müssen wir zunächst auf die von mir entwickelte 3-Faktoren-Theorie zurück-greifen. Das Zusammenwirken physischer, psychischer und situativer Instabilität auf die menschliche Präsenzpflicht. Die biologische Komponente bezeichne ich, der verständnishalber, gerne als Faktor 1, der möglichen Ursachen derartigen Verhaltens und als Treibmittel für die übrigen zwei Faktoren. Eine der wichtigsten übergeordneten Rollen übernimmt dabei ganz klar das Serotonin. Wie wir mittlerweile alle wissen, ist der Serotoninspiegel für den Gefühlszustand eines jeden Menschen für unser eigenes Wohlbefinden in Alltagssituationen direkt mit verantwortlich. Serotonin ist ein Neurotransmitter. Also ein Botenstoff, der unter anderem Schlaf,- Sexualverhalten, Appetit und vor allem unsere Stimmungslage reguliert und damit unseren Charakter durchaus signifikant situativ steuern kann bzw. über Jahre hinweg maßgeblich mitprägt. Nun, was sagt uns das aber jetzt? Dass, wenn wir einen niedrigen Serotoninspiegel haben, wir schutzlos unserer genetischen Veranlagung unterworfen sind und es reine Glückssache ist, ob uns unser Körper zu aktiven Killern macht oder nicht? Nein, keineswegs. Die biologisch bedingte Veranlagung, mit Stresssituation oder unangenehmen oder depressiven Gefühlszuständen eher unbeholfen umzugehen oder diesen gar vollständig zu unterliegen, sagt noch recht wenig über uns als Menschen als Ganzes aus.

Wichtig ist die Erkenntnis darüber, dass ich im Gegensatz zu meiner Umwelt an etwas leide, was scheinbar nicht natürlich ist und mich damit dazu verleitet, gewissen Gefühlen und Ansichten weit offener und mit einer höheren Akzeptanz entgegenzutreten als ich es im Normalzustand tun würde. Und hier fällt nun Faktor 2 ganz stark ins Gewicht. Die verhaltensbedingte und limitierte Wahrnehmung unserer Umwelt. Ich möchte an dieser Stelle nicht zu weit ausholen, aber zu Beginn, um bei Ihrer Frage zu bleiben, fasst ein potentieller Amokläufer irgendwann, an einem gewissen Punkt in seinem Leben, den Gedanken, sich von seinen Ängsten und seiner Meinung nach gegen ihn gerichtete Unterdrückung, wie es unser Täter hier in den vorliegenden Videos beschreibt, lösen zu wollen. Es beginnt zunächst ganz unscheinbar, dass man sich von gewissen Personengruppen distanziert oder gegenläufigen Meinungen offen ablehnend gegenübersteht oder diese mit einem überhöhten Elan ins Extreme umzukehren versucht. Der Verstand ist nur noch in der Lage, in jedem Individuum oder einer Sache einen potentiellen Feind zu erkennen. Jeder hat böse Absichten, egal was er tut. Bedingt durch Faktor 1 beschleicht diese Menschen ein ungemein bestimmender Pessimismus und setzt damit eine Maschinerie in Gang, die diese Gefühle immer weiter verstärkt. Und mit jeder neuen negativen Wahrnehmung, die größtenteils mittlerweile beinahe automatisiert und zwanghaft versucht jede positive Erfahrungen vollständig auszublenden, sehen diese Menschen sich immer wieder in ihren verzerrten Ansichten bestätigt. Dies ist der Ausgangpunkt seines zukünftigen Handelns. Die Wut in ihm wirkt bedingt durch die Faktoren 1 und 2 nun unkontrollierbar. Es ist ihm unangenehm sie nach außen zu tragen, hat er sich doch bereits von allem distanziert, was ihm früher einmal vielleicht etwas bedeutet hat. Hier herrscht ein gewisses Ungleichgewicht aus Schamgefühlen und einem gesunden Selbstbewusstsein. Ständiger Selbstzweifel spielt hier keine ganz unwichtige Rolle. Und jetzt beginnt das eigentlich Verheerende.

Der Täter sucht nach der Quelle allen Übels, Faktor 3. Er analysiert unterbewusst die aufgetretenen Häufigkeiten, die einen Schuldigen womöglich ganz schnell benennen können. Denn aus seiner Sicht, hat man ja selbst nichts falsch gemacht und irgendwer oder irgendwas muss schließlich für alles verantwortlich sein. Und jetzt frage ich sie, wo sehen sich die meisten Jugendlichen, in der westlichen Hemisphäre, im Alter zwischen 10 und 25 Jahren, überwiegend Stresssituationen ausgeliefert? Wo sammelt diese Personengruppe mehr oder weniger den Großteil ihrer Erfahrungen für ihr *späteres Leben, gehen verantwortungsvolle Beziehungen ein, erforschen ihre Sexualität und wagen ihre ersten Schritte in die Selbstständigkeit?*

Schulen sind für unser Wirtschaftssystem und das allgemein hohe Bildungsniveau zu einer unverzichtbaren Notwendigkeit geworden. Auch wenn viele Experten, darunter ich, das gegenwärtige Bildungssystem anzweifeln und für überholt halten, wird es weiterhin in unserer Kultur einen hohen Stellenwert genießen. Also, sie sind jung, sie sind vielleicht nicht sonderlich beliebt oder verfügen über eine äußere Abnormität, werden gehänselt, geschlagen, psychisch unter Druck gesetzt, was auch immer. Es sind wenige, dafür aber lebensweisende Erinnerungen. Mangelnde Erfahrung im Umgang mit derartigen Gefühlen kann uns in unseren Überlegungen oder möglichen Handlungsalternativen ganz schnell und sehr stark einschränken. Potentielle Täter entschuldigen ihr Handeln damit, dass sie glauben ihre Peiniger bestrafen zu müssen und somit weitere Schäden an sich oder Anderen vermeiden zu können. So wie bei diesem Jungen. Doch mit dem Betreten des Gebäudes, verschwimmt dieser... aus ihrer Sicht... noble Bezug und katapultiert sie mit der Tötung ihres ersten Opfers in eine undurchsichtige Realität, in der jeder... wirklich jeder von nun an ein potentielles Ventil für ihre angestaute Wut darstellt.«

Tim beginnt allmählich zu nerven. Er hält dauernd ein handbeschriebenes Schild hoch, auf denen er die folgenden Themen in Stichworten ankündigt, die ich natürlich dann direkt anzusprechen hatte. Mit rot kennzeichnet er immer die Themenschwerpunkt und mit grün die Unterpunkte, die ich in der Formulierung meiner Fragestellung einzubauen hatte. Ich habe es ihm bereits tausendmal gesagt, dass ich Farbenblind bin und Schwierigkeiten habe, seine krakelige Schrift aus so großer Entfernung überhaupt richtig ablesen zu können.

»Fr. Prof. Dr. Becker. Stimmen Sie dieser 3-Faktor-Theorie zu oder sind Sie anderer Auffassung? Als praktizierende Psychiaterin und Dozentin beschäftigen Sie sich überwiegend mit Jugendkriminalität und Integration sozial-schwacher Individuen in unserer heutigen Gesellschaft. Ihre These in einer jüngst veröffentlichten Studie lautet: „Wenn Kinder töten, dann nur, weil wir, die Gesellschaft, versagt haben." Eine Aussage, die im Netz bereits seit Wochen kontrovers diskutiert wird und von dem KLO-Vorsitzenden Martin sogar als „unreif & haltlos" kommentiert wurde. Wie stehen Sie heute dazu?«

»Ich habe nur darauf gewartet, dass Sie mich hierauf ansprechen. Und sehr gerne werde ich auch auf Ihre Frage antworten. Eins ist leider nicht von der Hand zu weisen. Die Welt hat sich verändert und sie wird es weiterhin, mit zunehmender Geschwindigkeit. Für eine Kultur, wie die unsere, kann gerade das aber schnell zu einem Problem werden, ohne dass wir diese Gefahr heute selbst wirklich realisieren. Die ersten Nachbeben der Digitalisierung spüren wir heute schon. Ein Hauptgrund für die heutige soziale Verwahrlosung liegt in den modernen Informationstechnologien oder den Produkten, die uns diese bereitstellen. Wenn Sie heute kein Produkt des Apfelriesen oder Zugang zu den aktuellen Nachrichtendiensten besitzen, dann fällt es ihnen zunehmend schwerer, die notwendige Akzeptanz in ihrem sozialen Umfeld aufrechtzuerhalten, die für unsere Entwicklung elementar notwendig ist. Hierin stimme ich mit Herrn Schödel vollständig überein. Wir identifizieren uns heutzutage viel mehr mit Marken als wir es zum Beispiel noch vor 20 Jahren getan haben. Und dafür sind wir immer mehr bereit, über unsere Verhältnisse zu leben. Die Grenze zwischen gesundem Mittelstand und der Armutsgrenze ist aus meiner Sicht kaum noch wahrnehmbar. Egal von welcher Seite aus wir das Ganze betrachten. Niemand möchte sich heute mehr mit der Rolle „schlechter gestellt zu sein" rational identifizieren oder diese frei-

willig annehmen. Das führt dazu, dass die Abhängigkeit zu derartigen Endgeräten enorm anwächst. Das Statussymbol wird zunehmend wichtiger als mein eigentlicher Stand, meine Identität... was unmittelbar dazu führt, dass wir uns nicht mehr zum besseren entwickeln wollen sondern uns dieses Gefühl künstlich mit derartigen Produkten erkaufen. Das freut natürlich die Industrie und setzt bei ihren Aktivitäten auf ein immer jüngeres Publikum. Farbige Applikationen, die nur einen Fingerdruck weit entfernt sind und in Sekundenschnelle auf unseren mobilen Endgeräten geladen sind... uns direkt in ihren Bann reißen und das rationale Denkmuster kurzzeitig außer Kraft setzen oder gar ganz eliminieren. Es ist ja da auch kein Wunder, dass immer jüngere Täter durch den Einsatz dieser modernen Mittel plötzlich so viel Zuspruch in der breiten Masse erhalten. So wie wir es heute zunehmend durch die Kommentarausschnitte miterleben durften. Viele realisieren überhaupt nicht, dass das, was sie da im Internet gerade sehen, einen echten Ursprung hat bzw. bittere Realität ist. Dass es tatsächlich in diesem Moment geschieht und eben kein Spiel ist. Wir sind eben mittlerweile durch das Internet immer näher dran und haben vergessen, für uns eine Grenze zu ziehen. Die Älteren können es noch zu einem gewissen Grad, die Jüngeren erlernen diese Fähigkeit allerdings kaum noch. Und es macht den Anschein, je näher wir am virtuellen Geschehen oder diesen projizierten Schicksalen dran sind desto weiter entfernen wir uns von uns selbst und der eigentlichen Realität.«

Langsam kommt Fahrt auf. Ein gutes Stichwort, welches mir eine Überleitung zu Herrn Bischoff, ehemaliger Journalist, Autor und Terrorexperte, ermöglicht. *»Dazu würde ich gerne Herrn Bischoff nochmal befragen. Die Tatsache, dass der Täter seine Taten live ins Internet stellt, wirft natürlich landesweit die Frage auf, wie so etwas, trotz der hohen Sicherheitsauflagen, die an den Betrieb gängiger Social-Media-Plattformen gekoppelt sind... wo die Videos* *bzw. Live-Streams letzten Endes unzensiert auch zu sehen sind... so ungebremst überhaupt möglich sein kann. Stellt zudem diese Vorgehensweise des Täter für Sie eigentlich einen Tabubruch dar, den es näher zu beleuchten gilt, um aus dem laufenden Vorgehen vielleicht mehr zu erfahren... daraus vielleicht sogar etwas zu lernen?«*

Christoph Bischoff lässt sich gerne Zeit für seine Antworten. Er mimt den Vollprofi, der nur dann das Wort ergriff, wenn er wirklich etwas zu sagen hatte. Er legt sich den Seitenscheitel nochmal kurz gerade und nimmt zunächst einen kalten Schluck Wasser, welches uns Tim während einer kurzen Werbeeinblendung bereitgestellt hatte. Seine ruhige und sanftmütige Stimme stellte zu Beginn des Interviews ein Problem für die Tontechniker da, welche die Sensibilitätsstärke des Mikrofons im Gegensatz zu den Mikrofonen der anderen Beteiligten deutlich erhöhen mussten. Er nippt und stellt das Glas anschließend exakt an die Stelle, von der es genommen hatte. *»Nun. Da müssten Sie jetzt, bezüglich Ihrer ersten Frage, einen Spezialisten für Sozioinformatik im Rahmen von Web 2.0 oder Social-Software befragen. Ich möchte mich ungern zu einem Thema äußern, von dem ich kaum bis nichts verstehe. Allerdings möchte ich sagen, dass Mord immer der Bruch eines Tabus in unserer Gesellschaft sein wird, unabhängig von eingesetzten Mitteln oder begründeten Absichten bzw. Motiven. Ich würde aber behaupten, in Bezug auf ihre zweite Frage, und auch im gleichen Atemzug davor warnen wollen, dass dieser Akt der Provokation und Selbstinszenierung oder gar Selbstverherrlichung wirklich alles, was wir bisher kennengelernt und studiert haben, nun auf ein ganz neues Level anheben wird. Man muss sich bewusst machen, dass die technischen Möglichkeiten, wie sie meine Kollegin hier bereits angesprochen hat, sehr wohl, wie wir heute gesehen haben und auch noch sehen, durchaus auch missbraucht werden können. Und das Social Media Webseiten ab sofort mehr denn je alarmiert und dazu aufgefordert sind, neuartige Präven-*

tivmaßnahmen zu ergreifen und, falls diese versagen, schnellmöglich reagieren müssen, um auch schnellstmöglich die Verbindung zu derartigen Inhalten kappen zu können oder zumindest den Zugriff auf sie zu erschweren. Wir finden heute überall im Netz verstörende und beunruhigende Mobbing-Videos, auf die User ganz unterschiedlich reagieren. Der Frust, wie Herr Schödel so eindrucksvoll darlegte, wächst und viele werden durch derartige Videos geradezu animiert zu Nachahmern werden zu wollen. Der Killer von Herne hätte uns bereits zu Denken geben müssen, doch was hat sich seit dem getan? Wovon wir alle heute Zeuge wurden sucht wirklich seinesgleichen. Ich meine, wir kennen diese Form der Inszenierung von Organisationen wie des IS, der Hamas oder der Sendero Luminoso. Und wenn man sich deren Rekrutierungsquoten, nein... man kann hier schon von einem Rekrutierungsdurchmarsch sprechen... einmal genau anschaut, die größtenteils auch mit Hilfe derartiger Videos gefördert wurden, dann kann man nur dafür beten, dass wir Mittel und Wege finden, wie wir diese Form der Propaganda schnellstmöglich im Keim ersticken können. Ich meine wo geht es weiter und wo hört es denn dann irgendwann auf? 360° Videos, zuhause auf dem Sofa oder auf der Arbeit? Und wir setzen uns unsere VR-Brille auf, besteigen Kabinen oder tragen Linsen... und begeben uns mitten in das Geschehen mit einer Tüte Popcorn und Cola? Was wir zu befürchten haben, ist, dass uns sehr bald durch diesen Präzedenzfall eine neue Generation und, man mag es kaum auszusprechen, vielleicht sogar eine Welle einer neuartigen Form des „School Shootings" erreichen könnte. Und das man versuchen wird, dass Vorangegangene übertreffen zu wollen, damit ihnen aus ihrer Sicht, eben insgeheim jene Anerkennung zugesprochen wird, die sie für angebracht erachten. Ein erschreckender Gedanke, wenn Sie mich fragen.«

»Dr. Schödel. Lässt sich vielleicht ein Bezug zu der Tat und der neuen Kontroverse um das jüngst für PC und Konsole veröffentlichte Ego-Shooter Game „MassKill" herleiten? Viele Medienpartner berichten darüber, dass die Zeitspanne zwischen der Indizierung und den Ereignissen des heutigen Tages eine gewisse Auffälligkeit aufweisen, zumal auch noch heute, aufgrund des enormen gewaltverherrlichenden Charakters des Spiels, eine baldige Beschlagnahmung diskutiert wird.« Es wirkt, als hätte ich in ein Bienennest gestochen. Dr. Schödel und Bischoff schauen sich an und fangen lauthals an zu lachen. Frau Dr. und ich scheinen als einzige irritiert über das Verhalten der beiden Experten, lassen uns jedoch unsere Verwunderung vor der Kamera zunächst nicht anmerken.

»Ich wäre da ganz vorsichtig, Frau Klöckner, welche Bezüge zu welchen Dingen an welchem Punkt unserer Geschichte hergeleitet werden. Herr Bischoff und ich hatten bereits vor der Sendung die Vermutung angestellt, dass man wieder blind versuchen würde, jede noch so kleine Verbindung zwischen den Ereignissen heute und denen vor ein paar Wochen herzuleiten. Dann müssten Sie auch die Frage stellen, ist vielleicht auch die Frankfurter Börse nur aufgrund des Gewaltcharakters des Spiels heute zusammengebrochen? Um ganz ehrlich zu sein, Frau Klöckner, erwischen Sie mich da auch an einem sehr wunden Punkt, der mich ziemlich verärgert und Herr Bischoff wird mir da sicherlich beipflichten. Sowohl Politiker als auch gewisse Kollegen des Pädagogen-Verbandes vertreten doch tatsächlich die Auffassung, dass Gewaltspiele im Vordergrund für Gewalttaten stehen. Das widerspricht selbstverständlich jeder Logik oder jeder Prämisse, dass wir für unser Handeln noch immer selbst verantwortlich sind. Sehen sie, es ist abstrakt zu behaupten, ein... ich nenn ihn jetzt mal für Ihr besseres Verständnis... „Amokläufer" wäre erst durch gewisse Spieleinflüsse so stark konditioniert und so erst zum Täter gemacht worden. Wie bereits angefügt wurde, entwickelt sich die Veranlagung zur Täterschaft erst durch das Zusammenwirken verschiedener Ursachen und Faktoren. Wir hatten eben Themenfelder wie die soziale Herkunft oder den sozialen Stand, wie Frau Dr. Becker anführte. Themen wie Erziehung, genetische Ursachen.

Natürlich wäre es fatal zu behaupten, dass gewisse Spiele mit ihren Handlungsschemata oder der Darstellung von Gewalt spurlos an uns, den Spielern oder dem Umfeld, vorbeigehen würden.

Ich vertrete durchaus die Meinung, dass der regelmäßige Gebrauch von Gewaltspielen zumindest eine gesteigerte Akzeptanz von digitaler Gewalt hervorruft, die durchaus auch in die Realität übertragen werden kann. Aber die Wirkung realer Gewalt, durch den täglichen Konsum von Nachrichtenmaterial, durch Gewalt in den eigenen vier Wänden oder allem was Sie auf allen erdenklichen Plattformen im World-Wide-Web vorfinden können, hat hundert Mal mehr Wirkung auf Sie oder mich, als jedes Spiel, dass ihnen vorgestellt wird. Wenn Sie sich selbst mal die Frage stellen, ob die gegenwärtige Situation mit einem Verbot des Spiels hätte vermieden werden können, dann werden Sie sehr schnell erkennen, was ich damit genau meine.

Es fängt damit an, dass wir unsere Kinder immer früher sich selbst überlassen. Erziehung findet häufiger nicht mehr in dem Umfang statt, wie es früher einmal der Fall gewesen ist oder sein sollte. Dies führt zu einer mangelnden Akzeptanz füreinander und somit zu einer erhöhten emotionalen Distanz zueinander. Dadurch, dass viele Elternteile heutzutage auf zwei Arbeitsstellen angewiesen sind, um einen gewissen Lebensstandard aufrecht zu erhalten, können viele Pflichten nicht mehr in dem Umfang wahrgenommen werden, wie es vielleicht dringend notwendig wäre. Der Alltag ist heutzutage größtenteils automatisiert, Haushalt, Einkäufe von Lebensmitteln über das World-Wide-Web organisiert. Und das unter einem derart künstlich geschaffenen Zeitdruckgefühl, in dem *es Sie scheinbar überhaupt nicht mehr interessiert, was Sie da überhaupt mit dieser Nahrung zu sich nehmen. Ihr 10jähriges Kind hat die volle Kontrolle über Ihren Amazon-Account und ist heute in den Prozess der Lebenserhaltung der Familie zu einem Grad eingebunden, für den Sie früher als Vollzeitkraft bezahlt worden wären. Ich will hier jetzt nicht, wie Frau Becker...«*

Das Signal. *»Herr Dr. Schödel, verzeihen Sie bitte, dass ich Sie unterbrechen muss, allerdings höre ich gerade, dass wir nun jeden Moment live zugeschaltet werden und es eine neue Entwicklung vor Ort geben soll.«* Die Meute ist im Aufruhr. Hektik macht sich im Studio breit. Irgendetwas geschieht. Tim tippt sich ständig an sein Ohr, hatte er wohl wieder in der Aufregung vergessen, dass mein Ohrstöpsel noch immer nicht funktionierte. Ich greife mir ans Ohr und tue für die Zuschauer so, als würde die Technik dahinter einwandfrei funktionieren. *»Sehr verehrte Damen und Herren, soeben erhalten wir die Meldung, dass sich etwas am Ort des Geschehens tut. Offenbar hat die Polizei den Zugriff befohlen... Es wird von einer Explosion berichtet. Was genau, dass wird Ihnen mein Kollege Herr Hanke nun ausführlich berichten. Walter, du bist jetzt auf Sendung.«* Walter ist noch nicht im Bild. Wir sehen nur die verwackelten Bilder einer Kamera, die auf den oberen Teil des Schulgebäudes gerichtet ist, dazu Walters Stimme, die vermuten lässt, dass er sich in hastiger Bewegung befindet.

»Ja, also es scheint so, als würde sich in einem der oberen Stockwerke, dort zu meiner Rechten, tatsächlich etwas ereignen. Die Polizeikräfte rufen in diesem Zusammenhang bereits seit einigen Minuten die Medienvertreter dazu auf, den Sicherheitsabstand zum Gebäude zu vergrößern. Wir wissen noch nicht was genau der Anlass für diese Maßnahme ist, aber wie es scheint gab es eben innerhalb des Gebäudes mehrere Explosionen und Schußwe... Moment. Ja, da, jetzt, wir sehen was. Gianluca, das zweite Fenster, da, oberhalb des Fensters, wo das Loch ist! Meine Damen und

Herren, ich weiß nicht, ob Sie es sehen können, aber es scheint als würde ein junges Mädchen direkt vor einem der vielen geöffneten Fenster stehen, aus dem noch vor wenigen Minuten Rauch ausgetreten und Schüsse zu hören waren… Mein Gott, ihr Gesicht ist voller Blut und es scheint… ja… man kann es jetzt ganz deutlich erkennen. Das Mädchen, ja, es scheint als würde es winken. Das Mädchen winkt in die Menge. Gianluca, zoom etwas näher heran! Mein Gott…«

Als uns die Aufnahmen erreichen, gefriert jeden der hier Anwesenden förmlich das Blut in den Adern. Uns präsentiert sich das Bildnis eines jungen Mädchens, dessen Gesicht vollkommen zerschnitten und zu Teilen aufgeplatzt scheint. Die Qualität der Bilder ist angesichts der Distanz zwischen Kamera und Geschehen erschreckend brillant. Es lässt sich genau erkennen, dass das kleine Mädchen versucht zu der Menge zu sprechen. Doch jemand oder irgendwas hat die Hauptpartie ihres halben Unterkiefers zur Hälfte weggerissen. Wenn wir der einzige Sender sind, der derartiges Material zu bieten hat, wird die Quote durch die Decke gehen.

»Das Mädchen wirkt vollkommen neben sich und hat nun die Hand gesenkt. Das Winken hat aufgehört, soweit wir das von hier unten aus interpretieren können. Wir werden nun aufgefordert den Bereich zu verlassen und Platz für die Hilfskräfte zu schaffen, die hinter uns scheinbar so etwas wie ein Auffangnetz vorbereiten. Einige der Helfer haben sich aus der Formation, die die Menschen zurückhält, gelöst und legen ebenfalls mit Hand an. Alles muss jetzt scheinbar sehr schnell gehen. Wie Sie hören können, ist der Geräuschpegel in den letzten Minuten sehr stark angestiegen. Eben gab es zwei Explosionen… Schusswechsel waren davor zu hören… Hey… lassen sie mich los! Inzwischen haben sich auch scheinbar viele Eltern vor dem Gebäude versammelt und rufen dem Mädchen Trost zu… Aber das ist nicht alles… Zu unserer Überraschung rufen sie dem Mädchen unzählige unterschiedliche Namen zu.

Scheinbar will der Eine oder Andere hier eine Freundin oder eine enge Verwandte in dem jungen Mädchen wiedererkennen. Es sind wirklich verstörende Bilder, die uns hier gerade dargeboten werden. Das Mädchen steht weiterhin einfach nur so da und betrachtet scheinbar ihr Spiegelbild in einem der... ja... einem der nach innen geöffneten Fenster. Sie wird... Ich meine... Wir... einen Moment... Mein Gott, was tut sie denn jetzt? Was tut sie da? Meine Damen und Herren, ich glaube, das Mädchen steigt in diesem Moment auf den Fenstersims... Wo sind nur die Rettungskräfte? Beeilt euch doch... Ich kann diesen Moment gerade nicht wirklich beschreiben, sie... Oh, mein Gott, sie ist gesprungen. Meine Damen und Herren, dass Mädchen hat sich tatsächlich gerade aus dem zweiten Stock des Gebäudes gestürzt und ist hart auf den Pflastersteinen aufgeschlagen. Die Schreie der Menschen... die allesamt gerade Zeuge dieses Verzweiflungsaktes geworden sind... sind... sind ohrenbetäubend. Panik bricht aus, wir werden durch die Massen umhergeworfen. Wir... Hey, lassen Sie mich endlich los...«

Tonaussetzer. Waldemar hatte bis eben noch einen guten Job gemacht. Die Kamera wird hin und her geschleudert und erfasst nur im Sekundentakt das Ausmaß des Chaos, welches dort gerade zu herrschen schien. Gianluca bemüht sich sichtlich das Bild stabil zu halten, doch er kommt kaum gegen die Kräfte an, die auf ihn durch die Massen zu wirken scheinen. Die Konkurrenz nutzt die Gunst des Momentes, um in der außer Kontrolle geratenen Verwirrung statt weiter zurück wieder nach vorne zu brechen. Sie reißen sich los und stürzen sich mit ihren Kameras und Mikros in Richtung der Aufprallstelle des kleinen Mädchens. *»Walter... was ist da los? Wieso wird die Absperrung durchbrochen? Was passiert gerade?«* Zunächst vernehmen wir nur die harschen Wortgefechte der sich vordrängelnden Vertreter der örtlichen Nachrichtendienste. Die Konkurrenz lechzt geradezu in ihrem Eifer als erstes dran zu sein. Das ständige „Oh, mein Gott" meiner Sitznachbarn ignoriere ich vollständig. Wir alle verfolgen die unkommentierten Bilder mit Anspannung und Neugierde zugleich, ehe Walter sich wieder mit schmerzerfüllter Mine vor der Linse zu positionieren wagt und sich immer wieder an den Kopf zu fassen scheint.

»Regie, wie sollen wir verfahren?« Mein Blick wandert zum Regiesaal, in welchem ich flüchtig das Kopfnicken der Studiobosse vernahm, mit dem man uns allen das „Go" für die Fortführung signalisiert. Sie hatten bereits alles gezeigt. Jetzt abzubrechen hätte nichts mehr ungeschehen machen können. Ich wende mich wieder blitzschnell ab. *»Sehr verehrte Zuschauer, Ihr Sender 24News wird weiterhin für Sie auf Sendung bleiben und Sie natürlich weiterhin live über die dramatischen Entwicklungen auf dem Laufenden halten.«* Ich glätte meine Bluse und richte den BH. Ich bin ein Profi und wie ein Profi muss ich nun einmal auch handeln und funktionieren.

»Sehr verehrte Damen und Herren. Wir unterbrechen das laufende Programm, um Sie über die neusten und dramatischen Entwicklungen an diesem Tag in Kenntnis zu setzen. Mein Name ist Babara Klöckner, und das sind unsere Exklusiv-Themen für Sie…«

Er wandelt vereinsamt und mit geneigtem Haupt mitten durch die Flammen. Hinüber zum Raum 217. In seiner Hand, das blutige Messer an dessen Klinge ein kleiner Hautfetzen Zeugnis über die vergangene Tat ablegt. Vorbei an der Treppe, der Tasche und den kokelnden Körpern links und rechts von ihm. Er nimmt die verbliebenen Flaschen und wirft sie in alle Richtungen, sodass das Feuer sich weiter nähren würde. Er bemerkt nicht einmal, dass sein Hosenbein selbst kurz davorstand Feuer zu fangen. Er nimmt den sporadisch auftretenden brennenden Schmerz gar nicht wahr. Nur den in seinem Inneren.

Das zweite Zwischengeschoß steht nun größtenteils in mitten eines höllischen Flammenmeers. Adam kramt seelenruhig in seiner Hosentasche nach dem Schlüssel, der ihn Einlass zum Verließ gewähren sollte, während rings um ihn herum die Wände nach und nach immer greller aufleuchten. Er wirkt desillusioniert, völlig neben der Spur. Am ganzen Körper Anhäufungen unterschiedlicher Verletzungen und Vernarbungen, die niemals mehr abheilen würden. Adam ist müde. *»Was habe ich nur getan? So wird es also zu Ende gehen?«*, flüstert er, als er den Schlüssel hineingleiten lässt. Ehe er in Begriff sein würde, die Tür zu öffnen, versink er in tiefe Scham über sich selbst und bricht weinend am Boden zusammen. Sein Körper verkrampft. Irgendwas ist im Begriff aus ihm auszubrechen. *»Was habe ich getan?«*, kreischt er voller Selbsthass und Schuldgefühle lauthals über die verlassenen Flure des Gebäudes. Doch das Raunen der Flammen erstickt sogleich sein brennendes Verlangen nach der von ihm gesuchten Antwort. Die Flammen würden nicht antworten. Sie waren da, um sich zu nähren und zu verzehren. Rücksichtslos und ohne Schuldgefühle. Egal wen oder was. Flammen stellen keine Fragen.

Er steht nun mitten im Raum. Die Anderen starren ihn nur an, können die offensichtlichen Verletzungen nicht so recht einordnen. Er sah vorher schon schlimm aus, doch jetzt mehr denn je. *»Gott, Adam... was ist da draußen passiert? Und wo kommt der Rauch her...«* Mark. Er lässt sofort von Yvonne ab, als er die Flammen hinter Adam bemerkt. Er zeigt sich besorgt, als Adam stillschweigend die Tür hinter sich schließt und dem Spektakel keine weitere Aufmerksamkeit zukommen lässt. Adam hebt blind die Waffe und richtet sie gegen ihn, ohne wirklich hinzusehen. *»Pfusch am Bau... so nennt man das wohl... Mark... An deiner Stelle würde ich jetzt nicht rausgehen. Setz dich also wieder hin! Und bevor einer von den anderen fragt, Hitzefrei ist heute aus.«* Neben sich stehend nimmt Adam direkt am Pult Platz, an dem Herr Ulrich noch immer gefesselt dalag und stillschweigend dem Geschehen beiwohnt. *»Wo... Wo ist Neve, Adam? Wo... wo... ist sie?«* Die Frage dringt aus dem Verborgenen an ihn heran, aus der rechten Ecke des Raumes, direkt neben dem Pult, wo sie sich hingeschleppt hatte. Dort wo Laura's Leichnam zur vorübergehenden Ruhe gebetet dalag und den Frau Reif fest mit ihren Armen umschloss. Sie wagt es nicht, ihn direkt anzusehen, geschweige denn ihn direkt anzusprechen. Sie redet mir ihr. Dem kleinen Mädchen, das ihr nicht mehr antworten konnte. Doch einmal mehr verbirgt Adam seine Emotionen nicht hinter einer Fassade, gebaut aus Gleichgültigkeit und innerer Kälte. *»Neve? Sie... lebt. Sie ist draußen... ihr geht es soweit... naja... gut. Wenn... naja... wenn sie sich entschieden hat. Ich weiß nicht...«* Mark wagt sich weiter vorsichtig an ihn heran, im Hinterkopf noch immer mit den Gedanken bei dem wütenden Feuer direkt vor dem Raum. Sein Tonfall wirkt ernster, denn für ein Selbstmordkommando hatte er sich schließlich nicht gemeldet. *»Adam! Wie schlimm ist es? Rede mit mir, was ist da draußen los?«* Doch Adam antwortet nicht. Er schüttelt weiterhin mit dem Kopf und murmelt weiter vor sich hin. *»Wir werden sterben... alle... es gibt keinen Ausweg mehr. Alles geht* *den Bach runter...«* Erneut wagt Mark einen Schritt nach vorne, wirkt stinksauer. *»Adam! Wir müssen hier raus! Da draußen ist ein Feuer... Du musst die Tür aufschließen, hörst du mich? ADAM!«* Als Mark ihm zu nahe kommt, richtet er die Waffe ein weiteres Mal auf ihn. *»Pläne ändern sich nun einmal, mein Freund! Und wir alle müssen einen Preis zahlen, jeder von euch! Wie Neve... Ich kann euch nicht mehr gehen lassen. Nicht so... nicht in eurer… wahren Gestalt!«* Mark wird schlagartig klar, dass Adam das wohl von vorne herein nie beabsichtigt hatte. Er hält Ausschau nach Adam's Tasche, doch er war nicht mit ihr zurückgekehrt. Er hatte nur noch die Persuade und die Handfeuerwaffe. Das Lämpchen an der Kamera leuchtet weiterhin. Seine Kamera war ständig im Aufnahmemodus. Er konnte also nicht so ohne weiteres die Maskerade fallen lassen und Tacheles reden. In Melancholie versunken beugt Adam sich über Herrn Ulrich tippt ständig mit der Waffe auf dessen Bauch auf und ab. Er lässt es zu. Sieht ihm tief in die Augen. Kann das sich nähernde Ende spüren.

Ein kollektiver Aufschrei macht sich lautstark draußen breit. Mark eilt zum Fenster und blickt durch einen dünnen Spalt der Rollläden hinaus auf die Straße und Wege. Sämtliche Augen richten sich nach rechts, die Menschen weichen zurück. *»Sie ist gesprungen...«* Er sieht einige, die auf das Gebäude zustürmen, mit Kameras und Mikrofonen. *»Sie ist gesprungen...«* Immer wieder die gleichen Worte, die unter dem Tumult zu hören sind. Neve. Einer der ersten Gedanken, der Adam durchströmt und enttäuscht in den Stuhl zurückgleiten lässt. *»Sie hat sich also entschieden...«*, flüstert er enttäuscht vor sich hin, während er sich Teile des schwarzen Rußes aus dem Gesicht wischt. Mark stößt sich wütend von der Fensterbank ab, wendet seinen Blick von dem Geschehen draußen ab und fokussiert das Geschehen im Inneren. Er starrt zu Frau Reif, hinunter zu seiner Rechten, die ihn wütend ansieht und zugleich weiterhin nervös mit dem toten Körper in ihren Armen auf und ab wippt. Dann richtet er das Wort an ihn. Adam. Mark würde es nicht alles einfach so geschehen lassen. »*OK, Adam... OK... wenn wir also alle sterben müssen, dann soll es so sein. Aber nicht so... Nicht so, mein Freund!*« Er rennt schnurstracks hinüber zu Yvonne, packt sie am Arm und reißt sie zu sich hoch. Sie wehrt sich nicht, ist noch immer wie gelähmt. »*Sieh hin, Adam!*« Sie lässt es geschehen, wie er sie fest an sich drückt und ihr einen festen Kuss aufdrückt. Ein Kuss, der keine emotionale Erwiderung erfährt. Adam springt auf. »*Was soll das jetzt, Mark? Was ist das jetzt für eine Nummer? Lass sie los... sofort...*« Erneut schwingt er den Arm hinauf und zielt mit seiner Waffe auf ihn. »*Was denn Adam? Was? Deine Waffe soll mir jetzt noch Angst machen? Ich bin doch schon tot. Wir alle hier. Du selbst hast es gesagt. Was könnte ich jetzt noch verlieren? Was sollte ich jetzt noch fürchten? Dich oder die Option auf ein schnelleres Ende... statt qualvoll zu verbrennen? Nichts... Nichts habe ich noch zu verlieren! Keiner von uns... Also sollte ich doch jede Chance ergreifen, oder etwa nicht? Wir alle sollten die Chance ergreifen! Jetzt!*«

Adam wirkt verwirrt. Irgendwie beschleicht ihn das Gefühl, als wären die Worte nicht für ihn bestimmt. Seine Hand zittert, die Wunde schmerzt unter der Anspannung seiner Haut, während er die Waffe hochhält. »*Tu das nicht, Mark! Lass sie da raus... Sie wird mit mir gehen, nicht mit dir! Sie ist alles was mir noch bleibt, also lass sie verflucht nochmal los, du Bastard! Oder soll ich auch dich dazu zwingen zu gestehen... häh...*« Doch Mark ist sich sicher. Er wird nicht schießen. Er küsst Yvonne erneut, aber diesmal nimmt er ihre Arme zur Hilfe, die er hastig um sich wirft, um dem intimen Moment nach außen hin mehr Bedeutung beizumessen. Sie wirkt wie eine leblose Puppe, doch in Adam's Augen zählte das nicht. Er verlässt sich auf das, was er sieht. Eine Intimität, die Mark nicht zustand.

Adam wirft wutentbrannt den Stuhl zur Seite und will auf Mark zustürmen. Doch er kann nicht. Herr Ulrich hat ihn fest am Hosenbund gepackt um ihm am Vorbeikommen zu hindern. Verwundert blickt Adam hinunter und bemerkt, dass das Klebeband fein säuberlich mit etwas Scharfem durchschnitten worden war. *»Wer hat dich losgemacht?«* Adam holt aus und schlägt dem Lehrer mehrfach mit dem Kolben mitten ins Gesicht, doch der Griff lockert sich nicht. Und dann spürt Adam ihn. Den Einstich, direkt an seinem Nacken, knapp vorbei an der Wirbelsäule. *»ICH... du Schwein!«* Frau Reif. Sie hatte während seiner vorübergehenden Unachtsamkeit sofort zugestochen, ihm einen Zirkel so tief in das Fleisch gebohrt, dass er bis zur Hälfte stecken blieb. Als Adam sich umdreht wirkt sie plötzlich nicht mehr so hilflos, wie zu Beginn fälschlicherweise angenommen. *»Für jedes Leben, du Schwein... Für jedes meiner Kinder!«*, brüllt sie ihn an, während Herr Ulrich unter der Last der Schmerzen zusammenbricht und loslässt. Adam taumelt, während Mark Yvonne einfach zu Boden fallen lässt. Ab sofort zählte wieder mal jede Sekunde. Er stürmt auf ihn zu, während Adam orientierungslos mit der Waffe umherfuchtelt und blindlinks Schüsse in die Decke feuert. Frau Reif reißt das Klebeband von Herrn Ulrichs Körper. Sie brauchen nun jede Unterstützung. Jeder sollte nun für sein eigenes Überleben kämpfen dürfen. Doch noch ehe der Lehrer sich aufrichten konnte, und Mark ihn erreichen sollte, löst Adam einen weiteren Schuss, der Herrn Ulrich direkt in den Bauch treffen sollte. *»Nein!«*, kreischt Frau Reif, während ihr Kollege blutend zurück in die alte Position verfällt. Ehe Adam einen weiteren Schuss abgeben kann, hat Mark ihn im letzten Moment bereits umgerissen. Er packt seinen Arm und schmettert ihn gegen die Wand, sodass die erste, die schwerfälligere, Waffe zu Boden geht. Die Persuade.

»Du Verräter!«, krächzt Adam heraus, während Mark sich ganz fest an ihn presst und somit das Mikro an der Kamera verdeckt. Er

verpasst ihm einen gewaltigen Hieb mit der Faust, sodass sie beide im Anschluss zu Boden gehen. *»Nehmen Sie die Waffe, Frau Reif... na los!«* Mark übernimmt vollständig die Kontrolle über die Situation. Die junge Frau folgt dem Aufruf und greift nach ihr, doch sogleich löst sich ein weiterer Schuss, der sie sofort in Deckung hinter dem Pult zwingt. Trotz der Verletzungen bleibt Adam agil und beständig, kann so manchen Angriff seines Partners abwehren. *»Sie werden es erfahren, du Bastard! Ich werde es ihnen sagen... alles... Mark!«* Ein weiterer Hieb soll Adam endlich zum Schweigen bringen, doch er rutscht am frischen Blut seines Opfers ab und schlägt mit seiner blanken Faust ungebremst und hart auf dem Boden auf. Der Schmerz übermannt ihn dermaßen, dass Adam seine Chance sieht und Mark endlich von sich stoßen kann. *»Ich werde euch töten! Hört ihr... euch alle!«* Adam holt erneut mit seinem Bein aus und tritt Mark mitten ins Gesicht woraufhin dieser gegen das Pult von Herrn Ulrich gestoßen wird.

Adam richtet sich sofort auf, packt sich ständig an den Hals, wo eine Blutfontäne nach der nächsten hinausgestoßen wird. Er gibt einen weiteren Schuss in Richtung Pult ab, muss aber erkennen, dass ihm nicht genügend Munition bleiben würde. Er erinnert sich. Die Tasche lag noch immer am Treppenaufgang. Zusammen mit dem andren Gewehr und der verbliebenen Munition. Als sich die Tür öffnet, gibt sie sofort sprunghaft nach und lässt erste Flammen und Rauchschwaden in den Raum strömen. Ein Inferno hatte sich direkt vor der Tür ausgebreitet und Adam begab sich mitten hinein. *»Sie werden es erfahren, Mark! Das verspreche ich dir!«* Die Stimme verstummt angesichts der losgebrochenen Geräuschkulisse von außen. Mark bleibt nichts weiter übrig, als zuzusehen, wie die Beine seines ehemaligen Freundes in den Flammen verschwinden. Er stürmt sofort auf Frau Reif zu und will ihr das Gewehr entreißen. *»Geben sie mir die Waffe, Frau Reif! Ich muss es zu Ende bringen!«* Doch sie weigert sich. *»Nein, wir holen jetzt* *die Anderen und machen, dass wir hier wegkommen! So wie wir es besprochen haben! Wir haben nichts mehr zu verlieren! Ich habe meinen Part geleistet, jetzt bist du dran!«* Wütend bäumt Mark sich vor ihr auf und presst die Fäuste zusammen. Er ist nicht mehr der nette Junge von vorhin als er sie anschreit. *»Er sollte sterben! Das war der Plan. Aber er lebt! Er lebt! Und das darf ich nicht zu-lassen!«* Die Frau schreckt zurück und zielt instinktiv mit dem Ge-wehr auf ihn, ehe sie sich direkt wieder besinnt und die Reaktion rückgängig macht. *»Erst die Anderen, dann er! So wie wir es be-sprochen haben!«* Mark blickt sich um. Er schaut rüber zu Herrn Ulrich, der in den vergangenen Jahren sichtlich an Gewicht zuge-legt hatte. Jede Sekunde spielte von nun an gegen ihn. Frau Reif rennt rüber zu Yvonne und den anderen beiden. Sie beugt sich über sie und macht ihnen Mut. *»Es ist fast geschafft, wir gehen über die Treppe, so wie Mark es gesagt hat! Wir werden es schaf-fen... OK...«* Yvonne blickt zu ihr, und erstmals ist eine emotionale Reaktion bei ihr erkennbar. *»Es tut mir leid, Frau Reif... ich wollte nicht...«* Die Lehrerin legt ihre Hand schützend über Yvonnes Mund. Später wäre noch genug Zeit für Entschuldigungen. Aber nicht jetzt. Doch sie erkennt in ihren Augen alsdann eine auffällige Reaktion ihrer Augen, welche die Frau stutzig werden lässt. *»Thomas...«*, flüstert sie, als sie die Hand wegnimmt. Sie sieht Frau Reif direkt an, dann vorbei an ihr, zu Mark, der bereits hinter der Lehrerin steht. *»Auch mir tut es leid, Frau Reif... Aber ich habe keine Zeit mehr...«* Mark holt aus und verpasst ihr einen heftigen Tritt, der die junge Frau nach vorne direkt auf Yvonne schnellen lässt. Er packt ihren Arm und entreißt ihr das Gewehr, welches er fortan für seine Jagd gebrauchen würde. Doch ehe er aufbricht lehnt er sich ein letztes Mal kopfüber Yvonne entgegen. Etwas hatte er vergessen. Er muss sichergehen, dass die Geschichte noch immer richtig erzählt würde. *»Du musst sie retten! Sie alle. Dass ist der Weg, der nun dir und mir bestimmt ist. Rette sie, Yvonne.«*

Abschnitt 8.5 – Die Jagd
12:46 Uhr – 2. Zwischengeschoss

Mark lädt in mitten der Flammen die Waffe durch, als er Adam am Treppenaufsatz knien sieht und feuert. Adam hat das Maschinengewehr gerade zu fassen bekommen, frisch nachgeladen und erwidert das Feuer. Doch jene Kugeln verfehlen ihr Ziel, gehen in den Flammen des Infernos unter. Es blendet ihn, er ist angeschlagen. Die Tasche ist zu schwer, also lässt er sie zurück, als er durch das geberstete Glas der Obergeschossfront springt und unterhalb des Simses neue Deckung sucht. Direkt hinter Mark ist Yvonne, die sich zusammen mit den anderen nassen Kleidungsstücken über ihre Köpfe gewickelt hatten und sich Richtung Wendeltreppe aufmachten. Mark liebt die Hitze, er kennt sie nur zu gut. Sie ist einst zu einem vertrauten Freund geworden. *»Komm her, Adam! Wir haben da was zu klären!«*

Die Munition ist vollständig verbraucht. Das Gewehr somit vorerst nutzlos. Mark wirft es bei Seite und kramt in der Tasche umher, die ebenfalls zu Teilen dem Feuer nicht länger standhalten würde. Ein Magazin für Adam's Gewehr, Sturmhaube, Magazine, vereinzelte Glasscherben. *»Wo ist die andere Waffe? Wo ist die KG-19? Wo sind die verfluchten Patronen für die Persuade?«* Er wühlt und fischt blind in ihr herum. Das Metall ist so heiß, dass er es kaum mit seinen Fingern halten kann. Die Sicht auf die Dinge nahm zunehmend ab. Drei Patronen, die hatte er. Er greift nach einem Magazin für das Maschinengewehr von Adam. Für alle Fälle. Er wickelt es in der Sturmhaube ein, weil er befürchtet, dass seine Hose ansonsten zu heiß werden könnte. Als er wieder zur Persuade greift spürt er die Hände an seinen Schultern. *»Mark... wo ist er? Wo ist Adam? Wir müssen hier raus!«* Er wirkt nicht erfreut, stößt sie von sich ab und deutet nach oben, dort wo Adam vor wenigen Augenblicken verschwunden war. Frau Reif beschwichtigt ihn, will, dass er ihr nach unten folgt. Doch die Treppe steht seit geraumer Zeit ebenfalls in Flammen. Dafür hatte Adam gleich zu Beginn gesorgt. *»Wir können nur da lang! Verstehen Sie das? Dort, wo auch er ist! Es gibt kein zurück mehr!«*

Sie presst sich fest an ihn, will in dem Rauch die Orientierung nicht verlieren. Es ist Mark, der vorangeht, die Lage sondiert und überprüft, ob Adam in einem Hinterhalt lauert. Doch just, als er durch die Scheibe zu blicken wagt, sieht er, wie Adam sich gerade in einem der ihm vertrauten Räumlichkeiten zu verstecken versucht. *»Ich kann ihn sehen, Frau Reif. Ich weiß wo er ist!«* Sein dunkles Flüstern wirkt entschlossen und zugleich beängstigend. Sie hatte diesen Tonfall schon einmal vernommen, aber nicht von ihm. *»Wir müssen da durch! Also bringen wir es zu Ende.«* Gebückt schreitet er durch den Scherbenhaufen, hinein in das 2 Hauptstockwerk, wo die meisten der Klassenräume und auch der Leichen zu finden waren. Unter ihnen auch Jens, den sie seit ihrem Abschied erstmals wiedersah. Der gutaussehende Mann im roten Drachengewand hatte es also doch nicht geschafft. Ihn lässt der Anblick kalt, während Frau Reif ihren Würgereflex in den Griff zu bekommen versucht. *»Reißen Sie sich gefälligst zusammen. Wenn er uns hört, dann ist es aus... haben Sie das kapiert? Keinen Laut mehr!«* Er wirkt so anders. Weniger vertrauenswürdig, wie sie ihn anfangs eingeschätzt hatte, sondern aggressiv. Vielleicht war es die Situation, die das Verhalten heraufbeschwor, doch es machte ihr zunehmend mehr Angst, als sie so acht- und behutsam über die toten Körper steigen und damit versuchen die herrschende Stille aufrecht zu erhalten. Der Raum 207 ist das Ziel. Dort wo Adam viele von ihnen laufen ließ und Mark erstmal in Erscheinung getreten war. *»Oh, wie passend«,* wie Mark flüsternd, jedoch für die junge Frau nichtssagend, anmerkt.

Sie sind da. Die Tür steht sperrangelweit offen, die Rollläden noch immer zugezogen. Zu einladend für Mark's Ansichten. Die Lehrerin positioniert sich direkt neben ihm, wirkt sichtlich nervös. *»Und was jetzt?«* Ihr unbedachtes Flüstern ist kaum zu vernehmen. Dennoch sieht Mark mit ernstem Blick zu ihr rüber. Er mustert sie von oben bis unten und wirkt nachdenklich. Ehe sie reagieren kann, schlägt Mark ihr mit dem ausgestreckten Handballen direkt auf ihren ausgeprägten Kehlkopf, packt sie direkt forsch am Nacken und schleudert sie schwungvoll mitten durch die offenstehende Tür. Sie kann nicht schreien, sie kann sich nicht wehren. Sie segelt durch die Luft, mitten in die Höhle des Löwen.

Wie zu erwarten fallen die ersten Schüsse in direktem Anschluss. Die Salven des Maschinengewehrs gehen durch den ganzen Raum. ihr Hall erschüttert zugleich die Flure des gesamten Stockwerks wie auch die Gemüter der außenstehenden Schaulustigen. Solange, bis nur noch ein Klicken zu hören ist. Adam hatte ohne nachzudenken einfach losgefeuert. Mark wirft sich direkt um die Ecke, ignoriert den regungslosen Körper von Frau Reif, erfasst Adams Position zu seiner linken und gibt einen Schuss aus seinem Gewehr ab. Die Ladung sitzt, trifft ihn direkt am Bein, zerschlägt ihm scheinbar die Kniescheibe. Adam schreit nicht auf, sein Körper ist längst blind für derartige Schmerzen geworden. Seine Arme gehen sofort nieder und mit ihnen das Maschinengewehr, dass er mit ihnen vor sich hertrug und mit denen er das Magazin vollständig leergeschossen hatte, nun aber neben das eingeschaltete Handy gefallen war. Mark kommt vorsichtig aus der Deckung hervor und nähert sich ihm. Mit der Persuade ihm Anschlag und voll konzentriert nimmt er ihm vorsichtig die MP5 ab und legt sie neben sich auf den Tisch, sodass sie nun für Adam unerreichbar sein würde. *»Ich kann mich kaum noch bewegen... Mark... Fuck... Wie viel Uhr haben wir...«* Er lässt sich nicht beirren, verharrt in der Stellung, die ihm Sicherheit verspricht. Er würde sich nicht nochmal von Adam täuschen lassen. *»Wo ist die KG-19, Adam? Ich weiß, dass du sie noch hast, also her damit...«* Adam räuspert sich, in seinem Mund hat sich inzwischen aufgrund seiner Nackenverletzung jede Menge Blut gesammelt. Er blickt zu Boden auf seine blutigen Hände und lacht leicht auf. *»Die ist am Arsch, Mark... so wie ich... Schon vergessen? Das hab ich dir letzte Woche schon versucht klarzumachen... nutzloses Scheißteil... ich hab sie… zusammen mit der Kappe weggeworfen... überflüssiger Ballast... hätte uns vielleicht alles kaputt gemacht... ach... was spielt das überhaupt noch für eine Rolle...«*

Mark tritt näher, wagt es noch immer nicht die Waffe herunterzunehmen. Er starrt ihn an, wie er so dasaß, umringt von umgeworfenen Tischen und Stühlen, der verätzten Leiche von Herrn Rockenfeller. Gänzlich ohne jede Fluchtmöglichkeit. *»Ist der Plan, von dem du da redest und der mir bekannt vorkommt... unserer oder doch nur dein eigener? Du wolltest mich gar nicht am Leben lassen... stimmt's? Ich sollte zusammen mit all den anderen hier draufgehen. Hast du etwa unser großes Finale vergessen? Was wir vorhatten, welche Botschaft ich an die Leute bringen sollte... als Überlebender... nicht als Leiche... du Mistkerl!«*

Adam lehnt sich leicht in seine Richtung auf, was Mark dazu veranlasst den Griff an der Waffe nochmals mehr zu festigen. *»Ach... hör doch auf... Hör dir mal selbst zu, du scheinheiliges Arschloch... unser Plan... ich wäre draufgegangen... ICH... von Anfang an und zu 100 Prozent stand das doch für dich schon fest. Dachtest du allen Ernstes, ich hätte dich zum Helden gemacht, während ich als Schurke in einer Kiste vergammeln würde, an denen sich die Würmer laben... Hoh... also bitte... wofür haben wir das ganze Zeug denn mitgenommen? Was dachtest du, was passieren würde, wenn es hochgeht... Ahhhh... Was wäre das für ein Abgang gewesen? Du und ich, zusammen in den Flammen... eine Freundschaft,* *bis in den Tod vereint... auf alles geschissen, was danach passiert wäre... Wie viel Uhr, Mark... ich... ich muss es wissen...«*

Mark wagt einen Blick auf seine Armbanduhr und sieht sofort wieder zu ihm. *»Kurz vor eins... 12:57 Uhr präzise...«* Adam kann sich ein weiteres Lachen nicht verkneifen und jault auf. *»Ahhhh... kurz vor Schulschluss... man, was haben wir da heute alles in so kurzer Zeit geschafft?!? Ein Wunder, dass ich so lange durchgehalten habe ohne einzuschlafen, was? Das grenzt in diesen Räumen ja nun schon wirklich knapp an einem Wunder. Ich hätte nicht gedacht, dass ich es doch bis hierher schaffen würde. Vorsehung würde ich sagen... Und nun sind wir doch noch hier. Wir beide. Lebendig. Der eine mehr als der Andere und doch so kurz vor unserem triumphalen Fall... Unserem gemeinsamen Ende der Geschichte. 12:57 Uhr sagtest du, richtig? Weißt du, es würde mich freuen, wenn ich den Schulgong noch ein allerletztes Mal hören könnte, Adam... Als Zeichen des offiziellen Abschlusses... verstehst du, alter Freund? Das würde mir echt viel bedeuten. Mark... würdest du das für mich tun... für mich noch ein wenig warten... damit du zu dem Helden werden kannst, den du dir immer gewünscht hast...«*

Mark fasst Adam an der Schulter, zieht dessen Körper vor sich, um sicherzugehen, dass er wirklich unbewaffnet war und nichts hinter seinem Rücken vor ihm verbarg. Er kann nichts entdecken, woraufhin Mark die Waffe senkt und auf dem Tisch direkt vor ihm Platz nimmt. *»Ich werde warten, Adam. Aber nicht weil ich es will... nein... sondern weil ich es muss. Weißt du, ich hab grad ein richtig beschissenes Problem. Wenn ich dir jetzt eine Kugel in den Kopf jage, kurz nach deiner Ballerei von vorhin, dann werden die das da draußen hören. Der Zeitabstand wird nicht passen... und mit dem Gewehr kann ich den Knall nicht unterdrücken... Verstehst du mich, Adam? Wie, bitteschön, soll ich denen das später erklären? Hm? Das mit dir ist grad echt ein fieses Dilemma. Du machst nur Probleme. Egal wo du auftauchst oder was du anfasst. Ich* *kann dich nicht einfach so abknallen, so gerne ich das auch täte... zumindest nicht ohne... das es glaubhaft wird, dass du dich zur Wehr gesetzt hättest. Tu also auch du mir einen Gefallen... nimm die Hand von der Wunde... und stirb jetzt bitte etwas schneller! Da draußen warten einige Kameras auf mich... Auf uns beide... mein Freund.«*

»Ich... glaub das nicht...« Mark schreckt auf, die gebrochenen Wortbausteine drangen von der hinteren Ecke des Raumes an sie heran. Worte, verpackt in einer Hülle bestehend aus Erschöpfung und Pein. Frau Reif. Sie hatte überlebt und sich am Boden hinter dem Chemiepult um die Ecke nach vorne gezogen. *»...Ihr habt das... gemeinsam geplant... oh Gott... ihr zwei... habt all diese Menschen auf dem Gewissen...«* Mark greift zum Gewehr und wendet sich langsamen Schrittes auf sie zu. *»Wissen Sie, Frau Reif... ich kann langsam echt verstehen, warum Adam ständig die Geduld mit Ihnen verliert... Sie sind echt sowas wie eine Küchenscharbe, unverwüstlich und nervig... unglaublich...«* Es waren nur drei Kugeln, die ihren Oberkörper durchschlagen hatten. So viele konnte Mark auf den ersten Blick zählen als er sich auf ihre Handflächen stellt und den festen jedoch leicht perforierten Körper begutachtet. Den Lauf der Persuade drückt er dabei ganz fest an ihren Schädel, sodass ihr linkes Ohr ganz flach am Boden aufliegt. *»Warum sind Sie eigentlich hier, Frau Reif... Warum bleiben Sie nicht einfach liegen, stellen sich tot oder sonst was... warum müssen Sie immer und immer wieder die Backen aufreißen? Wollen Sie etwa sterben? Hatte Adam damit vorhin Recht? Ist es das? Erklären Sie es mir, ich raff es einfach nicht... Und was noch viel wichtiger ist... was mache ich jetzt mit Ihnen?«*

»Töte sie...« Für Adam ist die Lage eindeutig. *»Du kannst sie nicht am Leben lassen, jetzt nicht mehr...«* Mark nickt, sein Zeigefinger tänzelt über dem Abzug, während er weiter auf sie herabblickt und der anfänglichen Versuchung zu wiederstehen versucht.

»Wissen Sie, Frau Reif... Er hat Recht... fuck, das hat er ausnahmsweise mal wirklich... das Problem ist nur... wenn ich Sie jetzt töte, dann wirft das die Frage wieso plötzlich ein Schuss aus einem Schrotgewehr ertönt, obwohl doch ich eigentlich die Waffe in den Händen halten müsste... Die Medien haben alles aufgezeichnet... Es gäbe zu viele Fragen, die ich wieder nicht beantworten kann... Anders als mein Freund hier, stelle ich mir solche kritischen Fragen bereits im Vorfeld, ehe ich einfach losballere und nachträglich eingestehen muss, es wieder mal richtig verbockt zu haben... Das gegenwärtige Szenario lässt diese Abfolge einfach nicht zu... Die Situation und Sie sind mir also gerade echt etwas zuwider...« Mark packt sie fest am Schopf, zerrt sie gewaltsam hinter sich her. Hinüber zu Adam, wo er sie direkt neben ihm in Sitzposition bringt. Adam begrüßt sie freundlich mit einem lockeren „Hi". Als wären sie alte Freunde und der Grund ihrer Begegnung ein freudiges Ereignis zum Feiern. Ihr Herz rast, als sie direkt vor sich das geschmolzene Gesicht von Herrn Rockefeller vorfindet, was Adam selbstverständlich keineswegs entgeht. »Oh, beachten Sie ihn nicht weiter, Frau Reif. Der tut Ihnen nichts mehr... dafür hat Mark gesorgt...« Seine Worte lassen Zweifel in ihr aufkommen, ob wirklich Adam das Schlimmste war, was dieser Schule je passieren konnte. Denn nach und nach zeigte sich immer mehr die andere Seite von Mark's Persönlichkeit, die ihre Wut nicht länger in Zaum halten konnte. Von ihm ging ab sofort die weit größere Gefahr aus als von Adam.

13:01 Uhr. Mark geht auf und ab, überlegt, was er tun soll. »Fuck, Adam... kannst du überhaupt irgendwas richtig machen? Zielen, feuern und was noch viel wichtiger ist... treffen. Die Schlampe war doch nun wirklich nicht zu verfehlen. Sie werden bald ihren zweiten Ansturm starten und mir läuft langsam die Zeit davon... Fuck,

Adam... was hast du dir nur dabei gedacht? Wie kann ich da noch der Held sein? Das glaubt mir doch keiner...« Sie bleibt ganz ruhig sitzen, verfolgt jeden seiner hastigen Schritte, bangt innerlich, stillschweigend um ihr längst beschlossenes Schicksal. Doch Adam lässt ihr keine Ruhe. Er beginnt immer wieder wirre Konversationen, die darauf abzielen, die Frau zur Weißglut zu bringe. *»Wissen Sie, Frau Reif... irgendwie tut mir da schon so das eine oder andere leid... was ich getan bzw. nicht getan habe. Ich wollte Sie das nur wissen lassen... bevor wir durch meinen Freund hier sterben werden... weil ich merke... wie sie mich ansehen und sich vorstellen, wie ich Ihnen meinen harten, steifen Schwanz zwischen die Beine ramme... Und ich frage mich, ehrlich jetzt? Jetzt noch? Na, wie wäre es? Ein Griff zwischen meine Beine und alle deine Träume gehen in Erfüllung, Baby. Ich glaub, ich könnte ihn für dich noch richtig schön hoch bekommen. Deine Augen betteln ja förmlich nach einem weiteren lustvollen Hieb von meinem Riemen... kannst du noch einen vertagen, Schlampe? Oh, ich weiß... du kannst... oh, ja, komm schon... fass ihn an... fass mir endlich zwischen meine blutverschmieren Beine!«*

»Halt die Fresse, Adam! Ich muss nachdenken.« Mark ist angewidert, vermutlich genauso wie Frau Reif. Es macht ihn rasend, dass Adam nicht längst seinen Verletzungen erlegen war. *»Tu dir dabei nicht weh, mein Freund...«,* lacht Adam lautstark los. Mark hat genug. Die ständigen Ausrutscher und dummen Sprüche, es reicht ihm. Er verpasst ihm noch einen Hieb mit dem Gewehr und entschuldigt sich sogleich bei Frau Reif dafür, dass ihm langsam die Optionen ausgingen. Doch Adam gibt nicht so leicht auf. Das hatte er heute öfters unter Beweis gestellt. *»...hörst du sie kommen, Mark? Oh, Oh, Oh... wenn die das sehen... all die Menschen da draußen, die nur wegen mir gekommen sind... man du bist sowas von im Arsch... genauso wie ich... willst du mich denen am Ende ehrlich doch noch lebendig aushändigen? Uns beide? Na, du hast*

ja ein Vertrauen, Junge... unglaublich... wissen Sie, Frau Reif... der junge Mark hier, der erinnert mich an mich selbst... als ich in seinem Alter war...«

»Du verfluchter Freak, du BIST in seinem Alter. Was muss ich noch alles von euch beiden erdulden, bis ihr endlich krepiert? Ihr seid keine Helden. Die Menschen vor der Tür haben sich nicht euretwegen versammelt. Sie stehen für Ihre Kinder da draußen... Sie beten, sie hoffen... wenn sie sehen könnten, welchen Launen der Natur ihre Kinder ausgesetzt waren... was für kranke Wichser ihr eigentlich seid... sie können... sie werden das nicht verstehen... es ist schrecklich, was ich hier sehen muss... was ist das nur für eine Zeit... für eine Welt in der wir hier leben?« Mark hält inne. Er greift in die linke Hosentasche und erinnert sich an die Sturmhaube, in der das verbliebene Magazin des Maschinengewehrs noch immer eingewickelt war. Hastig nimmt er es hervor. Sein schwarzes T-Shirt ähnelt dem von Adam in Größe und Farbton. Es würde einem flüchtigen Blick durchaus standhalten. *»...Zeit... das ist es... wir brauchen mehr Zeit.«*

Erstmals glich sich der Gesichtsausdruck von Frau Reif mit dem von Adam an, als Mark sich hastig die Maske überstülpt. *»Was hast du vor, friend? Haben wir schon wieder Februar? Ist Karneval angesagt?«* Doch ohne der Frage weitere Bedeutung beizumessen oder ihr irgendeine Reaktion folgen zu lassen, hat Mark bereits zur MP5 gegriffen und das volle, mittlerweile abgekühlte, Ersatz-Magazin eingelegt und die Waffe schwungvoll durchgeladen. *»Wir brauchen Zeit! Und die verschaff ich uns jetzt...«*

Er betätigt den Schalter für die Rollläden, lässt sie allerdings nicht ganz hochfahren. Er schiebt vorsichtig eines der Fenster beiseite und hält den Lauf des Gewehres nur wenige Zentimeter nach draußen. *»Zeit, dass wir unsere Botschaft nach draußen tragen und das Publikum etwas mehr einbinden!«* Frau Reif schreckt auf.

Sie schreit, doch es ist bereits zu spät. Mark betätigt den Abzug und lässt die Kugeln unkontrolliert mitten in die Menschenmenge vor dem Gebäude prasseln. Die aufkommende Panik greift schnell um sich. Viele fallen um. Sei es durch die Wucht der Kugeln oder der anderer Menschen. Sie werfen sich zu Boden, stoßen andere beiseite, doch niemand kann dem einprasselnden Kugelhagel wirklich entkommen. Es sind nur Sekunden, bis auch dieses Magazin leer sein würde. Mark reißt sofort das Gewehr zurück in den Raum, als die ersten Reaktionen in Form von Schüssen seitens der Beamten folgen. Sie haben endgültig genug, müssen die Bevölkerung schützen. Sie glauben immer noch es ist Adam. Sie glauben, sie könnten ihn treffen. Sie glauben, sie würden dem Ganzen ein Ende setzen.

Während weitere Kugeln der Polizisten durch die Fenster gleiten, lässt Mark sich sanft zu Boden fallen. *»Wow... das war ne Nummer!«* Er kriecht am Boden entlang, hinüber zu Adam und der Lehrerin, die sich vor dem umherfliegenden Glas zu schützen versucht. Er wirft die leergeschossene MP erst zur Seite als er die letzten verbliebenen vier Kugeln direkt hinter den beiden in die Wand gefeuert hat. Er will zur Persuade. Doch Adam erwartete ihn bereits. Er offenbart ihm nun, was er die ganze Zeit zwischen seinen Beinen versteckt hielt. Die Handfeuerwaffe. Adam feuert sofort los. Mark begibt sich beim Anblick der Waffe sofort in Deckung. *»Komm her, Pisser! Ich geb' dir ne Ladung, alter Freund!«* Adam feuert blind, kann Mark nicht richtig sehen. Frau Reif wirft sich flach auf den Boden und zerrt sich in Richtung Tür. Sie hält es nicht mehr aus. Der Ausgang scheint so nah. Doch Adam durchschaut ihren Versuch und verpasst ihr sofort und kaltblütig drei Kugeln beiläufig mitten in den Rücken, woraufhin die Frau leblos zusammenbricht. *»Siehst du, Mark! So bin ich zu dir... der Schlampe hab ich es richtig gezeigt... sie ist durch! Und du bist auch gleich* *durch...«* Er feuert erneut, während Mark damit beschäftigt ist, ihm kein Ziel zu bieten. Die Persuade ist noch zu weit entfernt.

Adam besinnt sich darauf Mark unschädlich zu machen, denn er weiß, gleich ist es vorbei. Nun würden sie kommen. Auch Mark ist dieser Umstand bewusst, hatte er ihn schließlich selbst mit seiner Aktion gerade heraufbeschworen. *»Ist das dein Plan? Ich, der große Adam, schieß in die Menge, töte Frau Reif und du greifst nach dem Gewehr um mich aufzuhalten... Erbärmlich Mark... wirklich erbärmlich...«* Mark nutzt den noch anhaltenden Kugelhagel, um unbemerkt in Richtung der gegenüberliegenden Wand zu gelangen. Die umgeworfenen Tische bieten genügend Schutz und tragen dazu bei, dass ihn keine verirrte Kugel erreicht. Selbst Herr Rockenfeller absorbiert den einen oder anderen Querschläger. Immer wieder muss Adam zwar zurückschrecken, als eine weitere Kugeln von draußen die Decke über ihm aufsplittern lässt, doch er bleibt beharrlich. *»Du Bastard... Mark... du warst wie ein Bruder für mich... das hier ist mein Werk... mein Ende... du elender Verräter... Komm endlich raus... Fuck...«*

Mark ist nun ganz nah. Beinahe neben ihm. *»Hier bin ich schon...«* Mit einem Hechtsprung wagt Mark sich über den umgeworfenen Tisch. Adam reißt die Waffe um und kann einen letzten Schuss platzieren, der Mark in die Seite trifft. Mark prügelt auf ihn ein, während rings um sie herum weitere Kugeln einschlagen. Der Dunst des immer wieder aufplatzenden Gesteins der umliegenden Mauern umhüllt ihre schmächtige Erscheinung. In einem letzten Handgemenge schafft Mark es, Adam die Waffe zu entreißen und mit einem weiteren Hieb ihn endlich niederzustrecken. *»Verrecken sollst du... verrecken...«* Mark's Wut steigert sich exponentiell. Ein Faustschlag folgt dem nächsten, bis zuletzt sämtliche Zähne ausgeschlagen scheinen. Erst kurz vor der Besinnungslosigkeit lässt Mark von ihm ab und erst dann versiegt der Kugelhagel. Die Kugeln ließen nun von der Decke einen letzten raumfüllenden, feinen Staubregen auf sie hinabregnen. Erschöpft wirft Mark Adam's leergeschossene Waffe weg. So, das er sie nie wieder erreichen würde. Zuletzt lehnt er sich hinüber, in Richtung seiner Persuade. Dabei fällt es ihm erstmals auf. Der glatte Durchschuss zu seiner Linken. *»Fuck... weißt du Adam... wenn ich so an unseren ursprünglichen Plan denke... dann... eigentlich solltest du mir doch nur in den Arm stechen und vielleicht ein wenig den Rücken aufschlitzen... aber ich denke, dass tut es jetzt irgendwie auch...«* Benommen streckt Adam seine Hand nach Mark aus, will ihn immer noch zurückhalten, obwohl es keine weiteren Schläge mehr geben würde. Sprechen kann er nicht mehr, als Mark an sein Ziel gelangt und die Waffe zu greifen bekommt. *»Zwei Minuten... Fuck... länger gebe ich uns nicht mehr, Adam. Dann werden sie hier sein. Dich und mich... ach ja und die olle Tante hier... finden. Oh, Mann, ich muss schon zugeben, ich bin ganz schön aus der Puste... Mann, oh, Mann...«* Adam bleibt wild schnaufend am Boden liegen. Nur eines seiner Augen ist leicht geöffnet und kann die schattige Gestalt direkt vor ihm wahrnehmen, die sich langsam wieder auf ihn zubewegt. Er bemerkt, wie Mark in seine Tasche zu greifen scheint und mit seinen Fingern einen kleinen, glitzernden Gegenstand hervorbringt. *»Na? Erkennst du sie wieder... du hast sie mir gegeben... damals... im Keller... oder war es in der Garage... ich erinnere mich nicht mehr... ich habe die Kugel, wie versprochen, dabei... die Kugel... die ich dir mit deiner Zustimmung in den Kopf jagen sollte...«* Adam's Schnaufen wird wilder. Er erinnert sich, fixiert den Gegenstand mit seinem blutunterlaufenden Auge und nickt leicht mit dem Kopf. *»Du wolltest, dass ich sie dir durch die Stirn jage, damit deine Mutter dir vielleicht einen offenen Sarg für deine kleine Schwerster spendiert... so war es doch... oder Adam?«* Erneut nimmt Mark das Nicken seines fast vollständig handlungsunfähigen Freundes wahr. Mark hebt den Lauf des Gewehres in Richtung Adam's Gesicht und presst die Öffnung fest an dessen Unterpartie. Er soll ihn schmecken. Den Lauf. Seinen bitteren Geschmack. Anders als Adam kann Mark bereits die immer lauter werdende Symphonie von draußen im Flur hören. Die Symphonie bestehend aus Schritten, wildem Gebrüll männlicher Stimmen und das Klappern von aufeinanderprallendem Metall, welches sich zum taktgebenden Gong des Gebäudes pünktlich dazugesellt. Doch das alles ist nebensächlich. In diesem Moment vollkommen egal. In diesem Moment, ging es nur um sie. Mark und Adam, die etwas zu klären hatte. Ein letzter Wunsch, der noch offen im Raum stand, als der Schlussgong im Gebäude ein letztes Mal ertönt.

»Tja, Partner... daraus wird nun leider nichts mehr...«

ENDE

Abschlusskommentar des Autors:

Ich möchte mich bei Ihnen, dem Leser, noch einmal vielmals für Ihr Interesse an diesem Werk bedanken und hoffe, Sie hatten mindestens ebenso viel Spaß beim Lesen wie ich beim Schreiben.

Wenn Sie mir oder anderen Beteiligten Anregungen oder einen Kommentar zukommen lassen, Vorschläge unterbreiten oder Kritik äußern möchten, so bieten wir Ihnen hierzu gerne die Gelegenheit:

unter:
https://www.wesmoriarty.de
https://www.facebook.com/wesmoriarty
https://www.facebook.com/wesmoriarty.fourletters

Moriarty - Self - Publishing

- Gekürzte Fassung -